Josephine Cantrell
Als der Sommer verschwand

Das Buch

Als die Journalistin Clara von ihrem betagten Mitbewohner Oscar ein irisches Herrenhaus vermacht bekommt, kann sie ihr Glück kaum fassen. Voller Abenteuerlust reist sie nach Irland. Während einer unruhigen ersten Nacht lernt sie ihren Nachbarn Jon kennen, der schon bald ihr Vertrauen gewinnt. Gemeinsam erkunden sie das Haus und stoßen auf einen rätselhaften Brief.

Während die beiden sich näherkommen, gibt das Haus seine Geschichte nur allmählich preis. Sie entdecken, dass Oscars große Liebe Delia 1957 spurlos verschwand, doch Oscar schweigt dazu. Finden Clara und Jon heraus, was damals geschehen ist?

Die Autorin

Josephine Cantrell lebt in Baden-Württemberg. Beruflich ist sie als Psychologin und Heilerziehungspflegerin in der Begleitung von Menschen mit Behinderung tätig.

Ihre Freizeit verbringt sie am liebsten mit ihrem Mann und ihrem Hund. Sie liebt die Atlantikküste, besucht gern Konzerte und interessiert sich für Kunst. Bücher gehören schon seit früher Kindheit zu ihrem Leben – Josephine Cantrell liest gern, doch noch viel lieber schreibt sie selbst.

Josephine Cantrell

ALS DER *Sommer* VERSCHWAND

ROMAN

Deutsche Erstveröffentlichung bei
Tinte & Feder, Amazon Media EU S.à r.l.
38, avenue John F. Kennedy, L-1855 Luxembourg
August 2021
Copyright © der deutschsprachigen Ausgabe 2021
By Josephine Cantrell
All rights reserved.

Umschlaggestaltung: zero-media.net, München
Umschlagmotiv: © Studio Firma/Stocksy United;
© Nadja Mo/Shutterstock; © Christian Mueringer / Alamy Stock Photo
1. Lektorat: Marketa Görgen
2. Lektorat: Diana Schaumlöffel
Korrektorat: Manuela Tiller/DRSVS
Gedruckt durch:
Amazon Distribution GmbH, Amazonstraße 1, 04347 Leipzig /
Canon Deutschland Business Services GmbH, Ferdinand-Jühlke-Straße 7,
99095 Erfurt /
CPI books GmbH, Birkstraße 10, 25917 Leck

ISBN 978-2-49670-878-3

www.tinte-feder.de

»Wir haben den Sommer mitgebracht.
Sommer, Sommer
Wer könnte ihn uns je nehmen?«

Aus dem alten irischen Volkslied

»Thugamar Féin a' Samhradh Linn«
(»We brought the summer with us«)

1

Die Wolken lagen wie verschüttete Milch über der Stadt.

Clara leckte sich Zimt von den Lippen. Ihre Hände umschlossen eine Keramiktasse – heiß, gerade noch angenehm.

»Gut geschlafen?«

»Unruhig.« Er beugte sich vor und griff nach seiner Tasse, die zwischen den Kräutern auf der Fensterbank stand. Die Blätter des Basilikums waren welk und gelblich, weil niemand daran dachte, die Pflanzen regelmäßig zu gießen.

Im Eckhaus 156 Fleet Road begann jeder Tag mit Küchenfensterkaffee. Clara trank ihn schwarz mit so viel Zimt, dass ihr Mund davon brannte. Oscar bevorzugte Milch und Zucker. Sie saßen im fünften Stock auf schweren Holzstühlen und blickten auf London hinab, während sie Zigaretten rauchten und Keats schnarchend auf dem Boden lag. Der Hund hatte die Größe eines Sofakissens, klein und rund. Sein Fell war pechschwarz, nur die Pfoten leuchteten weiß, als wäre er durch Schnee gegangen.

Nach dem ersten Zug an seiner Zigarette hustete Oscar jedes Mal so heftig, dass es sich anhörte, als würden Kieselsteine in einer Blechdose scheppern. Daraufhin bedachte Clara ihn mit einem strengen Blick, den er geflissentlich ignorierte.

Schweigend beobachteten sie, wie sich die Stadt in Bewegung setzte.

Von hier oben war die Welt leise und überschaubar. Der Gemüsehändler wuchtete Kisten mit Salatköpfen, Tomaten und Karotten auf die Regale vor seinem Laden, woraufhin er erst mal eine Pause einlegen musste. Er lehnte schwer atmend in der Tür und wischte sich mit der Schürze Schweiß von der Stirn. Selbst von hier oben konnte man erkennen, wie fleckig der pistaziengrüne Stoff war. Frauen schoben Kinderwagen durch die Straßen Hampsteads, schleppten Einkaufstaschen nach Hause, drückten sich Telefone ans Ohr. Hunde schnüffelten über den Asphalt und Menschen mit ausdruckslosen Gesichtern hasteten zur Tube, die im Untergrund durch London jagte. Die Luft, mit der sich ihr Zigarettenrauch vermischte, roch nach frisch gebackenem Brot, nassen Zinndächern und der modrigen Süße des Flusses.

»Und?«, fragte Oscar und unterdrückte ein Gähnen, während er mit einer Hand die Tasse hielt und mit der anderen welke Basilikumblätter abzupfte. »Hat er sich inzwischen gemeldet?«

»Noch nicht. Ich denke, er hat gerade jede Menge um die Ohren. Du weißt ja, was in der Redaktion los ist. Wahrscheinlich meldet er sich am Wochenende.«

»Folglich gibt es noch keine Erklärung dafür, dass er gestern nicht aufgetaucht ist.«

»Er wird es einfach vergessen haben. Das passiert. Du vergisst doch auch ständig irgendwas.«

Oscar ließ die Tasse sinken und warf ihr einen Blick zu, der seine Zweifel offenlegte.

»Was denn?«, fragte sie und hob herausfordernd die Augenbrauen.

»Ich vergesse nichts, was mir wichtig ist. Es war dein Geburtstag.«

»Es war ein gewöhnlicher Dienstag im Juni. Ich bin erwachsen und erwarte kein Tamtam, nur weil ich ein Jahr älter geworden bin.« Sie lachte, doch ihr Lachen klang aufgesetzt.

»Geburtstage sind im Grunde belanglose Ereignisse eines Menschenlebens, die sich so lange wiederholen, bis es vorbei ist.«

»Du klingst wie Schopenhauer. Aber ja, wenn man so will.«

»Wenigstens hattest du nachts noch einen Besucher«, holte er zum zweiten Schlag aus und traf sie damit unvorbereitet.

»Das war Fiona.«

»Oh, Fiona hat sehr breite Schultern bekommen, wenn ich das so sagen darf. Macht sie Krafttraining?«

Clara versuchte das nervöse Grinsen zu verbergen, das ihre Lippen umspannte. Es war ihr noch nie gelungen, überzeugend zu lügen. Manche Menschen konnten in ihrem Gesicht lesen wie in einem offenen Buch. Oscar gehörte dazu. »Nein, das nicht …« Clara gab sich geschlagen. »Okay, okay. Es war Ben.«

»Was du nicht sagst? Wie nett von ihm, dass er sich an deinen Geburtstag erinnert hat. Dabei dachte ich, es wäre nun endgültig aus und du wolltest ihn nicht mehr sehen, hm? Was hat er dir denn geschenkt?«

»Nicht viel, also, nichts«, gab sie zu. »Aber darum geht es gar nicht. Er kam gerade von Heathrow und war auf dem Weg zu seinen Eltern.«

»So ist das also. Es wäre natürlich eine Zumutung gewesen, wenn der arme Kerl mitten in der Nacht noch nach Harlow hätte fahren müssen. Wie gut, dass es auf dem Weg ein Hotel gibt. Hast du ihm Schokolade aufs Kopfkissen gelegt?«

»Nicht witzig, Oscar.«

»Na ja, du bietest ihm doch alle Annehmlichkeiten eines Hotels. Er kommt und geht, wie er will, bleibt nie länger als eine Nacht und lässt nur schmutzige Handtücher zurück.«

»Selbst wenn. Ich bin hier diejenige, die sich um die Dreckwäsche kümmert, oder nicht?«

»Warum lässt du das mit dir machen, Clara? Er will alles, aber nichts davon ganz.«

»Was soll das werden? Willst du, dass ich mich jetzt schlecht fühle, weil meine Beziehungen vielleicht nicht ganz so optimal laufen?«, fauchte sie und starrte über die Dächer hinweg in die Wolken, die sich mittlerweile am Horizont unheilvoll zusammengeballt hatten.

»Das wäre immerhin ein Anfang.«

»Wie bitte?«

»Wenn du dir eingestehen würdest, dass du dich schlecht fühlst, hättest du vielleicht genug Antriebskraft, um …«

»Ich brauche keine Ratschläge von jemandem, der nur vor die Tür geht, wenn er im Hausflur keine Nachbarn hört, und der beim Einkaufen so tut, als wäre er taubstumm«, unterbrach sie ihn und beobachtete, wie sich seine Oberlippe kräuselte. Vereinzelt sprossen darauf weiße Barthaare, die er beim Rasieren übersehen hatte.

»Ich möchte nicht, dass du dich für jemanden hergibst, der dich nicht zu schätzen weiß.«

»Oscar, wie oft noch? Mir geht's gut. Du musst dir wirklich keine Sorgen machen.« Clara spürte ein Ziehen in der Brust und wandte den Blick von ihm ab.

»Das sagst du immer«, brummte er, lehnte sich zurück und streckte die Beine aus.

Eine Weile saßen sie schweigend nebeneinander. Clara nagte an ihrer Unterlippe und schob alle Gedanken weit von sich, indem sie sich auf das gegenüberliegende Haus konzentrierte. Der Typ aus dem dritten Stock hatte gerade seine Schischa angezündet und blies dicke Rauchwolken in den Himmel. Die Oma aus dem ersten Stock schob die Häkelgardine beiseite und spähte auf die Straße. Ein Mann im Nadelstreifenanzug betatschte in der Auslage des Gemüseladens alle Äpfel und griff schließlich zu einem Bündel Bananen.

Wenn Oscar den letzten Schluck Kaffee trank, verzog er immer das Gesicht, weil er nie umrührte und nicht warten konnte, bis sich der Zucker aufgelöst hatte. Mit dem Teelöffel klopfte er zweimal gegen die leere Tasse. Keats schreckte auf, blinzelte zu ihnen hinauf und prüfte, ob es sich lohnte, aufzustehen. Nach wenigen Sekunden ließ er den Kopf wieder sinken. »Später kommt Peter vorbei. Könntest du vorher vielleicht noch im Wohnzimmer staubsaugen?«, fragte Oscar. »Nicht, dass er wieder einen Asthmaanfall bekommt und wir am Ende verklagt werden.«

»Mache ich.« Sie ließ ein Lächeln durchscheinen. »Wirst du ihn heute schachmatt setzen?«

»Darauf kannst du Gift nehmen. Sizilianische Eröffnung, zügige Rochade – seine Tricks sind so ermüdend.«

Oscar Fitzgerald war allein alt geworden. Die meisten seiner Freunde waren längst gestorben. Es gab nur noch Peter Rumford, der jeden Mittwoch seine selbst geschnitzten Schachfiguren die Treppe hinaufschleppte, um sich dann in einen der Sessel plumpsen zu lassen und erst viele Stunden später wieder aufzustehen. Oft hörte man die Männer streiten: »Berührt, geführt. Du hattest deine Griffel an der Dame, Oscar. Ich hab's genau gesehen. Berührt, geführt. Was ist so schwer daran?«

Clara vermutete, dass sie einander nicht wirklich mochten, aber sie hatten sich aneinander gewöhnt. Manchmal war das genug. Vor allem, wenn der Tod den Freundeskreis hatte schrumpfen lassen, bis davon nur noch ein einziger Mensch übrig geblieben war. »Fiona kommt später vorbei, dann wollen wir zusammen kochen. Sie hat am Wochenende wieder einen dieser Kochkurse gemacht, bei denen man sich in irgendeiner Wohnung mit Fremden trifft und verrückte Sachen ausprobiert.«

»Oh.« Oscar sah bestürzt aus. »Ich würde wohl eher mit einem weißen Fähnchen den Verkehr am Piccadilly Circus regeln, als mich mit fremden Menschen zu treffen.«

»Ich auch!« Froh darüber, nicht mehr über ihre verkorksten Beziehungen sprechen zu müssen, sammelte Clara die leeren Tassen ein und stand auf, um sie in die Spülmaschine einzuräumen.

»Bringt sie wieder diesen freundlichen Metzger mit?«

»Er ist Unfallchirurg, kein Metzger. Das weißt du ganz genau.« Lachend stieß sie die Spülmaschine zu. »Wenn ich sie richtig verstanden habe, ist Saïd gerade auf einer Fortbildung in Schweden. Oder war es Dänemark? Na ja, sie kommt jedenfalls ohne ihn.«

»Schade.« Oscar mochte es, wenn Claras Freunde zu Besuch kamen und sie gemeinsam in der Küche saßen – lachend, lärmend. Manchmal setzte er sich zu ihnen, trank einen Grog und erzählte von den Abenteuern, die er als junger Mann erlebt hatte. Mitten in der Nacht in die Themse springen, französische Mädchen auf dem Gepäckträger durch die Stadt chauffieren, Kneipenschlägereien – solche Geschichten. Wenn es spät war und er zu viel getrunken hatte, wurde seine Stimme brüchig. Dann nannte er sich einen merkwürdigen Junggesellen, bei dem es keine Frau je ausgehalten hatte.

Außer Clara. Zimmer gegen Hausarbeit. So lautete der Deal, pragmatisch und nüchtern, doch inzwischen waren sie sich vertraut und die Wohnung ihr gemeinsames Zuhause geworden. Anders als ihr Vater war Oscar damals zu ihrer Graduationsfeier ins *Barbican Centre* gekommen. Dort saß er so selbstverständlich zwischen den anderen Gästen, als wäre er ein Großvater, der seiner Enkelin voller Stolz mit einem Stofftaschentuch zuwinkt.

Seit fünf Jahren feierten sie ihre Geburtstage gemeinsam, gondelten an Regentagen ziellos mit dem Bus durch die Stadt, spielten Schachpartien, bei denen Oscar sie manchmal gewinnen ließ, und gingen jeden zweiten Sonntag in die Kirche, damit er dem Frauenchor lauschen konnte. An Weihnachten fuhren sie mit dem alten Riley Elf nach Chesterfield, um dort die Feiertage mit ihrer Mutter zu verbringen. Oscar schenkte ihr jedes Mal einen Gutschein für *Waterstones*, die riesige Buchhandlung in der High Street, und Clara schenkte ihm selbst gestrickte Socken, weil er immer kalte Füße hatte.

2

Küchenfensterkaffee wie immer.

Es war ein Donnerstag mit Wolken, die sich wie dicke Schafe auf den Dächern Hampsteads breitmachten. Gewöhnlich und vertraut, aber heute lag etwas in der Luft. Nicht nur der Gestank der Kanalisation, nicht nur die würzigen Aromen, die aus den Fenstern des Restaurants im Erdgeschoss nach oben stiegen, nicht nur der Lärm der Autos, die sich in endlosen Karawanen ihren Weg durch die Stadt bahnten. Es lag auch nicht daran, dass ihr Vater gestern angerufen und sich überschwänglich entschuldigt hatte, weil ihr Geburtstag in »Du weißt ja, wie es ist« untergegangen war.

Oscar trug einen taubenblauen Anzug, hatte sich gründlich rasiert und Rasierwasser aufgetragen, dessen Duft die ganze Küche erfüllte. An diesem Morgen wurde sein Schweigen von gedankenvollen Seufzern durchbrochen, Schweiß glitzerte auf seiner Stirn, sickerte in seinen Hemdkragen, und er vergaß die Zigarette, deren Asche länger und länger wurde, bis sie in das Basilikum fiel. Er zuckte nicht mit der Wimper, als Keats anfing, mit seinen Schnürsenkeln zu spielen.

»Ich bin sehr alt.«

»Ich weiß, Oscar.«

Man sah die vielen Jahre in seinem Gesicht. Es hatte tiefe Furchen und dunkle Flecken, die Augenbrauen waren schneeweiß und so buschig, dass er sie regelmäßig trimmen musste, damit sie nicht an seine Brille stießen.

»Robert ist vor ein paar Wochen gestorben. Bauchspeicheldrüsenkrebs. Es ging ganz schnell.«

»Wer ist Robert?«

»Mein Bruder. Vier Jahre älter.«

»Dein Bruder ist gestorben?« Verblüfft ließ Clara die Tasse sinken und wandte sich zu ihm um. »Ich wusste ja gar nicht, dass du einen Bruder hast.«

»Jetzt ist er tot.«

»Oh, wie furchtbar! Das tut mir sehr leid, Oscar.« Sie legte ihre Hand auf seinen Unterarm. »Warum hast du nie …«

»Wir hatten seit Jahrzehnten keinen Kontakt mehr zueinander. Robert war ein selbstsüchtiger Schnösel. Ich erzähle dir nicht davon, weil ich Mitgefühl erwarte.« Er lächelte schwach. »Aber es gibt da etwas, das ich dir anbieten möchte.«

»Mir?«

»Mhm. Ich habe lange darüber nachgedacht. Über dich und deine Situation. Du könntest ein wenig Unterstützung vertragen. Weißt du, wenn ich jemals eine Tochter gehabt hätte – sie hätte wie du sein sollen. Vielleicht ein bisschen ordentlicher, aber ansonsten …«

»Ach, Oscar.« Sie wischte unsichtbare Krümel von der Fensterbank. »Danke!«

»Na ja, es gibt eine Vergangenheit, mit der ich nichts mehr zu tun haben möchte. Ich will nichts davon sehen, nichts davon hören.« Er drückte die Zigarette aus und drehte den Deckel auf das Marmeladenglas, das ihnen als Aschenbecher diente. »Menschen häufen gern Besitztümer an. Sie horten Schätze und zählen das Geld auf der Bank, weil ihnen das ein gutes Gefühl gibt. Aber wer viel besitzt, hat viel zu beschützen, verstehst du?«

»Nicht so ganz.«

»Ist ja auch egal«, sagte er achselzuckend. »Was flüssig war, hat Robert natürlich verjubelt. Geld gibt's keins mehr, aber nun, da er tot ist, wurde der Familienbesitz auf mich überschrieben. Ich bin der letzte Fitzgerald.«

Clara wusste nicht, ob sie ihn beglückwünschen oder bedauern sollte, deswegen nickte sie nur und beobachtete, wie er sich weiße Strähnen aus der Stirn strich, bevor er den Blick wieder auf sie richtete.

»Es hat keine Bedeutung für mich, aber du bist jung und du brauchst Geld, um dir etwas aufzubauen, und du brauchst Stoff für Geschichten.«

»Ach, so viel Geld brauche ich gar nicht.«

»Wirklich nicht?« Er lachte tonlos. »Mit Verlaub, aber wie viele Schulden hat deine Mutter für dein Studium aufgenommen? Wie hoch ist die Hypothek für das Haus, in dem sie wohnt? Wie teuer sind Wohnungen in der Stadt? Du weißt doch, wie es läuft.«

»Ich wohne doch bei dir und irgendwann werde ich mehr Geld verdienen und kann alles zurückzahlen.«

»Sehen wir den Tatsachen ins Auge. Du wirst jahrelang verschuldet sein. Erst dachte ich, dass ich dir etwas vererben könnte – lange mache ich's nicht mehr, das wissen wir beide –, aber dann müsstest du horrende Steuern zahlen. Das ist Unsinn und aus diesem Grund habe ich beschlossen, dir ein Geschenk zu machen.«

»Ich kann das nicht annehmen, Oscar. Egal, was es ist. Auf gar keinen Fall.«

»Hör dir erst an, welchen Vorschlag ich dir unterbreite, bevor du dich so bescheiden gibst«, meinte er schmunzelnd und zog eine Dokumentenmappe aus der Innentasche seines Jacketts. Oscar zeigte ihr Fotografien und wanderte mit dem Zeigefinger über eine Landkarte. Alles, was er dabei sagte, schlingerte ziellos durch ihren Kopf. Sie verstand nicht, was seine Worte bedeuteten.

* * *

Sie kannte den Anblick, aber nicht das Gefühl, das er diesmal auslöste: ein achtundzwanzigjähriges Gesicht mit spitzem Kinn und breiter Stirn, hinter der sich Gedanken wie Gewitterwolken entluden. Clara beugte sich vor, sodass ihre Nasenspitze fast den Spiegel berührte. Seit Monaten fühlte sie sich abgehängt, ausgelaugt und fand nicht die nötige Motivation, etwas daran zu ändern. Nun bekam sie die Chance dazu auf dem Silbertablett serviert. Ein Lächeln blitzte auf. Clara presste das Telefon noch fester an ihr Ohr. Während sie dem Freizeichen lauschte, stellte sie sich vor, wie ein Wind durch ihr Leben fegte, der alles aufwirbelte. Kein Stillstand mehr.

Bevor sie sich weiter darauf einschwören konnte, ertönte die Stimme ihrer Freundin. »Fiona, du glaubst nicht, was passiert ist«, wisperte sie und ließ sich auf die Matratze plumpsen. »Ich muss verreisen.« Ihr Herz pochte, als sie von dem Angebot erzählte, das Oscar ihr unterbreitet hatte. Bilder flammten vor ihrem inneren Auge auf – verschwommen, aber verheißungsvoll.

»Was erzählst du da?«, fragte Fiona mit belegter Stimme. »Ist das ein Scherz?«

»Es ist mein voller Ernst.«

»Oscar ist alt. Das ist nur irgendein Hirngespinst.«

Clara beugte sich über den Grundriss und verfolgte mit den Augen die feinen Striche und Bogen. »Ich habe die Unterlagen vor mir. Das Haus ist schon seit Ewigkeiten in Familienbesitz. Jetzt gehört es Oscar.«

»Das ist unglaublich.« Ihre Freundin kicherte und klang dabei so irre wie die Geschichte, die Clara ihr gerade erzählt hatte.

»Oscar sagt, dass er damit nichts mehr am Hut haben will. Er ist froh, wenn jemand sich darum kümmert und er seine Ruhe hat.«

»Ihr seid nicht mal miteinander verwandt. Wieso sollte er dir so ein Geschenk machen? Ich verstehe es nicht.«

»Ich doch auch nicht. Meine Güte, ich habe keine Ahnung, was ihn dabei geritten hat.«

»Es ist vielleicht sein letzter Wille«, erwiderte Fiona mit Grabesstimme. »Vielleicht spürt er, dass es zu Ende geht.«

»Nein, das ist es nicht. Er hat gesagt, dass er mir helfen will und ich ihm damit sogar einen Gefallen tun würde. Das Haus sei so etwas wie eine Warze. Er könne den Anblick kaum ertragen, würde es am liebsten abreißen lassen.«

»Eine Warze?«, echote Fiona. »Der spinnt doch.«

Oscar hatte Clara zwar von seiner Kindheit in Irland erzählt, aber nie erwähnt, dass er in einem Herrenhaus mit Silberlöffeln und Brokatvorhängen aufgewachsen war. Stattdessen hatte er die Monarchie verflucht, auf Sparangebote gewartet und Rabattcoupons gesammelt. Niemals war er zurück in die Heimat gefahren oder hatte sich sentimentalen Erinnerungen hingegeben. Niemals hatte er von seinem Bruder gesprochen.

»Die einzige Bedingung ist, dass ich keine Fragen stelle.«

»Da haben wir's doch.« Fiona schnaubte. »Daran ist etwas faul.«

»Blödsinn«, entgegnete Clara, obwohl sie selbst den gleichen Gedanken gehabt hatte. Wenn Oscar ihr Keats oder seine Bücher vermacht hätte, den alten Plattenspieler oder sein Silberbesteck, hätte sie sich nicht gewundert, aber dass er ihr ein Anwesen schenken wollte, machte sie misstrauisch.

»Und was ist mit der Wohnung?«, fragte Fiona. »Hat er da vielleicht etwas durcheinandergebracht?«

»Er möchte, dass sie nach seinem Tod verkauft wird. Das Geld soll an einen Verein gespendet werden.«

»An seinen Schachverein?«

»Nein, ich habe vergessen, was es war. Ich muss ihn …«

»Oh mein Gott, Clara«, hauchte Fiona plötzlich in den Hörer. »Ist Oscar so etwas wie ein Herzog oder so?«

Clara lachte hell auf. »Quatsch, seine Familie war reich, nicht adelig. Ich hätte nie gedacht, dass er … du weißt ja, wie die Wohnung aussieht. Wir reparieren Möbel mit der Heißklebepistole.«

»Ihm sind Bücher eben wichtiger als goldene Wasserhähne. Was weißt du denn über dieses Haus?«

Mit beiden Händen blätterte Clara durch die Dokumentenmappe, die Oscar ihr gegeben hatte, legte die Fotografien beiseite und ließ ihren Finger über handschriftliche Notizen wandern. »Also, es wurde jedenfalls 1867 fertiggestellt, zwei Stockwerke, drei Kamine, acht Zimmer. Oscar meinte, dass dort seit fünfzehn Jahren niemand mehr lebt, weil sein Bruder nach Amerika gegangen ist und sich nicht darum gekümmert hat, es zu verkaufen oder wenigstens zu vermieten. Das Haus steht einfach leer, völlig vernachlässigt. Es gibt nur einen Verwalter, der ab und zu nach dem Rechten sieht.«

»Na toll, es ist also eine Ruine, oder was?«

»Oscar konnte mir nicht genau sagen, in welchem Zustand es ist. Vermutlich muss einiges getan werden.«

»Liegt es wenigstens am Meer?«, fragte Fiona hoffnungsvoll.

»Auch nicht. Tief im Landesinnern, würde ich sagen.«

»Am Arsch der Welt. Gratulation. Was sollst du nur mit so einem großen Haus anfangen, Clara? Du verirrst dich ja schon in deinem eigenen Kopf.«

3

Der rauchblaue Riley Elf schnurrte wie ein Kätzchen, obwohl sein Motor seit 1968 lief und von Oscar ordentlich beansprucht worden war. Damals hatte er den Wagen in Longbridge direkt ab Werk gekauft und war damit jahrzehntelang durch Großbritannien getuckert. Das Auto war sein ganzer Stolz, doch nachdem er im Winter letzten Jahres in nur zwei Monaten vier Unfälle gebaut hatte, musste er einsehen, dass es besser war, den Schlüssel liegen zu lassen. Zum Trost hatte Clara ein eingerahmtes Bild des Autos in die Küche gehängt und angeboten, sich um den Elf zu kümmern. Es war ein Liebhaberstück, das bestimmt schnell verkauft wäre, doch Clara hatte die emotionale Bedeutung des Vierzylinders gehörig unterschätzt. Anstatt den Wagen zu verkaufen, entschied Oscar, dass Clara damit fahren sollte.

* * *

Vor ihr erstreckte sich eine Hügellandschaft in changierenden Grüntönen unter einem wolkenverhangenen Himmel. Kalksteinmauern unterteilten das Land in Parzellen. Gelegentlich entdeckte sie Pferde, doch viel öfter tauchten Schafe wie aus dem Nichts am Straßenrand auf und glotzten ihr entgegen. *Was hast du hier verloren?* Clara wusste es selbst nicht so genau.

Sie durchfuhr kleine Ortschaften mit windschiefen Häusern und Straßenschildern, die sie kaum entziffern konnte. Zum Glück hatte sie sich ein Navigationssystem ausgeliehen, das nun an der Windschutzscheibe klebte und seit einer Stunde nur »Folgen Sie dem Straßenverlauf« flötete.

Eigentlich hätte ihre Freundin neben ihr sitzen sollen, aber dann hatte das Krankenhaus, in dem Fiona arbeitete, ihnen einen Strich durch die Rechnung gemacht. Deswegen hatte sich Clara schweren Herzens allein auf den Weg begeben, war von London nach Liverpool gegurkt und hatte dann die Fähre nach Irland genommen.

Es gab nur wenige Menschen, mit denen sie ihr Leben teilte. Sie verbrachte ihre Zeit gern allein. Heute hätte sie jedoch dringend jemanden gebraucht, der ihre Hand hielt. Seit Stunden hatte sie mit einem nervösen Magen zu kämpfen, der eigenartige Geräusche machte und sich verkrampfte, sobald sie an das Haus dachte.

Sie war noch nie in Irland gewesen. Die Insel im Atlantik hatte sie nicht sonderlich interessiert und ihr Wissen beschränkte sich auf das, was sie in der Schule oder in den Nachrichten aufgeschnappt hatte: *The Troubles* in Nordirland, die IRA, rotes Haar und schwarzes Bier. In den letzten Tagen hatte sie alle Informationen über das Land in sich aufgesaugt, die sie erhaschen konnte. Nun wusste sie, was an Ostern 1916 geschehen war, als sich das irische Volk für seine Unabhängigkeit von England erhoben hatte, wie viele Iren während der Kartoffelfäule das Land verlassen hatten und dass am Ende des Regenbogens angeblich ein Goldschatz vergraben lag. Sie kannte sogar die Öffnungszeiten des einzigen Ladens in Clonamaddy. Immer wenn sie sich abends unter die Decke gekuschelt hatte, betrachtete sie Postkartenbilder von kleinen Dörfern, pausbäckigen

Kindern und steilen Felsküsten. Manchmal träumte sie sich fort, sah ein sonnenbeschienenes Haus mit großen Fenstern, aber ihre Träume erstickten in einem Gefühl der Überforderung.

* * *

Clonamaddy befand sich im geografischen Herzen der Insel. Das Tal mit seinen saftigen Gräsern und den sonnengelb blühenden Ginsterbüschen war pittoresk, doch die Einsamkeit streckte sich zu allen Seiten aus. Hügel um Hügel, dazwischen vereinzelt Gehöfte und weitläufige Wiesen.

Dort, wo sich die einspurigen Landstraßen kreuzten, war Oscar aufgewachsen. Es war nicht mehr weit. Sonnenstrahlen brachen durch die Wolken und ließen den Asphalt glitzern, als wollten sie vor Clara einen Teppich ausrollen: *Willkommen in Clonamaddy – Cluain na Madadh* stand auf dem Ortsschild. Sie versuchte, den irischen Namen auszusprechen, gab aber beim zweiten Versuch auf. Zu den größten Geheimnissen Irlands gehörte zweifelsohne die Sprache. Die Worte wurden niemals so ausgesprochen, wie man sie schrieb.

Die Häuser am Ortseingang waren schmucklos und uniform. Kinder düsten auf Fahrrädern über die Straße, weswegen Clara die Geschwindigkeit drosselte und dem Elf ein erleichtertes Ächzen entlockte. Frauen mit hochgeschlagenen Mantelkragen standen beieinander und unterhielten sich. Ein kurzer Schwatz, bevor es nach Hause ging, um die hungrigen Mäuler zu stopfen. In Clonamaddy lebten knapp fünfhundert Menschen. Man kannte sich hier. Die Gesichter sahen einander ähnlich oder waren ein so vertrauter Anblick wie die Hügel mit ihren Kalksteinmauern.

Nach wenigen Minuten verwandelten sich die Häuser. Es waren keine Neubauten mehr, vor denen glänzende Autos parkten, sondern verwitterte Häuser mit Häkelgardinen an den

Fenstern und bunt getünchten Türen. Sie standen so eng beieinander, als müssten sie sich gegenseitig stützen. Grüne Ranken wuchsen an den Gemäuern empor – teilweise so dicht, dass die Fenster dahinter kaum mehr zu erkennen waren.

Clara hätte sich gern in Ruhe umgesehen, aber im Pflaster klafften Schlaglöcher, sodass sie ordentlich durchgeschüttelt wurde und sich auf die Straße konzentrieren musste. Aus dem Augenwinkel erspähte sie *The Corner*, den Pub und zugleich das Herz, in dem das dörfliche Leben zusammenfloss. Daneben gab es tatsächlich einen Chinesen, der auf einem großen Werbeschild Take-away-Gerichte anbot.

Die Straßen waren wie leer gefegt, doch vor einem der Häuser saßen zwei Herren mit Schieberkappen und roten Nasen. Als sie das Brummen des Elfs vernahmen, rissen sie die Köpfe herum. Clara hob die Hand, winkte und lächelte, doch ihr Gruß blieb unerwidert. Stattdessen verdüsterten sich die Gesichter. Im Rückspiegel sah sie, wie die Männer dem Wagen nachblickten und sich dabei wild gestikulierend unterhielten – vielleicht schimpften sie auf die vermaledeiten Briten. Sehr sicher sogar.

In fünfhundert Metern solle sie abbiegen, kündete die Computerstimme an, unterbrach Sinéad O'Connor und versetzte Clara in Aufruhr. Gleich war es so weit. Ihre Sinne waren geschärft und sie setzte sich kerzengerade hin, als die alte Kirche vor ihr auftauchte. Oscar hatte gesagt, dass sie sich an ihrem Turm orientieren könne, um das Anwesen zu finden.

Der Weg, der hinter der Kirche abzweigte, war so eng, dass die Zweige der Büsche am Rand an die Fenster schlugen. Claras Finger krallten sich fest um das Lenkrad. Sie schaltete das Radio aus und manövrierte den Elf durch einen steinernen Torbogen, dann über einen niedergerissenen Holzzaun. Ihr Herz klopfte wie verrückt.

Clara konnte nicht sagen, was sie fühlte, als sie den moosbewachsenen Brunnen erblickte. In seiner Mitte stand eine Mädchenfigur. Verträumt lächelte sie auf steinerne Hände hinab, aus denen früher wohl Wasser gesprudelt war. Hinter dem Brunnen ragte das Haus in den Himmel. Clara stockte der Atem. Mit seinem glänzenden Schieferdach wirkte es wie etwas Lebendiges, etwas, das in tiefen Schlaf gesunken war und es nicht schaffte, aus eigener Kraft zu erwachen. Die Feuchtigkeit hatte das Holz der Fensterläden aufgeweicht und ließ den weißen Lack abblättern. An manchen Stellen wuchsen hellgrüne Flechten. Blauregen kletterte an der rechten Seite des Hauses empor und legte sich wie ein Mantel um einen Erker. Die Natur hatte schon begonnen, von dem Haus Besitz zu ergreifen.

Clara ließ den Motor verstummen und stieg aus. Das war also der Ort, an dem Oscar seine Kindheit verbracht hatte. Ein Ort, um Murmeln über den Boden kullern zu lassen, Bücher zu lesen und heiße Milch zu trinken. Doch das Haus war schon lange kein Zuhause mehr – für niemanden. Tatsächlich schien es ihr sagen zu wollen, dass es zu spät war. Die Zeit hatte sich tief in sein Gemäuer genagt, die Menschen waren verschwunden.

Vor dem Portal lagen nasse Zeitungen, Plastikverpackungen und leere Flaschen. Ein trauriger Anblick, der noch trister wurde, als sie den Briefkasten entdeckte, dessen Türchen nur noch von einem Scharnier gehalten wurde, sodass es schief hin und her baumelte. Clara beugte sich hinab, warf einen Blick in den Briefkasten und entdeckte hinter den Spinnweben, in denen winzige Wassertropfen glitzerten, ein buntes Papier. Mit zusammengepressten Lippen griff sie danach. Es klebte an der Wand fest und sie musste fest daran ziehen, bis es abriss und sie eine Postkarte aus Dorset in Händen hielt. Die Tinte war so verschwommen, dass Clara kein Wort entziffern konnte. Sie legte die Karte zurück in den Briefkasten, wischte ihre Hände an der Jeans ab und wandte sich dem Haus zu. Obwohl es helllichter

Tag war, machte sich ein beklemmendes Gefühl in ihr breit. In London hörte man Schritte im Treppenhaus, das wütende Hupen der Autos und leise Stimmen, die durch die Wände drangen. Überall waren Menschen. Auch wenn man sie nicht sehen konnte, wusste man, dass sie in der Nähe waren. Hier war nichts außer dem Rascheln in den Büschen.

* * *

Es dauerte eine Stunde, in der Clara im Auto ausharrte und dem Radio lauschte, bis sich ein Mann auf einem Fahrrad den Weg hinaufquälte. Er trug Gummistiefel und eine rote Jacke, die man kaum von seinem Gesicht unterscheiden konnte, da es zu beachtlicher Röte angelaufen war. Als er ihren Wagen erblickte, schien er ihr winken zu wollen, was auf den Kieseln aber kein leichtes Unterfangen war. Er strauchelte, lachte und klammerte sich an den Lenkergriffen fest.

Clara stieg aus. Sie war heilfroh, nicht mehr allein zu sein. »Guten Tag, Mr Maguire.«

»Sind Sie die Dame aus London? Meine Güte, Sie sind aber jung!« Er ließ die Bremsen quietschen, sprang überraschend flink vom Rad und lehnte es gegen den Brunnen, dann fummelte er ein Taschentuch aus seiner Hosentasche, um sich die Stirn zu tupfen. »Als man mir gesagt hat, dass eine Freundin von Mr Fitzgerald kommt, habe ich nicht erwartet, eine junge Frau anzutreffen.«

»Ich bin so etwas wie seine Pflegerin«, erklärte Clara und lachte nervös. »Er hat ja keine Familie mehr.«

»Und nun will er das Haus seiner Pflegerin vermachen?« Der Mann taxierte sie aus stahlblauen Augen und schien im Kopf verschiedene Spekulationen anzustellen, die diese Großzügigkeit erklärten.

»Wahrscheinlich bin ich der einzige Mensch, der ihm noch eingefallen ist. Aber ich habe keine Ahnung von solchen Immobilien und bin heillos überfordert, um ehrlich zu sein. Mir ist ganz schlecht.«

»Versteh ich gut.« Er grinste schief. »Da haben Sie eine große Aufgabe vor sich. Eine sehr große Aufgabe.«

»Ist es sehr schlimm?«

»Och, Krieg ist schlimm. Das Haus is 'n Haus.«

»Sie wissen doch, was ich meine.«

»Na ja, es ist sehr bedauerlich. Früher war das Anwesen prächtig, müssen Sie wissen. Viele Menschen haben hier gelebt und der Garten war ein Paradies, ein richtiger Garten Eden. Jetzt ist davon nichts mehr übrig.«

»Es steht schon lange leer, oder?«

»Sehr lange«, brummte er. »Wenn's meins wäre, hätte ich's einfach verkauft. Dann hätte es wenigstens noch eine Verwendung gehabt, das Haus. Aber so? Es fällt in sich zusammen.«

»Vielleicht ist es ja noch zu retten? Es muss früher wunderschön gewesen sein.«

»Wünsche Ihnen alles Gute damit. Kann ja nur besser werden. Sie wissen noch nicht, was daraus werden soll, schätze ich?«

»Ich habe keine Ahnung.« Sie griff nach einer Strähne, die ihr ins Gesicht geweht worden war, und blickte nachdenklich auf ihr Haar herab. »Ich muss mir erst einen Eindruck verschaffen und ein Gefühl für das Haus entwickeln, denke ich.«

»Möchte Mr Fitzgerald nicht persönlich herkommen, um das Haus zu begutachten? Oder ist er womöglich krank?«

»Nein, er ist nur alt und möchte seine Ruhe haben.«

»Das ist schade. Er ist hier aufgewachsen, aber nie mehr zurückgekommen. Ich weiß nicht …« Der alte Mann kratzte sich an der Stirn. »Mein Vater kannte ihn. Er hat jahrelang als Gärtner für die Familie gearbeitet.«

»Und was ist mit Ihnen? Haben Sie ihn auch kennengelernt?«

»Nur Geschichten gehört.«

»Ach, was für Geschichten?« Clara hob die Augenbrauen.

»Och, solche Geschichten, die man sich im Pub erzählt und über die das ganze Dorf munkelt.«

»Um was ging es denn?«, fragte sie und funkelte ihn verschwörerisch an.

»Hören Sie lieber nicht auf das Geschwätz der Leute hier. Keiner wäscht sich den Mund mit Seife aus – es ist viel Schmutz dabei.«

»Das klingt ja höchst interessant.«

»Och, wissen Sie, die Fitzgeralds waren eine reiche Familie. Das hat sie zu Außenseitern gemacht, über die man eben gern getratscht hat.«

Clara seufzte und deutete zum Portal. »Sollen wir mal einen Blick reinwerfen?«

Die Tür öffnete sich mit einem erstickten Knarzen. Sofort schlug ihnen kalte Luft entgegen. Ehe ihre Augen sich an die Dunkelheit gewöhnen konnten, roch sie das Holz und den Staub. Mr Maguire öffnete einen kleinen Stromkasten neben der Tür und legte alle Schalter um. Sofort flimmerte eine Lampe über ihnen. Das Licht kam Clara vor wie ein Lebenszeichen, wie eine Erinnerung daran, dass es doch noch Hoffnung gab.

»Warten Sie. Es ist schöner, wenn wir die Läden öffnen. Viel freundlicher.« Mr Maguire machte sich an einem der Fenster zu schaffen. Kurz darauf floss gleißendes Licht ins Foyer. »Da wären wir also. Das ist das Haus der Fitzgeralds. Im Dorf nennen wir es Schloss, weil es so herrschaftlich ist.«

Clara presste die Lippen aufeinander und blickte sich um. Es war gespenstisch, sich vorzustellen, dass die Menschen, die früher hier gelebt hatten, schon lange verschwunden und nur ihre Spuren zurückgeblieben waren. Neben der Treppe stand ein Sofa mit Polstern aus geblümtem Stoff. Ungeöffnete Briefe und alte Prospekte stapelten sich darauf.

»Ich schaue nur einmal in der Woche vorbei. Niemand hat hier aufgeräumt oder etwas verändert. Seitdem der letzte Fitzgerald die Tür hinter sich geschlossen hat, ist nichts mehr passiert.«

»Es ist so still hier«, bemerkte Clara und schlang die Arme um ihren Oberkörper.

»Es ist still geworden. Früher war das Haus voller Leben.«

»Wissen Sie denn, warum es nicht verkauft worden ist? Man kann so eine Immobilie doch nicht einfach leer stehen lassen.«

»Als Robert Fitzgerald mich damals beauftragt hat, ein bisschen nach dem Rechten zu sehen, meinte er, dass er es so schnell wie möglich loswerden will, weil er nicht vorhabe, in der Einöde zu versauern. Er wollte nach Amerika und dort das große Geld machen. Das war vor mehr als fünfzehn Jahren. Ich habe immer darauf gewartet, dass er's verkauft, aber das tat er nicht.«

»Vielleicht konnte er sich nicht davon trennen. Es war ja immerhin sein Elternhaus, in dem bestimmt viele schöne Erinnerungen stecken.«

Künstliche Lilien ragten aus einer Vase, die auf einem kleinen Tischchen mit geschwungenen Füßen stand. Die Porzellanfigur der Gottesmutter, die rosafarbenen Samtvorhänge und die Landkarte Irlands, die in einem hölzernen Rahmen über dem Sofa hing – alles war uralt. Das Telefon besaß sogar noch eine Wählscheibe.

»Werden Sie heute wieder abreisen oder bleiben Sie länger hier?«, erkundigte sich der alte Mann und wischte mit seinem Taschentuch über die Konsole, auf der ein paar kupferne Münzen lagen. Wahrscheinlich nach einem Abend im Pub aus der Hosentasche gekramt, sorglos abgelegt und dann vergessen.

»Ich wollte ein paar Tage bleiben, um genug Zeit zu haben, das Haus kennenzulernen.«

»Dann nehmen Sie sich ein Zimmer in einer Pension im Ort, ja?«

»Eigentlich wollte ich hier schlafen, aber vielleicht wäre es besser, wenn ich mir eine andere Unterkunft für die Nacht suche«, überlegte sie und spürte, wie sich ihr Herzschlag beschleunigte. »Ich bin unsicher.«

»Hier gibt es viele Zimmer. Daran soll es nicht scheitern. Aber das Haus ist groß und liegt abseits des Dorfes. Vielleicht fürchten Sie sich, wenn Sie hier allein schlafen.«

»Oh, erzählen Sie mir bitte keine Geistergeschichten.« Sie lachte unsicher. »Ich habe eine blühende Fantasie und könnte sie nie wieder vergessen.«

»Hier spukt es nicht, nein. Es ist nur ein altes Haus. Das Holz macht Geräusche, der Wind – Sie wissen schon. Aber das ist alles ganz harmlos. In Clonamaddy ist noch nie etwas passiert. Jeder kennt jeden. Wir schließen noch nicht mal unsere Autos ab.«

»Können wir uns die Zimmer vielleicht trotzdem zusammen ansehen? Würden Sie mich ein wenig herumführen?«

»Aye, natürlich. Das mache ich gern, kenne das Haus wie meine Westentasche, jeden Winkel, würde ich sagen.«

Mr Maguire setzte sich in Bewegung und klimperte mit dem Schlüsselbund, während er durch einen kleinen Korridor schritt, der vom Foyer abzweigte. An den Wänden hingen Bilder mit dicken Goldrahmen. Szenerien des Landlebens: Menschen auf den Feldern, dichte Wälder, Kühe und glänzende Bäche, die das Land durchzogen wie Adern.

»Die Küche. Herzstück eines jeden Hauses.« Mr Maguire öffnete die Fenster, deren Scheiben über die Jahre hinweg milchig geworden waren, und stieß die Läden auf, sodass alles in ein warmes Licht getaucht wurde. Staubpartikel wirbelten durch die Luft. An manchen Stellen war die Farbe von den Wänden abgeblättert, sodass zimtfarbenes Gemäuer zum Vorschein kam.

Auch wenn es ein Zeichen des Zerfalls war, weckte der Anblick in Clara ein warmes Gefühl. Zimt und Zucker, warme Milch, Haferflocken, gemahlener Kaffee. Sie konnte es fast riechen. Der gusseiserne Ofen war so massiv, dass er ebenso gut in den Maschinenraum eines Dampfschiffes gepasst hätte. Es war, als würde man aus der Zeit fallen. »Oh, die Töpfe sind ja toll!«, stieß sie aus, als sie die unzähligen Kupfertöpfe entdeckte, die an der Wand hingen. Auf der Anrichte neben dem Herd entdeckte sie Schüsseln aus Emaille und Keramik, hölzerne Kochlöffel und Pfannenwender.

»Ganz schön hier, was?« Mr Maguire klopfte auf den alten Holztisch, dessen Flecken und Kratzer ganz eigene Geschichten erzählten.

»Es sieht aus, als wäre erst gestern noch jemand hier gewesen. Klar, alles ist alt, aber es wirkt trotzdem so lebendig. Alles ist berührt worden.«

»Mhm. Unglaublich, dass es so lange her ist.«

Nachdem er ihr die Hauswirtschaftsräume gezeigt hatte, führte Mr Maguire sie in ein Zimmer mit bodentiefen Bogenfenstern. Hier standen Polstermöbel mit samtenen Kissen, ein alter Fernseher und ein noch älteres Klavier, auf dem ein paar Notenhefte lagen. Vergeblich suchte Clara nach Fotografien der früheren Bewohner.

Auf der anderen Seite des Raumes befand sich ein Kamin, auf dessen Sims kitschige Porzellanfiguren standen. Gerade wollte sie darauf zugehen, als ihr Blick abgelenkt wurde. »Wow! Was ist das denn?« Sie lachte hell auf und legte ihre Hände auf das kühle Fensterglas.

»Schön, was?«

An das Wohnzimmer grenzte ein großer Wintergarten. Er besaß ein Kuppeldach, sodass er an eine viktorianische

Schneekugel erinnerte. Mit dem Unterschied, dass darin keine Flocken rieselten, sondern ein Urwald wucherte – Kamelien, Palmen, Farne, Zypressen. Bepflanzte Töpfe baumelten von der Decke und standen entlang der Glaswände.

Zwischen all dem Grün entdeckte Clara einen kleinen Tisch mit zwei Stühlen. Sie war entzückt. Dort würde sie sitzen, Wintergartenkaffee trinken und schreiben, bis die Sonne untergegangen war und der Mond hoch am Himmel stand.

Strahlend drehte sie sich zu Mr Maguire um. »Ich wusste gar nicht, wie schön Wintergärten sein können. Ein Wunder, dass die Pflanzen ohne Pflege überlebt haben und alles still vor sich hin wächst.«

»Och, so ein bisschen Arbeit steckt schon drin. Meine Frau hat sich um die Pflanzen gekümmert, als sie noch gelebt hat, aber jetzt ist sie seit zwei Jahren tot.« Er räusperte sich. »Ich gieße nur einmal in der Woche.«

»Ich würde es nicht anders machen.«

»Vom Wintergarten aus kommen Sie auch in den Garten und von dort ist es nicht weit bis zum See. Vielleicht fünf Minuten. Sie müssen nur durch das kleine Tor.«

»Es gibt einen See?« Clara stellte sich auf die Zehenspitzen.

* * *

Gemeinsam stiegen sie die Treppe ins Obergeschoss hinauf. Der Teppichboden war dick und verschluckte jedes Geräusch. An den kreideweißen Wänden hingen Geweihe, zweiflammige Leuchten und Porträts von Menschen, die ernst dreinblickten.

»Sind das die Fitzgeralds?«, fragte sie im Vorbeigehen.

»Wahrscheinlich sind das irgendwelche Vorfahren, ja. Das Haus ist sehr alt. Hier haben viele Menschen gelebt.«

Sie betraten einen dunklen Raum, in dem es muffig roch. Nachdem sie die Fensterläden geöffnet hatten, erkannte Clara massive Bücherregale. Sie umschlossen den Raum, reichten bis zur Decke.

»Hier hat der alte Fitzgerald gearbeitet«, erklärte Mr Maguire und deutete auf den Schreibtisch. Neben aufgeschlagenen Notizbüchern und einem Füllfederhalter lag dort ein Briefbeschwerer in Form einer goldenen Harfe. Wäre nicht die Staubschicht gewesen, hätte es so ausgesehen, als hätte hier gerade noch jemand gesessen.

»Die Familie muss sehr wohlhabend gewesen sein.«

»Aber republiktreu. Stolze Iren, gute Katholiken«, sagte Mr Maguire und klopfte sich auf die Brust.

Nach der Bibliothek zeigte er ihr zwei Schlafzimmer mit alten Möbeln, aber ohne Spuren von den Menschen, die früher hier gelebt hatten. Die Zimmer sahen aus, als wären sie vor vielen Jahren eingefroren worden, als würde alles darin stillstehen.

Hinter einer unscheinbaren Tür am Ende des Korridors befand sich ein heilloses Durcheinander unter Staub und Spinnweben. Clara wäre fast rückwärts wieder aus dem Zimmer gestolpert. Leere Verpackungen irgendwelcher Geräte, eine Hantelbank, blaue Säcke mit Kleidung, Schallplatten, Fotoalben, Videokassetten, Heiligenbildchen, bunte Girlanden aus glänzendem Papier. Das Leben war auf einen Haufen geworfen und weggesperrt worden. Man konnte nicht mal zu den Fenstern gelangen, ohne über zusammengerollte Teppiche und eine Chaiselongue mit zerrissenen Polstern klettern zu müssen.

»Meine Güte.« Sie lachte und zog zwischen den blauen Säcken einen alten Teddybären hervor. »Was für ein wildes Sammelsurium. Und ich habe mich schon die ganze Zeit gefragt, wo der Haken ist.«

»Robert Fitzgerald hat angefangen, das Haus zu entrümpeln. Ist nicht fertig geworden, wie Sie sehen. Hat's nicht zu Ende gebracht und ich rühre bestimmt nichts an. Ist ja nicht meine Aufgabe.«

»Was ist denn Ihre Aufgabe?«

»Na, Wasser durch die Leitungen jagen, vor allem im Winter, Rasen mähen, wenn's nötig ist, Hecken schneiden und aufpassen, dass keine Jugendlichen einsteigen.«

»Oh, brechen hier manchmal Jugendliche ein?«

»Ne, das würden die niemals wagen. Die kennen mich und wissen genau, dass ich ihnen die Löffel lang ziehe und um den Hals wickle, wenn sie einen Fuß ins Haus setzen.« Er lachte trocken. »Warten Sie, Miss Clara, jetzt zeige ich Ihnen die Schatzkammer. Die wird Ihnen bestimmt gefallen. Meine Frau hat davon geschwärmt, sage ich Ihnen, war ganz verliebt.«

Während er sie durch den Korridor führte, erzählte er, dass sich seine Frau geärgert hatte, weil sich niemand um das Anwesen kümmerte. Es sei unanständig, so reich zu sein, dass man ganze Häuser in Vergessenheit geraten ließ. Andere Menschen müssten auf der Straße leben und in Clonamaddy verwahrloste ein Zuhause.

Die Schatzkammer entpuppte sich als ein großzügiges Zimmer mit Fenstern, die den Blick auf den Garten freigaben. Neugierig betrachtete Clara das Aquarell über dem Schreibtisch, das ein dunkles Gewässer vor der Silhouette eines Baums zeigte. Es war mit den Initialen CF signiert. »Clara Fitzgerald«, witzelte sie leise, dann trat sie zum Bett und strich mit den Fingerspitzen über das Kopfkissen. Über allen Dingen hatte sich eine dicke Staubdecke ausgebreitet.

Auf dem Nachttisch lag ein Stofftaschentuch, in das der Name *Catherine* eingestickt worden war. Clara lächelte und berührte das dunkelrote Garn. »Gab es hier eine Catherine?«, fragte sie.

»Die gab es, aber sie ist schon viele Jahre tot. Sie war die Mutter von Oscar und Robert Fitzgerald.«

»Wissen Sie etwas von ihr?«

»Och, nicht so viel.« Mr Maguire griff über sich in den Lampenschirm und drehte an der Glühbirne. »Aber ich vermute, dass ihr Mann geschnarcht und sie deswegen auf ein eigenes Zimmer bestanden hat.«

»Oder sie konnte seine Nähe nicht mehr ertragen.«

»Soll schon vorgekommen sein, ja.«

Clara zog die Schublade des Nachttisches auf. Darin lagen ein Stapel sorgsam zusammengelegter Stofftaschentücher, eine goldene Armbanduhr, deren Metall ganz angelaufen war, und ein schwarzes Buch. Erst dachte sie, es sei eine Bibel, doch dann erkannte sie den goldgeprägten Titel und wurde unweigerlich an Oscar erinnert. *Sturmhöhe.* Vielleicht hatte er seine Liebe zur Literatur von seiner Mutter geerbt.

»Wissen Sie eigentlich, warum Oscar damals gegangen ist? Er spricht nicht darüber und ich frage mich, wie es sein kann, dass jemand so rigoros mit seiner Heimat bricht.«

»Och, es gibt ein paar Geschichten, die man sich erzählt. Es ist auf jeden Fall zu einem Zerwürfnis mit der Familie gekommen. Robert ist nie gut auf seinen Bruder zu sprechen gewesen.«

»Was ist passiert?«, fragte sie und schloss die Schublade.

»Manche sagen, es wäre ums Erbe gegangen, andere glauben, die Brüder hätten sich um eine Frau gestritten oder dass Oscar wegen seiner sexuellen Neigung verstoßen worden wäre.«

»Wegen seiner sexuellen Neigung?«

»Nur Gerüchte. Die Leute reden und reden. Ich habe aufgehört, hinzuhören. Auf einem Ohr bin ich schon fast taub.« Er zupfte an seinem rechten Ohrläppchen. »Das ist wirklich wahr.«

Nachdem Mr Maguire sich wortreich verabschiedet hatte und auf sein klappriges Fahrrad gestiegen war, wuchtete Clara ihre Reisetasche und ihren Rucksack aus dem Kofferraum. Sie versuchte, nicht zu intensiv darüber nachzudenken, dass sie nun der einzige Mensch hier draußen war.

Es war nur ein Haus, nur Stein und Holz. Um sich abzulenken, summte sie vor sich hin, während sie die Haustür hinter sich ins Schloss zog und die Treppe emporstapfte. Sie durfte ihrem Geist nicht erlauben, finstere Geschichten zu erfinden.

Clara öffnete die Tür zu Catherines Zimmer. Ein Blick auf ihr Telefon verriet, dass die Sonne in zwei Stunden untergehen würde. Nicht, dass sie sich vor der Dunkelheit gefürchtet hätte – es war eher das Haus, dessen Geruch und Geräusche sie noch nicht kannte. Nachdem sie ihre Tasche auf dem Sessel abgeladen und die Vorhänge zugezogen hatte, setzte sie sich auf die federnde Matratze und wählte die Nummer ihrer Freundin.

»Gott sei Dank! Seitdem ich von der Arbeit gekommen bin, warte ich darauf, dass du dich endlich meldest«, sprach Fiona aufgeregt ins Telefon. Der vertraute Klang ihrer Stimme ließ Clara aufatmen. »Geht's dir gut?«

»Ja, ich bin nur furchtbar erschöpft. Die Fahrt, aber vor allem die ganzen Eindrücke – es kommt mir vor, als würde mein Kopf jeden Moment platzen.«

»Ist es wirklich so verwahrlost?«

»Nicht verwahrlost, nur verlassen«, sagte sie leise. »Alles ist so belassen worden wie damals, als der letzte Fitzgerald gegangen ist. Die Möbel, Bilder und Tapeten. Es gibt einen wunderschönen Wintergarten, Fiona. Das Haus liegt nur im Dornröschenschlaf.«

»Kannst du es retten?«

»Keine Ahnung.« Clara musste lachen. Während sie Fiona von dem Haus erzählte und dabei schon Pläne für den morgigen Tag schmiedete, wanderte sie durch den Flur, rückte Gemälde gerade und wischte mit dem Ärmel ihres Pullovers Staub von den Lampenschirmen. »Mal sehen, wie ich die Nacht überstehe«, meinte sie gähnend.

»Die Nacht? Du hast doch nicht ernsthaft vor, dort zu übernachten?«

»Ich muss sparen.«

»Aber du kannst doch nicht …«

»Das Haus ist nur ein Haus. Ich muss mich daran gewöhnen, hier zu sein.«

»Hast du eine Schrotflinte?«

»Eine Schrotflinte? Natürlich nicht. Wie kommst du darauf?«

»Dann ein Messer. Du solltest dich verteidigen können, wenn du dort draußen ganz allein bist.«

»Ich muss mich nicht bewaffnen. Kannst du bitte aufhören, mir Angst zu machen?«

»Ich will dir keine Angst machen. Ich will nur, dass du sicher bist und gesund zurückkommst.«

»Rational betrachtet ist es nicht gefährlicher, als in London nachts mit der Tube zu fahren. Und das mache ich ständig.«

»Machst du nicht.«

»Aber wenn ich es täte, würdest du auch nicht verlangen, dass ich eine Schrotflinte mitnehme.«

Sie hatte sich vorgenommen, den Abend zu nutzen, um das Haus zu erkunden. Nun, da sich die Dunkelheit vor den Fenstern ausgestreckt hatte, schaffte sie es nicht, ihr Zimmer zu verlassen. Das Haus dehnte sich aus, sobald die Sonne untergegangen war. Es wurde so groß und still, als würde es die Luft anhalten.

Clara lag auf dem Bett, klappte ihr Notebook auf und notierte wie jeden Abend ein paar Ideen für Artikel, die sie irgendwann womöglich schreiben würde. *Verlassene Orte* oder *Finsteres Idyll – hinter irischen Fassaden.* Ihr Vater hatte ihr den Tipp gegeben, jede noch so absurde Idee aufzuschreiben, da man vielleicht eines Tages dringend auf sie angewiesen wäre. Inzwischen hatte Clara eine Liste von 673 Ideen erstellt. Zu Beginn ihres Studiums hatte sie ihre Artikel noch regelmäßig an Rupert geschickt, doch meist erhielt sie lediglich eine Lesebestätigung, weswegen sie irgendwann damit aufgehört hatte. Sie gab sich mit wenig zufrieden und hatte gelernt, ihre Erwartungen anzupassen. Ihr Vater war ein renommierter Journalist. Einer, der aus dem Irak und Afghanistan berichtet und jede Menge Preise abgesahnt hatte. Seine Zeit war kostbar, weswegen Clara mit der Furcht aufgewachsen war, bedeutungslos zu sein und von ihm vergessen zu werden.

Wegen ihm hatte sie schon als Kind ihre ersten Artikel geschrieben, hatte am liebsten *London Telegraph* gespielt und andere Kinder mit einem Plastikmikrofon interviewt. Seine Fußstapfen waren der Weg, den sie eisern verfolgt hatte. Getrieben von der Hoffnung, ihn irgendwann einholen zu können oder ihm wenigstens näherzukommen. Deswegen hatte sie sich an der Universität eingeschrieben, um Journalistin zu werden.

Vor einigen Jahren, nachdem er zwischen Hauptgang und Dessert einer ihrer Artikel überflogen hatte, platzierte er seine fleischige Hand auf ihrem Unterarm und senkte die Stimme: »Ich sage meinen Leuten immer, dass ich ein Gewitter erwarte. Ich will beim Lesen weggefegt werden. Und was soll ich sagen? Du donnerst da Sachen weg, Clara – meine Güte. Perfekt! Besser geht's nicht. Wenn du fertig mit dem Studium bist, brauche ich dich unbedingt in meinem Team. Dann bekommst du dein eigenes Büro mit Blick auf die Themse. Garantiert.«

Davon hatte Clara immer geträumt. Als es dann letztes Jahr so weit war und sie endlich ihren Abschluss in der Tasche hatte, ließ er sie antanzen, um ein offizielles Bewerbungsverfahren durchzuziehen. Nur pro forma. Nach zwei Wochen erzählte er ihr, dass es zu Verzögerungen käme, da derzeit so viele Bewerbungen eingingen. Er werde sich melden. Als sie ihn Tage später erreichte, war er gerade so im Stress, dass er nur ins Telefon hustete, dass ein Brief unterwegs sei. Der Brief kam und riss ihr den Boden unter den Füßen weg. In den Arbeitsproben seien drei Rechtschreibfehler und die Recherche sei lückenhaft, wodurch ihre Artikel fragmentarisch wirkten. Aus diesem Grund habe man sich bedauerlicherweise gegen sie entschieden.

Für andere war es nur eine Absage, aber in Clara löste sie einen Schmerz aus, der sie lähmte. Ihre Träume waren zerbrochen und sie fand nicht die Kraft, die Scherben aufzufegen. Kurz darauf trennte sich Ben von ihr. Clara hatte den tiefsten Punkt erreicht. Überschuldet durch ein Studium, das sie wegen eines Jobs durchgezogen hatte, den es nicht gab. Verlassen von einem Mann, an dessen Liebe sie bis zum Schluss geglaubt hatte, und enttäuscht von einem Vater, der den Thron nicht zu schätzen wusste, den ein kleines Mädchen für ihn errichtet hatte.

Was blieb ihr jetzt? 673 Ideen, um einen Artikel zu schreiben, der sie direkt in eine der renommiertesten Redaktionen Englands katapultieren sollte. Träumereien. Sie speicherte das Dokument, checkte mit zusammengepressten Lippen ihren Finanzstatus, schluckte trocken und scrollte dann ziellos durchs Internet, um sich abzulenken. Die Verbindung war zwar stabil, aber schlecht, weswegen es eine halbe Ewigkeit dauerte, bis sich die Seiten aufgebaut hatten. Clara schaltete Musik ein, legte das Telefon auf den Nachttisch und rollte sich wie eine Katze zusammen. Die *Fleet Foxes* trugen sie mit sphärischen Klängen in den Schlaf und übertönten die knarrenden Dielen und das Klopfen der Zweige an den Fensterscheiben.

4

Die Nacht verflog traumlos. Als Clara am nächsten Morgen die Augen öffnete und über sich den Lampenschirm baumeln sah, stahl sich ein Lächeln auf ihre Lippen. Schnell tippte sie Mitteilungen an ihre Mutter und Fiona, dann wählte sie ihre Londoner Nummer. Es dauerte lange, bis sich eine belegte Stimme meldete.

»Guten Morgen, Oscar. Hast du gut geschlafen?«

»Ach, du bist das. Ich habe mich schon gewundert, wer so früh anruft. Das passiert ja sonst nie.«

»Ist alles okay bei euch?«

»Natürlich. Und bei dir? Wie war die erste Nacht?«

»Ich war so müde, dass ich sofort eingeschlafen bin.«

Oscar erzählte ihr, dass er sich gerade angezogen hatte und seine Hand schon auf der Türklinke lag. Keats bellte im Hintergrund. Jetzt würden sie zum Kiosk spazieren, um eine Zeitung und Kaffee zu kaufen. Den Morgen wollten sie im Park verbringen. Bei schönem Wetter saß Oscar manchmal stundenlang auf seiner Bank im Whitestone Garden, um zu lesen und Menschen zu beobachten.

»Keats platzt fast. Ich muss los, sonst passiert ein Malheur.«

»Ich rufe morgen wieder bei dir an.«

»Mach das, Kind, und pass gut auf dich auf! In Irland wimmelt es von Kobolden.«

Clara schwang sich aus dem Bett und öffnete die Fenster. Der Wind bauschte die Vorhänge auf und wehte den Geruch der Felder ins Zimmer. Es war tröstlich, mit Oscar gesprochen zu haben.

»Einen wunderschönen guten Morgen, Irland.« Clara beugte sich weit aus dem Fenster, atmete durch und ließ den Blick umherschweifen. Hinter der Backsteinmauer, die den Garten umschloss, erstreckte sich eine salbeigrüne Hügellandschaft, die in der Ferne den Himmel berührte. Vereinzelt erkannte sie dunkle Baumgruppen, Schafe und silberne Bachläufe, die in der Sonne funkelten. Gestern war ihr dieser Landstrich noch einsam und verloren vorgekommen, heute berührte sie seine raue Schönheit. Clara beobachtete, wie die Schatten der Wolken gemächlich über das Land trieben. Es war ruhig hier draußen. Der Wind griff nach dem schweren Leinenstoff der Vorhänge. Vögel trillerten in den Bäumen und trotzdem war es still. Die Geräusche waren menschenleer.

Nach einer Weile streckte sie die Arme in die Höhe, dehnte sich ausgiebig und spürte, wie sich ihr Geist regte und nach Betätigung verlangte.

Nachdem sie geduscht hatte, klemmte sie sich die Tüte mit Lebensmitteln, die sie von zu Hause mitgebracht hatte, unter den Arm und trat hinaus in den kühlen Korridor. Während sie zur Treppe ging, sprach sie leise vor sich hin. Ihre eigene Stimme zu hören, nahm den knarrenden Dielen ihren bedrohlichen Unterton. In der Küche schmierte sie sich zwei Brote, aß im Stehen und öffnete dabei einen Schrank nach dem anderen. Es gab bunt zusammengewürfeltes Geschirr, Silberbesteck, Servietten aus weißem Stoff und schwere Kerzenständer, die früher vielleicht auf der Tafel im Speisezimmer gestanden hatten.

Clara griff nach einer Tasse aus Keramik. Inmitten pastell-farbener Blumen stand darauf ein Segenswunsch: *May true be the hearts that ...* Die letzten Worte waren verblasst.

* * *

Die Fuchsienhecken, die das Haus wie ein Gürtel umschlossen, trugen tränenförmige Blüten. Vor der Backsteinmauer wuch-sen Rosen mit faustgroßen Kelchen, Rittersporn, Löwenzahn und Disteln. Der Stein speicherte die Sonnenwärme, schützte die Pflanzen vor dem schneidenden Wind und den Schafen, die über das Land zogen. Clara pflückte Rosenblüten, zer-rieb sie zwischen den Fingern und roch daran, während sie durch den Garten stiefelte. Das Gras stand hoch, reichte ihr bis zu den Knien. Dazwischen entdeckte sie Wildblumen, Maulwurfshügel, Wollgras und moosbewachsene Steine. Inmitten des Gartens wuchs ein Kirschbaum mit tiefroten Früchten. Erst als sie davorstand, fiel ihr die Schaukel auf, die von einem Ast baumelte. Clara stieß sie an und wartete, bis sie sich ausgependelt hatte. Dann griff sie nach einer Kirsche, drehte sie zwischen Daumen und Zeigefinger und fand kein einziges Wurmloch. Als sie den Druck verstärkte, platzte die Haut auf und der Saft floss wie Blut ihr Handgelenk hinab. Clara lächelte und steckte sich die Kirsche in den Mund.

Es war absurd, dass dieses Anwesen ihr gehören sollte. Sie war an ein einfaches Leben gewöhnt. Hinter dem winzigen Haus, in dem sie aufgewachsen war, gab es nur einen dieser mickrigen Höfe. Backsteinmauern ringsum, Wäschespinnen, Mülltonnen, Fahrräder und kleine Töpfe mit welken Blumen, die traurig aussahen und nicht mehr zu retten waren. Hier war alles anders. Tau benetzte die Gräser, Vögel saßen zwischen den Ästen und die Blüten des Heidekrauts im hinteren Teil des Gartens leuchteten in der Sonne wie Schneeflocken.

Bevor sie durch das Tor aus dem Garten schlüpfte, drehte Clara sich um und blickte zurück zum Haus. Irgendwann würden Leben und Liebe in diesen Organismus zurückkehren. Licht würde aus den Fenstern scheinen und jemand säße am Klavier. Was Ben wohl zu der überraschenden Wendung ihres Lebens sagen würde? Clara schüttelte den Kopf, wischte die klebrige Hand an ihren Jeans ab und zog mit der anderen ihr Telefon aus der Tasche. Kurz überlegte sie, ob sie ihm ein Foto schicken sollte. Von dem Haus, dem Kirschbaum, von einer jungen Frau mit roten Wangen und zerzaustem Haar. Doch dann stopfte sie das Telefon zurück. Ben war nur noch selten zu Gast in ihrem Leben. In ihren Gedanken erschien er noch öfter, aber das war nur ein Symptom, das mit der Zeit abklingen würde.

* * *

Vor dem Pub standen zwei Männer, breitbeinig, als würde ihnen die Straße gehören. Sie trugen dunkelgrüne Wachsjacken und klobige Stiefel, sodass es aussah, als kämen sie gerade vom Acker. Der Wind hatte ihre Wangen gerötet und ließ sie jungenhaft wirken, obwohl sie vermutlich ein wenig älter als Clara waren. Daneben stand eine zierliche Frau. Sie lachte so schrill, dass Clara sie hören konnte, obwohl sie noch im Auto saß. Einer der Männer lehnte betont lässig an der Hauswand. Er fuhr sich mit den Fingern durch das dunkle, volle Haar und streckte gerade den Arm aus, um die Frau an der Schulter zu berühren, als Clara ausstieg. Er hob den Kopf. Sein Blick traf sie wie ein Blitz. Nicht unfreundlich, aber forschend. Britisches Kennzeichen, fremdes Gesicht, glänzende Chelsea-Boots, steifer Mantel: Es war offensichtlich, dass Clara nicht hierhergehörte. Sie zwang sich, nicht auf den Boden zu starren, als sie an der Gruppe vorbeiging, obwohl sie deutlich die Hitze wahrnahm, die ihr ins Gesicht gestiegen war.

»Tag«, grüßte eine Männerstimme. Es klang wie eine Frage.

»Hi«, erwiderte sie und ließ ein Lächeln aufflackern. Clara spürte die Blicke, die sich an ihren Rücken hefteten, als sie hastig auf den kleinen Gemischtwarenladen zusteuerte.

Die Regale reichten bis zur Decke und bildeten verwinkelte Gänge. Aus dem Radio plärrte ein Popsong. Clara schnappte sich einen Einkaufskorb und fing an, alles Mögliche einzupacken – Spülmittel, Marmelade, Küchenschwämme, Tee. Es gab kein System, nach dem die Regale eingeräumt worden waren. Katzenfutter stand zwischen eingelegtem Hering und Teelichtern, die nach Sandelholz riechen sollten.

»Kommen Sie zurecht?«, tönte die Stimme einer Frau, die Clara nirgendwo entdecken konnte.

»Danke, ich finde alles, was ich brauche.«

Sie griff nach einer Packung Klopapier, dann ging sie zur Ladentheke, hinter der eine blinkende Lichterkette mit Sternen neben einem Bild der Heiligen Jungfrau hing.

»Alles gefunden?«

Auf einem Namensschild, das über einem großen Busen hing, stand in kindlich runder Schrift: *Daisy*. Der Name passte nicht zu der Person, die sich gerade aus einem Stuhl gewuchtet hatte und nun in gebückter Haltung vor ihr stand. Graue glanzlose Haare hingen schlaff in ein Gesicht, das ebenso glanzlos und schlaff wirkte.

»Für so einen kleinen Laden sind Sie wirklich gut ausgestattet.« Clara schenkte der Frau ein herzliches Lächeln, stellte den Einkaufskorb auf den Tresen und kramte nach ihrem Portemonnaie.

»Wir müssen mit den großen Supermärkten mithalten und das Dorf versorgen. Neu hier, hm?«, fragte die Verkäuferin und wickelte Münzen aus rotem Papier, um sie laut in das Plastikfach unter der Kasse fallen zu lassen.

»Ich bin gestern angekommen.« Sie überlegte, ob sie noch eine Packung Kaugummi mitnehmen sollte, erinnerte sich dann aber an die drei ungeöffneten Packungen, die im Handschuhfach lagen.

»Besuchen Sie jemanden oder sind Sie auf der Durchreise? Sie wollen bestimmt an die Küste.«

»Nein, nein. Ich bleibe ein paar Tage hier.«

»Ah!« Die grünen Augen der Verkäuferin glommen auf. Plötzlich war Leben in das Gesicht gekehrt. »Sie schlafen sicher bei Peter? Im Pub, meine ich. Das ist mein Schwager. Peter, meine ich.«

»Ich wohne im Haus der Fitzgeralds. Hinter der Kirche gibt es doch diesen Weg und dort …«

»Ach, Sie sind das.« Die Frau ließ die Packung Scones sinken, die sie gerade zum Abkassieren aus Claras Einkaufskorb genommen hatte, und musterte sie. »Davon habe ich gehört. Die junge Frau aus England. So was verbreitet sich im Dorf wie ein Lauffeuer.«

»Oh, das ist praktisch. Dann muss ich mich wohl niemandem mehr vorstellen.«

»Er hat Sie geschickt, damit Sie sich um das Haus kümmern.«

»Wer?« Clara stellte die Flasche zurück.

»Oscar Fitzgerald.« Daisy lächelte, als würden vor ihrem inneren Auge Bilder auftauchen. »Ich kann mich an ihn erinnern. Damals war ich ein ganz junges Mädchen, aber ich weiß noch, dass er ein Motorrad hatte und damit immer die Straße hoch und runter gefahren ist. Das war ein irrsinniger Lärm.«

Clara hatte schon angefangen, die Artikel in ihre Tasche zu packen, doch nun blickte sie auf. »Er hatte ein Motorrad?«

»Und was für eins. So ’ne Kiste, die sich kein anderer im Dorf jemals hätte leisten können. Wir waren damals ja schon

44

froh, wenn wir irgendwo Fahrräder auftreiben konnten. Alle haben sein Motorrad bewundert. Knallrot war's.«

»Dann war Oscar also ein Angeber, ja?«, fragte Clara belustigt.

»Ne, er war … ich weiß nicht …« Daisy schob die Kassenschublade zu und zerrte ein Taschentuch aus ihrer Hosentasche. »Hat wahrscheinlich nur Anschluss gesucht, denke ich. So ein junger Kerl. War keiner von uns, aber auch keiner von denen.«

»Von denen?«

»Kein echter Fitzgerald eben. Natürlich war er das im Grunde, aber nicht so wie sein Vater oder sein Bruder.« Die Frau verzog das Gesicht, als würde allein die Erinnerung an die beiden sie ekeln, dann schnäuzte sie sich ausgiebig.

»Die Fitzgeralds waren im Dorf nicht sehr beliebt, kann das sein?«

»Och, sie wurden respektiert, aber niemand hätte sich im Pub zu ihnen gesetzt, um ein bisschen zu plaudern. Der Alte war ein Tyrann und seine Frau unsichtbar, wenn Sie wissen, was ich meine. Sie hat sich im Haus versteckt.«

»Sie hat sich im Haus versteckt?«, echote Clara und runzelte die Stirn.

»Wie gesagt, man hat sie hier im Dorf kaum zu Gesicht bekommen.«

»Und was ist mit Robert? Kannten Sie ihn?«

Daisy griff nach einem fleckigen Spüllappen und fing an, damit über den Tresen zu wischen. Ihre Hände waren von Gicht gezeichnet, die Fingernägel rosafarben lackiert. »Ganz der Vater, wenn Sie mich fragen. Mit Geld kann man eben nicht alles kaufen. Keine Lebenszeit, keine Liebe. Das haben die Fitzgeralds nie kapiert.«

»Aber Oscar ist wirklich ganz …«

45

»Er lebt jetzt in England, was? Sie kommen doch aus London.« Die Frau ließ den Spüllappen in den gelben Plastikeimer fallen, der auf dem Fenstersims stand, und lächelte sie an, als wäre sie stolz darauf, so gut informiert zu sein.

»Das stimmt.«

»Viele sind nach England gegangen. Ich habe einen Cousin in Liverpool und mein Bruder hat zwölf Jahre in Bristol gearbeitet, war dort als Mechaniker, aber das Heimweh hat ihn wieder nach Hause gebracht.« Sie seufzte. »Hat Mr Fitzgerald keine Sehnsucht nach Clonamaddy?«

»Schwer zu sagen. Er meidet das Thema, und wenn ich's nicht besser wüsste, würde ich glauben, er wäre ein waschechter Brite.«

»Tja, hat mit seiner Familie gebrochen, wie es scheint.«

Clara meinte eine gewisse Genugtuung herauszuhören. »Mhm, aber er verrät nicht, weshalb.«

»Ist lange her, Liebes, aber unter uns: Diese Familie würde jeder vergessen wollen. Das Schönste an ihnen war das Haus.«

»Es ist mittlerweile ein bisschen heruntergekommen, kann ich Ihnen sagen.« Sie hob die Flasche mit Reinigungsmittel empor, deren Etikett mit lang anhaltendem Lavendelduft warb. »In den nächsten Tagen habe ich ziemlich viel zu putzen.«

»Was wird daraus? Wird es verkauft?«

Nach kurzem Zögern nickte Clara, ohne zu wissen, ob das tatsächlich der Plan war.

Als sie auf die Straße trat, stand die Gruppe immer noch vor dem Pub. Der Wind wehte ihre Stimmen die Straße hinauf. Die Frau trug einen flatternden Rock zu einer Lederjacke und hatte hüftlanges Haar, das bei jeder Bewegung golden funkelte und in sanften Wellen über ihren Rücken fiel. Clara schulterte die pralle Einkaufstasche und klemmte sich die Zeitung unter den Arm. Ihre Augen suchten vergeblich nach einem Ausweg, aber sie musste am Pub vorbei, um zu ihrem Wagen zu kommen. Umständlich schob sie sich ihre Sonnenbrille vom Kopf auf die Nase und setzte sich in Bewegung. Sie versuchte lässig auszusehen, als sie auf die Gruppe zuging. Die Stimmen wurden leiser, je näher sie kam. Gerade, als sie dem Blick des an der Wand lehnenden Mannes begegnete, passierte es: Sie stolperte über ihre eigenen Füße. Mit durch die Luft rudernden Armen versuchte sie, den Sturz noch irgendwie zu verhindern. Doch es war zu spät. Sie verlor das Gleichgewicht und schlug hart auf. Ihre Einkäufe kullerten in alle Richtungen. Die Scham war größer als der Schmerz. Fluchend setzte sie sich auf und kontrollierte ihre Handflächen, in denen zwar kleine Steine klebten, die aber keine Verletzungen zu haben schienen.

»Hey, alles okay? Hast du dir wehgetan?« Der dunkelhaarige Mann ging in die Hocke und berührte ihre Schulter.

Sie blinzelte über den Brillenrand hinweg in ein besorgtes Gesicht und bemerkte erst jetzt, wie schief die Sonnenbrille auf ihrer Nasenspitze hing. Clara nahm sie ab.

»Alles okay?«, wiederholte er seine Frage.

»Nein, überhaupt nicht!«, beeilte sie sich zu sagen und musste im selben Moment lachen. »Ich meine, mir ist nichts passiert. Alles gut.« Am liebsten wäre sie im Erdboden versunken. Clara rappelte sich auf und fing an, hastig die Einkäufe einzusammeln.

»Du willst für klare Verhältnisse sorgen, hm?« Er lächelte sie an und reichte ihr eine Flasche Allzweckreiniger, die sie achtlos in die Tasche steckte.

»So ähnlich.« Ihre Wangen brannten lichterloh. Was für ein fantastischer Auftritt, dachte sie. Sobald sie nervös wurde, entglitt ihr die Kontrolle, dann verschüttete sie Kaffee, vertauschte das Telefon mit der Fernbedienung, fiel über ihre eigenen Füße.

Inzwischen waren auch die anderen gekommen und halfen, die Einkäufe aufzuklauben. »Hast du dir wirklich nichts getan?«, fragte die blonde Frau und neigte den Kopf zur Seite. Sie hatte himmelblaue Augen, die sie forschend über Claras Gesicht wandern ließ.

»Ne, alles gut. Bin nur umgeknickt! Danke für eure Hilfe.«

Die Frau griff in die Jackentasche und hielt ihr ein dunkles Papier unter die Nase. »Am Freitag gibt's hier ein Konzert. Eintritt frei. Vielleicht hast du ja Lust und Zeit.«

Obwohl Clara wusste, dass sie nicht kommen würde, nickte sie und klemmte den Flyer umständlich zur Zeitung unter ihren Arm.

»Man sieht sich, ja?«

»Vielleicht.«

»Das ist 'ne richtige Touristenattraktion. Solltest du nicht verpassen, wenn du deinen englischen Freunden erzählen willst, dass du das wahre Irland kennengelernt hast«, mischte sich der dunkelhaarige Mann ein. Sein Gesicht wirkte jugendlich, obwohl sich feine Fältchen um seine Augen auffächerten, als er grinste. Unter seiner Jacke trug er einen Strickpullover, an dem einige Strohhalme klebten.

»Was du nicht sagst? Meinst du das wahre Irland oder ein Theater, das ihr für die Touristen aufführt?« Clara hob die Augenbrauen.

»Na ja …« Er massierte seinen Nacken. Das Grinsen wurde breiter und entblößte große Eckzähne.

»Ach, hör nicht auf diesen Idioten«, lenkte die Frau ein und lachte hell auf. »Das ganze Dorf kommt. Ist hier so üblich. Wird bestimmt ein schöner Abend.«

»Wenn ich Zeit habe, komme ich gern vorbei, um Irland besser kennenzulernen.« Sie hob den Kopf und grinste. »Das wahre Irland, meine ich!«

Als sie sich abwandte und zu ihrem Auto ging, konnte sie die Blicke spüren, die ihr wie Scheinwerfer folgten.

5

Das Haus erinnerte sie an die Dachkammer, in der sie als Kind gespielt hatte. Ihr Großvater hatte sich in Chesterfield als Entdecker einen Namen gemacht: Seine Passion galt der Entdeckung schöner Dinge, die er aufspürte, putzte, reparierte und in der Dachkammer seines Hauses sammelte. Dort gab es Holztruhen, in denen Pelze, Spitzendecken und Leinenstoffe lagen, Fotoalben mit fremden Gesichtern, Wecker, die mitten in der Nacht schrillten, und eingestaubtes Spielzeug von Kindern, die nicht mal mehr lebten. Clara hatte es geliebt, in den Habseligkeiten ihres Großvaters zu stöbern und sich vorzustellen, wem sie früher wohl gehört hatten.

Es dauerte nicht lang und sie verlor das Zeitgefühl, als sie die Schränke im Wohnzimmer auswischte, Bilderrahmen abstaubte, Kissen ausklopfte und immer wieder Dinge fand, mit denen sie sich eine Weile auf den Boden setzte, um sie zu betrachten. Nebenher redete sie mit sich selbst – eine schrullige Angewohnheit, die sie mit Oscar teilte. Es kam vor, dass sie ins Selbstgespräch vertieft aneinander vorbeiwanderten, wenn sie sich im Flur begegneten.

Als es dämmerte und die Farben des Himmels wärmer wurden, setzte sie sich auf den Küchentisch, blickte hinaus in den Garten und löffelte eine Suppe, die sie aus Tiefkühlgemüse gekocht hatte. Sie war hundemüde. Bevor sie hochginge, würde sie zum dritten und letzten Mal überprüfen, ob alle Türen verriegelt waren.

Auch an diesem Abend notierte sie ein paar Ideen. *Tradition oder Touristenattraktion? Was von der Seele einer Nation übrig bleibt.* Clara schrieb und schrieb, ohne zu wissen, was sie mit diesen Notizen anfangen sollte. Was sie dringender brauchte als ein paar Stichwörter, war ein Plan, der konkret genug war, dass sie ihn vor ihrem inneren Auge sehen konnte. *Erst putzt du das Haus, mistest aus, verkaufst den Rest bei eBay, dann das Haus, dann bezahlst du deine Schulden, dann schickst du ein paar Artikel raus. Vielleicht kann ... Nein, du brauchst Rupert nicht, grundsätzlich nicht. Du kannst dich nicht auf ihn verlassen. Das konntest du noch nie. Er lässt dich zurück. Er lässt dich allein.* Während sie in der Dunkelheit lag, die Decke bis zum Kinn hochgezogen hatte und in den weißen Lampenschirm starrte, der von der Decke baumelte, verselbstständigten sich ihre Gedanken. Irgendwann schlief sie ein.

* * *

Es war stockdunkel, als sie aufschreckte. Clara blinzelte und wollte sich gerade umdrehen, als ein Knarren die Stille zerriss. Irgendwo im Haus bewegte sich das Holz. Ganz normale Geräusche, die nichts zu bedeuten hatten. Wie viel Uhr war es eigentlich? Sie tastete nach ihrem Telefon und stellte fest, dass sie vergessen hatte, den Akku aufzuladen. Stöhnend legte sie es zurück. Ihr Kopf war schwer und die Matratze so weich, dass ihr Körper tief einsank. *Einfach weiterschlafen ...* Plötzlich knarzte und polterte es so laut, dass Clara senkrecht im Bett stand. Ihr Herz galoppierte. *Was zur Hölle ...?* Nun vernahm sie ganz deutlich das Rascheln von Stoff. *Jemand ist hier,* durchfuhr es sie, und im selben Moment roch sie die Gefahr förmlich. Panisch blickte sie sich um. Ins Badezimmer fliehen, die Tür verriegeln, aus dem Fenster springen, in den Schrank kriechen. Was jetzt? Die Treppenstufen knarzten unter einem schweren Gewicht. Schleppende Schritte. Clara presste sich die Hand vor den Mund. Jemand hatte herausgefunden, dass sie ganz allein hier war. Eine junge Frau in einem großen Haus, das inmitten der Einsamkeit stand – völlig ausgeliefert. Ein Wimmern entfuhr ihr, als irgendwo im Haus eine Tür geöffnet und kurz darauf wieder geschlossen wurde. Er suchte nach ihr. Sie hätte den Wagen nicht vor dem Haus parken sollen. Warum hatte sie kein Zimmer im Dorf gemietet?

Clara schob langsam die Decke zurück, dann schlich sie auf Zehenspitzen zur Kommode, neben der die Mistgabel lehnte, die sie gestern in ihr Zimmer geschleppt hatte, um davon ein Foto zu machen. Ein dummer Scherz. *Ich habe mich bewaffnet, Fiona. Bist du jetzt beruhigt?* Warum hatte sie sich in diesem fremden Haus nur so sicher gefühlt? Ihr Puls raste und Schweiß trat aus jeder Pore ihres Körpers. Vermutlich glaubte er, dass sie tief und fest schlief. Sie musste ihn überwältigen, musste ihm zuvorkommen. Fest umklammerte sie das Holz der Mistgabel. Der Atem entwich ihr stoßweise, während sie den Rücken an die Wand presste und lauschte. Er hatte das Obergeschoss erreicht. Am Ende des Flures wurde eine Tür geöffnet und kurz darauf wieder geschlossen. Die Schritte kamen näher. Wieder wurde eine Tür geöffnet und geschlossen. *Oh Gott, oh Gott, oh Gott, bitte nicht. Das kann nicht wahr sein, wach auf, wach auf, verdammt!* Ein dumpfes Räuspern drang in ihr Zimmer. Es war kein Streich ihres Geistes, nein, sie irrte sich nicht. Jede Faser ihres Körpers war angespannt. Clara beschwor alle Mächte, bündelte ihre Aufmerksamkeit und richtete die Zacken der Forke auf die Tür, während sie mit zusammengekniffenen Lippen darauf wartete, dass sie geöffnet wurde. *Du schaffst das,* wiederholte sie immer und immer wieder. Nun war er in der Bibliothek angekommen. Sie konnte hören, wie die Dielen unter dem Teppich knarrten, dann wurde die Tür geschlossen. Sie hielt den Atem an. Wie in Zeitlupe wurde die goldene Türklinke ihres Zimmers hinabgedrückt und ein greller Lichtstrahl fiel herein. Blind stach sie drauflos und taumelte zurück. Ein gellender Schrei ertönte, dann sackte ein Körper zu Boden. Das Licht kullerte zur Wand. Aus ihrer Kehle drang ein Krächzen und vermischte sich mit einer fremden Stimme. Sie hatte das Gefühl, keine Luft mehr zu bekommen, japste wie eine Ertrinkende.

»Scheiße!«, brüllte eine Männerstimme.

»Hau ab!« Mit aller Kraft ließ sie die Mistgabel auf den Boden donnern, verfehlte ihn nur um wenige Zentimeter.

»Scheiße! Was soll das?«

Trotz der Dunkelheit erkannte sie, dass er sich weggeduckt hatte. »Verschwinde!«

»Scheiße! Ich bin verletzt, ich …«

»Mei… mein Freund kommt gleich«, stieß sie hervor und hob die Mistgabel in die Höhe. Mit der anderen Hand tastete sie nach dem Lichtschalter. Surrend glomm die Glühbirne auf. Auf dem Boden vor ihr saß ein Mann, der sein Hosenbein hochzog und dabei zischende Geräusche machte. Blut floss das Schienbein hinab. Man erkannte dunkle Löcher in seinem Fleisch.

Claras Herz pochte so heftig, dass sie glaubte, jeden Augenblick müsste ihr Brustkorb zerspringen.

»Scheiße, verdammt!« Der Mann schob seine Kapuze vom Kopf und starrte sie mit zitternden Lippen an, dann blickte er wieder hinab auf seine Wunden.

Clara öffnete den Mund und schloss ihn wieder. Sie kannte dieses Gesicht. Der Mann hatte ihr heute dabei geholfen, die verstreuten Einkäufe einzusammeln. Für einen kurzen Moment erleichterte sie sein Anblick, doch dann krallte sich die Angst wieder in ihren Eingeweiden fest. »Was machst du hier?«

Er hob die Hand an, die er auf die Wunden gepresst hatte, und drückte sie sofort wieder auf sein Schienbein. »Ich brauche Kompressen, Desinfektionsmittel und …«

»Verfolgst du mich?«

»Quatsch! Natürlich nicht.«

»Du bist mir hierher gefolgt und … Ich ruf die Polizei.«

Sein Gesicht war gespenstisch weiß und ließ seine Augen glänzend hervorstechen.

»Das musst du nicht«, knurrte er. »Ich will nichts von dir. Ich kenne dich ja nicht mal. Ich war hier, um …«

»Was willst du?«

»Ich hab 'nen Fuchs gesucht.«

»Was?« Sie glotzte ihn verständnislos an und wischte sich mit dem Unterarm kalten Schweiß von der Stirn.

»Einen Fuchs, ich habe nur nach einem Fuchs gesucht. Vor zwei Jahren hat hier …«

»Wie bitte?«

»Er hat unten in der Vorratskammer gehaust. Deswegen hat Maguire das Fenster zugenagelt. Ich bin nur hier, um den anderen …«

»Mein Gott!« Sie lachte hysterisch. »Du brichst hier ein, um nach Füchsen zu suchen? Mitten in der Nacht? Bist du Wildhüter oder was?«

»Wenn sie geworfen haben, ziehen sie sich in ihre Verstecke zurück. Eigentlich in ihre Baue, klar, aber wenn sie in der Nähe von Menschen leben, verändern sich ihre Gewohnheiten.«

»Was redest du da?«

»Die Wahrheit.«

»Einen Fuchs ...« Clara schüttelte den Kopf. Das Adrenalin, das durch ihre Adern schoss, ließ sie kaum einen klaren Gedanken fassen. Ihr war speiübel.

Der Mann hatte den Blick wieder von ihr abgewendet. Er sog scharf die Luft ein, hob die Hand und inspizierte seine Wunden. Die dünnen Rinnsale waren geronnen. »Kannst froh sein, dass du keine Arterie getroffen hast«, presste er hervor, dann zog er sich am Bettpfosten hoch und trat vorsichtig auf. Sein Gesicht war schmerzverzerrt.

»Und du kannst froh sein, dass ich hier keine Schrotflinte gefunden habe.«

»Ich wusste nicht, dass hier jemand wohnt.«

»Das ist Privatgelände. Wie kommst du dazu, hier einzubrechen? Was denkst du dir dabei?«

Seine Augen erforschten den Raum, erfassten ihren Rucksack, die Kleider, die auf dem Sessel lagen, und wanderten dann zurück zu ihrem Gesicht. Er runzelte die Stirn. »Bist du auch eingebrochen?«

»Ich?«, fragte sie mit schriller Stimme und stieß an die Kommode, als sie einen Schritt zurückweichen wollte. »Warum sollte ich hier eingebrochen sein?«

»Das Haus ist seit Ewigkeiten unbewohnt.«

»Aber jetzt gehört es mir«, erklärte sie und klang dabei so unsicher, dass sie die Worte gedanklich wiederholen musste. Das Haus gehörte ihr – keine Lüge, kein Irrtum.

»Wie bitte?« Er lachte auf und griff nach seinem Rucksack, um ihn sich über die Schulter zu hängen. »Das glaubst du doch selbst nicht.«

»Das Haus gehört mir. Oscar Fitzgerald hat es mir geschenkt.« Sie schüttelte den Kopf und rang um Fassung. »Meine Güte. Warum diskutiere ich hier rum? Das gibt's doch nicht. Ich rufe jetzt die Polizei.«

»Nein, bitte, das ist nicht nötig.« Er hob beschwichtigend die Hände. »Tut mir leid. Ich verstehe, dass du wütend bist. Wenn ich gewusst hätte, dass jemand da ist, wäre ich niemals hier eingedrungen. So ein Typ bin ich nicht.«

»Zeig mir deinen Personalausweis!«, forderte Clara nach kurzem Zögern, weil sie glaubte, dass es einen souveränen Eindruck machte. Ihre Knie schlotterten.

»Was?« Er blickte sie ungläubig an.

»Ich will wissen, wer du bist!«

Als er seine Jacke öffnete und versuchte, den Reißverschluss der Innentasche aufzuziehen, schloss sie für einen kurzen Moment die Augen. Sie musste auf alles vorbereitet sein. Sie musste die Situation kontrollieren. Schließlich zog er ein speckiges Portemonnaie hervor und reichte ihr einen Personalausweis.

»Jon.« Sie runzelte die Stirn. »Was soll das für ein Name sein?«

»Das H fehlt, ich weiß. Mein Vater hat 'ne Sauklaue.«

»Wie bitte?«

»Und dann war es meinen Eltern irgendwie egal. Sie haben den Eintrag nie korrigieren lassen.«

Clara konnte nicht fassen, dass er im Plauderton mit ihr sprach. Während ihr Puls immer noch raste, versuchte er, sie mit irgendwelchen Anekdoten zu besänftigen.

»Okay!« Sie warf ihm den Ausweis vor die Füße. »Und jetzt gehst du mit erhobenen Händen …«

»Was? Ich bin doch kein Schwerverbrecher.«

»… mit erhobenen Händen die Treppe runter. Ich muss wissen, wie du ins Haus gekommen bist.«

Er klaubte seinen Ausweis vom Boden auf. Bei den ersten Schritten machte er zischende Geräusche, dann humpelte er mühsam die Treppe hinab. Die eine Hand umklammerte das Geländer, die andere hob er nach oben. Sie war blutverschmiert.

Währenddessen redete er von einem Fuchs, den er im Garten gesehen habe.

Clara hörte überhaupt nicht zu. Stattdessen fokussierte sie seinen Hinterkopf und folgte ihm, während ihre Gedanken panisch umherflatterten. Wenn er sich nun plötzlich umdrehte? Wenn er sich auf sie stürzte? Mit weichen Knien trat sie hinter ihm ins Wohnzimmer und schaltete das Licht ein. »Und jetzt?«, fragte sie so bang, als hoffte sie, er würde die Führung übernehmen.

»Ich bin durch den Wintergarten ins Haus gekommen. Mit einem Draht lässt sich die Tür ganz leicht öffnen«, erklärte er und zog einen verbogenen Draht aus der Hosentasche. »Das ist überhaupt kein Problem.«

»Und die Tür zum Haus?«

»Ist immer offen.«

»Morgen besorge ich eine Alarmanlage und Kameras.«

»Musst du nicht. Das Haus hat natürlich 'ne Alarmanlage. Ist nur ausgeschaltet. Soll ich ...«

»Nein!« Sie hielt die Mistgabel nun mit beiden Händen. »Wo ist die Alarmanlage?«

»Direkt unter dem Telefon hängt ein schwarzer Kasten. Die PIN steht auf der Unterseite. Damit aktivierst du auch den Bewegungsmelder.«

»Warum kennst du dich hier so gut aus?«

»Ich bin als Kind oft hier gewesen und auch ein paar Mal in letzter Zeit.«

»Damit ist jetzt Schluss«, erwiderte sie. »Beim nächsten Mal rufe ich die Polizei. Ich schalte die Alarmanlage sofort ein.«

»Warte lieber noch auf deinen Freund, sonst wird vielleicht ein Fehlalarm ausgelöst.«

»Ach so, ja, wenn er erfährt, dass du hier eingebrochen bist ...« Sie schnaubte auf.

»Du musst dir keine Sorgen machen. Ich bin Tierarzt.«

»Soll mich das jetzt beruhigen?«

»Na ja …« Er schluckte trocken. »Ich bin vielleicht nur Tierarzt, aber immerhin ein Arzt. Ist das nicht vertrauenerweckend? Wenigstens ein bisschen?«

Clara schüttelte den Kopf. »Nein, ist es nicht. Du musst jetzt sofort gehen. Bitte …«

»Natürlich.« Er trat durch die Tür in den Wintergarten, doch dann drehte er sich noch einmal zu ihr um. »Das hier … Das tut mir echt leid.«

Mit pochendem Herzen blickte sie ihm nach, bis sich sein Schatten in der Dunkelheit aufgelöst hatte, dann brach sie in Tränen aus. Die Angst entwich mit ihren Schluchzern. Sie stolperte zurück in den Flur, suchte hektisch nach dem schwarzen Kasten der Alarmanlage und der PIN, dann leuchtete endlich ein rotes Licht auf. Clara atmete tief durch, schüttelte den Kopf und musste lachen. So ein verdammter Idiot.

»Ich bin Tierarzt«, murmelte sie. Als würde ein akademischer Grad ihn in einen Heiligen verwandeln! Kopfschüttelnd ging sie in die Küche, schaltete das Licht ein und betrat die große Vorratskammer. Hinter einem der Regale entdeckte sie tatsächlich eine Tür und ein Fenster, dessen Scheibe fehlte. Stattdessen waren dicke Bretter angebracht worden. Wenn man die Hand davorhielt, konnte man kalte Luft spüren, die durch die Ritzen drang. Vielleicht hatte er nicht gelogen und es hatte tatsächlich einen Fuchs gegeben, der hier Unterschlupf gesucht hatte. Kurz überlegte sie, schnurstracks zurück in ihr Heile-Welt-Zimmer zu marschieren, als ihr die Vitrine im Wohnzimmer einfiel. Sie ging zurück und öffnete sie. Angebrochene Flaschen mit Cognac, Whiskey, Brandy und irgendwelchen Obstlikören standen auf dem obersten Regalbrett.

Clara entschied sich für einen Whiskey, der dem Etikett zufolge in Connemara gereift war. Golden floss die Flüssigkeit ins Glas und verströmte einen herben Geruch. Mit zusammengekniffenen Augen trank sie und konzentrierte sich auf den seifigen Geschmack, der sich in ihrem Mund ausbreitete. Ihr liefen kalte Schauer den Rücken hinab und sie konnte nicht sagen, ob das am Alkohol oder an der Panik lag, die ihr wie ein Messer im Bauch stecken geblieben war. Sie befand sich in einem einsamen Haus, abgelegen vom Dorf, dachte sie keuchend, und bei ihr war gerade eingebrochen worden.

6

Der Wind trieb die Wolken so schnell über den Himmel, dass die Sonnenstrahlen flackerten. Er saß auf einem umgedrehten Boot am Ufer, hatte die Beine angewinkelt und die Arme auf den Oberschenkeln abgestützt. Seine Gesichtszüge waren streng, wirkten eingefroren.

Clara stand eine Weile im Schatten einer Eiche und beobachtete ihn. In der Nacht hatte sie kein Auge mehr zugetan. Sie hatte alle Türen verriegelt, sich auf das Bett gelegt und mit klopfendem Herzen in die Dunkelheit gehorcht. Erst als sich die Sonne am Horizont gezeigt hatte und Licht ins Zimmer fiel, war sie wieder eingeschlafen.

Sie musste mit ihm sprechen. Clara ballte die Hände zu Fäusten und atmete tief durch, dann ging sie über die Wiese auf ihn zu. »Was machst du hier?«, fragte sie, als sie neben ihn trat.

»Schwäne beobachten.«

Sie folgte seinem Blick und entdeckte auf der Mitte des Sees zwei Schwäne, die majestätisch über das Wasser glitten. Hinter ihnen paddelten drei graue Jungtiere.

»Ist es Zufall, dass ich dich ständig treffe?«

»Hier leben nur wenige Menschen.« Er starrte unbeirrt hinaus auf das dunkle Wasser. »Und ja, es ist Zufall. Ich lege es nicht darauf an, dir zu begegnen.«

»Bist du wirklich Tierarzt?«

»Bin ich, ja. Das ist meine mobile Praxis.« Er deutete zu einem schwarzen Van, der vor einer Baumgruppe parkte.

»Und was ist mit dem Fuchs, nach dem du gesucht hast?«

»Er streunt durch die Gegend. In den letzten Tagen habe ich ihn öfter in der Nähe deines Hauses gesehen. Es gab schon mal eine Fähe, die dort ihre Welpen zur Welt gebracht hat. Deswegen wollte ich gestern nachschauen.«

»Du kümmerst dich also um wilde Tiere.«

»Unter anderem. Das ist als Tierarzt schließlich meine Aufgabe.«

»Aber es ist nicht deine Aufgabe, in fremde Häuser einzubrechen.«

»Ich hatte ja keine Ahnung, dass dort eine Wahnsinnige auf mich wartet, die mir eine Mistgabel ins Bein rammt. Weißt du eigentlich, wie weh das tut?« Er zog den Stoff seiner Hose hoch und präsentierte ihr eine weiße Mullbinde, die sich an manchen Stellen braun verfärbt hatte. »Wenn sich das entzündet, wird's übel.«

Obwohl sie immer noch wütend war, packte sie beim Anblick seines Beines das schlechte Gewissen. »Ich wollte dich nicht verletzen.«

Er hob den Kopf, um sie anzusehen – seine Augen waren moosgrün –, dann grinste er. »Himmel, Mädchen, du hast echt kräftig zugestochen! Du hast mich aufgespießt wie 'ne Olive.«

»Ich wollte mich verteidigen.«

»Ich weiß, ich weiß.«

»Es war mitten in der Nacht und ich war ganz allein in diesem Haus. Ich hatte panische Angst.«

Er krempelte die Ärmel seines Pullovers hoch und warf einen flüchtigen Blick auf seine Armbanduhr. »Tut mir leid. Wird garantiert nicht mehr vorkommen. Du musst hier draußen keine Angst haben, wirklich nicht. Das war ein großes Missverständnis.«

»Mhm. Dann ist ja alles klar …« Sie wandte sich zum Haus um, von dem man nur drei Schornsteine in den Himmel ragen sah. »Ich geh dann mal.«

»Kann ich vorher noch deinen Personalausweis sehen?«

»Was?«

»Du kennst meinen Namen. Daher wäre es fair, wenn ich auch wüsste, wer du bist. Findest du nicht?«

»Meinen Namen? Ich, äh …« Sie räusperte sich und überlegte kurz, ob sie einen Namen erfinden sollte. »Clara.«

»Hi, Clara.« Ein Lächeln zeigte sich auf seinen Lippen. »Seid ihr zum ersten Mal in Irland, du und dein Freund?«

Sie verschränkte die Arme vor der Brust und blickte hinab zu ihren erdverkrusteten Stiefeln. »Er ist nicht mitgekommen.«

»Das habe ich mir schon fast gedacht.« Er nickte bedächtig. »Kommst du klar? Es gibt wahrscheinlich viel zu tun.«

»Ich weiß gar nicht, wo ich anfangen soll. Das Haus ist so groß. Mir fehlt noch die Orientierung.«

»Kann ich gut verstehen. Was hast du damit vor? Gibt es schon irgendwelche Pläne?«

»Ich muss mir alles in Ruhe ansehen. Gerade bin ich damit beschäftigt, die Zimmer zu putzen, Unterlagen zu sichten, solche Dinge eben. Und dann muss ich mir was überlegen.«

»Sehen wir uns am Freitag?«

»Warum sollten wir?«

»Weil ich jetzt arbeiten muss.« Er stand auf und strich den Stoff seiner Jeans glatt. »Du weißt doch, wo der Pub ist. Du bist davor zu Boden gegangen. Es gibt Musik und …«

»Geht nicht. Ich stehe jeden Morgen sehr früh auf.«

»Keine Sorge. Wir trinken nur ein Bier und hören Musik.«

»Wir kennen uns doch gar nicht.«

»Aber wir sollten uns kennenlernen. Ich bin nämlich dein nächster Nachbar. Mein Hof liegt am Ende der Straße. Nur ein paar Schritte von deinem Haus entfernt.«

»Oh! Gehören dir die Schafe mit den roten Punkten?«

»Nein, die gehören Matthew Sullivan. Ich habe keine Schafe. Schafen stehe ich sehr kritisch gegenüber.«

»Was? Warum denn?«

»Weil sie gefährlich sind«, behauptete er und strich sich eine dunkle Haarsträhne aus dem Gesicht.

»Das habe ich ja noch nie gehört.«

»So etwas bringen sie euch in England wohl nicht bei. Aber wenn dir ein Schaf begegnet, legst du dich am besten sofort ganz flach auf den Boden, machst die Augen zu und bewegst dich nicht mehr, bis es vorbeigegangen ist.«

Sie stemmte die Arme in die Hüften und funkelte ihn an. »Ach? Sind das die Märchen, die man den Touristen erzählt, um sich über sie lustig zu machen?«

»Aye.« Er schmunzelte und fuhr sich mit einer Hand durch das Haar. Die Sonne zauberte einen goldenen Schimmer darauf. »Aber Schafe sind in meinen Augen tatsächlich ein Problem. Sie haben den Wald aufgefressen.«

»So ein Unsinn.« Sie lachte irritiert. »Du erzählst mir Geschichten von Füchsen und Schafen, die Bäume fressen? Entschuldige, aber …«

»Okay, eigentlich war es so, dass man damals die Wälder abholzen musste, weil man Weideland gebraucht hat. Die Schafe haben alles gefressen und die Böden platt getrampelt. Da wächst nichts mehr. Deswegen ist das Land so kahl.«

»Oh, okay, das wusste ich nicht.«

»Wenn du hier wohnen willst, kann es nicht schaden, sich ein bisschen zu informieren, hm?«

»Ich will hier nicht wohnen. Ich komme aus London und ...«

»Das kannst du mir alles morgen erzählen, Clara aus London«, sagte er mit einem warmen Lächeln. »Du bezahlst die erste Runde.«

7

Was sie dazu bewogen hatte, am Freitagabend die Stiefel anzu-
ziehen, um ins Dorf zu spazieren, war vor allem die Verlassenheit
des Hauses, aber auch die Tatsache, dass sie den dunkelhaarigen
Mann kennenlernen wollte, der nachts in ihr Haus eingestiegen
war, um einen Fuchs zu suchen. Er war ihr nicht ganz geheuer.
Vielleicht hatte er deswegen ihr Interesse geweckt.

Clara stemmte sich gegen die Tür des Pubs, schlüpfte durch
den Spalt und wurde sofort von molliger Wärme umfangen.
Das Licht war golden und schaffte es nicht, die Ecken des großen Raumes auszuleuchten. An den Wänden hingen unzählige Fotografien, vergilbte Landkarten und ein Poster, auf dem
stand: *Hier gibt's keine Fremden, nur Freunde, die sich vorher noch
nicht begegnet sind.* Das klang zwar vielversprechend, konnte ihr
Unbehagen jedoch nicht zähmen. Clara knöpfte ihren Mantel
auf und spähte mit klopfendem Herzen auf ihre Armbanduhr.
Was jetzt?

Fremde Gesichter blickten ihr entgegen. Als sie sich auf
einen Abend im Pub eingestellt hatte, war ihr nicht klar gewesen, dass sie in ihren Jeans und dem schlichten Pullover auf-
fallen würde, als wäre sie in einem Clownskostüm aufgekreuzt.
Die Gäste waren alle schick angezogen. Die Männer trugen
Hemden, die Frauen Kleider und Föhnfrisuren. Neugierige

Blicke verfolgten sie auf ihrem Weg durchs Gedränge, bei dem sie an Ellbogen, fleischige Oberarme, Hüften und Stehtische stieß. Die Aufmerksamkeit, die ihr entgegengebracht wurde, verstärkte ihr Unbehagen und sie spielte mit dem Gedanken, umzukehren, als sie ihn an einem der hinteren Tische entdeckte. Sofort erhitzten sich ihre Wangen. Er plauderte gerade mit ein paar Männern, doch plötzlich hob er den Kopf und ein strahlendes Lächeln breitete sich auf seinem Gesicht aus. Jon deutete auf sein halb leeres Bierglas, dann zur Bar. Während sie sich durch die Menschenmenge zu ihm durchschob, lehnte er bereits mit dem Rücken am Tresen und blickte ihr erwartungsvoll entgegen. Er trug einen dunklen Pullover, aus dem der Kragen eines Jeanshemdes hervorragte.

»Du bist ja wirklich gekommen, Clara aus London.«

»Natürlich. Ich möchte nämlich unbedingt das wahre Irland kennenlernen«, erwiderte sie lächelnd und kletterte auf den Barhocker neben ihm.

»Freut mich.« Er drehte den anderen Gästen den Rücken zu und schirmte sie ab. »Geht's dir gut?«

»Mhm, aber ich frage mich die ganze Zeit, ob ich vielleicht jemandem gratulieren sollte.«

»Wie bitte?«

»Na ja, die Leute hier haben sich so schick gemacht.« Sie zupfte an ihrem grünen Schurwollpullover, den sie in einem düsteren Secondhandladen in Camden erstanden hatte.

»Du solltest heute lieber niemandem gratulieren. Der alte Dean ist gestorben und alle sind nach der Trauerfeier rübergekommen.«

»Oh, das tut mir leid. Ich dachte nur ...« Clara verstummte.

»Siehst du die alten Kerle da hinten?« Er deutete zum Ende der Theke, an dem drei Männer in abgenutzten Jacketts saßen. Ihre Gesichter waren gerötet, ihre Lider so müde und geschwollen, dass es aussah, als wären sie über ihrem Bier eingeschlafen.

»Die sehen auch eher nach Torfstechern aus. Du bist also in allerbester Gesellschaft heute Abend.«

»Willst du etwa behaupten, dass ich wie eine Torfstecherin aussehe?«, fragte sie und presste die Lippen aufeinander, um nicht loszukichern.

»Du siehst aus wie jemand, der gerade von der Arbeit kommt. Warst du heute fleißig?«

»Ich bin ganz gut vorangekommen, aber bis die ganzen Leute kommen, muss noch viel getan werden. Das wird Monate dauern, vielleicht ein ganzes Jahr.«

»Welche Leute?«

»Leute, die das Haus kaufen wollen.«

»Warum willst du es denn verkaufen?«

Ehe sie sich regen konnte, hob er den Arm und winkte die junge Frau herbei, die lustlos hinter dem Tresen stand und Gläser polierte. Sie kaute Kaugummi, als besäße sie die Kiefer eines Nussknackers.

»Sharon, das ist die englische Lady, die das Schloss wieder in Schuss bringen will.«

»Ah, okay. Das Haus der Fitzgeralds, ja? Ist ganz schön dort.« Ein halbes Lächeln flackerte auf und verschwand wieder. Ansonsten blieb die Miene der Frau regungslos.

»Auch wenn es in den letzten Jahren ein bisschen vernachlässigt worden ist. Die Teppiche sollten rausgerissen werden, jemand muss sich um die Kamine kümmern und die Abflüsse sind total verstopft.«

»Rohrreiniger.« Sharon zuckte mit den Achseln.

»Machst du uns zwei Schwarze?«

»Okay.«

Als sich Sharon drei Schritte von ihnen entfernt hatte und sich am Zapfhahn zu schaffen machte, lehnte sich Jon zurück und verschränkte die Arme vor der Brust. Er betrachtete sie. Seine Augen glänzten dunkel, doch als er den Kopf zur Seite neigte und Licht auf sein Gesicht fiel, erkannte Clara, wie grün sie waren.

»Ich bin ein ganz passabler Handwerker. Soll ich morgen mal vorbeikommen?«

»Danke, das ist nicht nötig. Ich könnte dich sowieso nicht bezahlen.«

»Ich würde dir helfen, weil wir Nachbarn sind und du mit der Arbeit ganz allein dastehst.«

»Na ja.« Clara grinste verlegen und hatte das Gefühl, sich erklären zu müssen. »Meine Freunde müssen arbeiten und konnten sich so spontan nicht freinehmen. Außerdem ist London ziemlich weit weg.«

»Noch nicht mal dein Freund konnte mitkommen?«

In diesem Moment stellte Sharon das Bier vor ihnen ab und nahm das Geld an sich, das Jon auf dem Tresen bereitgelegt hatte.

Dankbar griff Clara nach dem Glas. »Auf Clonamaddy.«

»*Sláinte!* Auf dein Haus!«

Sie nahm einen winzigen Schluck. Der Schaum war sahnig, das Bier malzig und schwer. »Bist du eigentlich hier aufgewachsen?«, fragte sie.

»Aye! War nur eine Weile weg, um Tierarzt zu werden. Zum Leidwesen meines Vaters.«

»Was soll das denn heißen?«

»Ich habe mich auf Tiere spezialisiert, nicht auf Menschen wie der Rest meiner Familie. Die Kette bricht ja bekanntlich immer an der schwächsten Stelle.«

»So schwach kann die Stelle nicht gewesen sein. Du hast immerhin eine Praxis eröffnet. Das ist 'ne starke Leistung, finde ich.«

»Geht so. Ich habe den Hof vom alten Finnegan übernommen. Er war vierzig Jahre lang der einzige Tierarzt hier in der Gegend. Ich führe einfach fort, was er sich aufgebaut hat.«

»Magst du deinen Job?«

»Absolut. Ich liebe ihn. Tiere sind immer echt und nirgendwo sonst als im Hier und Jetzt. Das entspannt mich irgendwie«, sagte er und blickte sie aus Augen an, die von innen heraus strahlten. »Ich war schon als Kind jeden Tag bei Finnegan und habe ihm auf dem Hof geholfen. Alles, was ich kann, habe ich von ihm gelernt.«

»Ist dein Hof sehr groß?«

»Nicht sehr groß, nein. Ich habe ein paar Hühner, Katzen und zwei alte Esel, die letztes Jahr ausgesetzt worden sind.«

»Wer setzt denn Esel aus?«, fragte sie erstaunt und wandte sich zu ihm um.

Jon leckte sich Bierschaum von der Oberlippe und hob die Schultern. »Bauern, die keine Verwendung mehr dafür haben. Kommt hier draußen leider gar nicht so selten vor.«

»Puh, ganz schön hart.«

»Bei mir haben sie's gut.«

»Und jetzt suchst du nach einem Fuchs für deinen Hof?«

»Ne.« Er schüttelte lachend den Kopf. »Füchse gehören in die Wildnis. Weit weg von meinen Hühnern.«

Nachdem er ihr erzählt hatte, dass beim letzten Fuchsbesuch neun seiner Hühner getötet worden waren, sprach er davon, dass er irgendwann eine Klinik für Wildtiere eröffnen wolle. Nicht hier auf dem Land, sondern in der Nähe einer größeren Stadt. Cork vielleicht. Seine Stimme war warm und besaß einen schnurrenden Unterton, der Clara schon bei ihrer ersten Begegnung aufgefallen war, was es ihr schwer machte, sich auf seine Worte zu konzentrieren. Ihr war gar nicht bewusst gewesen, wie charmant dieser irische Akzent sein konnte.

»Bis die Pläne nicht ganz konkret sind und ich keinen guten Deal mit der Bank ausgehandelt habe, bleibe ich aber auf dem Hof.«

»Kann ich ihn vielleicht mal sehen, deinen Hof?«, fragte sie und räusperte sich. »Bei Gelegenheit?«

»Klar, komm vorbei, wenn du Eier brauchst. Manchmal weiß ich nicht, wohin damit. Meine Hühner sind so legewütig.«

In diesem Moment schoben sich die Musiker durch den Pub und setzten sich auf eine Bank, die vor einem großen Kachelofen stand, in dem vermutlich Feuer loderte, wenn es draußen kalt war. In aller Seelenruhe packten sie ihre Instrumente aus, plauderten miteinander, lachten und winkten Sharon herbei.

»Wusstest du eigentlich, dass in deinem Garten der älteste und größte Kirschbaum Irlands steht?«

»Oh, ehrlich?« Sie strahlte ihn an.

Jon rieb sich mit Daumen und Zeigefinger übers Kinn. »Kam mir jedenfalls immer so vor.«

»Sag mal, hast du die Familie Fitzgerald eigentlich noch kennengelernt?«

»Ich erinnere mich vage an den alten Fitzgerald, aber er ist gestorben, als ich noch ein Kind war. Dann gab es seinen Sohn, einen kleinen Typ, der sich aufgeführt hat, als wäre er der Kronprinz. Der hat aber nach dem Tod seines Vaters nur noch kurz im Haus gelebt. Seither ist dort nichts mehr. Keine Menschen, kein Leben. Echt schade.«

»Vielleicht ändert sich das bald.«

»Verkauf es aber bitte nicht an irgendeinen amerikanischen Investor. Verkauf es an jemanden, der die Geschichte zu schätzen weiß, das Land hier, die Menschen.« Er hob seine dunklen Augenbrauen. »Oder behalte es einfach. Hast du nicht mit dem Gedanken gespielt, selbst einzuziehen?«

»Nicht wirklich. Ich habe keinen Bezug zu diesem Ort, kein Geld für den Unterhalt. Außerdem wären dann meine Freunde zu weit weg.«

»Du könntest neue Freunde finden.« Er senkte die Stimme. »Sharon zum Beispiel. Manchmal lacht sie. Ich habe es mit eigenen Augen gesehen.«

»Nicht sehr überzeugend.«

»Warte ab. Wenn du erst mal eine Weile hier bist, wirst du nicht mehr wegwollen. Hand aufs Herz. Die Menschen kommen scharenweise nach Irland, weil sie's hier so rau und romantisch finden. Das kannst du nicht leugnen, oder?«

»Mhm, ich weiß, was du meinst.« Clara wandte den Blick ab und grinste still in ihr Glas. Das Land war ruhig, die Luft feucht und schwer. Hier draußen wirkte die Welt, als gäbe es keinerlei Schönzeichnung. Alles zeigte sich, wie es seiner Natur nach war. Man musste nicht zweimal hinsehen, weil man glaubte, sich getäuscht zu haben. Und trotzdem gab es überall Geschichten, die man sich am Torffeuer zuflüsterte – alte Mythen und Märchen.

Plötzlich ertönte ein schriller Pfiff und alle Gespräche erstarben. Ein Mann mit silbernem Haar brummte etwas Unverständliches ins Mikrofon und ließ den gesamten Pub applaudieren. Jon riss sein Bierglas in die Höhe, dann setzte die Musik ein: dudelnde Flöten, wehklagende Geigen und das Stampfen vieler Füße.

Jon beugte sich zu ihr und sprach so laut, dass seine Stimme in ihrem Ohr kitzelte. »Was machst du eigentlich dort, wo du herkommst?«

»Was ich mache?« Sie verzog das Gesicht, als hätte sie kein Bier, sondern Essig getrunken. »Also, ich arbeite gerade in 'nem kleinen Café, bis ich weiß, wie es weitergehen soll. Beruflich und so. Nebenher kümmere ich mich ein bisschen um Oscar. Wir wohnen zusammen.«

»Wie bitte? Ihr wohnt zusammen?« Sie spürte den Atem, den er ausstieß, weil er so laut sprechen und sich so nah zu ihr beugen musste.

»Ich hätte nie gedacht, dass es so schön sein kann, mit jemandem zusammenzuleben, der mein Großvater sein könnte.« Clara schmunzelte. »Erst dachte ich, dass ich nur ein Jahr bleiben würde, aber jetzt wohnen wir schon über fünf Jahre zusammen.«

»Aber warum schenkt dir ein alter Mann, mit dem du zwar zusammenwohnst, aber mit dem du nicht verwandt bist, so ein Haus, so ein Anwesen? Was ist das Geheimnis?«

»Es gibt kein Geheimnis. Oscar ist allein, will sich nicht darum kümmern und er mag mich. Das ist schon alles, denke ich. Es gibt ja keine Familie mehr, die er begünstigen könnte. Er hat nur noch mich.«

Es war anstrengend, so laut zu sprechen und die ganze Zeit zu ihm hingebeugt auf dem Barhocker zu sitzen. Ihre Kehle war trocken und sie nahm einen Schluck von ihrem Bier, das inzwischen abgestanden war.

»Da gibt es ein Geheimnis …«, flüsterte er ihr zu. »In deinem Garten wächst Heidekraut. Es ist schneeweiß.«

»Das habe ich gesehen, aber was ist daran so besonders?«

»Weißes Heidekraut ist selten, wirklich sehr selten. Es wuchert im Garten, als wäre der Boden irgendwie verhext, als würden dort geheime Mächte wirken.«

»Oh, und was sind das für Mächte?«, fragte sie amüsiert und strich sich eine Haarsträhne hinters Ohr.

»Hier in Irland sagt man, dass weißes Heidekraut an Orten wächst, an denen etwas Schlimmes geschehen ist.«

»Warum ausgerechnet dort?«

»Na, weil die Menschen dort geweint haben. Ihre Tränen fielen auf das Heidekraut und wuschen es rein«, erklärte er und musste im selben Augenblick lachen. »Sehr pathetisch, ich weiß, aber so funktionieren irische Sagen.«

»Das klingt geheimnisvoll. Gefällt mir.«

»In deinem Haus stecken viele Geheimnisse.«

»Und Wollmäuse, Staubwolken und ein Haufen Unrat, den ich noch entsorgen muss.« Sie lächelte und stellte das leere Glas vor sich ab. »Deswegen sollte ich jetzt auch den Heimweg antreten. Es ist schon spät.«

»Hast du keine Lust, die anderen kennenzulernen?«, fragte er und deutete auf die gegenüberliegende Seite des Pubs, wo ein buntes Grüppchen zusammenstand, sich zum Takt der Musik wiegte und munter miteinander redete. Clara schüttelte lächelnd den Kopf, weil es spät war, aber vor allem, weil sie unter Fremden das Gefühl hatte, unterzugehen.

»Aber es bleibt bei morgen?«

»Was bleibt?«

»Nach der Arbeit komme ich vorbei und helfe dir.«

»Wenn du Zeit findest, gern. Ich freue mich über jede helfende Hand.«

»Ich finde Zeit«, versicherte er. »Muss morgens eine Fleischbeschau machen und ein paar Besamungen durchführen, aber danach stehe ich zur Verfügung.«

8

Weil sie ein gutes Gefühl, aber keine Gewissheit hatte, googelte sie seinen Namen und sammelte alle Informationen, die sie über ihn finden konnte. Der einzige Tierarzt in Clonamaddy, keine Profile in den sozialen Medien, nur ein Tischtennisturnier, das er vor sieben Jahren gewonnen hatte.

Während sie Geschirr spülte, fragte sie sich, ob sie ihn fortschicken sollte, wenn er käme. Doch der Gedanke, nicht den gesamten Tag allein zu verbringen, war zu verlockend. Außerdem brannte sie darauf, seinen Geschichten zu lauschen. Jon kannte jeden Grashalm, der in Clonamaddy wuchs. Für Clara war alles fremd und sie war dankbar für seine Unterstützung.

Sie hatte sich gerade umgezogen und ein wenig geschminkt, als es am späten Nachmittag an der Tür klingelte. Mit pochendem Herzen hüpfte sie die Treppe hinab. Ein ohrenbetäubendes Knarzen ertönte, dann wehte eine Böe ins Haus und sie blickte in ein feucht glänzendes Gesicht. Auch sein Haar war nass und klebte an seiner Stirn. Mit einem zerbeulten Werkzeugkoffer stand er vor ihr und grinste sie an.

»Feierabend. Ich bin heute quer durch Irland gefahren, um ein paar Höfe zu besuchen. Hätte nichts dagegen gehabt, jetzt die Füße hochzulegen.«

»Oh, wenn das so ist? Ich schaff das auch allein. Das ist kein Problem.«

»Quatsch. Ich bin gern gekommen. Es könnte nur passieren, dass ich im Stehen einschlafe. Um die Uhrzeit habe ich immer ein Tief.« Er trat ein, stellte den Werkzeugkoffer ab und schlüpfte aus seiner Jacke. Als Clara sie an die Garderobe hängte, stellte sie fest, wie wächsern sich der dunkelgrüne Stoff anfühlte. Das Innenfutter war zerrissen.

»Was hast du heute gemacht?«, erkundigte sich Jon und krempelte dabei die Ärmel seines Jeanshemdes hoch.

»Ich habe auf Knien die Böden geschrubbt, Scharniere geölt und jede Menge Staub gewischt. Mir war gar nicht bewusst, wie zäh Staub sein kann, so richtig klebrig.«

»Wie appetitlich. Und jetzt? Hast du irgendwelche Aufgaben für mich? Die Rohre?«

»Nicht mehr nötig. Ich habe Rohrreiniger gekauft. Wir könnten uns das Wohnzimmer vorknöpfen. Dort sollte dringend ausgemistet werden. Ich wollte die Kissenbezüge waschen und außerdem habe ich festgestellt, dass die Tür zum Wintergarten nicht richtig schließt.« Clara schmunzelte. »Und sie knarzt.«

Jon erwiderte ihr Lächeln. »Kein Problem. Ich kümmere mich darum. Die Alarmanlage sollte übrigens auch regelmäßig gewartet werden. Man weiß nie, wer hier draußen sein Unwesen treibt.«

Während Clara die Porzellanfiguren auf dem Kaminsims abstaubte, in Zeitungspapier einwickelte und in einem Karton verräumte, werkelte Jon im Wintergarten. Dabei erzählte er von seiner Arbeit. Anders als in ihrer Vorstellung war es nicht romantisch, als Tierarzt auf dem Land zu arbeiten, sondern ein Knochenjob. Jon untersuchte Tiere auf Parasiten, steckte regelmäßig bis zur Schulter in einem Rind und ließ das Telefon die ganze Nacht angeschaltet, falls er wegen eines Notfalls gerufen würde. Meist entschieden ökonomische Kriterien über das Schicksal der Tiere.

»Tja, das ist meine Aufgabe. Ich berate die Landwirte und bin derjenige, der heilt, lindert oder tötet.«

»Oh Gott, stimmt. Du musst sie ja auch töten.« Clara ließ den Lappen sinken und warf ihm einen entgeisterten Blick zu. »Das muss furchtbar sein.«

»Ich versuche, den Tieren dabei nicht in die Augen zu sehen, aber ich rede mit ihnen, als wäre es nur eine Untersuchung. Wie immer eben. Sie sollen keinen Stress haben.«

»Gewöhnt man sich irgendwann daran?«

»An den Tod?« Er legte den Schraubendreher zurück in seinen Werkzeugkoffer, dann richtete er sich auf und schüttelte den Kopf. »Nein. Ich würde mir ernsthafte Sorgen machen, wenn mir der Tod gleichgültig wäre.«

In der Bibliothek mit ihren deckenhohen Bücherregalen war es wärmer als in den anderen Räumen des Hauses. Es roch nach Holz und Papier.

»Und hier saß der alte Fitzgerald und hat den ganzen Tag sein Geld gezählt.« Jon ließ sich auf den Stuhl fallen, der vor dem massiven Schreibtisch stand, und drehte sich einmal um die eigene Achse. »Nicht schlecht.«

»Hier hat er jedenfalls alles aufbewahrt, was für die Familie wichtig war, denke ich.« Clara zog ein leinengebundenes Fotoalbum aus dem Regal. Männer mit Hüten und in feinen Anzügen, Frauen in Kostümen, Kinder in Gitterbettchen.

Im Schein der Schreibtischlampe blätterten sie durch Bücher, in denen seitenlange Aufstellungen der Finanzen notiert worden waren. Sie betrachteten Urkunden, Zeugnisse und Kaufverträge. Der alte Fitzgerald hatte Ländereien gekauft, verkauft oder verpachtet, Pferdewetten abgeschlossen und die Kirche unterstützt.

Irgendwann zog Jon einen Stapel Postkarten hervor. Es waren Grüße aus Boston von den Murphys, Grüße aus der Lungenheilanstalt Cork von Charles und Grüße von Kate aus Belfast. Ein paar Postkarten kamen aus Dorset. Sie waren allesamt an Oscar adressiert worden, ohne dass sich jemand die Mühe gemacht hätte, eine einzige Zeile zu schreiben.

»Ich seh mir mal die Bücher an.« Clara stand auf und schritt langsam an den Regalen entlang, während sie den Blick über die Buchrücken wandern ließ. Viele Enzyklopädien, Bildbände und Klassiker der Literatur.

Irgendwann setzte sie sich auf den Teppich und griff nach der Familienbibel, einem schweren Buch, das in schwarzes Leder eingebunden war. Gedankenverloren blätterte sie durch vergilbte Seiten, studierte den Stammbaum und nahm kleine Andachtskarten heraus, auf denen in schnörkeliger Schrift Gebete an die heilige Brigida standen. Sie gähnte und stellte das Buch zurück, dann fiel ihr Blick auf einen braunen Ordner, der so abgegriffen war, dass er fast auseinanderzufallen drohte, als sie ihn hervorzog.

Die Registerkarten wiesen verschiedene Jahre aus und dokumentierten von 1923 bis 1961 das Personal, das im Haus beschäftigt worden war. Clara überflog die Verträge, die Namen und Notizen. *Hat gekündigt. Hat geklaut. Schwanger. Krank. Gestorben.* Es waren viele Menschen, die hier als Gärtner oder Köchinnen, Haushaltshilfen oder Kindermädchen gearbeitet hatten.

Mittlerweile waren ihre Augen trocken und erschöpft. Clara blinzelte, als sie die letzten Seiten durchblätterte. 1956. Ihre Gedanken verdichteten sich, zogen übers Meer nach London und wanderten in den fünften Stock zu Oscar. Was auch immer sich in ihr regte – sie spürte es, wenn sie eine Geschichte witterte, die noch nie erzählt worden war.

»Hallo? Bist du in Trance gefallen?« Jon stand vor ihr und blickte amüsiert zu ihr hinab.

»Nein, ich … Das sind alte Arbeitsverträge.«

Nachdem er sich neben sie auf den Teppich gesetzt hatte, beugte er sich über den Ordner und studierte die aufgeschlagenen Seiten.

»Mary McCarthy und Delia Malone. Was ist damit?«

»Delia. Dieser Name … Oscar hat manchmal von ihr gesprochen. Das war der einzige Name, den er je erwähnt hat.«

»War sie sein Kindermädchen?«

»Sie war für den Haushalt zuständig, nicht für die erwachsenen Söhne.« Clara lächelte. »Nein, ich glaube, es ist etwas anderes, das ihn mit ihr verbunden hat. Sie war etwas Besonderes.«

»Geht's um Liebe?«

»Vielleicht. Oscar hat mir verboten, Fragen zu seiner Vergangenheit zu stellen. Das war seine einzige Bedingung. Ich soll das Haus so nehmen, wie es ist. Ohne irgendwelche Nachforschungen anzustellen.«

»Himmel, das klingt irgendwie kriminell! Ich war nie im Keller. Vielleicht stapeln sich dort die Leichen und …«

»Hey, so etwas darfst du mir nicht erzählen. Ich muss hier noch schlafen!« Clara lachte hellauf, dann öffnete sie die Klammern des Ordners und nahm den Arbeitsvertrag hervor. »Delia war sehr jung, als sie hierhergekommen ist. Mit neunzehn ist man ja fast noch ein Kind.«

»Wie alt war Oscar zu der Zeit?«

»1956? Jetzt muss ich rechnen.« Sie nagte an ihrer Unterlippe. »Er müsste zweiundzwanzig gewesen sein. Auch noch sehr jung.«

Jon lehnte sich zurück, streckte die Beine aus und blickte hinab auf seine Hände. Erst jetzt bemerkte Clara das Kuvert, das er hielt. »Ich habe etwas auf dem Schreibtisch gefunden, das dich interessieren wird«, sagte er und zog ein zusammengefalte-tes Papier daraus hervor. Blaue zerlaufene Tinte in einer kaum leserlichen Schrift.

Clara runzelte die Stirn und rutschte näher an ihn heran. »Was ist das?«

»Ein Brief. Ich finde ihn ziemlich aufschlussreich, auch wenn er sicher einige Fragen aufwirft. Soll ich ihn dir vorlesen?«

Sie nickte. Ihr Kopf war schwer geworden und ihre Augen brannten. Jon räusperte sich und nahm eine aufrechte Position ein, dann las er die ersten Zeilen.

An Robert Michael Fitzgerald, meinen geschätzten Sohn

Das Atmen fällt mir schwer. Auch der Stift bewegt sich nur mühsam über das Papier, doch ich möchte noch ein paar Worte an Dich richten, ehe ich zu schwach dafür bin. Ich wurde reich beschenkt, sodass ich friedlich in das neue Leben aufbrechen kann. Was ich zurücklasse, liegt gut sortiert auf dem Schreibtisch und wird Dir keine Probleme machen. Alles ist in meinem Testament verfügt.

Ich möchte, dass Du die Company in Tradition und Würde weiterführst.

»Was für eine Company?«, unterbrach sie ihn und tippte mit dem Zeigefinger auf das Wort.

»Es gab früher eine Fabrik – drüben in Galway –, dort wurde Hafer verarbeitet. Haferflocken. So sind die Fitzgeralds an ihr Geld gekommen. Jedes Kind in Irland kannte die FitzFlakes. Sogar ich. Die gab's immer zum Frühstück. Mit Milch. Das wurde so richtig schleimig.«

»FitzFlakes?« Sie lachte leise. »Davon hat Oscar nie gesprochen. Das hätte ich mir garantiert gemerkt.«

»Tja …« Jon deutete auf den Brief. »Dafür gibt's offensichtlich einen Grund. Hör gut zu.«

> *Dein Großvater wäre stolz, wenn er wüsste, dass die Company nun in dritter Generation besteht und für Lohn und Brot in der Region sorgt. Auch mich erfüllt es mit Freude zu wissen, welchen Weg Du eingeschlagen hast und wie treu Du stets an meiner Seite warst. Im Gegensatz zu Deinem Bruder. Schon als Kind war er ein Sturkopf und Romantiker – ganz wie seine Mutter. Wer konnte ahnen, wohin das führen würde? Er hätte sich todunglücklich gemacht, wenn ich ihn damals nicht vor seinen Träumereien bewahrt hätte.*

»Er hat ihn vor seinen Träumereien bewahrt? Meine Güte! Der Mann muss ein echter Patriarch gewesen sein.«

»Darauf kannst du Gift nehmen. Mein Großvater hat ihn jedenfalls abgrundtief gehasst.«

»Dein Großvater? Warum das denn?«

»Weil er seinen Hund erschossen hat. Er behauptete, es sei Notwehr gewesen, der Hund hätte ihn angefallen.«

»Wie bitte?« Clara starrte ihn fassungslos an.

»Der Hund konnte keiner Fliege etwas zuleide tun. Er war alt und winzig, verstehst du? Der alte Fitzgerald wollte nur seine Macht demonstrieren. So ein Mensch war er.«

»Er muss durch und durch widerlich gewesen sein«, presste sie hervor. »Oscar hat mir mal erzählt, dass er ihn als Kind nachts in den Garten geschickt hat. Es war Winter und Oscar trug nur eine Unterhose. Dort musste er dann eine halbe Ewigkeit im

Nordwind abhärten, während sein Vater drinnen am Fenster gewartet und geraucht hat.«

»Was für ein erbärmliches Arschloch!«

»Stell dir vor, du hast so einen Vater und du bist ihm völlig ausgeliefert, weil du ein Kind bist. Das ist echt hart.«

»Da hatten wir ja noch Glück, hm?«

Clara wandte den Blick von ihm ab und deutete stattdessen auf den Brief. »Liest du weiter?«

> *Bei allen Entscheidungen hatte ich stets das Wohl unserer Familie im Sinn. Auch wenn Dein Bruder mich sehr enttäuscht hat, hätte er jederzeit wieder seine Füße unter meinen Tisch stellen können.*

Jon warf ihr einen kurzen Blick zu. »Jetzt wird's interessant.«

> *Für die Company ist es von großer Bedeutung, dass die Familie Fitzgerald von der Bevölkerung respektiert wird. Wir repräsentieren das Unternehmen, gehen als Vorbilder voran und formen auf diese Weise die Gesellschaft.*
>
> *Seit vielen Jahren pflegen wir nun eine intensive Beziehung zu Oliver Sullivan und seiner Familie. Wir sind ihnen zu großem Dank verpflichtet. Wie Du weißt, haben sie viel auf sich genommen, um uns zu helfen. Wo stünden wir heute, wenn sie unseren Namen nicht reingewaschen hätten? Das war ein großes Verdienst. Daher möchte ich, dass – sofern es unserer Familie wirtschaftlich möglich ist – alle Zuwendungen fortgeführt werden, bis der Hof*

der Sullivans an den ältesten Sohn übergeben
wird.
    Robert, handle klug, sei tapfer!
    Gott segne Dich.
    Dein Vater

»Aha. Es gab also Zuwendungen an die Sullivans, weil sie
etwas für die Fitzgeralds getan haben«, resümierte Clara.

»So steht's hier, ja, und ich könnte mir vorstellen, dass es
sich dabei um ziemlich krumme Geschäfte gehandelt hat.«

»Kennst du den Sullivan-Hof?«

»Du hast die Schafe mit den roten Punkten gesehen.« Er
ließ sich mit dem Rücken gegen die Wand sinken. »Die Sullivans
bewirtschaften den größten Hof hier im Umkreis. Sie besitzen
große Ländereien und unzählige Tiere. Ich bin oft dort.«

»Meinst du, der alte Fitzgerald war kriminell?«

»Ich kann mir schon vorstellen, dass er in halb legale Sachen
verstrickt war. Wer so reich ist, glaubt manchmal, er könnte die
Achse der Welt krümmen und das Recht auslegen, wie es ihm
passt.«

»Und Oscar hat unter seinem Vater so sehr gelitten, dass er
irgendwann abgehauen ist«, überlegte Clara und wickelte eine
Locke um ihren Zeigefinger. »Das würde auch erklären, warum
er das Establishment so tief verabscheut.«

»Ist er Antikapitalist?«

»Geld verdirbt den Charakter, meint er. Es sei seelenlos und
würde die Menschen zu Geiseln machen. Außerdem hasst er die
Monarchie wie die Pest.«

»Damit ist er nicht allein. So geht es vielen Iren.« Jon
befeuchtete seine Lippen, dann verschränkte er die Arme hinter
dem Kopf. »Schon verrückt. Jetzt sitzen wir in dem Haus, in
dem er aufgewachsen ist, unter einem protzigen Kronleuchter,
den er vermutlich abscheulich finden würde. Wie sehr man

sich von seiner eigenen Familie entfernen kann, ist ganz schön erschreckend.«

»Manche Familien sind toxisch. Entweder du lässt dich vergiften oder du musst gehen.«

»Vielleicht findest du ja raus, warum Oscar gegangen ist.«

»Er beantwortet keine Fragen und ist hart wie Granit, wenn es um seine Prinzipien geht«, erinnerte sie ihn mit einem halbherzigen Lächeln. »Aber wer weiß … vielleicht finde ich im Haus irgendwelche Hinweise.«

»Meinst du, du findest zuerst noch etwas zu essen? Ich habe nämlich einen Bärenhunger, echt.«

»Oh, ich bin noch nicht dazu gekommen, den Herd zu putzen. Überall sind Staub und Spinnweben.«

Jon linste auf seine Armbanduhr, dann sprang er auf.

»Wenn wir uns beeilen, schaffen wir's noch.«

* * *

Sie spazierten nebeneinander die Straße hinab, an der Kirche vorbei, entlang dunkler Häuser, bis sie den kleinen Gemischtwarenladen erreichten. Grelles Licht fiel aus den Fensterscheiben auf die Straße.

»Nimmst du auch ein Sandwich? Cheddar, Thunfisch?«, fragte er, als er die Tür aufstieß.

»Cheddar klingt gut.« Sie blickte sich in dem verwinkelten Laden um. »Sag mal, gibt es hier auch Postkarten?«

Während Jon die Kühltheke ansteuerte, fand sich Clara in einem düsteren Eck wieder, in dem es neben aufblasbaren Planschbecken und Wäscheklammern auch einen Ständer mit Postkarten gab. Die meisten waren geschmacklos. Es dauerte eine Weile, bis Clara zwei antik aussehende Postkarten ausgesucht hatte. Sie zeigten ein Clonamaddy, das es schon lange nicht mehr gab, aber Oscar würde sich trotzdem darüber freuen.

Vom anderen Ende des Ladens ertönten dumpfe Stimmen, immer wieder unterbrochen von Gelächter. Als Clara hinter dem Zeitschriftenständer hervortrat, sah sie zwei Mädchen, die sich über den Tresen lehnten, während Jon ihnen erzählte, dass er sich mit fünfzehn heimlich den Wagen seines Vaters ausgeliehen hatte, um nachts mit seinen Freunden über irgendwelche Feldwege zu rasen, die sich hinter den Hügeln im Wald verloren. Die Mädchen hingen an seinen Lippen.

»Wir wurden natürlich erwischt.«

»Und dann?«

»Hat mein Vater mich dazu verdonnert, seinen Wagen jeden Sonntag mit einer Zahnbürste zu schrubben und dabei das Ave-Maria zu beten. Vor dem Pub, versteht sich.«

»Ernsthaft?«, prustete ein Mädchen mit knallrotem Haar, das ihr schlaff ins Gesicht fiel.

»Ne, ich glaub, Jon erzählt nur wieder Blödsinn«, sagte die andere. Sie trug einen grauen Kapuzenpullover, der ihr ein paar Nummern zu groß war. Manikürte Hände hielten leuchtende Telefone. Rote Wangen. Ungelenke Lidstriche. Die Mädchen kicherten und warfen sich entzückte Blicke zu, als Jon wissen wollte, wie es mit dem Führerschein lief und ob sie ihn mal auf eine Spritztour einladen würden.

Clara trat neben ihn und legte die Postkarten auf den Tresen. »Sorry, dass ich euch störe, aber habt ihr auch Briefmarken?«

Mit einem scheuen Lächeln zupfte das rothaarige Mädchen zwei Briefmarken aus einem kleinen Schächtelchen und reichte sie ihr. »Der Briefkasten ist bei der Kirche da hinten«, erklärte sie und deutete in eine unbestimmte Richtung.

»Den kann ich Clara ja auf dem Heimweg zeigen«, meinte Jon.

Die Blicke der Mädchen sprachen Bände. In ihren Köpfen schien es zu rattern; vermutlich stellten sie die wildesten Spekulationen an.

Jon verzog keine Miene, sondern schnappte sich die Sandwiches und winkte den beiden zu. »Macht's gut und sagt mir unbedingt Bescheid, bevor ihr die Straßen unsicher macht.«

»Okay, Jon«, antworteten die Mädchen unisono. Wildes Gekicher ertönte, als Clara neben ihm aus dem Laden trat. Inzwischen war es stockdunkel geworden. Nur Licht, das aus trüben Fenstern fiel, und schummrige Laternen erhellten die Straße.

»Fans von dir?«, erkundigte sie sich.

Er grinste, als würde ihm die Vorstellung gefallen. »Das sind Aislings Schwestern. Man sieht's ihnen nicht an, aber sie sind Zwillinge.«

»Wer ist Aisling?«

»Erinnerst du dich an die Frau, die dir den Flyer gegeben hat? Das war Aisling. Ihrer Mutter gehört der Laden.«

»Ah, ich glaube, ich habe ihre Großmutter kennengelernt. Daisy, kann das sein?«

»Das kann sein. Sie hilft manchmal aus.«

»Ist Aisling eine Freundin von dir?«

»Ash ist super. Wir sind zusammen zur Schule gegangen, waren im Tanztraining, auf jeder Party im Umkreis von hundert Meilen und …«

»Im Tanztraining? So richtig traditionell mit Hüpfen, wie man sich das vorstellt?«

»Mit Hüpfen? Das nennt man Steppen. Und da musste ich durch wie vermutlich jedes andere irische Kind. Aber irgendwann wollte ich lieber Mädchen mit meinem Skateboard beeindrucken. Keiner der Jungs hat weitergemacht. Außer Marc, weil seine Mutter ihm sonst sein Moped weggenommen hätte.«

»Die wilde Dorfjugend«, spottete sie. »Hier kennt jeder jeden, hm?«

»So ist das auf dem Land.«

»Es ist wahrscheinlich schwer, sich zu integrieren, wenn die Gemeinschaft so eingeschworen ist.«

»Vermutlich würde es eine Weile dauern, ja.« Er stieß sie sanft mit dem Ellbogen an. »Aber keine Sorge, du kannst zu den Fußballspielen mitkommen, dann stelle ich dich allen vor.«

»Oh, tatsächlich?« Sie lachte schallend. »Ich kann mir wirklich nichts Schöneres vorstellen.«

»Das nächste Mal bringst du ja bestimmt deinen Freund mit. Mag er Fußball?«

Das Lachen erlosch und sie spürte Hitze in ihrem Gesicht, als sie an Ben dachte. Mehr als die Tatsache, dass er sie verlassen hatte, schmerzte, dass sie es nicht hatte kommen sehen. Sie war völlig schutzlos gewesen. Jetzt kam er sporadisch vorbei, um für eine Nacht die Gefühle aufzuwärmen, die von ihrer Liebe übrig geblieben waren. Clara wusste, dass sie sich damit selbst schadete und es an der Zeit war, loszulassen. Bisher hatte sie es noch nicht geschafft. »Er hasst Fußball«, murmelte sie in ihren Schal, dann hielt sie die Postkarten hoch. »Ich glaube, die stammen noch aus dem keltischen Zeitalter.« Ihre Stimme klang merkwürdig und sie lachte, um den Nachklang zu übertönen.

»Weil kein Mensch je auf die Idee gekommen ist, Postkarten von Clonamaddy zu kaufen.«

* * *

Nachdem Jon dem Klavier noch ein paar schiefe Töne entlockt hatte, saßen sie mit ihren Sandwiches im Wintergarten. Die Zweige der Hecken wurden vom Wind bewegt und klopften sanft gegen die Verglasung. Kerzen flackerten in den Laternen und ihr Licht vervielfachte sich in den trüben Fensterscheiben. Obwohl es Nacht war und der Wind ums Haus pfiff, war es mollig warm. Eine Weile unterhielten sie sich noch über den Brief des alten Fitzgeralds und überlegten sich Geschichten, die bald ins Fantastische abdrifteten. Während sich Clara ausmalte, welchen Dienst die Sullivans den Fitzgeralds erwiesen haben könnten, spekulierte Jon, dass Delia womöglich von der IRA entsandt worden war, um junge Männer für den Widerstand gegen das britische Regime in Nordirland zu gewinnen.

»Nur Unsinn.« Er winkte ab.

»Wenn ich so darüber nachdenke: Oscar könnte auch Spion gewesen sein. Er beobachtet unsere Nachbarn und merkt sich ihre Angewohnheiten, damit er ihnen aus dem Weg gehen kann. Deswegen fragen sie mich auch ständig, ob er noch lebt.« Clara kicherte.

»Ist er ein Kauz?«

»Vermutlich ist er das, ja.« Lächelnd dachte sie an den alten Mann, der jetzt bestimmt in seinem Sessel vor dem Fernseher saß und längst eingeschlafen war.

»Bist du eigentlich nur zum Arbeiten hier?«, erkundigte Jon sich, bevor er in das schlaffe Sandwich biss, das Clara ihm überlassen hatte. Die Remoulade quoll heraus und klebte an seinen Fingern.

»Wie meinst du das?«

»Du kannst doch nicht nur in diesem Haus rumsitzen. Du musst mehr von Irland sehen und ein paar Leute kennenlernen.«

Sie wollte sagen, dass sie zurückgezogen lebte und ihr die Menschen, die sie bisher kennengelernt hatte, genügten, doch stattdessen nickte sie. »Ja, da hast du wahrscheinlich recht.«

9

Aus Angst, sich zu verspäten, kam sie oft zu früh und musste sich dann die Zeit vertreiben. So auch heute. Sie setzte sich auf die kleine Mauer vor der Kirche und zückte ihr Telefon. Fiona wollte einen detaillierten Bericht. Deswegen tippte sie eine lange Nachricht, in der sie den vergangenen Abend zusammenfasste, und versuchte, nicht allzu begeistert zu klingen. Ihre letzte Beziehung hatte sie gelehrt, alle Steine umzudrehen und alle Seiten umzublättern, bevor sie sich einem anderen Menschen gegenüber öffnete. Sie war vorsichtig geworden. *Heute fahre ich nach Connemara,* beendete sie die Mitteilung.

Kaum hatte Clara das Telefon zurück in ihre Hosentasche gesteckt, düste ein schwarzer Van um die Ecke und blieb vor ihr stehen. Sie sprang von der Mauer und griff nach ihrem Rucksack.

»Hi, freut mich, dass du gekommen bist.« Jon begrüßte sie lächelnd.

»Ich dachte, das wäre eine nette Abwechslung.« Sie erwiderte sein Lächeln und trat einen Schritt auf ihn zu. Sein Haar war noch feucht und sie bildete sich ein, einen süßlichen Duft wahrzunehmen. Gerade keimte die Hoffnung in ihr auf, dass seine Freunde für die Wanderung abgesagt hatten, als drei Fahrräder um die Ecke geschossen kamen. Flatternde Haare im Wind, große Augen, aufgerissene Münder, die ihnen etwas zuriefen.

Jon hob die Hand. »Da seid ihr ja endlich.«

»Craig musste erst noch seinen Teller leer essen«, erklärte Aisling und lehnte ihr Rad an die Mauer.

»Darf ich vorstellen? Das ist Clara aus London. Ich habe euch ja schon erzählt, dass sie sich um das Schloss der Fitzgeralds kümmert.« Jon deutete auf seine Freunde: »Und das sind Craig und Gavin. Aisling kennst du ja schon.«

Während Gavin eine kräftige Statur und Stimme hatte, nach Sonnencreme roch und sein rotes Haar schulterlang trug, war Craig farblos und sprach so leise wie ein Windhauch.

Es dauerte eine Weile, bis Jon seinen Wagen so aufgeräumt hatte, dass alle darin Platz fanden. Erst musste er den Behandlungstisch hochklappen und ein paar Gummistiefel unter den Fahrersitz quetschen, dann die Kisten mit Medikamenten, Verbandsmaterial und gruseligen Instrumenten zurück in die eingebauten Schränke stellen. Währenddessen verkündete Aisling, dass sie unbedingt vorn sitzen müsse, weil ihr in Krankenhäusern immer schlecht werde.

»Hast du das Haus wirklich geschenkt bekommen oder hat sich Jon das nur ausgedacht?«, erkundigte sich Gavin, als Clara neben ihm auf der Rückbank des Vans saß und mit einer gewissen Faszination die langen Besamungsspritzen betrachtete, die neben dem Kanister mit Gefriersperma aus einer Stofftasche ragten.

»Kein Märchen«, antwortete sie schmunzelnd. »Es war wirklich ein Geschenk.«

»Nicht schlecht. Ist ein gutes Haus«, bemerkte Craig. »Ich mag den Garten. Wir haben früher oft dort gespielt.«

»Ja, der Garten hat mich auch verzaubert. Dort wächst weißes Heidekraut. Das ist sehr selten, habe ich gehört, aber

es wächst dort überall, als wäre der Garten irgendwie verhext.«
In diesem Moment bemerkte sie ein Rückspiegelbild: zwei
grüne Augen, die ihren Blick auffingen und dann zurück auf
die Straße wanderten. Clara spürte ein dumpfes Pochen in der
Brust und ließ sich tiefer in die Polster sinken.

Sie fuhren durch eine karge Landschaft. Das Gras hatte
an Farbe verloren und die Wolken hingen tief. Schafe mit
schwarzen Gesichtern, Täler mit schwarzem Wasser – das war
Connemara. Aus den Lautsprechern dudelte Musik, es wurde
gequatscht und viel gelacht.

Aisling erzählte, sie sei der Überzeugung, dass die
Gewinnerin des Schönheitswettbewerbs *Rose of Tralee* aus Irland
kommen müsse und es nicht genüge, im Stammbaum irgendwo
einen irischen Zweig entdeckt zu haben. Wenn sie nicht schon
zu alt wäre, würde sie sich bewerben, um die Konkurrenz aus
Amerika auszustechen.

»Na komm. Du bist doch nicht alt«, warf Gavin ein. »Du
stehst in der Blüte deines Lebens, Ash, und die *Rose of Tralee*
muss blühen. Es geht doch um schöne Frauen.«

Clara schwieg und notierte gedanklich eine Idee auf ihrer
Liste: *Preisgekrönte Schönheit. Objektifizierung weiblicher Körper.*

»Der Zug ist leider abgefahren«, erwiderte Aisling achselzuckend. »Ich kenne die Richtlinien besser als den Katechismus.«

Während Gavin von einem Toaster erzählte, der das Brot
fast drei Meter in die Luft fliegen ließ, driftete Clara ab und
hing ihren Gedanken nach. Sie träumte sich durch die Zimmer
des Hauses und stellte sich vor, wie Oscar als junger Mann in
der Bibliothek gestanden, auf dem Klavier gespielt oder lesend
zwischen Rosen und Heidekraut im Garten gesessen hatte.

Immer wieder begegnete ihr ein grünes Augenpaar, wenn sie
in den Rückspiegel sah, weshalb sie den Blick rasch abwandte.

* * *

Zwölf Gipfel erhoben sich aus den Torfmooren. Die nackten Felsen waren scharfkantig und wurden stellenweise zu Geröll, das unter den Füßen knirschte und jeden Augenblick lärmend den Hang hinabstürzen konnte. Schafe trieben über die Wiesen wie Wolken in schattigen Tälern. Es gab keine Trampelpfade, denen sie den Binn Fraoigh hinauffolgen konnten. Sie mussten sich den Weg selbst suchen. Je höher sie stiegen, desto kälter wurde es und desto heftiger blies ihnen der Wind ins Gesicht. Zwischen den kargen Felsen breiteten sich Wiesen mit Heidekraut und Moos aus – überall grasten Schafe, deren Wolle windgepeitscht und schmutzig war.

Clara blieb alle paar Meter stehen, um Fotos zu schießen und sie an ihre engsten Freundinnen zu schicken. Manchmal, wenn sie mit säuselnder Stimme sprach, gelang es ihr, sich ganz nah an eins der Schafe heranzuschleichen. Sie sammelte Steine, steckte sie in ihre Jackentasche und war so vertieft, dass sie immer weiter zurückfiel. Nur Craig schien davon Notiz zu nehmen und wartete auf sie.

Er war nicht so schweigsam, wie sie geglaubt hatte. Craig arbeitete als Informatiker in Galway und lebte dort in einer Wohnung, die er kurzerhand gekauft hatte, weil man sein Geld nicht besser anlegen könne, wie er sagte. An den Wochenenden fuhr er jedoch immer nach Hause, weil er den Anschluss nicht verlieren wollte. Seine Freunde seien seine Familie. Außerdem trainierte er regelmäßig mit der Hurling-Mannschaft von Clonamaddy.

Während Aisling mit Gavin über ein Geröllfeld schnell an Höhe gewann, blieb Jon mitten auf der Wiese stehen. Seine Wangen waren gerötet und sein Haar vom Wind wild zerzaust.

Es gelang Clara nicht, seinem Blick standzuhalten, als sie auf ihn zuging. »Hast du eigentlich Geschwister?«, fragte sie hastig, doch ehe Craig zu einer Antwort ausholen konnte, hatten sie zu Jon aufgeschlossen.

»Siehst du?« Jon deutete hinab ins Tal. Die Seen sahen in der Moorlandschaft aus wie Farbklekse, die von einem Pinsel hinabgetropft waren.

»Was?«

»Nix. Kein einziger Baum, völlig verkarstet. Das haben wir alles den Schafen zu verdanken.«

»Aber der Ausblick ist schön.«

»Wenn die Wolken nicht so tief hingen, könnte man von hier aus sogar das Meer sehen. Stimmt's, Craig?«

»Die Wolken hängen immer tief.«

Im Windschatten eines Felsens machten sie Rast, saßen nebeneinander und tranken Tee aus Plastikbechern, die Aisling verteilt hatte. Alle waren still geworden, knipsten ein paar Fotos und blickten in die Weite.

»Schlafende Elefanten«, sagte Jon und deutete auf die grauen Bergrücken, die sich aus den Tälern erhoben. »Hat Aoife immer gesagt. Sie hat Connemara geliebt. Einmal haben wir alle zwölf Gipfel an einem Tag geschafft.«

Clara bemerkte, dass Aisling den Kopf hob und die Stirn runzelte, bevor sie sich vorbeugte, um Jon ins Gesicht zu sehen. »Kann sein, dass ich mich täusche, aber Aoife hat mir erzählt, dass du nach dem achten Gipfel schlapp gemacht hast.«

»Tut mir leid, Ash, aber du irrst dich.« Er lehnte sich zurück und verschränkte die Arme vor der Brust. »Wir standen auf jedem einzelnen Gipfel.«

»Wer ist denn Aoife?«, erkundigte sich Clara. Jons Grinsen erstarb so plötzlich, als hätte es jemand ausgeknipst, und es beschlich sie das Gefühl, eine falsche Frage gestellt zu haben. Sogar Gavin blickte von seinem Telefon auf und wandte sich zu Jon um.

»Aoife ist meine Schwester«, erklärte Jon.

»Und die größte Wandersfrau, die Irland je gesehen hat«, ergänzte Aisling. »Zwölf Gipfel hätte ich dem schmächtigen Ding nie zugetraut.«

»Ach, das glaubst du doch selbst nicht.« Craig tippte sich an die Stirn. »Alle zwölf Gipfel, klar. Wer's glaubt, wird selig.«

»Das geht. Ist nur eine Frage der inneren Haltung«, warf Jon ein.

Mit einem leisen Schnauben stand Craig auf, schloss den Reißverschluss der Jacke, sodass sein Mund hinter dem Kragen verschwand, und zückte sein Handy.

»Was ist mit dir? Arbeitest du morgen im Haus weiter?« Jon saß dicht neben ihr, sodass sie jede seiner Bewegungen spüren konnte.

»Ich räume vielleicht noch ein bisschen auf, aber dann packe ich meine Sachen und düse ab.«

»Du fährst?« Er ließ den Becher sinken. »Ich dachte, du würdest noch ein paar Tage bleiben.«

»Jetzt habe ich das Haus ja gesehen und mir einen Überblick verschafft. Damit kann ich arbeiten.«

»Du verkaufst.«

»Wahrscheinlich.«

»Ich würde daraus ein Bed & Breakfast machen«, meinte Gavin und beugte sich vor, um ihr ins Gesicht blicken zu können. »Das Haus ist wie dafür geschaffen. Das wäre eine Goldgrube, glaub mir. Ich weiß jemanden, der sich damit auskennt. Ich würde keine Sekunde zögern und sofort in die Tourismusindustrie einsteigen.«

»Das wäre vielleicht auch 'ne Idee. Ich muss mich in den nächsten Wochen mal schlaumachen. Wenn jemand von euch Interesse daran hat – sagt einfach Bescheid.«

* * *

Die Rückfahrt verlief still. Das Brummen des Motors lullte sie ein, machte sie schläfrig. Vorsichtig spannte sie die Muskulatur ihrer Oberschenkel an, verlagerte das Gewicht – sie würde sich morgen bestimmt keinen Zentimeter bewegen können. Erschöpft ließ sie den Kopf gegen die kühle Fensterscheibe sinken. Gavin betrachtete die Fotos, die er heute geknipst hatte, und Craig tippte auf seinem Telefon herum. Auch in der Fahrerkabine war es ruhig. Clara beobachtete eine Weile, wie sich eine kräftige Hand auf den Schaltknüppel legte, zurück zum Lenkrad fand und die Finger im Takt der Musik klopften. Tapp – tapp. Ihre Lider flatterten. Dann richtete Jon den Rückspiegel neu aus. Seine Augen blieben zu lange in ihrem Blick verhaftet, er blinzelte nicht mal.

»Da, auf der Insel. Das sind Waldkiefern«, erklärte Craig und wedelte mit dem Zeigefinger vor ihrer Nase herum. Hastig wandte sie sich dem Fenster zu und konzentrierte sich auf den spiegelglatten See.

»Clara, du kannst eigentlich gleich sitzen bleiben.« Jon drehte sich zu ihr um, nachdem er den Wagen vor der Kirche zum Stehen gebracht hatte. »Ich fahr ja eh an deinem Haus vorbei.«

»Wenn's dir keine Umstände macht?«

»Blödsinn. Von hier aus brauche ich maximal drei Minuten, um dich zu Hause abzusetzen.«

Nachdem Aisling und die beiden Männer an der Kirche ausgestiegen waren, um von dort aus mit den Fahrrädern nach Hause zu fahren, kletterte Clara auf den Beifahrersitz.

»Wo darf's denn hingehen?«

»Ans Meer«, scherzte sie.

»Das trifft sich gut. Ich wollte gerade sowieso einen Tauchgang machen. Die Korallen blühen, habe ich gehört.«

»Das klingt wunderschön.« Clara lachte ihn an, fummelte einen warmen Kaugummi aus ihrer Hosentasche und steckte ihn sich in den Mund. Das Alupapier strich sie auf ihrem Knie glatt, dann faltete sie es zu einem winzigen Quadrat. »Hey, wohin fährst du denn?« Sie drückte ihren Zeigefinger gegen die Fensterscheibe, als könnte sie den Wagen auf diese Weise anhalten, aber an dem Weg, der zu ihrem Haus führte, waren sie schon längst vorbei.

»Oh, verflucht. Ich war in Gedanken.« Er machte keine Anstalten, die Geschwindigkeit zu drosseln. »Und jetzt sind wir schon fast bei meinem Hof. Siehst du den Rauch?«

»Bringst du mich vielleicht trotzdem nach Hause?«

»Das könnte ich zwar auf der Stelle tun, aber ich könnte dir auch vorher noch den Hof zeigen.«

»Ich wollte eigentlich duschen.«

»Das kannst du doch auf später verschieben.« Er trat auf die Bremse, als ein Feldweg von der Straße abzweigte. »Meinen Hof bekommst du vielleicht nur dieses eine Mal zu Gesicht.«

»Weil er sich morgen schon in Luft aufgelöst haben wird?«

»Könnte sein.«

* * *

Nachdem sie über den Hof spaziert waren und Jon ihr die Praxisräume sowie die Stallungen gezeigt hatte, stand Clara im Flur seines Cottages und blickte sich ausgiebig um. Über der Holzkommode, die neben der Garderobe stand, hing ein Bild, auf dem in krakeliger Schrift nur ein einziger Satz stand. »*Wir wollen, dass es gut wird*«, las sie vor und drehte sich zu Jon um. »Wir wollen, dass es gut wird?«

»War ein Geschenk von meiner Schwester, um mich daran zu erinnern, dass man sich selbst schadet, wenn man zu wütend wird.«

»Aha?« Clara hob die Augenbrauen. »Bist du cholerisch?«

»Ne.« Er lachte laut auf. »Es gab da 'nen kleinen Vorfall. Damals mussten wir für Weihnachten ein paar Lieder proben. Sie auf der Geige, ich am Klavier. Aoife hat sich überhaupt keine Mühe gegeben. Zuerst war ich noch cool, aber dann wurde ich immer wütender, weil sie so scheiße gespielt hat. Ich habe die ganze Zeit vor mich hin geflüstert: ›Wir wollen, dass es gut wird.‹ Irgendwann war ich so wütend, dass ich einfach geplatzt bin und gebrüllt habe: ›Wir wollen, dass es gut wird.‹ Dabei ist mir der Klavierdeckel auf die Finger gekracht.«

»Oh nein!«

»Der kleine war gebrochen.«

»Ehrlich?«, stieß sie aus. »Das ist ja toll!«

»Wie bitte?«

»Nein, ich meine, die Geschichte ist toll. Es tut mir leid, dass dein Finger gebrochen war, aber … Die Geschichte ist echt super.« Sie hatte die Hände auf ihre Wangen gelegt und strahlte ihn an. Vor ihrem inneren Auge sah sie einen kleinen Jungen mit hochrotem Kopf, der wütend auf ein Klavier einhämmerte und sich die Seele aus dem Leib brüllte. Die Vorstellung war entzückend.

Jon führte sie in einen Raum mit winzigen Fenstern.

»Sehr bescheiden, ich weiß. Ich komme einfach nicht dazu, hier was zu machen«, kommentierte er die Einrichtung des Wohnzimmers.

Über dem Fernseher hing ein Fußballschal: *Shamrock Rovers F.C.* Der Staub hatte die Farben ergrauen lassen. Die Spielkonsole blinkte und schien darauf zu drängen, endlich angeschaltet zu werden. Zwei leere Bierflaschen standen auf dem Tisch, in einer Glasschale befanden sich nur noch Krümel.

»Das gefällt mir.« Clara deutete auf ein Bild, das eine steile Felsküste zeigte, die von hohen Wellen umkämpft wurde.

»Hab ich selbst aufgenommen. Das war auf Inishmore. Im Sommer habe ich dort oft auf den Feldern mitgearbeitet. Pádraic, mein Onkel, hat da einen kleinen Betrieb. Wenn du also irgendwann mal ein paar Tipps brauchst – ich kenne Inishmore wie meine Westentasche.«

»Ich komme vielleicht darauf zurück«, erwiderte sie mit einem Lächeln und trat vor sein Bücherregal. Darin befanden sich neben medizinischer Fachliteratur auch abgegriffene Taschenbücher – den Titeln nach zu urteilen Krimis – und zu ihrer Verwunderung die gesammelten Werke von Yeats, Wilde und Swift in goldverzierten Ledereinbänden.

»Oh, Jon! Du liest ja …«

»Mhm. Überraschung!« Er lachte. »Die habe ich von Finnegan geerbt. Er war jemand, der nicht gern gesprochen hat. In seinem Leben gab es nur Tiere und Bücher. Von Menschen wollte er nichts wissen.«

»Das erinnert mich stark an Oscar. Sie sind nicht zufälligerweise verwandt?«

»Brüder im Geiste vielleicht«, erwiderte Jon mit einem Grinsen. »Aber Clonamaddy ist winzig. Sie müssen sich eigentlich gekannt haben.«

»Ich werde Oscar auf jeden Fall fragen, wenn ich wieder zu Hause bin.« Clara deutete auf die Gedichtbände. »Welches magst du am liebsten? Also, welches Gedicht?«

»*The Song of Wandering Aengus*«, antwortete er, ohne zu zögern. »Das ist sehr schön.«

»Worum geht's?«

»Aengus geht in den Wald und träumt dort von einem schönen Mädchen, das ihn völlig verzaubert. Den Rest seines Lebens bringt er damit zu, nach ihr zu suchen.«

»Oh, das klingt schön, aber auch traurig. Findet er sie?«

»Nein, aber er hält bis zum Schluss an seinem Traum fest. Das gefällt mir.« Jon warf eine Wolldecke über einen Haufen

Klamotten, dann wandte er sich zu ihr um. »Weißt du, was ich mich schon die ganze Zeit frage? Warum arbeitet eine Journalistin in einem Café und nicht in einer Redaktion?«

Wunder Punkt. Ihr Herzschlag beschleunigte sich. *Vaterkomplex.* Ihr Blick huschte durch den Raum, suchte nach einer Ausrede. »Selbstfindung, würde ich sagen.« Clara nahm wahllos ein Buch aus dem Regal. »Was sind denn Banshees?«

»Äh, das sind Geisterfrauen. Kurz bevor jemand aus der Familie stirbt, wandern sie durch deine Nachbarschaft. Manchmal hört man sie schreien, dann dauert es nicht mehr lang.« Jon fuhr mit dem Zeigefinger über seine Kehle.

»Sind es gute oder böse Geister?«, fragte sie und stellte das Buch zurück.

»Weder noch, denke ich.«

»Glaubst du an solche Wesen?«

»Na ja, Finnegan hat daran geglaubt und ich schließe nicht aus, dass es eine Welt gibt, von der wir nichts wissen, aber ich habe hier noch keine Feen gesehen und keine Kobolde getroffen.« Er klopfte auf den hölzernen Türrahmen. »Lust auf ein Bier?«

Das Glas der Flasche fühlte sich so eisig an, dass sie glaubte, ihre Finger würden daran festfrieren. Das Feuer prasselte im Ofen und erfüllte die Küche mit einem erdigen Geruch. Clara trat ans Fenster und blickte hinaus zu den mächtigen Eichen. Im Winter würde man zwischen den nackten Zweigen vielleicht ihr Küchenlicht sehen.

»Schön hast du's hier. Ich mag deinen Hof.«

»Danke.« Er ließ die Flasche sinken. »Auch wenn Oscar nicht über seine Vergangenheit redet, meinst du, er sagt dir wenigstens, wer Delia gewesen ist? Sie könnte seine Achillesferse sein, oder? Nicht das Verhältnis zu seinem Vater oder das Haus.«

»Daran habe ich auch schon gedacht. Vielleicht hängt das alles zusammen«, murmelte sie und nahm einen Schluck. Das Bier war herb und floss wie Eiswasser ihre Kehle hinab.

»Der Brief klang so, als hätte die Familie etwas vor Oscar geheim gehalten, weil sie glaubten, er könnte nicht damit umgehen.«

»Ein sturköpfiger Träumer.« Sie lächelte. »Das ist er heute noch. Er liebt Gedichte. Seinen Hund hat er nach John Keats benannt und den davor nach Byron und dessen Vorgänger nach Dickinson. Wahrscheinlich hätte er sich gut mit Finnegan verstanden.«

»Sehr sicher sogar. Was genau hat er dir eigentlich über diese Delia erzählt? Hast du irgendwelche Anhaltspunkte?«

»Ich erinnere mich nur daran, dass er gelegentlich ihren Namen erwähnt hat, so wie andere Menschen irgendwas vor sich hin murmeln, wenn sie in Gedanken sind. Es ist merkwürdig. Ich spüre einfach, dass eine große Geschichte dahintersteckt.«

»Als Journalistin hast du wahrscheinlich 'nen siebten Sinn für solche Dinge. Du musst das Haus durchkämmen. Wenn's etwas zu finden gibt, dann findest du es dort.« Jon lehnte sich zurück und taxierte sie. »Vielleicht könntest du noch ein paar Tage bleiben?«

»Geht leider nicht, die Fähre ist schon gebucht. Aber ich denke, dass ich bald wieder zurückkomme.«

»Es gibt hier noch viel zu entdecken, nicht nur in deinem Haus. Irland hat echt schöne Ecken«, erwiderte er und strich sich eine dunkle Haarsträhne aus der Stirn. »Ich könnte sie dir zeigen, wenn du willst.«

Clara ließ ihren Zeigefinger über das kühle Glas wandern, verfolgte seine Spur zwischen den winzigen Wassertropfen, dann hob sie den Kopf und lächelte ihn an. »Blühende Korallen zum Beispiel?«, fragte sie.

Seine Wangen hatten sich gerötet und seine Mundwinkel zuckten, als würde er komplizierte Worte formulieren. »Wenn du …«

Plötzlich zerriss ein schriller Ton die Stille und schreckte sie auf.

»Wer ist das?«

»Das ist bestimmt eine Banshee«, flüsterte sie und musste im selben Moment lachen. »Woher soll ich das wissen? Es ist dein Haus, Jon.«

»Ich geh mal.« Widerwillig stand er auf, verschwand im Flur und öffnete die Tür. »Was machst du denn hier?«, vernahm sie kurz darauf seine Stimme.

»Du bist so vergesslich, Jon. Das haben wir doch ausgemacht. Erst duschen, dann Filme schauen.«

Clara biss sich auf die Unterlippe. Sie wusste, wer soeben eingetroffen war. Es war so naheliegend, dass sie lachen musste, weil sie sich für den Bruchteil einer Sekunde hingegeben hatte: *An die Küste fahren. Grüne Augen. Blühende Korallen. Wir wollen, dass es gut wird. Was auch immer.*

»Boah, sorry! Das hatte ich gar nicht mehr im Kopf.«

Kurz darauf stand Aisling in der Küche. Sie strahlte und roch nach einem süßen Parfüm, das den ganzen Raum erfüllte. »Oh, ich wusste gar nicht, dass du auch da bist, Clara!«

Aisling schälte sich aus ihrer Lederjacke und setzte sich auf einen Stuhl, während Jon aus dem Kühlschrank noch ein Bier holte.

Es kam Clara plötzlich falsch vor, hier zu sein. Als wäre sie ein Eindringling, der den gewohnten Ablauf störte. »Ich wollte nur kurz den Hof sehen, deswegen bin ich mitgekommen. Ich gehe gleich wieder.«

»Bleib doch noch ein bisschen. Vielleicht kommt später auch noch Gavin vorbei. Wäre bestimmt lustig.« Aisling lächelte sie an.

»Ich sollte dringend duschen.«

»Die Wanderung war echt heftig, was? Meine Klamotten waren danach klatschnass.« Aisling verzog das Gesicht. »Ich habe mich sogar selbst gerochen.«

»Ich trinke nur noch schnell aus, dann geh ich rüber.«

»Du kannst ja danach wiederkommen. Dann warten wir mit dem Film auf dich. Ist ein Tarantino«, schlug Jon vor. Er stand mit vor der Brust verschränkten Armen da. Seine Finger tippten nervös auf seinen Bizeps.

»Ich glaube, ich bin viel zu müde, um einen ganzen Film zu überleben. Außerdem habe ich morgen eine weite Fahrt vor mir. Ich muss schlafen.«

»Wir kommen dich besuchen, okay? Beim nächsten Mal, also, bevor das Schloss verkauft wird.« Aisling legte schlanke Finger mit goldenem Schmuck auf ihren Unterarm.

»Das klingt gut.« Clara lächelte.

Nachdem sie sich von Aisling verabschiedet und versprochen hatte, sich zu melden, sobald sie zurück in Clonamaddy war, begleitete Jon sie in den Flur.

»Tut mir leid«, raunte er ihr zu, als sie voreinander in der geöffneten Tür standen. »Ich habe völlig vergessen, dass sie heute Abend kommen wollte.«

»Muss dir nicht leidtun. Alles gut. Das macht es einfacher zu gehen.«

»Du kannst doch wiederkommen.«

Sie schüttelte den Kopf, dann zupfte sie an seinem Pullover und sagte: »Hey, vielen Dank für deine Hilfe und den Ausflug. Das war echt schön.«

»Soll ich mich eigentlich um das Haus kümmern, während du weg bist?«

»Es ist nicht viel zu tun, und das, was zu tun ist, macht doch der alte Maguire.«

»Stimmt. Den Job darfst du ihm nicht wegnehmen. Er bildet sich nämlich etwas darauf ein, der Schlossverwalter zu sein.« Er grinste und verschränkte die Arme hinter dem Kopf. »Dann mach's gut in London, mit dem Haus und allem anderen.«

* * *

Am nächsten Morgen gab es ein schnelles Frühstück im Stehen – Wintergartenkaffee mit Blick auf den ältesten und größten Kirschbaum Irlands, auf prächtige Rosenbüsche und Baumspitzen, die hinter der Mauer in den Himmel ragten. Clara war wehmütig. Eigentlich hätte sie noch Zeit gebraucht, um alle Schubladen aufzuziehen, alle Bücher durchzublättern und die Kartons auf dem Dachboden zu öffnen. Ihre Muskeln schmerzten. Sie hätte noch Zeit gebraucht, um die elf anderen Gipfel zu besteigen und danach auf dem Sofa zu lümmeln und Gedichte zu lesen. Wie hieß noch das Gedicht, von dem Jon gestern erzählt hatte? *The Song of Wandering Aengus.* Clara nahm ihr Telefon und suchte danach. Es dauerte lange, bis sich die Seite aufgebaut hatte.

Sie las die drei Strophen mit leiser Stimme und stellte sich dabei vor, wie er nach einem langen Arbeitstag in seinem Wohnzimmer saß, ganz versunken in die Zeilen. Schließlich speicherte sie das Gedicht in ihren Notizen und wählte ihre Londoner Nummer.

»Was hältst du eigentlich von Yeats?«, fragte sie Oscar, nachdem er ihr erzählt hatte, dass die blauen Herztabletten jetzt rot waren und nicht mehr in seine Dosette passten.

»Yeats war ein Genie, ein Mystiker. Jemand, der den keltischen Überlieferungen neues Leben eingehaucht hat. Als ich jung war, konnte ich viele seiner Gedichte auswendig rezitieren – besser noch als das Glaubensbekenntnis, will ich meinen. Wie kommst du auf ihn?«

101

»Ach, ich bin bei meiner Irland-Recherche zufällig auf ihn gestoßen und habe überlegt, ob du zu Hause vielleicht ein Buch von ihm hast.«

»Sogar mehrere.«

Nachdem sie ihre Sachen gepackt hatte, ging Clara ein letztes Mal durch die Zimmer des Hauses, verschloss Fensterläden und Türen, zog alle Stecker und überprüfte die Alarmanlage. Das war's.

Sie quetschte die Tasche und den Rucksack in den kleinen Kofferraum, dann drehte sie sich noch einmal zum Haus um und ließ ihren Blick über sein Gemäuer wandern. In der Sonne leuchtete der Blauregen wie Tautropfen. Obwohl ein Cottage heimeliger gewesen wäre, weckte der Anblick des Gebäudes warme Gefühle in ihr. Es war ihr Schloss, dachte sie lächelnd, ihr Refugium in der Einsamkeit.

Clara seufzte, stieg ins Auto und suchte lange nach einer Playlist, die sie während der Fahrt hören wollte. Die Lautsprecher knackten, bevor Töne daraus erklangen, und der Elf ächzte, bevor der Motor ansprang.

Als sie die Kirche erreichte und noch mal in den Rückspiegel blickte, hielt sie den Atem an. Es hätte ein Schatten sein können, aber sie war sich sicher, dass sie einen schwarzen Van gesehen hatte, der gerade auf den Weg abgebogen war, der zu ihrem Haus führte. Ihr Herz fing an, schneller zu schlagen. Ihre Finger umschlossen das Lenkrad so fest, dass die Knöchel weiß hervortraten.

Was wollte er? Sie ließ versehentlich den Motor aufheulen und schreckte zwei Frauen auf, die sich gerade auf dem Friedhof unterhielten, dann fuhr sie geradewegs zurück.

Kaum hatte sie den Holzzaun erblickt, als der schwarze Van ihr schon entgegenkam und wenige Meter vor ihr stehen blieb. Hinter der schmutzigen Windschutzscheibe tauchte ein bleiches Gesicht auf, dann wurde die Tür aufgestoßen. Jon zog das schlammgraue Shirt glatt und ordnete mit beiden Händen sein Haar, während er auf sie zustapfte.

»Was machst du denn hier?«, fragte sie mit heller Stimme, nachdem sie die Scheibe des Elfs heruntergekurbelt hatte.

»Bin gerade unterwegs nach Dunmore und viel zu spät dran, aber ich wollte dir noch meine Nummer geben. Für alle Fälle. Könnte ja sein, dass Maguire mal verhindert ist und jemand nach dem Rechten sehen muss.« Er drückte ihr einen Zettel in die Hand.

»Oh, das ist echt praktisch. Danke.«

»Melde dich, wenn was sein sollte.«

Die Luft war kühl und hatte seine Wangen gerötet. Jon deutete auf seinen Wagen, dessen Motor immer noch lief. »Ich muss jetzt los, sonst reißt mir Donahue den Kopf ab. Hab total verschlafen.«

»Ja, klar, dann beeil dich lieber.«

»Mach ich, also … Fahr vorsichtig. Ich hoffe, die Fähre geht nicht unter. Der irische Schiffsbau ist, na ja … Du hast bestimmt schon von der *Titanic* gehört.« Er zwinkerte ihr zu, machte auf dem Absatz kehrt und stapfte zurück zu seinem Wagen. Aus seiner rechten Gesäßtasche baumelte ein Stethoskop.

»Ich fahr rückwärts und lasse dich raus!«, rief sie ihm nach und legte die Hand auf den Schaltknüppel. Während sie sich fast den Kopf verrenkte, um den Wagen rückwärts über den schmalen Weg zu manövrieren, wünschte sie sich einen Motorschaden. Sie wäre jetzt liebend gern liegen geblieben, doch dann erreichte sie die Straße.

Jon hupte kurz, streckte die Hand zum Gruß aus dem Fenster und fuhr an ihr vorbei.

10

Es war schön, wieder zu Hause zu sein. Oscar war putzmunter und hatte sogar ihren Lieblingswein besorgt, den sie sich nur zu feierlichen Anlässen oder in emotionalen Schieflagen leistete. Nachdem Clara ausgepackt, Fiona eine Nachricht geschickt und ihre Mutter angerufen hatte, schenkte sie sich ein Glas Wein ein und trat ins Wohnzimmer. Auch wenn sie miteinander telefoniert hatten, gab es viel zu erzählen.

»Das Haus war vollkommen eingestaubt. Ich habe eigentlich die ganze Zeit irgendwas geputzt, aber es hat sich gelohnt. Und das Klavier im Wohnzimmer ist so schön. Ich wünschte, ich könnte darauf spielen.«

»Oh, das Klavier …« Er nickte bedächtig. »Ich habe früher sehr gut gespielt – stundenlang, ein Stück nach dem anderen – aber das ist lange her. Jetzt sind meine Finger zu krumm und alles würde furchtbar schräg klingen. Wie sieht denn der Garten aus?«

»Wie ein Paradies.« Sie hielt kurz inne. »Okay, wohl eher wie ein verwildertes Paradies.« Clara schwärmte vom Duft der Fuchsien und Rosen, von den Schwänen auf dem See, dem Heidekraut und dem Kirschbaum, der im Frühling sicher wunderschön blühte.

Mit einem leichten Lächeln auf den Lippen und Keats auf dem Schoß lauschte Oscar ihren Erzählungen.

»Es ist wirklich traumhaft. Das Haus und der Garten, klar, aber auch das Dorf«, erklärte sie mit erhitzten Wangen. »Und die Leute sind so nett. Sie haben mir sofort ihre Hilfe angeboten.«

»Die Leute sind neugierig.« Oscar rückte seine Lesebrille gerade. »Deswegen müssen sie nett sein.«

»Ich habe einen Tierarzt kennengelernt.«

»Was du nicht sagst?«

Clara musste lachen, als er ihr einen vielsagenden Blick zuwarf, doch sie winkte ab. »Er hat mir nur ein bisschen im Haus geholfen und dann sind wir wandern gegangen. Weißt du eigentlich, wie schön Connemara ist?«

»Ich erinnere mich. Das Moor, die Berge, das Heidekraut. Es ist eine raue Gegend.« Er richtete sich in seinem Sessel auf und scheuchte Keats von seinem Schoß. »Was wirst du tun, Clara? Willst du das Haus verkaufen?«

»Mir bleibt nichts anderes übrig.« Sie fing an, den Korken der Weinflasche zu zerpflücken. »Ich muss meine Schulden begleichen und mir einen richtigen Job suchen. Ich muss endlich anfangen, auf eigenen Beinen zu stehen.«

»Du stehst auf eigenen Beinen. Ich habe jedenfalls keine anderen Beine an dir gesehen.«

»Du weißt genau, was ich meine. Ich habe einen Abschluss in der Tasche, aber ich vertrödele meine Zeit in einem Café, weil ich es nicht schaffe, mich zu bewerben.«

»Tja, Kind, warum ist das so?«

»Ich weiß es nicht.«

»Weil du dich langsam von der Vorstellung verabschiedest, dir seine Liebe verdienen zu können.«

»Mag sein, aber das hat ja nichts mit dem Haus zu tun, sondern mit meinem absurden Wunsch, einen Vater zu haben, der sich für mich interessiert.« Sie legte den zerpflückten Korken auf die Fernsehzeitschrift – auf die Nase einer blonden

Schauspielerin, die sie schon die ganze Zeit spöttisch angegrinst hatte.

»Weißt du, Clara, wenn du es in Irland so schön findest und der Tierarzt so nett ist, wäre es vielleicht gar nicht so abwegig, wenn du das Haus behältst und …«

»Doch, Oscar. Das ist abwegig«, unterbrach sie ihn und stand auf. »Ich habe dir übrigens etwas mitgebracht.«

Kurz darauf erschien Clara wieder im Wohnzimmer und drückte ihm die Fotografie in die Hände, auf der zwei Jungen nebeneinander vor dem Brunnen standen. Die Haare der Kinder waren akkurat frisiert. Seitenscheitel. Sie trugen kurze Latzhosen und kleine Stiefelchen, in denen ihre Beine wie Stelzen wirkten.

»Du bist der kleine Knirps mit dem Pflaster auf dem Knie, oder?« Sie stieß ihn sanft an. »Dieses Grinsen kenne ich.«

»Wo hast du das denn ausgegraben?«, fragte er mit heiserer Stimme. »Robert hat mich von der Treppe geschubst. Das Knie sah aus, als wäre ein Mähdrescher drübergefahren.«

»Aua! Nicht sehr nett.«

»Robert konnte sehr nett sein, wenn er etwas haben wollte.« Er strich mit dem Zeigefinger über das Gesicht seines Bruders, dann tippte er auf seine Brust. »Er hat sich nur bemüht, wenn es etwas zu gewinnen gab.«

»Ihr hattet ganz offensichtlich kein gutes Verhältnis.«

»Wenn er in mir seinen Bruder und keinen Konkurrenten gesehen hätte, wäre das Verhältnis sicher besser gewesen. Es gab immer etwas, um das wir gekämpft haben. Bonbons, Fahrräder, wer im Auto vorn sitzen durfte, die Company.«

»Hat Robert die Company übernommen?«

»Und ist damit nach vier Jahren pleitegegangen, weil er die Reserven aufgebraucht hat. Teure Autos, Frauen, Reisen mit dem Kreuzfahrtschiff und Pferdewetten. Dumme Dinge, in die dumme Männer investieren.« Oscar konnte seine

Schadenfreude nicht vor ihr verbergen. »Robert war schon als Kind viel zu gierig. Um ein Unternehmen zu führen, muss man bescheiden bleiben, besonnen handeln und vorausschauend planen, aber Robert war eine Dampfwalze. Er hat nicht begriffen, was es bedeutet, Verantwortung zu übernehmen.«

»Hattest du denn kein Interesse an der Company?«

»Ich? Schwachsinn. Ich wollte irgendwas mit Musik machen und das habe ich getan«, erwiderte er brüsk und steckte das Foto in seine Hosentasche. »Jetzt erzähl mir lieber noch ein bisschen von diesem Mann, Clara. Er ist also Tierarzt, ja?«

Zögerlich erzählte sie von ihrer nächtlichen Begegnung, dem Abend im Pub und der Wanderung. Dabei beobachtete sie, wie Oscar erst schockiert und dann immer amüsierter lauschte.

»So ist das also. Menschen, die es sich zur Aufgabe machen, sich um andere zu kümmern, sind mir auf jeden Fall sympathisch«, bemerkte er und beugte sich hinab, um Keats zu kraulen. »Das hat etwas mit Herzensbildung zu tun, denke ich.«

* * *

Wenn Clara nicht arbeitete, spazierte sie mit Keats über die Wiesen von Hampstead Heath oder schmökerte in dem Gedichtband, den Oscar ihr gegeben hatte. Abends telefonierte sie oft mit Fiona. Nachdem sie sich über Alltägliches ausgetauscht hatten, landeten sie jedes Mal bei dem Anwesen in Clonamaddy.

»Du Glückspilz!«, sagte Fiona immer wieder. »Wenn du Käufer findest, bist du in ein paar Monaten schuldenfrei und kannst zweimal um die Welt reisen!«

War das Haus am Anfang noch eine Belastung gewesen, wurde es allmählich zu einer Erleichterung, weil Clara erkannte, welche Chancen es bot. Doch mehr als ihre Zukunft beschäftigte sie der Brief, den der alte Fitzgerald kurz vor seinem Tod geschrieben hatte. Sie fragte sich, wovon Oscar damals geträumt hatte und weshalb sein Vater der Meinung gewesen war, ihn vor diesen Träumereien bewahren zu müssen. Was hatten die Sullivans getan?

Es war Sonntag. Musik dudelte aus dem Radio und die Sonne schien von einem wolkenlosen Himmel. Staubpartikel tanzten durch die Luft. Oscar saß am Küchentisch und summte vor sich hin, während er Todesanzeigen studierte und Artikel markierte, die Clara sich später durchlesen sollte. Seit Tagen hatte sie auf eine günstige Gelegenheit gewartet, ihn auf seine Vergangenheit anzusprechen.

»Erinnerst du dich eigentlich noch an Finnegan?«, fragte sie scheinbar beiläufig, als sie vor dem Spülbecken stand und Teller schrubbte.

»Oh, er war … Seine Eltern hatten damals eine Molkerei in Dunmore.«

»Er war Tierarzt. Jon hat seine Praxis übernommen. Und weißt du, was? Finnegan mochte Bücher lieber als Menschen, so wie du.«

»Kann sein«, erwiderte Oscar und blätterte geräuschvoll eine Seite um. »Ich erinnere mich nicht mehr richtig an die Menschen, die in Clonamaddy gewohnt haben.«

»Was ist mit den Menschen, die in eurem Haus gearbeitet haben? Erinnerst du dich noch an Delia?«

»Was?« Er blickte von der Zeitung auf.

»Ich habe im Haus ein paar Arbeitsverträge gefunden und mich daran erinnert, dass du …«

»Keine Fragen beantwortest«, zischte er.

»Ich weiß, ich weiß.« Sie trocknete die Hände an ihren Jeans ab und baute sich vor ihm auf. »Aber sie stand dir nahe, oder? Delia war nicht nur eine Bedienstete, sondern eine Freundin.«

»Eine einzige Bedingung, Clara. Es gibt nur eine einzige Bedingung, an die du dich halten musst«, schnaubte er und nahm die Brille ab, um sich mit dem Handrücken über die Augen zu wischen. »Was ist so schwer daran?«

»Ich verstehe einfach nicht, warum du so ein Geheimnis um sie machst. Es ist lange her.«

»Ja, verdammt, das ist es, aber das heißt gar nichts. Ich will kein Wort mehr hören, verstanden?«

»Hast du sie …«

Er pfefferte die Zeitung auf den Tisch, stand auf und verließ die Küche.

Verdutzt blieb Clara zurück und schreckte zusammen, als kurz darauf die Tür zu Oscars Zimmer scheppernd ins Schloss geworfen wurde. Den ganzen Tag über bekam sie Oscar nicht mehr zu Gesicht. Keats winselte vor seiner Zimmertür, aber selbst der kleine Hund schien ihn nicht erweichen zu können. Clara tigerte mit einem schlechten Gewissen durch die Wohnung, staubsaugte den Teppich vor seinem Zimmer lang und intensiv, polterte mit dem Staubsauger mehrmals an seine Tür, doch anstatt sich darüber zu beschweren, drehte er die Musik lauter. Beethoven, eines seiner dunkelsten Werke. Spät am Nachmittag entschied Clara, mit Keats in die Hampstead Heath zu verschwinden.

* * *

Erst abends kehrte sie zurück. Es war dunkel in der Wohnung, nur durch den Türschlitz von Oscars Zimmer stahl sich ein dünner Lichtstrahl in den Korridor. Er war also noch wach. Leise schlüpfte sie aus ihren Stiefeln und hängte den Mantel an die Garderobe. Sie harrte ein paar Sekunden vor seinem Zimmer aus, wartete, ob Oscar sich rührte, doch es blieb still. Auf Zehenspitzen schlich sie in die Küche, um Keats zu füttern. Sollte sie an seine Tür klopfen und sich für ihre Neugier entschuldigen? Sollte sie ihn in Ruhe lassen? Vielleicht könnten sie morgen wieder ganz normal miteinander umgehen, ohne ein Wort über ihre Auseinandersetzung zu verlieren.

Sie wohnte am Ende des Flures. In ihrem Zimmer standen ein alter Schrank und ein ebenso alter Sekretär, auf dem die noch ältere Schreibmaschine thronte, die sie nie benutzte, weil die Anschläge laut und mühsam waren. An den Wänden hingen Regale mit Sukkulenten und ein paar Kunstdrucke von Malmström, die sie auf dem Flohmarkt gekauft hatte. Hie und da lagen Kleidungsstücke, Bücher oder Turnschuhe auf dem Boden.

Manchmal saß Clara in der Dunkelheit auf ihrem Bett und beobachtete das Leben in den Wohnungen gegenüber. Sie erfand Namen für die Menschen und malte sich Lebensgeschichten aus.

Im ersten Stock wohnte eine alte Frau mit grauem Haar, das violett schimmerte. Ihren Fenstersims hatte sie mit Plastikblumen und Puppen dekoriert. Regelmäßig bekam sie Besuch von einem tätowierten Glatzkopf, der so breite Schultern hatte, dass er sich seitlich durch die Haustür schieben musste. Am Anfang hatte Clara sich vorgestellt, dass diese unscheinbare Wohnung der Drogenumschlagplatz Londons war, doch dann hatte sie gesehen, wie der Glatzkopf am Spülbecken stand und den Abwasch machte. Mehr als alles andere war er wohl einfach nur der Enkel, der regelmäßig zum Abendessen vorbeikam. Am liebsten beobachtete sie jedoch die kleinen Mädchen im vierten Stock, die jeden Abend von ihrem Vater ins Bett gebracht wurden und das Licht sofort wieder anschalteten, sobald er die Tür hinter sich geschlossen hatte. Clara glaubte, dass er mittlerweile damit kalkulierte, denn er kam immer lachend zurück und hatte jedes Mal ein Buch in der Hand, aus dem er seinen Töchtern noch ein paar Seiten vorlas. Dieses Miteinander rührte an ihren wunden Punkt und trotzdem genoss sie es, stille Beobachterin zu sein.

Wenn sie die Menschen dann zufällig auf der Straße traf, kam es ihr so vor, als wären sie ihr weniger fremd. Das gefiel ihr. In einer Großstadt war Vertrautheit selten und Clara hatte sich schon immer danach gesehnt. In fremden Städten wünschte sie sich ein einheimisches Kennzeichen, damit keiner der anderen Autofahrer erkennen konnte, wie fremd sie tatsächlich war, und in Cafés wollte sie »wie immer« sagen können, ohne erklären zu müssen, dass sie weder Milch noch Zucker für ihren Kaffee benötigte.

Auch heute saß Clara in der Dunkelheit, hörte ein Album der *Fleet Foxes* und starrte durch die in goldenes Licht getauchten Fenster des Hauses gegenüber, doch dieses Mal zerfloss der Anblick vor ihren Augen. Ihre Gedanken verflochten sich mit der sanften Melodie und verwandelten sich in Bilder: eine holprige Landstraße, weißes Heidekraut, moosgrüne Augen und eine Vergangenheit, über die sich dichter Nebel gelegt hatte.

Es war fast Mitternacht, als es leise klopfte. Clara schaltete die Musik aus und tapste barfuß zur Tür. »Du lebst«, versuchte sie zu scherzen, als sie in ein zerknittertes Gesicht blickte.

Oscar nickte so schwerfällig, als könnte sein dünner Hals den Kopf kaum halten. »Wir haben uns geschrieben, Delia und ich«, sagte er und blickte hinab auf ein dickes Buch, das Clara noch nie zuvor gesehen hatte. »Einen ganzen Sommer. Wir haben die Briefe in einem Vogelhäuschen versteckt, weil niemand davon wissen sollte. Es war sehr schön. Delia war sehr schön, aber dann kam der Herbst.«

»Oscar«, flüsterte sie. »Du hast sie geliebt, oder?«

»Ich werde keine Fragen mehr beantworten, Clara, und ich bitte dich eindringlich, nicht nach Antworten zu suchen, denn es gibt keine.« Er wiegte das Buch in seiner Hand, dann blickte er auf. »Das möchte ich dir geben. Ich kann diese Worte längst auswendig, habe sie tausend Mal gelesen. Du kannst sie haben, aber dann muss Schluss sein. Versprichst du mir das?«

Das Zittern seiner Stimme ergriff sie. Plötzlich tat es ihr leid, dass sie nicht sensibler mit ihm umgegangen war. Sie wollte keine alten Wunden aufreißen, wollte nicht darin herumwühlen, als wäre ihr egal, was das bedeutete. »Du musst mir das nicht geben.«

»Es war unser Geheimnis. Vielleicht möchte ich, dass jemand davon weiß. Dann ist es echt, verstehst du? Dann ist es wirklich passiert.« Oscar streckte ihr das Buch entgegen. Kaum hatte sie danach gegriffen, drehte er sich um und ging durch den Korridor zu seinem Zimmer. Sie drückte das Buch an ihre Brust und rührte sich nicht vom Fleck, bis er die Tür hinter sich geschlossen hatte.

Dann verkroch sich Clara zu Keats ins Bett, knipste die Nachttischlampe an und legte das Buch vor sich auf die Matratze. Es trug keinen Titel, besaß keinerlei Verzierungen. Es war nur ein Buch mit einem roten Leineneinband, der an den Ecken aufgerissen war. Ehrfürchtig strich sie über das raue Gewebe. Sie erwartete Seiten mit handschriftlichen Notizen – vielleicht ein Tagebuch –, doch als sie das Buch aufschlug, blickte sie auf ein Etui. Das braune Leder war speckig und abgegriffen. Es dauerte eine Weile, bis sie den Reißverschluss öffnen konnte, dann blickte sie auf das Porträt einer jungen Frau, die fröhlich in die Kamera sah.

Vorsichtig nahm sie die Fotografie heraus. Ein nachlässig geflochtener Zopf fiel der Frau über ihre Schulter. Einige Strähnen hatten sich gelöst und flatterten ihr ins Gesicht, doch das schien sie nicht zu kümmern. Ihre Augen waren groß, kugelrund und standen eng beieinander, sodass sie einen leichten Silberblick hatte, als sie direkt in die Linse schaute. Es war nicht zu sagen, welche Farbe ihre Augen besaßen. Der Moment war eingefroren und zeigte ein halbes Lächeln, doch ihre

Mundwinkel schienen zu zucken, als würde das Lachen gerade ihre Kehle hinaufwandern.

Es war eine Schwarz-Weiß-Fotografie, aber Delia brauchte keine Farben, um zu leuchten. Clara stellte sich vor, dass ihr Haar rotblond gewesen war. Sommersprossen auf den Wangen, buschige Augenbrauen, ein herausfordernder, leicht spöttischer Blick.

Sie legte die Fotografie beiseite und griff nach einem Bündel zusammengefalteter Papiere. Es waren Briefe mit einer gleichmäßigen Schrift in blauer Tinte.

Bevor sie anfing, darin zu lesen, schlich sie in die Küche, um sich einen Tee zuzubereiten. Während sie dem Blubbern des Wasserkochers lauschte, überfiel sie Schwermut. Wie oft hatte Oscar in seinem Sessel gesessen, hatte sich in Erinnerungen verloren, diese Briefe gelesen und ihr Bild betrachtet? Wie groß mussten die Liebe und der Schmerz gewesen sein, um einen alten Mann immer noch so zu ergreifen?

* * *

Clonamaddy, 3. Mai 1957
Mein sehr geschätzter Naoise,

ich bedanke mich recht herzlich für die kleine Botschaft. Es hat eine Weile gedauert, bis ich sie gefunden habe. Das lag nicht nur an ihrem äußerst klugen Versteck, sondern auch an Mary, die mich den ganzen Tag durchs Haus gescheucht hat. Es war keine Zeit, um zum See zu gehen.

Nun, ich stimme Dir zu. Das Feuer war magisch und die Musik hat mich ganz wehmütig gemacht. Samhradh, Samhradh. *Schon als kleines Mädchen habe ich es geliebt, wenn alle zusammen dieses Lied gesungen haben. Sommer, Sommer. Wir tragen ihn in uns, diesen Sommer. Mit diesem Gedanken kann man sich durch manchen Winter trösten, meinst Du nicht?*

Wäre die Mainacht doch nie vergangen. Wir würden wohl immer noch tanzen ... Aber das Fest ist vorüber und ich stehe wieder in Eurer Küche, daher wundere ich mich sehr über Deine vertraulichen Zeilen. Du weißt doch, wie ich lebe. Kein Silberbesteck, keine Stoffservietten.

Oder ist das nur ein Scherz? Pass bloß auf! Wenn Du mich an der Nase herumführst, nähe ich Juckpulver in Deine Unterhosen und dann tanzt Du bis Dublin wie ein wild gewordener Ochse.

Ich grüße Dich vom Küchentisch
Delia

Clonamaddy, 5. Mai 1957
Mein sehr geschätzter Naoise,

Dein Brief war wirklich schön. Wo hast Du nur gelernt, so mit Worten umzugehen? Ich musste während des Lesens die ganze Zeit lächeln, weil ich mich über die Komplimente sehr gefreut habe, aber gleichzeitig stimmen sie mich auch nachdenklich. Selbst wenn Du Dich Naoise nennst, weiß ich doch ganz genau, wer Du bist. Und Du weißt es auch.

Was kann ich Dir sagen, ohne meine Stellung zu riskieren? Ich bin mir nicht mal sicher, ob ich Dir überhaupt antworten sollte oder ob es nicht besser wäre, so zu tun, als hättest Du mir nie geschrieben. Kannst Du bei der Gemeinschaft aller Heiligen schwören, dass Du es ehrlich meinst?

Wir können bei nächster Gelegenheit zwar gern wieder miteinander tanzen, doch Du solltest nicht erwarten, dass jemals mehr zwischen uns sein wird. Zumal wir ja ohnehin streng bewacht werden. Ist es nicht merkwürdig, dass Father Seamus jedes Mal kommt, um dann stundenlang wie ein Wachhund an der Tanzfläche zu stehen? Er hat seine Augen überall und man muss aufpassen, keinen falschen Schritt zu machen, sonst wird man vermutlich sofort in den Beichtstuhl gezerrt und bekommt hundert Ave-Maria aufgebrummt.

Ich grüße Dich vom Küchentisch
Delia

PS: Danke, dass Du mir vorhin geholfen hast,
Robert aus der Küche zu schmeißen. Manchmal
ist er wirklich furchtbar.

Clonamaddy, 17. Mai 1957

Lieber Oscar,

entschuldige, dass Du so lange auf eine Antwort warten musstest, aber ich war nach unserem Gespräch sehr aufgewühlt. Ich habe Angst davor, Dir die Wahrheit zu sagen, und Angst davor, Dich zu belügen.

Soll ich eine Sünde begehen, um eine Sünde zu verschleiern? Ich will ehrlich sein, aber es wird mir nicht leichtfallen. Vor mir liegen schon vier zerknüllte Papiere, weil ich nie die richtigen Worte treffe. Du wolltest wissen, warum ich so verschwiegen bin. Es ist im Grunde ganz einfach, aber gleichzeitig so furchtbar schwer.

Als ich hierherkam, habe ich Deinem Vater versprochen, niemandem davon zu erzählen, um Euer Haus nicht in Verruf zu bringen … Bitte denke immer an die Delia, mit der Du in der Mainacht getanzt hast, wenn Du das hier liest.

Die Wahrheit ist, dass meine Mutter mich in einem Kloster in Tuam zur Welt gebracht hat – nicht weit von hier. Du hast vielleicht schon davon gehört, wohin Frauen gesteckt werden, die mit einem unehelichen Kind schwanger sind. So ein Kind bin ich. Niemand weiß, wer mein Vater ist. In meiner Vorstellung ist er gestorben, bevor er meine Mutter heiraten konnte, aber vermutlich ist er einfach abgehauen und hat sie mit der Schande alleingelassen. Nach meiner Geburt war meine Mutter noch zwei Jahre bei mir und hat in der Wäscherei gearbeitet, dann musste sie gehen.

Die Nonnen waren sehr streng mit uns Kindern. Es gab nicht viel zu essen und ich weiß noch, dass ich im Kloster immer gefroren habe. Manchmal träume ich vom Geräusch unserer Schuhe auf dem Steinboden. Sie haben die Sohlen mit Nägeln befestigt, damit sie länger halten. Klick-klack. Das war die Musik der Kinder, die keiner wollte, und wir gingen immer auf Zehenspitzen, um niemanden zu stören. Es hieß, wir wären sündig geboren. Deswegen müssten wir Buße tun und dankbar dafür sein, dass sich die Schwestern um uns kümmerten. Wenn ich meine Freundin Róisín nicht gehabt hätte – ich weiß nicht, wie ich das überlebt hätte, ohne den Mut zu verlieren. Wir sind später sogar zur selben Familie gekommen. Bei den McCarthys hatten wir es gut. Die Arbeit war nicht allzu schwer. Wir durften uns ein eigenes Zimmer teilen, hatten Bücher und sogar ein kleines Radio. Tante Mary ist übrigens die Schwester vom alten McCarthy. So habe ich sie kennengelernt.

Róisín hat irgendwann den Sohn der Familie geheiratet und lebt immer noch in Beldare. Sie hat alles richtig gemacht. Ich nicht. Ich bin nach Dublin gegangen – nach unten, Oscar. Ich ahnte nicht, wie tief ich sinken würde.

Du weißt ja, dass ich in Dublin in einer Fabrik gearbeitet habe, aber im März letzten Jahres verlor ich die Arbeit. Ich war in so schwerer Not. Kein Geld, keinen Krümel zu essen, kein Dach über dem Kopf. Es war ein Bekannter, der mich in eines dieser Häuser brachte, in denen

Frauen arbeiten, die keine andere Wahl haben.
Es war furchtbar und ich schäme mich sehr. Alles
war schmutzig in der Stadt. Der Ruß klebte an
den Fenstern und die Wolken waren schwarz. Ich
bin selbst so schmutzig geworden. In Gedanken
war ich überall, aber nicht in diesem Körper.
Ich habe die ganze Zeit gebetet, Gott weiß, wie
viele Ave-Maria. Irgendwann wurde ich sehr
krank und schrieb in meiner Verzweiflung an
Róisín. Sie hat sich daraufhin an Tante Mary
gewandt. Immerhin arbeitet sie schon seit
vielen Jahren in Eurem Haus und genießt das
Vertrauen der ganzen Familie. Ich habe nicht
damit gerechnet, dass Tante Mary so ein großes
Herz hat, aber sie hat sich tatsächlich für mich
verbürgt. So kam es, dass Dein Vater erlaubt hat,
mich hierherzuholen. Das war meine Rettung.
Mary sieht vielleicht nicht so aus, aber sie ist ein
Engel. Nun habe ich eine ehrliche Arbeit, für die
ich mich nicht schämen muss und wegen der ich
nicht in die Hölle komme. Aber wie dem auch
sei: Ich bin sicher kein Mädchen, mit dem Du
Dich schmücken kannst, lieber Oscar. Das werde
ich niemals sein. Ich tauge nur zum Tanzen.

Ich grüße Dich vom Küchentisch
Delia

Clonamaddy, 21. Mai 1957

Lieber Oscar,

ich danke Dir von Herzen für Dein Verständnis und für diese Hartnäckigkeit, aber wir wissen beide, wie es laufen wird. Irgendwann wirst Du es hier nicht mehr aushalten und verschwinden. Ich finde sogar, dass Du dazu verpflichtet bist, denn Du passt so wenig hierher wie Robert in ein Nonnenkloster.

Ich habe die Männer gesehen. Sie sind zu mir gekommen, bevor sie an Bord gegangen sind. Nach England oder Amerika, irgendwohin, aber immer in die Fremde mit der Hoffnung auf ein besseres Leben. Manche waren viel zu betrunken, um zu reden, manche haben mir Fotos ihrer Kinder gezeigt und andere haben beim Abschied geweint, als wäre ich jemand, der ihnen etwas bedeutet. Sie hatten alle einen Schmerz und ich sehe diesen Schmerz manchmal in Deinen Augen. Als wüsstest du längst, dass Du gehen musst. Und weißt Du was? Du kannst gehen. Die ersten Schritte werden Dir vielleicht noch schwerfallen, aber danach wird es immer leichter werden.

Ich bin hier festgewachsen. So funktioniert das Leben als Frau. Es ist hart, wenn Du nichts hast. Du musst dich irgendwie durchschlagen, selbst hart werden.

Wir haben es gut hier auf dem Land. Die Arbeit in Eurem Haus, die Ruhe und die kleinen Vergnügen – zum Beispiel das Singen im Chor und die Tanzabende. Ich würde dieses Glück niemals herausfordern, Oscar. Nicht mal für Sommertage im hohen Gras. Wie könnte ich? Und wie kann ich von Dir erwarten, mehr in mir zu sehen als ein paar Sommertage?

Mary sagt, dass man sich über seinen Platz in der Welt bewusst sein muss. Obwohl wir moderne Frauen sind – wir müssen realistisch bleiben. Das solltest Du auch. Und trotzdem danke ich Dir für die Idee. Sie rührt mich wirklich sehr.

> *Ich grüße Dich vom Küchentisch*
> *Delia*

PS: Vor mir liegt das Tafelsilber, das angeblich so alt ist wie das Kleeblatt des heiligen Patrick. Ich werde es wohl den ganzen Abend polieren müssen.

Clonamaddy, 27. Mai 1957

Lieber Oscar,

wie kann ich sicher sein, dass Deine Gefühle kein Strohfeuer sind? Wenn Du vor mir stehst, kann ich alles glauben, aber wenn ich aus der Ferne an Dich denke, fühle ich mich wie ein Kind, das auf einen Schemel steigt, um den Mond vom Himmel zu holen, weil er ihm näher erscheint, als er in Wahrheit ist. Es fühlt sich an, als wäre dieses Herz viel zu groß für meinen Körper, viel zu schwer.

Ich würde es Dir geben, wenn ich nur wüsste ...

Delia

Clonamaddy, 13. Juni 1957

Lieber Oscar,

ich vermisse es, am Abend Dein Klavierspiel zu hören oder das Licht in Deinem Fenster zu sehen. Aber am meisten fehlt mir Dein Lachen. Hier lacht keiner und alle wandern in so gebückter Haltung durchs Haus, als wäre immer noch Krieg. Außer Robert natürlich. Er kam gestern schon mittags betrunken nach Hause und klebte die ganze Zeit am Küchentisch. Ich habe ihm irgendwann eine Kraftbrühe gekocht. Plötzlich wurde er wütend. Ich sei unfreundlich, hochnäsig und hätte keine Arbeitsmoral. Man würde mir das Straßenleben anmerken. Skanger – Proletin – nannte er mich. Mein Haar sei unordentlich, mein Mundwerk lose. Ich musste mich wirklich zusammenreißen, ihm nicht ins Gesicht zu schlagen. Zum Glück ist er dann in sein Zimmer gegangen. Dabei ist er die Treppe hochgefallen, weil er kaum mehr aufrecht stehen konnte.

Ich tröste mich mit der kleinen Birdy. Sie ist ein ulkiges Mädchen. Nicht wegen ihres Aussehens, sondern weil sie mir seit Tagen weismachen will, dass sie mit Feen sprechen könne. Und mit Katzen und allen anderen Tieren natürlich auch.

Jetzt warte ich schon fast eine ganze Woche auf Dich, Oscar Fitzgerald. Manchmal gehe ich heimlich nach oben ins Arbeitszimmer und schaue aus dem Fenster, damit ich auf die Straße sehen kann. Ich dachte, Du würdest nur drei Tage verreisen? Wo bleibst Du nur? Du bist der einzige

Mensch in diesem Haus, der wirklich lebendig ist. Dein Bruder betäubt sich, Deine Mutter jammert den ganzen Tag, weil sie Kopfschmerzen hat und Jesus gekreuzigt wurde, und Dein Vater sitzt stundenlang vor dem Radio. Ich vermisse Dich.

Mary hat übrigens seit Tagen mit Magenschmerzen zu kämpfen. Ich habe Heidekraut getrocknet, um ihr daraus einen Tee zu kochen, und sie hat den Rosenkranz gebetet, aber nichts hat geholfen. Vorsichtshalber ist sie nun doch zum Arzt gegangen. Sobald sie wieder zurück ist, hängen wir die Vorhänge ab und waschen sie. Damit werden wir den Tag verbringen. Wie erfreulich ...

Ich warte in diesem großen Haus, bis Du wieder hier bist, um Klavier zu spielen und die Vorratskammer zu plündern.

Delia

Clonamaddy, 20. Juni 1957

Lieber Oscar,

*warum nimmst Du das Leben so schwer? Es gibt
so viel, über das Du Dich freuen kannst. Du bist
jung und frei. Du kannst studieren, auf Reisen
gehen oder hierbleiben und bei Deinem Vater
arbeiten, wenn Dir nichts anderes einfällt. Du
kannst in Restaurants das teuerste Essen bestellen
und wenn Dich die Hose zwickt, kannst Du mit
Deinem Motorrad einfach in die Stadt fahren,
um Dir eine neue zu kaufen. Mein Lieblingskleid
flicke ich nun schon zum dritten Mal.*

*Niemand weiß, was geschieht, aber wir
müssen entschlossen sein und dürfen uns nicht
von Zweifeln zerreißen lassen. Wir müssen daran
glauben, dass unser Leben gut sein wird. Egal,
wo wir jetzt stehen und wohin es uns verschlägt.*

*Bitte sorge Dich nicht. Irland ist unabhängig.
Das Land ist friedlich und weit. Blick doch aus
dem Fenster, Oscar. Alles gehört Dir.*

*Ich grüße Dich vom Küchentisch
Delia*

Clonamaddy, 27. Juni 1957

Lieber Oscar,

*ich bin die ganze Zeit so aufgeregt. Es fühlt sich
an, als wäre das Haus seit gestern viel wärmer
geworden. Aus den dunkelsten Winkeln strahlt
jetzt ein Licht und aus der Stille tönt Musik.
Überall sehe ich Dein Gesicht. Ich sehe Dich
auf weißem Porzellan, zwischen Ginsterhecken,
in den Wolken. Selbst wenn ich die Augen
schließe. Mein Herz klopft bei jedem Schritt
durch die Korridore. Wenn ich am Sonntag in
der Kirche mit den anderen singe, musst Du mir
versprechen, mich nicht anzusehen, sonst vergesse
ich bestimmt den Text und blamiere mich.*

*Samhradh, Samhradh. Niemand konnte
ahnen, dass sich unser Leben in diesem Sommer
verwandeln würde.*

*Als ich vorhin die Wäsche zusammengelegt
habe, muss ich wohl vor mich hin gesungen
haben, denn irgendwann platzte Mary der
Kragen. Wenn ich nicht sofort mit diesem
dämlichen Gesinge aufhörte, würde sie mich mit
den Strumpfhosen Deiner Mutter erdrosseln. Ich
bin knallrot geworden und wäre am liebsten im
Erdboden versunken. Also habe ich ganz still
an Dich gedacht. Es hat sich noch nie so gut
angefühlt, Hemden zu bügeln, mickrige Knöpfe
anzunähen und ein süßes Geheimnis zu sein.*

Ich schwebe. Kannst Du es sehen?

Delia

PS: Es ist wirklich praktisch, dass wir über dem Pub wohnen und Mary so gern Likör trinkt. Sie schläft dann wie eine Tote, aber die Dielen knarren so laut, dass ich auch Topfdeckel aneinanderschlagen könnte, wenn ich das Haus verlassen will ... Donahue beschwert sich immer. Er sagt, er hätte noch nie so laute Mieterinnen gehabt. Du weißt ja, wie er ist. Er übertreibt gern, der alte Griesgram. Lass uns wieder baden gehen. Ich kann das Wasser noch immer auf meiner Haut spüren. Und Deine Hände – vor allem Deine Hände!

Lieber Oscar,

wenn ich meine Träume an eine Wolke hängen würde – wie sollte ich ihr jemals folgen? Meine Träume wachsen im Moos zwischen den Steinen, wo ich sie finden kann. Wenn wir ein Cottage besäßen, ein bisschen Land mit Obstbäumen und ein paar Tieren ... Mehr bräuchten wir nicht. Nur ein kleines Zuhause. Wir würden hart arbeiten und Deine Hände wären nicht mehr so zart wie die eines Klavierspielers, sondern rau und kräftig. Du könntest alle Deine Bücher mitnehmen und abends, wenn das Torffeuer im Ofen brennt, würdest Du mir daraus vorlesen, bis ich eingeschlafen bin. Wir wären Deirdre und Naoise. Von so einem Leben träume ich.

Das Land droht in eine Rezession zu stürzen, sagen sie im Radio. Die Leute werden noch ärmer. Weniger als nichts – geht das überhaupt? Es gibt jetzt überall Geisterdörfer, weil sie alle fortgegangen sind. Dort lebt kein einziger Mensch mehr. Ich könnte verstehen, wenn Du gehen würdest, aber es ist für mich unvorstellbar, von Dir getrennt zu sein. Wahrscheinlich würde ich an gebrochenem Herzen sterben. Du hast so große Träume und ich weiß, dass es für die inneren Kräfte wichtig ist, ein Ziel vor Augen zu haben. Versprich mir nur, dass Du mich hier nicht allein zurücklässt. Es wäre unerträglich.

In Liebe
Delia

Clonamaddy, 12. August 1957

Oscar,

das ist der schönste Sommer, den ich je erlebt
habe, und Du bist der schönste Mensch unter dem
Himmelszelt. Von allen Sternen, die Du haben
könntest, hast Du Dich für einen flackernden
kleinen Lichtpunkt entschieden. Du magst
vielleicht ganz klug sein, aber Du bist nicht ganz
bei Trost, mein Lieber. Noch nie hat mich ein
Mann mit so viel Achtung behandelt. Du gibst
mir das Gefühl, mehr zu sein, als ich sein kann.
Wie ist das möglich?

Als ich Dich zum ersten Mal gesehen habe,
in einem feinen Anzug aus Tweed mit streng
frisiertem Haar und glatt rasierten Wangen, und
Du mir mit förmlicher Höflichkeit die Hand
geschüttelt hast, hätte ich nie gedacht, dass wir
jemals so viele Geheimnisse miteinander teilen
würden. Ich erinnere mich daran, dass mir
schon damals Dein Lächeln aufgefallen ist, weil
es ehrlich war und ich darin ganz kurz den
Menschen sehen konnte, der Du tatsächlich bist.
Weißt Du eigentlich, dass Du mit Deiner Brille
aussiehst wie ein kleiner Maulwurf, der gerade
den Kopf aus der Erde streckt und keine Ahnung
hat, wo er gelandet ist?

Oh, ehe ich es vergesse: Danke für die wunderschönen Blumen! Ich habe sie unter meine Bluse gesteckt und den ganzen Tag bei mir getragen. Sie duften so herrlich.

Viele Küsse sende ich Dir vom Küchentisch
Delia

PS: Ich liebe Maulwürfe.

Clonamaddy, 4. Oktober 1957

Mein liebster Oscar,

es tut mir leid, dass ich in letzter Zeit so durcheinander bin. Mir gehen viele Gedanken durch den Kopf. Immer wieder überfallen mich heftige Zweifel, weil es mir vorkommt, als würde ich in eine Falle tappen, als wäre dieses Glück nicht für mich bestimmt, aber dann sehe ich Dich an und alles ist wie weggewischt. Wir werden die glücklichsten Menschen der Welt sein. Wir werden frei sein. Niemand hat je glücklichere Menschen gesehen, nicht wahr?

Ich war schon als Kind davon überzeugt, am Tag meiner Vermählung ein blaues Kleid zu tragen. Damals pflückten wir im Sommer oft Kornblumen, Róisín und ich. Wir haben uns die Blumen ins Haar gesteckt und geträumt. Blaue Kleider, Schleierkraut, goldene Ringe und ein Glück, das so groß ist, dass es für den Rest unseres Lebens reichen würde. So haben wir uns das vorgestellt. Viele irische Frauen haben damals in blauen Kleidern geheiratet, so war es der Brauch. Aber ich glaube, keine hat es heimlich getan und keine hat ihren Mann so sehr geliebt wie ich Dich. Von allen Farben dieser Welt — welche würdest Du wählen?

Oscar, ich kann es kaum glauben und noch weniger erwarten, dass wir bald verheiratet sein werden. Die Stunden vergehen zu langsam. Läuft die Zeit etwa rückwärts? Ich kann an nichts anderes mehr denken.

Deine Delia

Clonamaddy, 12. Oktober 1957

Mein liebster Oscar,

ich hoffe, dieser Brief erreicht Dich. Ich musste für die Zustellung meinen Fotoapparat hergeben. Kannst Du Dir das vorstellen? Dieser Brief hat mich also ein Vermögen gekostet, aber er ist wichtig. Es tut mir leid, dass ich nicht gekommen bin. Ich war krank und hatte tagelang Fieber, aber nun geht es mir schon besser. Die Ruhe tut gut. So lange schlafen, bis man zu müde zum Aufwachen ist … Ich glaube übrigens, dass ich an jedem Tag ohne Dich eine Sommersprosse verliere. Du musst sie noch mal zählen, wenn wir uns wiedersehen. Versprochen?

Letzte Nacht habe ich geträumt, dass Du an meine Tür klopfst, um mit mir fortzugehen. Du hattest schon die Koffer gepackt und wolltest, dass ich mich beeile, weil bald die Panzer mit den Soldaten kämen. Als ich wissen wollte, wohin wir gehen, hast Du ganz trocken gesagt: »Tír na nÓg.« Es kam mir völlig logisch und vernünftig vor. Wo sonst sollten wir hingehen als in das Land ewiger Jugend? Du hast meine Hand genommen und da fiel mir auf, dass wir silberne Ringe trugen. Plötzlich standen wir dann in der Stube meiner Mutter. Ich wusste, dass sie es war, ohne mich an ihr Gesicht erinnern zu können. Alles war so warm und voller Glück. Du hast ihr erklärt, dass wir nun eine Familie gründen würden. Dann bin ich aufgewacht.

Dieser Traum war so schön, Oscar. Ich kann kaum glauben, dass wir bald tatsächlich

verheiratet sein werden, dass alles wahr wird,
wovon ich träume. Bring mich bitte so schnell es
geht zurück in diesen Traum! Ich weiß, dass Du
noch Zeit brauchst, um Deine Angelegenheiten
zu regeln, und ich will Dich nicht unter Druck
setzen, aber Du musst wissen, dass es mich
langsam krank macht, nur im Geheimen mit
Dir zusammen zu sein.

Zwischen den Kissen lauter Träume …

In Liebe
Delia

PS: Birdy, falls Du diesen Brief gelesen hast: Wenn
das Vögelchen singt, stutze ich ihm eigenhändig
die Flügel! Dann kannst Du Dich nicht mehr
bekreuzigen und kommst nicht in den Himmel,
Bridget!

* * *

Clara legte den letzten Brief auf ihren Nachttisch und schloss die Augen. Sie konnte alles spüren, alles sehen. Das Fenster in die Vergangenheit stand sperrangelweit offen: zusammen im hohen Gras, der Wind in den Bäumen, Hände auf sonnenwarmer Haut, Sommersprossen und der tiefgrüne See. Ein leises Klavierspiel, ein ungelenker Tanz und Briefe, die von einem jungen Glück zeugten. Von Heimlichkeiten und Hoffnungen.

Als sie die Augen öffnete und noch einen Blick in die Buchschatulle warf, entdeckte sie bedrucktes Papier, das anscheinend aus einer Zeitung gerissen worden war. Ihr stockte der Atem. Sie wusste es, ohne einen Satz gelesen zu haben.

133

Die Gardaí in Clonamaddy bittet die Öffentlichkeit um Hilfe:

Gesucht wird Delia Malone, 20 Jahre. Die junge Frau wurde am 2. November 1957 vermisst gemeldet, nachdem sie zwei Tage von ihrer Arbeitsstätte in Clonamaddy, Connacht, Co. Galway ferngeblieben ist. Zeugen berichten, dass sie die junge Frau zuletzt am Freitag, den 1. November 1957, in den frühen Abendstunden an der Busstation in Clonamaddy gesehen hätten. Seither fehlt von ihr jede Spur. Delia Malone ist ca. 1,65 m groß, von schlanker Statur und hat rotblondes langes Haar. Als sie zuletzt gesehen wurde, trug sie ein schwarzes Kleid und einen dunkelgrünen Wollmantel. Die Gardaí bittet jeden um Hilfe, der Delia *Malone* gesehen hat oder Angaben über ihren Aufenthaltsort machen kann. Der Arbeitgeber hat für jeden Hinweis, der zum Auffinden der vermissten Person führt, eine Belohnung von 100 Ir£ ausgelobt.

Neben der Anzeige war ein Bild abgedruckt, auf dem Delia ausdruckslos in die Kamera starrte. Das Haar trug sie streng zurückgebunden, was ihre Wangenknochen noch stärker hervortreten ließ. Sie sah so erschöpft aus, als hätte sie nach einer strapaziösen Überfahrt von Amerika gerade erst den Fuß an Land gesetzt. Auf der Rückseite waren mit winzigen, eng beieinanderstehenden Buchstaben unzählige Versuche notiert worden, Delia zu finden. Clara kannte die Schrift.

5. Dezember 1957 – Anruf Beldare ergebnislos, letzter Brief an Róisín im Oktober. Anruf Krankenhaus ergebnislos.
7. Dezember 1957 – Anruf Gardaí ergebnislos. Donahue räumt Zimmer, Miete beglichen. Habseligkeiten an Mary.

23. Januar 1958 – Busfahrer, Pádraig Muffet, kann sich nicht an D. erinnern. Anruf Dublin, Fishamble Street (Tipp von Róisín): D. unbekannt, vielleicht Name geändert.
11. April 1958 – Anruf St. Mary's, Tuam. Keine Information.
18. April 1958 – Anruf Beldare ergebnislos.
22. Juni 1958 – Anruf Beldare ergebnislos.

Oscar hatte alle seine Versuche notiert, Delia zu finden. Es gab keine Hinweise, keine Spuren. Sie war am ersten Novembertag 1957 verschwunden und hatte nichts mitgenommen, keine Nachricht hinterlassen.

Clara schüttelte langsam den Kopf und stellte sich vor, wie verzweifelt Oscar gewesen sein musste. Es war unvorstellbar, dass Delia ihn zurückgelassen hatte. Aus den Briefen sprach ihre Liebe mit all den Träumen, die daran geknüpft waren. Es gab keinen Körper, den man zur letzten Ruhe betten konnte. Es gab keine Gewissheit, nur eine unheilvolle Ahnung, die sich zu einem schweren Nebel verdichtete.

Ihre Augen füllten sich mit Tränen, als sie in das ebenmäßige Gesicht blickte, das ihr von der Fotografie entgegenlachte. In der Nacht lauerten tausend Ungeheuer. Sie versteckten sich hinter Steinmauern, am Grund des Sees und in den Zimmern des Hauses. Wo bist du?

Eine Weile saß sie unbewegt auf dem Bett und starrte zum Fenster, hinter dem die Lichter der großen Stadt pulsierten. Clara war aufgewühlt. Vielleicht wäre es gut, mit Keats einen nächtlichen Spaziergang zu machen? Doch dann fiel ihr Blick auf das schwarze Display ihres Telefons. Sollte sie Rupert anrufen und ihn um Hilfe bitten? Er kannte sich aus. Er wusste bestimmt, was zu tun war, wenn ein Mensch verschwunden war. Clara lachte bitter auf. Schwachsinn. Ihr Vater wusste noch nicht mal, was zu tun war, wenn ein Mensch direkt vor ihm stand.

Plötzlich flackerte ein Gesicht vor ihrem inneren Auge auf. Er hatte gesagt, sie solle sich melden, wenn etwas sein sollte. Während sie mit angehaltenem Atem dem Freizeichen lauschte, schwebte ihr Daumen über der Möglichkeit, sofort aufzulegen.

»Naw, weißt du, wie spät es ist?«

»Jon?«, fragte sie mit belegter Stimme und drückte ihre Handfläche an die kühle Fensterscheibe. Das Herz klopfte dumpf in ihrem Brustkorb.

»Wer sonst?«

»Sie haben sich wirklich geliebt.«

»Was?«

»Oscar und Delia.«

»Äh, Clara?«, fragte er benommen. »Bist du das?«

»Entschuldige. Ich weiß, dass es spät ist. Störe ich dich?«

»Ja, ich meine, nein.« Er räusperte sich leise. »Ich habe deine Stimme nicht sofort erkannt. Ist lange her.«

»Zwei Wochen.«

»Mhm, zwei Wochen erst … Ist alles okay bei dir?«

»Ich habe Oscar heute nach Delia gefragt und ich wollte dir davon erzählen, weil ich dachte …« Sie schüttelte den Kopf und lachte verhalten. »Entschuldige, ich weiß auch nicht, warum ich ausgerechnet dich anrufe. Es war nur so ein Impuls.«

»Schon gut. Jetzt bin ich neugierig. Was hat er dir erzählt?«

»Nicht viel, aber er hat mir ein paar Briefe gegeben. Wunderschöne Briefe, die Delia geschrieben hat. Sie waren so verliebt ineinander, Jon. Sie wollten sogar heiraten, aber etwas muss passiert sein, etwas Grausames.«

»Etwas Grausames?«

»Delia ist verschwunden, war plötzlich weg. Die Polizei hat nach ihr gesucht, Oscar auch, aber sie war wie vom Erdboden verschluckt.«

»Sie ist verschwunden?«, fragte er mit dunkler Stimme.

»Er hat versucht, sie zu finden, aber keiner konnte ihm helfen. Es fehlt jede Spur von ihr.« Clara strich gedankenverloren mit dem Zeigefinger über die Tabelle, die Oscar angefertigt hatte. »Wie kann es sein, dass ein Mensch einfach verschwindet?«

»Das geht schneller, als man denkt. Ein Unfall, ein medizinischer Notfall. Wer weiß?«

»An der Sache ist etwas faul.«

»Wenn jemand verschwindet und nie wieder auftaucht, ist doch immer etwas faul. Glaubst du etwa, Oscar hat was mit ihrem Verschwinden zu tun?«

»Nein, ganz sicher nicht. Vielleicht wurde sie …« – Clara senkte die Stimme zu einem Flüstern – »… getötet.«

»Könnte es nicht auch andere Erklärungen geben?«

»Bestimmt, ja. Man hat keine Leiche gefunden. Von daher wäre es denkbar, aber …«

Jon brummte etwas Unverständliches in den Hörer. »Puh! Ich habe schon geschlafen, weißt du, und …«

»Natürlich, tut mir leid«, stammelte sie und spürte, wie sich ihre Wangen erhitzten.

»Es ist echt schön, dass du mal von dir hören lässt, aber gerade kann ich nicht richtig denken«, sagte er mit warmer Stimme. »Ich bin sehr müde. Nach der Arbeit waren wir noch im Pub. Gavin hatte Geburtstag, deswegen …«

»Vielleicht komme ich bald nach Clonamaddy. Ich möchte noch mal die Unterlagen sichten. Es könnte ja sein, dass ich irgendwelche Hinweise finde.«

»Wann ist bald?«

Clara legte die Briefe zurück in die Schatulle, dann beugte sie sich vorsichtig über Keats und schaltete das Licht aus. »Ich weiß es noch nicht genau. Nächste Woche, wenn ich die Schichten im Café tauschen kann.«

»Wenn du kommst, muss ich dir jemanden vorstellen.«

»Oh, wirklich?«

»Mhm, es hat sich so ergeben. Vielleicht können wir zusammen etwas unternehmen, wenn du hier bist. Sie geht auch gern wandern.«

»Also, ich werde bestimmt viel zu tun haben.« Sie lachte gekünstelt. »Aber vielleicht klappt es ja. Äh, das wäre schön.«

»Würde mich jedenfalls freuen. Sagst du mir Bescheid, wenn du weißt, wann du loskommst?«

»Mach ich«, antwortete sie. »Sorry noch mal für die späte Störung. Ich wollte dich nicht aufwecken.«

»Bringst du die Briefe mit, wenn du kommst? Die würden mich nämlich brennend interessieren.«

»Klar.«

»Dann sehen wir uns ja schon bald. Ich muss jetzt zurück ins Bett. Morgen habe ich einen extrem langen Tag vor mir.«

Sie verabschiedeten sich voneinander, dann stopfte Clara das Telefon tief unter ihr Kopfkissen, ließ sich zurücksinken und konzentrierte sich auf das kräftige Pochen ihres Herzens. Schon immer hatte sie sich schnell begeistern und beeindrucken lassen. Vor allem von Männern. Zuneigung war etwas, das man nicht einfach geschenkt bekam, sondern sich verdienen musste. Diese Lektion hatte sie von ihrem Vater gelernt und auf alle anderen Beziehungen übertragen. Es kam ihr vor, als wäre es eine Errungenschaft – der Preis ihrer Anstrengungen –, wenn sich ihr jemand zuwandte. Manchmal verhielt sie sich wie Stroh: Sie war Feuer und Flamme, sobald ein winziger Funke auf sie übergesprungen war.

Sie hatte Gefallen an Jon gefunden, weil er ihr das Gefühl gab, sich für sie zu interessieren. Dabei kannte sie diesen Iren kaum, erinnerte sich nur an seine Augen im Rückspiegel und an die Art, wie er sprach. Clara bemühte sich, ihre Gedanken zu fokussieren.

Naoise und Deirdre waren keine zufälligen Namen, die Oscar und Delia einander gegeben hatten. Morgen würde sie recherchieren. Vielleicht gab es noch alte Zeitungsartikel in den Archiven. Und wenn Delia nicht tot, sondern nur von der Bildfläche verschwunden war, dann musste es auch einen Ort geben, an dem sie gefunden werden konnte.

Ihr Telefon vibrierte. Mit einem genervten Stöhnen zog sie es unter dem Kissen hervor. Es war eine Mitteilung von Jon: *Sie ist aufgewacht, als wir telefoniert haben, und schmollt jetzt in der Küche. Wie locke ich sie zurück ins Schlafzimmer? Tipps?*

Am liebsten hätte sie das Telefon bis nach Irland geworfen, doch dann schickte er ein Bild und entlockte ihr ein leises Lachen.

11

Es war früh am Morgen, als die Silhouette des Hafens am Horizont auftauchte. Der Anblick war ihr vertraut und dieses Gefühl vertiefte sich, als sie den Motor startete und sich in die Karawane einreihte, die von der Fähre auf den Anleger fuhr. Das Etui mit den Briefen lag auf dem Beifahrersitz. Clara stellte sich vor, wie Delia in der Küche stand und gedankenverloren in einem Topf rührte, aus dem die Hitze aufstieg, sodass ihre Stirn vor Schweiß glänzte. Aus dem Wohnzimmer drang leise Klaviermusik und erinnerte sie an die Nächte, in denen sie nebeneinander im Gras gelegen hatten und Oscar ihr Lied gesummt hatte: *Samhradh, Samhradh* – der Mond war ein Topf mit süßer Kälbermilch und die Sterne waren Gänseblümchen. Delia sang leise vor sich hin, wurde schwerelos und schwebte. Irgendwann verstummte die Musik und kurz darauf tauchte sein Gesicht hinter dem Fenster auf. Ein kurzer Augenblick. Sie lächelten einander an und spürten beide, dass kein Moralprediger, kein herrischer Vater und keine noch so sündhafte Vergangenheit etwas an ihren Gefühlen ändern konnten. Sie waren jung und voller Zuversicht, doch am 1. November 1957 war etwas Dunkles über sie hereingebrochen und hatte dem Sommer seine Süße genommen.

* * *

Cluain bedeutete Wiese, hatte Jon bei ihrem ersten Besuch erklärt. Schon von Weitem erkannte sie den Flickenteppich aus schiefergrauen Dächern, der sich in das kleine Tal schmiegte. Aus den Schornsteinen schlängelte sich Rauch und verflüchtigte sich in den Höhen. Die Sonne ließ die Dächer glänzen, verwandelte den See in einen Silberstreifen. Clara drehte die Musik auf und spürte, wie sich in ihrer Brust eine wohlige Wärme ausbreitete, als sie im Elf den Hügel hinabrollte.

Nach zwanzig Minuten parkte sie den Wagen vor den Fuchsienhecken, stieg aus und ließ den Blick eine Weile über die Fassade wandern. Wer war hier wirklich zu Hause gewesen und wer hatte hier nur gelebt? Zuhause bedeutete, dass es zwischen Holz und Steinen etwas gab, von dem man erzählen konnte. Welche Geschichten barg das Haus, das seit vielen Jahren für niemanden mehr ein Zuhause war? Alle Geheimnisse, die es zu enthüllen gab, lagen hinter diesen Mauern. Sie musste nur danach suchen.

Entschlossen schulterte Clara ihren Rucksack, dann fingerte sie den Schlüssel aus der Hosentasche und stieg die Treppe hinauf. Nachdem sie die Tür aufgeschlossen hatte, blieb sie für einen Moment im Foyer stehen. Das Haus war nicht mehr stumm und dunkel, sondern sprach zu ihr. In diesen Zimmern waren sich Delia und Oscar zum ersten Mal begegnet. Hier waren die ersten Worte ihrer Geschichte geschrieben worden.

Clara ging von Fenster zu Fenster, ließ Licht und Luft herein, dann setzte sie sich auf die federnde Matratze und schaltete ihr Telefon ein. Wenn es die Situation erforderte, scheute sie nicht davor zurück, den Namen ihres Vaters für ihre Zwecke zu benutzen. Das hatte er ihr zwar verboten, aber er hatte ihr ebenso einen Job versprochen – seine Worte galten nicht viel.

Es rauschte und knisterte, dann setzte das Freizeichen ein. Clara schlug die Beine übereinander, räusperte sich und streckte die Wirbelsäule durch.

»Garda Division Clonamaddy«, nuschelte eine Jungenstimme ins Telefon.

»Clara Atkinson, *London Telegraph*, hallo«, grüßte sie mit strenger Stimme, weil sie die Erfahrung gemacht hatte, damit weiter zu kommen als im Säuselton. »Ich rufe für Rupert Reynolds an – er ist unser Chefredakteur. Sie haben bestimmt schon von ihm gehört. Wir bräuchten eine kurze Auskunft.«

»So?«, fragte der Polizist.

»Es geht um einen sehr alten Vermisstenfall, der von Ihnen leider nie aufgeklärt worden ist. 1957, Delia Malone. Vermisst gemeldet in Clonamaddy. Fällt Ihnen dazu etwas ein?«

»Ist lange her. Ich bin erst sechsundzwanzig.«

»Was Sie nicht sagen?« Sie hüstelte. »Die Polizei in England kümmert sich regelmäßig um ihre Cold Cases. Ich dachte, das sei sicherlich auch bei der Gardaí in Irland so üblich. Gibt es vielleicht noch Unterlagen, in die wir Einsicht nehmen könnten?«

»1957, korrekt?«, erkundigte er sich und schien dabei ein Gähnen zu unterdrücken. »Wenn es eine Akte gibt, ist sie bestimmt nicht digitalisiert worden und ich kann natürlich nichts rausschicken.«

»Oh, ich könnte bei Ihnen vorbeikommen.«

»Nicht möglich, sorry.«

»Können Sie mir dann telefonisch irgendwelche Auskünfte erteilen? Rupert Reynolds hat mich persönlich mit der Informationsbeschaffung beauftragt. Es ist sehr wichtig.«

»*London Telegraph*, sagten Sie? Was will dieser Rupert mit den Informationen?«

»Bei der Reportage geht es um spurlos verschwundene Frauen und um die katastrophalen Zustände in den Magdalenenheimen.« Clara hielt kurz inne, dann fuhr sie mit weicher Stimme fort:

»Wissen Sie, dass den Mädchen die Haare abrasiert wurden? Man hat sie geschlagen, ihnen ihre Namen weggenommen und sie stattdessen mit Nummern angesprochen. Als wären sie keine Menschen. Das muss so demütigend gewesen sein. Delia war eine von ihnen. Sie ist bei den Nonnen in Tuam aufgewachsen. Das ist gerade mal dreißig Kilometer von Clonamaddy entfernt.« Betroffenheit ließ sich durch den Hinweis auf Einzelschicksale und geografische Nähe erzeugen – medienpsychologisches Grundgesetz.

Und tatsächlich schnaubte der Polizist leise ins Telefon. »Das ist furchtbar, ja, grausam. Die armen Kinder«, sagte er und schien nicht zu wissen, welche Reaktion auf ihren Wortschwall angemessen war.

»Wir wollen ein Dossier darüber veröffentlichen und einzelne Schicksale beleuchten. Die Menschen sollen sich bewusst machen, was hinter Klostermauern passiert ist – staatlich gefördert wohlgemerkt. Jede Einzelne dieser Frauen hat es verdient, gesehen zu werden, finden Sie nicht?«

»Na ja, diese Magdalenenheime sind pechschwarze Flecken in der irischen Geschichte, keine Frage, schrecklich war das«, stimmte er ihr zögerlich zu. »Ich könnte ja mal im Archiv nachsehen. Das wird aber sicher eine Weile dauern.«

»Kein Problem. Wir sind für jede Information dankbar. Wer weiß, vielleicht erhalten Sie sogar neue Hinweise aus der Bevölkerung, wenn der Fall wieder in Erinnerung gerufen wird. Man kann ja nie wissen, oder?«

»Unwahrscheinlich, aber nicht unmöglich. Soll schon vorgekommen sein. Also, nach wem suchen Sie? Delia Malone, ja?«

»Genau«, antwortete sie mit einem zufriedenen Lächeln auf den Lippen. »Sie ist am 1. November 1957 aus Clonamaddy verschwunden.«

»Ist notiert. Wie können wir Sie erreichen?«

* * *

Je näher sie dem Hof kam, desto wärmer wurde das Gefühl in ihrer Brust.

Jon stand auf der Koppel, schaufelte Mist in eine Schubkarre und schien sie auch dann nicht zu bemerken, als der Zaun, auf dem sie Platz genommen hatte, unter ihrem Gewicht knarzte.

Es vergingen einige Minuten, in denen sie auf dem Zaun saß und ihn beobachtete, ehe er sich aufrichtete, die Schaufel ins Gras fallen ließ, um sich mit dem Jackenärmel Schweiß von der Stirn zu wischen.

»Ah, Clara!« Er lachte und stapfte auf sie zu. »Ich habe dich gar nicht bemerkt.«

Sein Gesicht war ihr vertraut geworden. Es kam ihr sogar ein wenig hübscher vor als bei ihrer letzten Begegnung. Sie strahlte zu ihm herunter, als er schließlich vor ihr stand. »Ich komme aus heiterem Himmel.«

»Stimmt. Und kaum bist du da, hört der Regen auf.« Er blickte prüfend hinauf zum Himmel, über den kleine Wattewolken trieben.

»Der Boden ist staubtrocken, Jon. Es hat heute bestimmt noch nicht geregnet.«

»Kam mir wohl nur so vor.« Er neigte den Kopf zur Seite und musterte sie. »Schön, dass du wieder zurück bist. War die Fahrt sehr anstrengend?«

»Ich konnte auf der Fähre fast drei Stunden schlafen. Außerdem habe ich die ganze Zeit irische Sauflieder im Radio gehört. Das war ziemlich unterhaltsam.«

»Sauflieder? Ich sehe schon. Nicht mehr lange und wir können uns auf Irisch unterhalten.«

»Ich fürchte, davon sind wir noch meilenweit entfernt. Aber hey, wie geht's eigentlich deinem Bein?«

»Danke, sehr gut. Auch das andere Bein und die Arme erfreuen sich bester Gesundheit.«

»Du weißt doch, was ich meine«, schmunzelte sie und deutete auf die Stelle, an der sich seine Verletzung befand. »Was macht die Wunde?«

»Sie heilt. Ich muss keinen Verband mehr tragen.« Er zog das linke Hosenbein hoch und zeigte ihr zwei kreisförmige Wunden, auf denen sich Schorf gebildet hatte. »Und wie geht's dir, Clara aus London?«

»Ich freue mich total, wieder hier zu sein. Ich habe mir richtig viel vorgenommen.«

Im Sonnenlicht leuchteten seine Augen wie Smaragde. Er nickte bedächtig, dann deutete er zum Haus. »Fangen wir mit einem Tee an?«

Während sie nebeneinander zum Haus schlenderten, erzählte er, dass er alle Hände voll zu tun habe. Gestern hatte sich ein Kalb bei der Geburt fünf Rippen gebrochen und er wusste nicht, ob es überleben würde. Eigentlich wollte er endlich mal wieder Urlaub machen, aber da er der einzige Tierarzt weit und breit war, kam ständig etwas dazwischen. »So ist das eben, wenn man seine Berufung gefunden hat, schätze ich.« Jon blieb vor dem Cottage stehen und deutete zur Haustür. »Da gibt's übrigens jemanden, der dich unbedingt kennenlernen will.«

Als Jon kurz darauf wieder aus dem Haus trat, sank Clara auf die Knie und breitete die Arme aus.

»Sie sieht wirklich aus wie ein kleiner Fuchs.«

»Sag ich doch. Es ist erstaunlich. Ein irischer Fuchshund. Der Einzige seiner Art.«

Der Hund, der schwanzwedelnd auf sie zugewackelt kam, war kaum größer als ein Kaninchen. Er sprang an ihr hoch, drückte eine nasse Schnauze an ihre Wange, kratzte mit den Pfoten an ihrer Jeans.

»Sie ist so niedlich. Wie schön, dass wir uns endlich kennenlernen. Du bist ja schon ganz zutraulich!« Clara nahm das rotbraune Fellbündel auf den Arm.

»Darf ich vorstellen? Du hältst hier gerade Sionnach auf dem Arm«, erklärte er und warf ihr einen vielsagenden Blick zu. »Sie kommt aus den Bergen oder tief aus den Wäldern. So genau kann das niemand sagen.«

»Sehr mysteriös«, schmunzelte Clara. »Und wie nennst du sie, äh, wie war das?«

»Sionnach. Das bedeutet Fuchs.« Jon schlüpfte aus seiner Jacke und warf sie über einen Stuhl. »Wir trinken den Tee draußen, oder?«

Während er in der Küche werkelte und dabei vergnügt vor sich hin pfiff, blieb sie vor dem Haus in der Sonne sitzen. »Sionnach, Sionnach«, wiederholte sie leise, um sich an die Aussprache zu gewöhnen.

Es war kein Fuchs, sondern ein herrenloser Hund, nach dem Jon gesucht hatte, als er in ihr Haus eingebrochen war. Vor zwei Wochen hatte er die Hündin in einem Bretterverschlag hinter seinem Cottage entdeckt und angefangen, sie mit Wurst anzufüttern. Es war unglaublich, wie schnell sie Vertrauen gefasst hatte. Gerade hatte sie sich sogar auf den Rücken gewälzt, damit Clara ihren Bauch kraulen konnte, als Jon mit zwei Tassen Tee und Gebäck zurückkehrte.

»Meine Mutter hat Ingwerkekse gebacken, aber Vorsicht: Manche sind extrem hart. Es ist mir ein Rätsel, wie sie es hinbekommt, dass manche mürbe sind und andere hart wie Zement.« Er stellte die Kekse auf den verwitterten Holztisch, der allein unter dem Gewicht des Tellers ins Wanken geriet. »Was hast du dieses Mal vor?«, erkundigte er sich kauend, nachdem er sich einen ganzen Keks in den Mund gesteckt hatte.

»Ich werde weiterputzen und ein bisschen ausmisten. Diese grässlichen ausgestopften Tiere müssen verschwinden.« Sie verzog angeekelt das Gesicht, als sie an die Trophäen dachte, die im Korridor an der Wand hingen und ihn mit ihren aufgerissenen Mäulern und den Plastikaugen in eine Geisterbahn verwandelten. »Aber vor allem würde ich wirklich gern wissen, was mit Delia passiert ist. Vielleicht gibt es ja noch irgendwelche Anhaltspunkte im Haus.«

»Wenn die Gardaí nichts gefunden hat? Mehr als sechzig Jahre später?« Er kräuselte die Nase. »Ich will dich nicht enttäuschen, aber das ist ziemlich unwahrscheinlich. Da sind die Briefe sicher aufschlussreicher. Hast du sie dabei?«

»Sie sind im Haus. Ich bringe sie beim nächsten Mal mit.«

»Ich komme auch gern bei dir vorbei.«

Clara lächelte und lehnte sich mit ihrer Teetasse zurück. Die Sonne brannte auf ihrer Haut, Insekten surrten um die Hagebutten und die Hühner gackerten, als würden sie gerade hitzige Diskussionen führen. »Du hast's so schön hier«, seufzte sie. »So idyllisch.«

»Man braucht nicht viel, um ein gutes Leben zu führen.« Er rührte geräuschvoll in seiner Tasse, dann hob er den Kopf und blickte sie durchdringend an. »Wollte dein Freund nicht mitkommen und sich endlich mal das Haus ansehen? Also, wenn meine Freundin ein Anwesen …«

»Mein Freund? Oh, wir sind nicht mehr zusammen.« Clara spürte, wie ihr die Röte in die Wangen stieg, und streckte die Hand aus, um eine Hagebutte zu pflücken.

»Dann müsst ihr euch ja erst kürzlich getrennt haben.«

Die rote Frucht war hart. Clara versteckte sie in ihrer Faust und drückte zu. Juckpulver. »Also, um ehrlich zu sein, ist es schon ein paar Monate her«, sagte sie mit heiserer Stimme. »Ich habe nur behauptet, dass ich einen Freund habe, damit …«

»Damit du deine Ruhe hast.«

»Damit ich wildfremde Männer abschrecke, die nachts in mein Haus einbrechen und mir eine Scheißangst einjagen.«

»Schon kapiert. Du dachtest, ich würde mich von einem Freund einschüchtern lassen.« Er tippte mit dem Zeigefinger an seine Stirn und grinste sie an.

»Du warst eingeschüchtert. Gib's ruhig zu.«

»Na ja, ist schon ein bisschen erleichternd zu erfahren, dass du gelogen hast.«

Sie schwiegen eine Weile und beobachteten Sionnach, die mit einem Stück Torf kämpfte und damit über den Boden kullerte.

Clara stellte die leere Teetasse zurück auf den Tisch und nahm stattdessen einen Keks. Er war so mürbe, dass er in ihrem Mund sofort zerbröselte. »Was hast du heute noch vor?«, fragte sie.

»Bürokram, aber das dauert nicht lange. Wenn du nicht zu müde bist, kann ich später noch bei dir vorbeischauen.« Er deutete zu dem kleinen Hain, hinter dem ihr Haus stand. »Morgen habe ich nur einen Termin zur Hufkontrolle und muss danach ein paar Bestellungen machen, Medikamente und so, aber das war's auch schon. Wir können also gern eine Nachtschicht einlegen.«

»Ehrlich? Das wäre toll. Ich freue mich, wenn ich dort drüben nicht allein bin.«

»Verstehe ich.« Er hielt Sionnach fest, als sie an seinem Stuhl vorbeiflitzen wollte, und hob sie auf seinen Schoß. »Hey, wenn du Lust hast, kannst du gern mal mitkommen und mir über die Schulter schauen. Wäre bestimmt eine interessante Reportage für die Londoner Stadtbevölkerung.«

»Du meinst, ich soll über irische Tierärzte schreiben, ja?«

»Warum nicht? Ich sehe schon die Schlagzeile vor mir: *Irisches Idyll. Begleiten Sie den attraktiven Tierarzt bei seiner Arbeit.*« Er lehnte sich zurück, schirmte die Augen mit einer Hand ab und grinste sie herausfordernd an.

»Den attraktiven Tierarzt?« Clara griff nach dem letzten Keks. »Von wem sprichst du?«

»Von wem ich spreche? Entschuldige mal.« Seine Augen leuchteten auf und seine Mundwinkel zuckten, als würde er ein Lachen zurückhalten. »Ich möchte, dass du mir den Keks jetzt wieder zurückgibst.«

»Zu spät.« Clara kicherte und wischte die Krümel von ihrer Hose.

* * *

Sie hatte alle Fenster des Hauses geputzt, doch die des Wintergartens blieben trüb und beschlagen. Bei Kerzenlicht saßen sie sich dort zwischen den Farngewächsen gegenüber.

Eine Weile sprachen sie über die Kindersendung *Button Moon* – Jon konnte nicht nur die Stimme des Erzählers imitieren, sondern auch das Titellied singen –, doch dann wurden die Themen persönlicher. Wie sich herausstellte, hatte seine Rückkehr nach Clonamaddy vor allem mit Heimweh, aber auch mit einem gebrochenen Herzen zu tun. Während seines Studiums hatte er Maureen kennengelernt, eine blitzgescheite Schönheit mit ehrgeizigen Zielen. Im ersten Semester verliebte er sich in sie. Er liebte sie zwischen Prüfungen, Anatomiekursen, in der Bibliothek, bis zum Doktortitel und seinem ersten Job in einer Dubliner Tierklinik.

»Dublin ist nicht mein Pflaster. Am Anfang war es ja noch irgendwie berauschend – Menschen und Partys, der ganze Kram. Aber das hat sich schnell gelegt, dann fand ich's nur noch bedrückend. Diese Hektik, dieser Lärm. Du kennst das ja aus London …« Er grinste schief. »Aber ich kann so nicht leben.«

»Ich weiß, was du meinst. Es ist gut, wenn man in der Stadt ein kleines Refugium findet, in das man sich zurückziehen kann. In London gibt es solche Winkel, aber es dauert eine Weile, bis man sie entdeckt hat.«

»Maureen war mein Refugium, glaube ich. Ihre winzige Wohnung. Der Putz ist von den Wänden gebröckelt und die Heizung hat nicht funktioniert, aber …«

»Sie hat dir viel bedeutet.«

»Sie hat mir dabei geholfen, mich selbst zu finden und mein Ziel nicht aus den Augen zu verlieren. Weil sie an mich geglaubt hat, konnte ich's auch. Klingt das bescheuert?«

»Nein, überhaupt nicht. Das klingt schön.« Clara seufzte. »Was ist aus ihr geworden? Warum ist sie nicht hier?«

»Sie hat sich auf Vögel spezialisiert, einen Chirurgen kennengelernt und mich verlassen«, erwiderte er mit harter Stimme. »Nachdem sie schon drei Monate lang mit ihm ausgegangen war, wohlgemerkt.«

»Oh, verstehe. Das muss echt hart gewesen sein.« Sie legte die Hand auf seinen Unterarm, zog sie jedoch sofort wieder zurück. »Deswegen bist du zurückgekommen?«

»Nicht nur. Finnegan hat einen Nachfolger gesucht und mich gefragt, ob ich nicht wieder nach Clonamaddy kommen könnte. Ich habe sofort die Koffer gepackt. Auch wegen meiner Mutter. Es ist gut, wenn ich in der Nähe bin.«

»Sag bloß, du bist ein Muttersöhnchen?« Clara grinste ihn an, doch sein Blick verfinsterte sich.

»Bin's vielleicht geworden. Kann schon sein«, antwortete er mechanisch. Die Atmosphäre hatte sich verändert. Clara schien einen empfindlichen Punkt getroffen zu haben.

»Es ist jedenfalls gut, zu Hause zu sein.« Seine Gesichtszüge entspannten sich wieder, doch das Lächeln wirkte aufgesetzt.

»Und trotzdem spielst du mit dem Gedanken, fortzugehen und eine Klinik aufzumachen?«

»Weißt du, Finnegan hat sich immer um Wildtiere gekümmert. Eichhörnchen, Igel, Füchse. Dadurch habe ich eine Leidenschaft für sie entwickelt, glaube ich.« Er lehnte sich zurück und verschränkte die Arme vor der Brust. »Aber um ehrlich zu sein, bin ich gerade nicht sehr engagiert, was das anbelangt. Mein Leben ist gut. Vielleicht ein bisschen einsam, aber so ist das nun mal, wenn man auf dem Land lebt.«

»Man muss die Einsamkeit mögen.«

»Man muss darin aufgehen können, in diesem Rhythmus. Alles ist gleichmäßig hier draußen«, erwiderte er. »Es ist trotzdem schön, wenn ab und zu fremde Gesichter auftauchen und uns aus dem Takt bringen. Dann fällt uns wieder ein, dass es wirklich noch andere Menschen gibt.«

»So, so.«

Clara lachte leise, griff nach ihrem Glas und trank einen Schluck. Inzwischen hatte Jon sich wieder zurückgelehnt und kraulte Sionnach, die es sich auf seinem Schoß gemütlich gemacht hatte. Eine Weile sprach er von seinem Cottage, das er wochenlang hatte renovieren müssen, bevor er darin wohnen konnte. Wie sich herausstellte, hatte Finnegan in der Küche gelebt. In den anderen Zimmern beherbergte er Tiere. Jon schien den alten Tierarzt vergöttert zu haben. Clara hörte gern zu, als er mit viel Begeisterung von der gemeinsamen Zeit mit Finnegan erzählte. Seine Stimme war ruhig, fast balsamisch. Sie mochte, wie er manche Worte betonte – alles klang merkwürdig, aber melodisch. Das R holte er tief aus seiner Kehle und rollte es bis zur Zungenspitze, bevor er es entließ. Und wie er sich das Haar aus der Stirn streichen musste, wie er ihren Blick erwiderte, ernsthaft interessiert, und wie der Wein sie langsam rührselig machte – das alles gefiel ihr.

In Irland konnte es aus heiterem Himmel anfangen, heftig zu regnen. Auch jetzt klopften Tropfen auf das gläserne Dach, lullten sie ein.

»Zeigst du mir die Briefe?«, fragte er.

»Es ist schon Mitternacht vorbei.«

Jon beugte sich vor, um Sionnach auf den Boden zu setzen, dann blickte er sie mit hochgezogenen Augenbrauen an. »Ist das schlimm?«

»Es ist nur spät.« Sie warf einen Blick hinaus in die Nacht: schwarze Silhouetten und dunkle Regenwolken, die die Sterne verdeckten.

»Willst du ins Bett? Soll ich gehen?«

»Nein, nein. Ich wollte es dir nur sagen, falls du die Zeit vergessen hast.«

»Ich habe die Zeit vollkommen vergessen«, erwiderte er mit einem leichten Lächeln, das alles bedeuten konnte, und griff zur halb leeren Weinflasche, die bei genauerer Betrachtung halb voll war.

Er unterbrach sie nicht, als sie vor ihm saß und mit gesenkter Stimme die Worte las, die Delia 1957 aufgeschrieben hatte. Es war bereits tiefe Nacht und die ersten Kerzen erloschen. Schweigend zündete er neue an, schenkte Wein nach.

Irgendwann legte Clara den letzten Brief zurück auf den Stapel.

»Puh, das war schön. Ich kann echt verstehen, dass sich Oscar in sie verliebt hat.« Er griff nach der Fotografie, die vor ihnen auf dem Tisch lag. »Sie war aufregend, leidenschaftlich.«

»Sie haben ihre Briefe immer in einem Vogelhäuschen versteckt, damit sie kein anderer findet.«

»Hat Oscar dir das erzählt oder denkst du dir das nur aus?«

»Nein, es war wirklich so. Es gab ein Vogelhäuschen, das sie als Briefkasten benutzt haben.«

»Das klingt nach einer ernsthaften Romanze.« Er verschränkte die Arme hinter dem Kopf. Dabei rutschte sein Hemd hoch und entblößte helle Haut.

»Es klingt nach einer großen Liebe«, erwiderte sie und konzentrierte sich auf seine Augen. *Moosgrün, nachtgrün, alle Nuancen von Grün,* dachte sie.

»Deirdre und Naoise«, murmelte er.

»Oh, kennst du die Geschichte?« Clara richtete sich auf und verscheuchte den sanften Schleier, der sich über ihre Gedanken gelegt hatte.

»Ich bin Ire. Natürlich kenne ich Deirdre und Naoise. Die beiden verlieben sich unsterblich ineinander und müssen fliehen, weil ihre Liebe vom König nicht gern gesehen wird. Am Ende lockt er sie zurück und tötet sie.«

»Naoise wird getötet und Deirdre stürzt sich aus Verzweiflung in den Tod.« Sie nickte bedächtig. »Es ist, als hätten sie insgeheim geahnt, dass ihre Geschichte kein gutes Ende nehmen würde. Oscar und Delia, meine ich.«

»In dem Artikel steht, dass Delia zuletzt an der Busstation gesehen worden ist. Sie könnte in die Stadt gefahren sein, zum Hafen. Vielleicht hat sie ihr Verschwinden geplant? In den 1950er-Jahren gab es noch mal eine heftige Emigrationswelle.«

»Niemals.« Clara schüttelte heftig den Kopf. »Ihr ist etwas zugestoßen und jemand trägt die Schuld daran.«

»Manche Menschen verschwinden und sind selbst dafür verantwortlich.«

»Sie hätte keinen Grund gehabt, einfach unterzutauchen und Oscar zu verlassen.« Clara löste das Zopfgummi und kämmte mit den Fingern durch ihr Haar. »Ich frage mich die ganze Zeit, welchen Stein ich umdrehen muss, um mehr über sie zu erfahren. Wen soll ich fragen?«

»Vielleicht konzentrieren wir uns auf Róisín?«, schlug er vor und kratzte sich am Hinterkopf. »Der Name ist hier allerdings so häufig wie Klee. Vielleicht ist sie aus Beldare fortgegangen oder längst gestorben.« Jon blies die Wangen auf, blickte auf sein leeres Weinglas, dann zur Flasche, stellte das Glas aber zurück auf den Tisch.

»Kennst du Beldare?«

»Nie gehört. Wenn wir Glück haben, ist es ein kleines Nest, in dem die Leute so neugierig sind wie hier und über alles und jeden Bescheid wissen.«

»Was sollen wir jetzt tun?«

»Wir?« Er hob die Augenbrauen und lächelte sie wissend an. »Das hängt ganz davon ab, wie viel Zeit du investieren möchtest. Es ist utopisch zu glauben, dass ausgerechnet wir es schaffen, Delia zu finden.«

»Ich möchte nur mehr über ihr Schicksal erfahren und vielleicht eine Theorie zu ihrem Verschwinden entwickeln, die Sinn ergibt.«

»Es gibt garantiert schon viele Theorien. Das ist nicht erst gestern passiert, Clara. Das ist ewig her. Du kanntest sie nicht mal. Warum interessiert dich das so?«

»Wahrscheinlich, weil Oscar wie ein Großvater für mich ist und ich ihm wahnsinnig viel zu verdanken habe. Vielleicht finde ich etwas heraus, das ihm hilft. Du musst verstehen: Diese Ungewissheit kann einen Menschen wirklich zermürben.«

»Tja, wem sagst du das? Es genügen schon ein paar Monate, um dich fertigzumachen«, brummte er.

Clara schob mit dem Zeigefinger Krümel über den Tisch. »Ihre Briefe sind so warm, voller Liebe und dem Zauber dieser Sommertage. Auch wenn Delia schon lange nicht mehr lebt – sie hat Oscar nie verlassen, nicht wirklich.«

Sein Blick ruhte auf ihr. Er nagte an seiner Unterlippe und schien Gedanken durch seinen Kopf zu schieben, um sie in Ordnung zu bringen. Ein Lächeln flackerte auf und vertiefte das Grübchen auf seiner rechten Wange. »Wahrscheinlich bist du auch eine eigenwillige Romantikerin. So wie Oscar.«

»Mhm. Sehr wahrscheinlich.«

»Es würde sicher helfen, nach Beldare zu fahren und dort nach Róisín zu suchen. Was meinst du?«

12

Gestern hatte sie noch heißblütig versprochen, am nächsten Morgen mitzukommen, weil sie Lämmer entzückend fand und sich als Journalistin für die Arbeit eines Tierarztes interessierte. Heute bereute sie ihre überhastete Zusage. Der Himmel war grau, der Wind eisig. Sie hatte nur drei Stunden geschlafen. Ihr Körper war schlaff, ihre Gedanken träge. Trotzdem stieg sie unter die Dusche und kramte danach Mascara aus ihrer Kosmetiktasche. Hastig bürstete sie ihr Haar und flocht es zu einem losen Zopf.

Bei der erfolglosen Suche nach einer Thermoskanne hatte sie die Küche auf den Kopf gestellt und stand schließlich mit zwei Keramiktassen in der Morgenkälte. Der Kaffee dampfte, doch je länger sie wartete, desto kühler wurde er. Ungeduldig trat sie von einem Fuß auf den anderen. Immer wieder spähte sie auf ihre Uhr. Inzwischen war Jon zehn Minuten zu spät. Sie wollte gerade wieder hineingehen, als ein Motorengeräusch sie innehalten ließ. Der schwarze Van tauchte zwischen den Hecken auf, fuhr in Schrittgeschwindigkeit dem Haus entgegen und hielt vor dem Brunnen.

»Guten Morgen«, grüßte Jon und blinzelte ihr durchs geöffnete Seitenfenster entgegen, als müssten sich seine Augen erst noch an die Helligkeit gewöhnen. »Was hast du denn da?«

»Ich habe uns Kaffee gekocht. Den können wir bestimmt gut vertragen.« Sie strahlte ihn an und streckte ihm eine Tasse entgegen. »Aber ich fürchte, er ist inzwischen nur noch lauwarm.«

Lächelnd nahm er ihr eine Tasse aus der Hand. »Das ist genau das, was ich jetzt brauche«, erwiderte er, warf einen kurzen Blick in die Tasse und trank einen Schluck. »Perfekt. Genau so, wie ich's mag. Kein Zucker, keine Milch. Vielen Dank.«

»Gern geschehen.« Clara stieg ins Auto, schnallte sich an und wandte sich zu ihm um. »Hast du gut geschlafen?«

»Kaum.« Jon warf ihr einen vielsagenden Blick zu, dann wendete er den Wagen. »Und du?«

»Ich kann mich nicht mal daran erinnern, überhaupt geschlafen zu haben. Ist gestern echt spät geworden.«

»Und trotzdem bist du so früh aufgestanden?«

»Für die Lämmchen.«

Clara blickte aus dem Fenster, sah die Grüntöne zu einem Meer zusammenfließen und nippte an ihrem Kaffee.

Während Jon über die Landstraße donnerte, erzählte er, dass es ein paar Lämmer gebe, die nicht bei ihren Müttern trinken wollten. Deswegen müsse er sie untersuchen.

Mehr sprachen sie nicht. Sie tranken lauwarmen Kaffee, lauschten der Musik und gähnten.

Mit einer Engelsgeduld erklärte er ihr, dass man die Lämmer hochheben und sanft schütteln müsse, um zu hören, ob sich in ihrem Magen Milch befinde. Wenn er mit den Tieren sprach, beugte er sich tief zu ihnen hinab und massierte ihre Stirn, um sie zu beruhigen. Sein Timbre veränderte sich dabei, seine Stimme klang noch wärmer, noch ruhiger. Clara beobachtete fasziniert, wie sich die ängstlichen Tiere in seiner Gegenwart augenblicklich entspannten und die Untersuchung geduldig über sich ergehen ließen. Während er Augen und Ohren inspizierte und ihnen Medikamente spritzte, hielt Clara die Lämmer im Arm. Jon arbeitete konzentriert und schien vollkommen versunken. Nur manchmal blickte er auf und lächelte sie an.

Nachdem sie ein winziges Lamm mit trüben Augen untersucht hatten, das völlig apathisch wirkte, zog er ein Diktiergerät aus seiner Hosentasche und nuschelte in einem merkwürdigen Säuselton medizinisches Fachvokabular hinein. »Uveitis Komma Entropium Punkt.« Clara versuchte, das Lachen zurückzuhalten, doch es schwappte einfach über ihre Lippen.

»Als Journalistin solltest du mit so einem Gerät vertraut sein«, knurrte er, nachdem er die Aufnahme beendet hatte. Es war nicht an seinen Augen abzulesen, ob er sich amüsierte oder tatsächlich verärgert war.

»Mit so einer Antiquität, meinst du? Stellst du Farbe eigentlich aus zerquetschten Pflanzen her?«, neckte sie ihn.

»Sehr witzig. Das Ding habe ich von Finnegan bekommen. Zu Hause tippe ich alles ab, damit ich nichts vergesse. Das ist superpraktisch, wenn man ständig unterwegs ist.«

Gerade wollte sie ihm neumodische Instrumente wie Tablets vorschlagen, als ein Räuspern ertönte und sie herumwirbeln ließ.

Der Bauer lehnte mit verschränkten Armen an der Wand und schien sie schon eine Weile beobachtet zu haben. Seine Mundwinkel zuckten nicht mal, als Clara ihn anlächelte. »Ist das deine Kollegin aus Cork oder 'ne Studentin?«, fragte er an Jon gewandt und würdigte sie keines Blickes.

»Das ist Clara. Sie assistiert mir heute, aber eigentlich ist sie die Engländerin, die sich jetzt um das Haus der Fitzgeralds kümmert. Wir haben davon gesprochen. Weißt du noch?«

»Hatte vermutlich ein paar Pints zu viel, schätze ich.« Der grauhaarige Mann zuckte mit den Achseln. »War gerade noch bei den Schweinen. Die Sau hinkt. Kannst du kurz mitkommen?«

»Kann ich, klar. Wir sind hier sowieso fertig.« Jon ließ das Diktiergerät zurück in seine Hosentasche gleiten und wandte sich zu Clara um. »Wartest du hier auf mich?«

Sie blieb im Stall zurück, lehnte mit dem Rücken an der Wand und beobachtete die Tiere. Es roch nach einer Mischung aus Heu und Ammoniak. Regen prasselte dumpf auf das Holzdach und immer wieder ertönte ein stotterndes Mähen, als wüssten die Stimmbänder noch nicht, wie sie schwingen sollten. Strohhalme stachen durch den dicken Twillstoff ihrer Hose, aber Clara hatte nur Augen für das kleine Lamm, das auf zahnstocherdünnen Beinen durch den Stall stakste. Sie streckte den Arm nach dem Tier aus, lockte es mit schmeichelnden Worten und tatsächlich dribbelte es nach kurzem Zögern auf sie zu. Es war schwerer, als sie vermutet hatte, und die Wolle nicht seidig, sondern rau und voller kleiner Strohhalme.

Gedankenverloren streichelte sie das Lamm und spürte, wie seine Atemzüge immer ruhiger wurden und sein Kopf schwerer, bis es schließlich auf ihrem Arm einschlief. Was würde mit ihm geschehen? Wolle oder Fleisch. Plötzlich kam ihr eine Komposition von Samuel Barber in den Sinn: *Agnus Dei* – schwer, sentimental und sehnsüchtig. Es stand neben anderen Stücken und Vermerken auf Oscars Beerdigungsliste. Auch wenn sie versuchte, nicht an seinen Tod zu denken, fragte sie sich in letzter Zeit immer häufiger, was danach kommen sollte. Ein Leben ohne Oscar … Es war unvorstellbar, dass er irgendwann zu einer Erinnerung werden würde, zu jemandem, von dem man in der Vergangenheit sprach.

Clara drückte das Lamm an sich. Es war noch Zeit. Oscar hatte Pläne. Erst gestern hatte er ihr noch mit fester Stimme erklärt, dass er sich zu einem Schachturnier anmelden würde, um mal einen Blick auf den jungen Schachweltmeister Carlsen werfen zu können. Bestimmt saß Oscar gerade mit einem bis zur Ungenießbarkeit gesüßten Kaffee in der Küche und starrte sehnsüchtig das Bild seines Riley Elfs an, das über dem Tisch hing. Keats nahm währenddessen ein Sofakissen auseinander und Peter war mit seinem Schachkoffer im Anmarsch – kampfbereit und grimmig. Alles war gut.

»Na?«

Sie blickte auf. Jon lehnte in der offenen Stalltür. Hinter ihm ein Feld aus Matsch und großen Regenpfützen.

»Schon fertig?«

»So schnell findet man neue Freunde«, bemerkte er und ging vor ihr in die Hocke. »Siehst du?«

»Ich habe noch nie ein Lämmchen auf dem Arm gehalten. Was ist es denn?« Clara zupfte ein paar Strohhalme aus der Lammwolle.

»Es ist ein Schaf.«

»Das weiß ich.« Sie bemühte sich, leise zu lachen, um das Lamm nicht zu erschrecken. »Ich meine, ob es ein Mädchen oder ein Junge ist.«

Jon griff nach einem dünnen Beinchen und hob es ein wenig empor. »Ist ein Bock«, verkündete er.

»Was passiert mit ihm?«

»Wenn er nicht zur Zucht eingesetzt wird, muss er wohl erst mal kastriert werden oder …«

»Oder?«

»Willst du wissen, ob er geschlachtet wird? Keine Ahnung, was Max vorhat, aber könnte schon sein. Er verdient mit Lammfleisch sein Geld.«

»Ich bin Vegetarierin«, stieß sie hervor und bedachte das Lamm mit einem entsetzten Blick.

»Tut mir leid«, flüsterte er und streichelte sanft über die Wolle. »Das Schicksal blüht vielen Lämmern. Wir müssen darauf aufpassen, dass es ihnen gut geht, bis sie …«

»Wir sollten ihm einen Namen geben, Jon. Es braucht einen Namen.«

160

»Es braucht einen Namen?«, echote er und ließ seinen Blick forschend über ihr Gesicht wandern. »Weshalb?«

»Na ja, es macht doch einen Unterschied, ob du ein namenloses Lamm tötest oder ob du Aengus tötest, oder? Der Name macht es einzigartig.« Clara reckte das Kinn in die Höhe.

»Aengus, ja?« Er hob die Augenbrauen und fing ihren Blick auf. »Du hast also das Gedicht von Yeats gelesen?«

»Mhm, habe ich. *The silver apples of the moon.*«

»*The golden apples of the sun.*« Jon lächelte versonnen und streichelte über den weißen Kopf. »Aengus. Der Name gefällt mir, aber Max wird davon sicher nichts wissen wollen. Keines seiner Tiere hat einen Namen. Aber vielleicht hat Aengus ja Glück und darf auf die Wiesen. Ich finde, er sieht aus wie ein Schaf, das Glück hat.«

»Hältst du ihn mal?« Sie legte das Lamm vorsichtig in seine Arme, dann tastete sie nach ihrem Telefon. »Kann ich ein Foto von dir machen?«

»Für deinen Nachttisch?«

»Wer weiß?« Sie lachte hell auf. »Nein, nein, aber es könnte ja sein, dass ich irgendwann eine Reportage über Aengus schreibe. Dann wäre es schön, wenn ich ein Bild von ihm hätte.«

* * *

Als der Van nach einer knappen Stunde vor ihrem Haus zum Stehen kam, schaltete Jon den Motor aus und drehte sich zu ihr um. »Danke, dass du mitgekommen bist. Jetzt wirst du vermutlich erst mal den versäumten Schlaf nachholen müssen, oder?«

»Auf jeden Fall.« Sie unterdrückte ein Gähnen. »Mir fallen gleich die Augen zu.«

»Und dann? Wie sieht der Plan aus?«

»Das Haus ...« Sie blickte zum Portal mit der schweren Holztür und den Eisenbeschlägen. »Ich muss mir noch den Keller und den Dachboden ansehen.«

»Heute Abend habe ich schon etwas vor. Ich bekomme Besuch, deswegen kann ich dir nicht helfen.« Er befeuchtete seine Lippen, dann lächelte er sie an. »Aber wie sieht es mit unserem Ausflug nach Beldare aus? Steht das noch?«

»Ich weiß nicht. Was meinst du?«

»Könnte interessant werden. Ich habe im Internet recherchiert. Beldare liegt im County Clare, direkt am Meer. Wir wären auf jeden Fall eine Weile unterwegs.«

»Oh, du hast dich schon schlaugemacht?«

»Zweihundert Einwohner. Es ist also nicht unrealistisch, dass wir jemanden finden, der Róisín zumindest gekannt hat.«

»Dann kommst du wirklich mit?«

»Soll ich nicht?«

»Doch, doch, sehr gern, aber wieso machst du das? Du kennst mich gar nicht, jedenfalls nicht richtig, bist nicht mit den Fitzgeralds verwandt und trotzdem investierst du so viel Zeit.«

»Weißt du, es gibt da einen Deal ...« Er lehnte sich zurück und erwiderte ihren Blick. »Du bist Engländerin und ich muss dich im Auge behalten. Das ist nichts Persönliches, aber der Bürgermeister hat mich damit beauftragt. Wir wollen nicht, dass du hier eine britische Siedlung gründest.«

»Sehr witzig.« Clara schnitt eine Grimasse.

»Eigentlich ist es so: Die Geschichte fasziniert mich, dieses Rätsel«, sagte er. »Als Arzt bin ich daran gewöhnt, Indizien zu sammeln und Spuren nachzugehen, um am Ende eine Diagnose zu stellen. Ich kann gar nicht anders.«

Den Abend verbrachte sie auf dem Dachboden mit Kartons voller alter Schuhe, Wintermäntel und Zinnsoldaten. Immer wieder drifteten ihre Gedanken ab, dann zog sie das Telefon aus ihrer Hosentasche und rief das Foto auf, das sie heute geschossen hatte: Jon und Aengus. Er saß im Stroh und strahlte ihr entgegen, als würde dieser Moment alles erfüllen, wonach er verlangte. Ein Lamm in den Armen, dessen Ohren schräg von seinem Kopf abstanden. In einem Stall, der einsam inmitten der Landschaft stand. Jon war angekommen und das strahlte er auch aus. Es war vor allem diese Souveränität, die sie an ihm faszinierte.

Clara schaltete das Telefon aus, steckte es in ihre Gesäßtasche und beugte sich über einen Karton mit alten Kleidungsstücken, die vielleicht Catherine gehört hatten.

Mit wem traf er sich? Sollte sie die Seidenhandschuhe wegwerfen? Vielleicht war er mit einer Frau aus dem Dorf verabredet. Stöhnend pfefferte sie den Schal, der sich wie ein Tier anfühlte und auch so aussah, zurück in den Karton, dann schaltete sie das Licht aus und kletterte die Leiter wieder hinab.

13

Schwungvoll stieß sie die Tür zu dem kleinen Gemischtwarenladen auf und blickte sich suchend um. Hinter dem Regal mit Müsliflocken entdeckte sie einen grauen Haarschopf. »Daisy?«

»So heiße ich.«

»Ich muss Sie etwas fragen.«

»Wer muss mich was fragen?« Die alte Frau trat mit misstrauischer Miene um das Regal herum, doch als sie Clara erblickte, erhellte sich ihr Gesicht. »Ach, Sie sind's. Wo drückt der Schuh?«

Clara kramte die Fotografie aus ihrer Manteltasche und hielt sie Daisy unter die Nase. »Kennen Sie diese Frau?«

»Nicht, dass ich wüsste.«

»Delia Malone. Sie hat bei den Fitzgeralds gearbeitet und ist 1957 spurlos aus Clonamaddy verschwunden«, spulte Clara die Fakten herunter und kam sich dabei vor wie eine professionelle Ermittlerin.

»Ach, die Geschichte. Wir haben der Gardaí bei der Suche geholfen, das weiß ich noch. Sind durch die Wälder gelaufen und haben den Tauchern zugeschaut, die im See nach ihr gesucht haben. Sie wurde nie gefunden.«

»Haben Sie Delia gekannt?«

»Nein, nie ein Wort gewechselt. Wenn ich mich richtig erinnere, hat sie nur kurz bei den Fitzgeralds gearbeitet«, erklärte Daisy und fing nebenbei an, das Verfallsdatum der eingelegten Artischockenherzen zu kontrollieren.

»Was haben die Leute im Dorf gesagt? Gab es irgendwelche Spekulationen?«

»Weiß ich nicht mehr so genau, Liebes. Das ist lange her. Vielleicht ist sie in den Untergrund gegangen und hat für die IRA gekämpft, vielleicht hat sie einen Kerl gefunden und ist mit ihm abgehauen. Es gibt viele Möglichkeiten. Vielleicht ist sie einfach nur tot.«

»Vielleicht, ja«, stimmte Clara zu und hatte Mühe, ihre Enttäuschung zu verbergen.

»Wissen Sie, woran ich mich noch erinnern kann? Die Bediensteten der Fitzgeralds haben alle über dem Pub gewohnt. Sie hatten winzige Zimmer dort und es hieß, manche der Mädchen hätten heimlich Männer empfangen.«

»Für Geld?«

»Oh, das weiß ich nicht, Liebes.« Die alte Dame warf einen Blick zur Eingangstür, als wollte sie sicherstellen, dass niemand dem Gespräch lauschen konnte. »Jedes irische Dorf hat einen Wachhund. Und wir hatten den schärfsten, das können Sie mir glauben. Er hat alles aufgespürt und heftig zugebissen. Daher kann ich mir nicht vorstellen, dass die Mädchen solche Sünden …«

»Wer war der Wachhund?«

»Father Seamus. Gott sei ihm gnädig. Ein guter Mann, aber hart, wenn es sein musste. Sehr hart.«

* * *

Nach einem Wintergartenkaffee und einem kurzen Telefonat mit Oscar, der vergeblich nach der Fernbedienung suchte, verzog sich Clara in die Bibliothek. Sie studierte noch mal alle Unterlagen und stellte fest, dass Delia die einzige Angestellte war, deren Vertragsende nicht dokumentiert worden war. Wie auch – sie war verschwunden. Es gab keine Notizen, keine Vermerke.

Irgendwann setzte sich Clara mit einer Tasse Tee auf den Boden und fing an, sich die dicken Finanzbücher anzusehen. Das Papier war hauchdünn, die Tinte verblichen. Sie hatte keine Ahnung, wonach sie suchte. Die Zahlen verschwammen vor ihren Augen. *Payments in. Payments out. Balance.*

Neben Spenden an die Gemeinschaft des heiligen Vincent de Paul wurden monatlich Gelder an verschiedene Personen gezahlt, Geld abgehoben, Geld eingezahlt.

Clara gähnte und rieb sich mit dem Handrücken über die Augen, dann blätterte sie durch das Jahr 1956. Delia tauchte das erste Mal im November auf. Ihr Name erschien jeden Monat. Im Frühling, im Sommer und im Herbst, dann verschwand sie aus den Büchern.

Stattdessen erschien im Dezember 1957 – kurz nachdem Delia offiziell vermisst gemeldet worden war – ein neuer Name in den Listen. Oliver Sullivan. Sie merkte erst, dass sie die ganze Zeit auf der Innenseite ihrer Wange herumgekaut hatte, als sie ein Schmerz durchzuckte. Langsam rappelte sie sich auf und ging zum Schreibtisch, auf dem neben Notizbüchern und der Familienbibel auch der Brief lag, den der alte Fitzgerald an seinen Sohn geschrieben hatte. Darin stand, dass Oliver Sullivan vor vielen Jahren den Namen der Familie reingewaschen habe.

»1957«, murmelte sie und donnerte die Keramiktasse so fest auf den Tisch, dass sie erstaunt darüber war, nicht nur noch den Henkel in der Hand zu halten. Clara beugte sich über den Brief. *Eine intensive Beziehung. Viel auf sich genommen.* Was auch immer Oliver Sullivan getan hatte, es musste 1957 geschehen sein. Angestrengt dachte sie nach und blickte zum Fenster, als könnte sie dahinter die Vergangenheit sehen. Wer war dieser Oliver Sullivan und wo war Delia?

* * *

Sie winkte ihm schon von Weitem zu, als sie über die Wiese auf ihn zustiefelte. Der Regen hatte den Boden aufgeweicht, sodass sie tief einsank. Der Wind wehte und blies ihr die Tropfen ins Gesicht. Immer wieder musste sie sich über die Augen wischen, um überhaupt etwas sehen zu können. Jon stand vor seinem Van und wartete auf sie. Je näher sie ihm kam, desto breiter wurde ihr Grinsen. Das lag daran, dass sie ihm unbedingt von ihrer Entdeckung erzählen wollte, aber auch daran, dass sie sich freute, ihn zu sehen. Die Kapuze warf einen Schatten auf sein Gesicht, sodass sie nicht erkennen konnte, ob er ihr Lächeln erwiderte.

»Lebt Oliver Sullivan eigentlich noch?«, fragte sie, als sie vor ihm stand.

»Hi, Clara. Schön, dich zu sehen. So einen Regen habe ich schon lange nicht mehr erlebt, aber mir geht's sehr gut, danke. Und dir?« Er schob die Kapuze ein wenig zurück und grinste amüsiert zu ihr hinab. Seine Wangen glänzten und waren so rosig, als hätte er lange in der Kälte gestanden.

»Sorry.« Sie stieß ihn sanft an. »Ich bin ein bisschen durch den Wind. Kommst du gerade von der Arbeit?«

»Ich muss gleich noch mal los, aber jetzt brauche ich ganz dringend etwas zu essen. Hast du Hunger?«

»Was gibt's denn?«

»Nudeln vermutlich. Ich ernähre mich hauptsächlich von Porridge und Nudeln. Komm, wir müssen ins Trockene.«

Sionnach tapste auf sie zu, gähnte und streckte sich, als sie ins Haus schlüpften und ihre tropfenden Jacken an die Garderobe hängten. In kürzester Zeit sammelten sich darunter dunkle Wasserflecken auf dem Steinboden.

»Kannst du sie denn schon allein lassen?«, fragte Clara, als sie den kleinen Hund auf den Arm nahm.

»Das hat sie schnell gelernt. Hörst du das?« Er deutete zur Küche. »Ich lasse Musik laufen. Sie steht total auf Glen Hansard, habe ich festgestellt.«

»Tja, wer nicht?« Sie grinste. »Du kannst Sionnach auch sehr gern zu mir bringen, wenn du arbeiten musst.«

»Gute Idee. Das sind ja nur tausend Kilometer.«

»Achthundert«, verbesserte sie ihn und streichelte über das weiche Fell, das sich am Rücken ein wenig lockte. »Nicht mal.«

»Trotzdem zu weit. Leider viel zu weit.«

Das Feuer im Ofen war fast niedergebrannt. Trotzdem war es in seiner Küche warm und behaglich. Musik dudelte aus dem kleinen Radio, das auf dem Fenstersims stand.

»Ist das dein Vater?«, fragte Clara und deutete auf ein ausgeblichenes Foto, das einen jungen Mann zeigte, der auf einer Pferdekoppel stand, ein kleines Kind auf dem Arm trug und lächelnd mit ihm sprach, während er die Hand nach einem Rappen ausgestreckt hatte.

»Da hat er gerade in der Praxis meines Großvaters angefangen und musste nur drei Tage in der Woche arbeiten. Er hatte also jede Menge Zeit für uns und seine Pferde.«

»Hast du ein gutes Verhältnis zu ihm?«

»Er konnte lange nicht verstehen, warum ich Tierarzt geworden bin und nicht einfach unsere Familienpraxis übernommen habe. Das war echt ein Problem für ihn, aber inzwischen hat er's akzeptiert.«

»Was ist mit deiner Schwester? Ist sie auch Medizinerin?«

Jon hielt inne. Es dauerte nur den Bruchteil einer Sekunde, bis er die Schublade aufzog, aber Clara hatte sein Zögern registriert. »Aoife?«, fragte er.

»Ich dachte, deine Schwester würde …«

»Aoife ist, äh, sie ist keine Medizinerin geworden.«

»Dann hing die Zukunft der Praxis von dir ab?«

»Mhm. Ich wollte meinen Vater nicht enttäuschen, aber ich hatte das Gefühl, mir selbst verpflichtet zu sein, meinen eigenen Träumen. Deswegen Tiere, keine Menschen.«

»Ist sie das?« Clara deutete auf die Fotografie einer jungen Frau mit blonden Locken, die vor einem weißen Cottage in der Sonne saß und eine Katze kraulte. Sie trug einen tannengrünen Strickpullover, enge Jeans und hatte sich einen Schal um den Hals geschlungen, doch ihre Füße waren barfuß. Sie grinste so breit in die Kamera, dass Clara unwillkürlich lächeln musste.

»Aoife, ja. Das Foto ist schon alt«, erklärte Jon und krempelte die Ärmel seines Hemdes hoch. »Wie sieht's aus? Übernimmst du die Zwiebeln?«

»Wenn's sein muss.« Clara seufzte inbrünstig auf. »Ich werde viele Tränen vergießen.«

»Passend zum Wetter.« Er öffnete einen der Wandschränke, die über der Spüle hingen, und holte ein Netz Zwiebeln hervor. Tatsächlich hatten sich die Wolken inzwischen zusammengeballt und den Himmel verdunkelt.

»Musst du wirklich noch mal los?«, fragte sie und deutete hinaus. Der Wind rüttelte an den Fenstern und peitschte den Regen gegen die Fassade.

»Bin im Pub verabredet.«

»Okay, dort habt ihr es ja gemütlich.«

Jon hatte ihr den Rücken zugekehrt, brummte etwas vor sich hin und studierte dabei den Inhalt seines Kühlschranks. Auch wenn es völlig normal war, die Abende gemeinsam im Pub zu verbringen, spürte Clara eine Spannung in der Luft. Worte, die er zurückhielt. Sie wagte nicht, ihn zu fragen, mit wem er verabredet war. Stattdessen nahm sie sich ein Holzbrett, die

Zwiebeln und ein Messer, um sich damit an den Küchentisch zu setzen.

»Also, noch mal zu Oliver Sullivan: Er ist schon sehr lange tot. Keine Ahnung, wann er gestorben ist, aber es ist ewig her«, erklärte Jon und widmete sich den Tomaten.

»Wer führt den Hof jetzt?«

»Sein Sohn. Mein Vater kennt ihn ganz gut. Sie sind zusammen zur Schule gegangen.«

»Wie heißt er?«

»Matt, Matthew Sullivan. Warum? Hast du gestern noch etwas herausgefunden?«

»Delia ist im November 1957 verschwunden«, schniefte sie, weil die Dünste der Zwiebel in ihren Augen brannten. »Und die erste Zahlung an Sullivan ging im Dezember raus. Das kann doch kein Zufall sein.«

»Wir wissen ja nicht, wofür Sullivan bezahlt wurde.« Jon rieb seine Hände am Geschirrtuch ab, dann warf er es sich über die Schulter und trat zu ihr an den Tisch.

»Er und seine Familie haben den Namen der Fitzgeralds reingewaschen«, erinnerte ihn Clara und ließ das Messer sinken. »Der alte Fitzgerald hat es doch selbst geschrieben.«

»Mhm, stimmt.« Er raufte sich das Haar. »Wenn man es so betrachtet, klingt das ziemlich düster, oder? Erst verschwindet Delia und dann ...«

»Kennst du ihn, diesen Matt?«

»Ich bin hier aufgewachsen. Ich kenne jeden.« Er beugte sich zu ihr hinab und zupfte einen Fetzen Zwiebelschale aus ihrem Haar. »Matt ist ein ruhiger Kerl, der nie in den Pub geht, weil er Angst hat, dort sonst nicht mehr rauszukommen.«

»Meinst du, er würde mit uns sprechen? Also über das Geld und vielleicht auch über Delia? Er muss doch wissen, warum die Fitzgeralds seiner Familie jahrelang Geld gegeben haben.«

»Ich weiß es nicht, Clara.« Er seufzte. »Können wir vielleicht zuerst nach Beldare fahren und Róisín suchen, bevor wir hier Unruhe stiften?«

»Ich muss schon bald zurück nach London und weiß nicht, ob die Zeit noch reicht. Du musst doch arbeiten.«

»Wollten wir nicht am Freitag los?«

»Das ist morgen.« Sie grinste schief. »Wenn du heute in den Pub gehst, solltest du dir morgen vielleicht nix vornehmen.«

»Keine Sorge. Ich kenne meine Grenzen.« Jon nahm das Brett mit den Zwiebeln und trat zurück an den Herd.

»Angenommen, dass du morgen wirklich fit bist und wir nach Beldare fahren. Wo sollen wir denn anfangen, nach ihr zu suchen? Wen sollen wir fragen?«

»Clara.« Er schüttelte lachend den Kopf und gab die Zwiebelwürfel in die heiße Pfanne. »Wir gehen einfach in den Pub. Dort werden alle Erinnerungen konserviert. Das ist eine alte Tradition in Irland.«

»Was soll das denn heißen?«

»Wenn's der Wirt nicht weiß, ist's nicht geschehen. So in etwa.«

Sie stand auf, um sich die Hände zu waschen. Als sie das kühle Wasser über ihre Hände fließen ließ, warf sie ihm einen flüchtigen Blick zu. Er unterdrückte ein Gähnen, blinzelte und rieb sich mit dem Handrücken über die Augen. »Bist du müde?«

»Schon seit Wochen.«

»Ich weiß, dass du echt viel um die Ohren hast. Wenn du also lieber hierbleiben würdest, um dein Wochenende zu genießen, wäre das überhaupt kein Problem, Jon. Du musst nicht mitkommen.«

»Ich kann dich nicht allein fahren lassen.«

»Warum?«

»Nur so ein Gefühl.« Jon wandte sich lächelnd zu ihr um. Es kam ihr vor, als würde sie auf den Grund eines klaren Gewässers sehen.

14

Wie verabredet stand der Van am nächsten Morgen tatsächlich vor ihrem Haus und wartete auf sie. Clara hatte sich gerade noch eine trockene Sconehälfte in den Mund gesteckt, auf der sie herumkaute, während sie sich im Spiegel betrachtete. Ihre Haut glühte und ihre Augen funkelten derart, dass es sogar ihr selbst auffiel. Die frische Luft tat ihr gut. Summend steckte sie ihr Haar mit einer Klammer zurück, dann schlüpfte sie in ihren Trenchcoat und aus dem Haus. Die Musik, die aus dem Van dröhnte, erstarb.

Ein strahlendes Lächeln breitete sich auf Jons Gesicht aus, als Clara die Tür öffnete. Er war frisch rasiert und hatte sein dunkles Haar in Form gebracht. »Bereit für einen Trip an die Küste?«, fragte er, nachdem er ihre Tasche entgegengenommen hatte und sie in den Wagen geklettert war.

»Mehr als bereit.« Clara zog die Tür hinter sich zu. »Ich bin schon seit gestern Abend aufgeregt und habe mir so viele Fragen überlegt, dass ich mich an keine einzige mehr erinnern kann. Und du? Freust du dich?«

»Mhm. Ich bin zwar nicht so aufgeregt wie du, aber ich freue mich. Wird bestimmt schön, auch wenn wir Róisín nicht finden und dir keine einzige Frage mehr einfällt.« Er hob Sionnach von seinem Schoß, damit Clara sie nehmen konnte, dann startete er den Motor. Als er sich bewegte, wehte ihr der Duft eines Parfüms entgegen. Irgendwie torfig, ein bisschen wie Heu und Holz.

»Warst du gestern lange fort?«

»Ach, sieh an, eine Frage.« Er zwinkerte ihr zu, setzte den Blinker und bog auf die Straße ein, die an der Kirche vorbei ins Dorf führte. »Ich habe eine alte Freundin getroffen, aber sie muss heute arbeiten, weswegen wir nur eine Kleinigkeit gegessen haben und dann nach Hause gegangen sind. Ich bin ausgeschlafen.«

»Aisling?«

Jon schüttelte den Kopf.

»Maureen war hier. Eigentlich arbeitet sie jetzt in Cork, aber sie hatte in der Gegend zu tun und wir wollten uns sowieso mal wieder sehen.«

»Ich erinnere mich. Deine große Liebe«, erwiderte sie und grub ihre Finger in das seidige Fell des Hundes, der es sich inzwischen auf ihrem Schoß bequem gemacht hatte.

»Na ja, große Liebe … So groß auch nicht.«

»Und jetzt trefft ihr euch wieder?«

»Seit einem halben Jahr geht es immer so hin und her. Wir schreiben, telefonieren. Jetzt hat sie sich von ihrem Freund getrennt, diesem arroganten Chirurgen.« Er lachte tonlos und kurbelte das Fenster ein wenig herunter, um kalte Luft ins Wageninnere strömen zu lassen. »Jedenfalls haben wir uns gestern zum ersten Mal seit unserer Trennung wiedergesehen.«

»Das war bestimmt ganz schön aufregend.«

»Mhm. Es war eigenartig vertraut.«

Ihr fiel nichts ein, was sie darauf hätte erwidern können. Sie kraulte Sionnach und blickte nachdenklich aus dem Fenster. Grüne Wellen bis zum Horizont, Kalksteinmauern, Rinder und Schafe. Aus dem Radio drang eine wehmütige Melodie. Wie passend. Sie kam sich lächerlich vor, weil sie sich insgeheim wünschte, er wäre frei, ohne sagen zu können, was das für sie zu bedeuten hätte. Was hatte sie sich vorgestellt? Niemand hatte hier auf sie gewartet. Sie war nur zu Besuch und hatte nicht vor zu bleiben. Außerdem wusste sie aus eigener Erfahrung, was es hieß, jemandem nachzutrauern und immer darauf zu hoffen, dass es vielleicht noch eine Chance gab – irgendwann, irgendwann.

»Wusstest du, dass es gar nicht so teuer ist, wenn du das Haus als Zweitwohnsitz anmeldest?«, fragte er. »Du zahlst dann nur noch, was du verbrauchst, wenn du hier bist. Wasser ist kostenlos.«

»Ich könnte nur ein paar Wochen im Jahr hier sein. Das lohnt sich nicht.«

»Hast du schon mit irgendwelchen Immobilienmaklern gesprochen?«

»Nein.« Sie stöhnte auf. »Gerade bin ich immer noch in einer Phase, in der ich darauf warte, aufzuwachen.«

»Clara und ihr kleines Schloss in Irland.« Er warf ihr einen kurzen Blick zu und lächelte.

»Willst du es haben?«

»Ich? Gott bewahre, nein.«

»Du könntest dort deine Tierklinik einrichten.«

»Sehr freundlich, aber ich glaube nicht, dass dein Haus dafür geeignet wäre. Darin sollte jemand wohnen. Du weißt schon: Weihnachten feiern, Marmelade einkochen und Kinder ins Bett bringen.«

»Es ist eigenartig«, hob sie nach einigen Sekunden an und strich mit dem Zeigefinger über die kühle Fensterscheibe, hinter der die Sonne stand, während das Land mit grünen Wiesen und silbernen Gewässern an ihnen vorbeiflog. »Du siehst etwas und schon im ersten Moment spürst du, dass es dir etwas bedeutet. Nicht nur, weil es irgendwie schön ist, sondern weil es sich mit dir verbindet. Es wird ein Teil von dir, wird ein Punkt auf deiner Lebenslinie.«

»Sprichst du gerade von mir?« Jon stieß sie sanft an, legte aber die Hand sofort zurück ans Lenkrad.

»Das hättest du wohl gern.« Clara kicherte. »Nein, ich meine das Haus. Mir ist wichtig, dass es in gute Hände kommt, dass sich jemand darum kümmert, dem es ebenso am Herzen liegt wie mir.«

»Du wirst irgendwann so jemanden finden.«

* * *

»Da ist es!« Clara richtete sich auf, als sie hinter den Schornsteinen der Häuser ein silbernes Glänzen am Horizont ausmachte. »Wir sind nie in den Urlaub gefahren, weil das meiner Ma viel zu teuer war, aber ich bin im Sommer jeden Tag zum See gegangen und habe mir Wellen vorgestellt.«

Er lächelte und fing das Glück, das sie in diesem Augenblick empfand, zwischen seinen Mundwinkeln ein. Ihr wurde warm ums Herz und sie versuchte, sich dieses Lächeln einzuprägen, um sich daran erinnern zu können, wenn sie wieder zu Hause war.

»Noch ein paar Dörfer, dann müssten wir in Beldare ankommen.«

»Und du bist dir sicher, dass wir dort einen Schlafplatz finden? Hochsaison, Küstenort – ich meine ja nur.«

»Zur Not pennen wir im Van.«

Clara warf einen Blick über die Schulter. Der Tisch war ausgeklappt, darauf lag ein Sammelsurium aus schmutzigen Handtüchern, Plastikdosen, Gummistiefeln, Seilen und undefinierbaren Instrumenten. Auf dem Boden klebte getrockneter Schlamm.

»Dann schlafen wir in Wärmedecken auf deinem wackeligen Operationstisch, ja?«

»Wir finden schon ein Zimmer.«

»Zwei Zimmer.«

»Natürlich, zwei Zimmer.« Er bedachte sie mit einem amüsierten Blick. In diesem Moment fragte sie sich, ob sie ihn wirklich attraktiv fand oder ob er nur fremd war und deswegen so anziehend auf sie wirkte.

Beldare schmiegte sich in eine Bucht mit schroffen Felsen, die wie Pfeilspitzen aus dem Ozean ragten. Im Hafen waren einige Boote vertäut, die träge auf dem Wasser schaukelten. Möwen zogen darüber ihre Kreise, stiegen mit dem Wind empor, um sich kurz darauf in die Tiefe zu stürzen.

Entlang der Küstenstraße standen bunt getünchte Häuser mit Häkelgardinen und Blumentöpfen an den Fenstern, die zum Meer blickten. Langsam fuhr Jon daran vorbei und suchte nach einem geeigneten Parkplatz für den Van.

»Die Häuser sehen aus, als hätte sie jemand aus einer Postkarte ausgeschnitten und hier aufgestellt.«

»Vermutlich kommen deswegen auch so viele Touristen hierher. Beldare muss das reinste Mekka sein, obwohl es so klein ist.«

»Vielleicht gerade deswegen. Es ist echt schön, sehr schön.«

Drei Männer mit windgepeitschtem Haar gingen vor ihnen über die Straße. Sie trugen Neoprenanzüge und hatten sich bunte Bodyboards unter die Arme geklemmt. Jon setzte den Blinker, um in eine schmale Nebenstraße einzubiegen.

Wenig später betraten sie den großen Pub, der ihnen schon am Ortseingang aufgefallen war. Am Tresen saßen zwei ältere Frauen und an einem Tisch im hinteren Eck hatte sich eine

Familie niedergelassen. Die Kinder spielten mit ihren Handys, während sich ihre Eltern anschwiegen.

»Los geht's, Sherlock!« Jon steuerte auf den Tresen zu und grüßte den Wirt, einen rotblonden Mann, der etwa in ihrem Alter war. Er lächelte und sagte etwas, das sie nicht verstand. »Sie spricht kein Irisch«, klärte Jon ihn auf.

»Verstehe. Darf's auch ein Ale sein bei der Lady?«, wollte der Wirt wissen, als Clara sich gesetzt hatte. Sie nickte und erwiderte sein Lächeln. Während er das Bier zapfte, unterhielt sich Jon mit ihm. Das Irisch, das die beiden Männer sprachen, klang melodisch und geheimnisvoll. Auch wenn sie kein Wort verstehen konnte, versank sie in dem Gespräch wie in einem Klangbad.

Selbst als das Bier längst vor ihm stand, hörte Jon nicht auf, mit dem Wirt zu sprechen. Er lachte und nickte. Gerade hatte er eine Hand auf ihren Unterarm gelegt und wollte sich ihr zuwenden, als eine der Frauen ihre Stimme erhob. Sie hatte graue Locken und trug eine weiße Bluse unter ihrem fliederfarbenen Cardigan. Ihre Stimme klang weich und dünn.

»Róisín« war das einzige Wort, das Clara verstand, und ihr Herz fing an, aufgeregt zu pochen. Sie sprachen tatsächlich über Róisín. Clara blickte in die Gesichter, beobachtete Lippen und Augen. Irgendwann hielt sie es nicht mehr aus und zupfte an Jons Shirt. »Ich verstehe nix«, flüsterte sie. »Was sagen sie denn?«

Er redete noch eine Weile weiter, dann legte er den Arm um Claras Schulter und blickte aus funkelnden Augen zu ihr hinab. »Sie lebt.«

»Wirklich?« Clara presste erwartungsvoll die Lippen aufeinander.

»Dort drüben sitzt ihre Nachbarin. Sie wird gleich nach Hause gehen und mit Róisíns Tochter sprechen.«

»Jon, wie hast du das nur angestellt? Kaum sind wir hier, findest du Róisín? Das ist der Wahnsinn.«

»Gehe in einen Pub und sprich die Sprache der irischen Seele. Das ist alles.« Er zwinkerte ihr zu und drückte sie noch etwas fester an sich. »Ich bin unverzichtbar, oder? Du brauchst mich. Gib es ruhig zu.«

Am liebsten hätte sie ihn umarmt, doch alles, was sie hinbekam, war ein Lächeln, das vermutlich ihr Herz nach außen kehrte.

Während sie die Hafenstraße hinter sich ließen und eine kleine Anhöhe hinaufgingen, fragte sie sich, was ihn an der Geschichte so sehr fesselte, dass er mit ihr hierhergekommen war. Sie warf ihm einen verstohlenen Blick zu. Jon wirkte selbstsicher und zufrieden – ganz im Gegensatz zu ihr.

»Wusstest du, dass es Leute gibt, die Menschen wie dir helfen?«, fragte er in diesem Moment.

»Äh, meinst du Psychotherapeuten?«

Jon lachte laut auf und blieb stehen. »Das könnte tatsächlich hilfreich sein, aber ich meine etwas anderes«, erklärte er und setzte sich wieder in Bewegung. »Es gibt so eine Firma, die Menschen unterstützt, die ein großes Anwesen besitzen und daraus ein Gästehaus machen wollen. Sie schalten Werbung, verwalten die Buchungen. Solche Dinge eben. Meine Mutter hat mir davon erzählt.«

»Klingt interessant, aber ich zweifle daran, dass ein Haus in Clonamaddy für Gäste attraktiv wäre.«

»Das Haus *ist* attraktiv. Egal, wo es steht, glaub mir. Ein entspannter Familienurlaub auf dem Land, Flitterwochen im Idyll. Es kommt nur auf die Werbestrategie an.«

»Ich brauche keine Werbestrategie, sondern Klarheit darüber, was mit dem Haus geschehen soll.«

»Und bis dahin lenkst du dich mit Detektivarbeit ab, hm?«

»Genau.«

Clara wickelte den Mantel enger um ihren Körper und beschleunigte ihre Schritte. Das weiß getünchte Haus stand hinter einer Kurve am Ende der Straße. Es war zweigeschossig und wirkte im Vergleich zu den Cottages der Nachbarschaft geradezu herrschaftlich. Im Vorgarten stand das Gras hoch. Ringelblumen, Mohn und zitronengelbe Trollblumen streckten ihre Köpfe empor. Dazwischen waren Wäscheleinen aufgespannt. Der Wind bauschte die Laken auf, als wären es Segel.

»Das ist es?«, fragte sie und blieb davor stehen.

»Das müsste es sein, ja.«

15

Nachdem Jon ihr zugenickt und sie auf den Klingelknopf gedrückt hatte, lauschten sie angespannt. Auf dem Kranz, der an der Tür hing, stand *Céad míle fáilte.*

Clara versuchte, die Worte auszusprechen, was Jon laut auflachen ließ. »Wir müssen dringend an deiner Aussprache arbeiten, Clara. Das ist ja furchtbar. Da steht *herzlich willkommen*, aber wenn du's aussprichst, ergreift jeder die Flucht.«

»Außer dir.« Sie grinste ihn an.

Neben der Treppe wuchsen weiße Hortensien bis zu den Fenstern hinauf. Clara ließ ihre Hand vorsichtig über die Blätter gleiten und beobachtete Bienen, die um die Blüten surrten, während sie warteten.

Es dauerte lange, bis sich im Innern des Hauses etwas rührte. Endlich ging die Tür auf.

»Guten Tag, hallo«, grüßte eine Frau mit erhitzten Wangen und feuchtem Haar. Um ihre Schulter hing ein Handtuch. Es sah aus, als wäre sie gerade aus der Dusche gestolpert.

»Guten Tag, Mrs McCarthy, sehr freundlich von Ihnen, dass wir Sie heute noch besuchen dürfen«, schnurrte Jon und setzte ein so strahlendes Lächeln auf, als wollte er damit Granit schmelzen lassen. »Ich bin Jon Farrell und das ist meine Kollegin Clara Atkinson.«

»Kate meinte, Sie kämen aus England, um mit meiner Mutter zu sprechen. Sie sind Journalisten, wenn ich das richtig verstanden habe?«

»Ich bin Journalistin, genau«, erwiderte Clara und fragte sich im selben Moment, was Jon den Leuten im Pub erzählt hatte. »Aber eigentlich ist es eher ein privates Anliegen. Wir suchen nach Delia Malone und soweit wir wissen, war Ihre Mutter eng mit ihr befreundet. Die beiden waren gemeinsam in Tuam, nicht wahr? In einem dieser Magdalenenheime.«

Über die blauen Augen huschte ein Schatten, dann befeuchtete die Frau ihre Lippen. »Diese alte Geschichte also, ich verstehe. Warum interessieren Sie sich dafür? Delia ist … es könnte ein halbes Jahrhundert her sein.«

»Noch länger«, erwiderte Jon. »Es gibt da einen alten Mann, Oscar Fitzgerald, mit dem Delia verlobt gewesen ist. Kurz bevor sie heiraten konnten, ist sie verschwunden. Oscar lebt seit Jahrzehnten mit dieser Ungewissheit. Es quält ihn, nicht zu wissen, was damals geschehen ist.«

»Delia.« Die Stimme der Frau war ein Murmeln. Fast schien es, als würde ihr der Name etwas bedeuten, so vorsichtig sprach sie ihn aus.

»Vielleicht kann Ihre Mutter uns ein wenig von ihr erzählen? Über ihre Kindheit, irgendwelche Erinnerungen. Sie sind ja zusammen aufgewachsen.«

»Sie waren wie Schwestern, ein Herz und eine Seele.«

»Für Ihre Mutter muss es schrecklich gewesen sein, als Delia verschwunden ist.«

»Sie hat kaum darüber gesprochen.« Die Frau seufzte. »Aber jetzt zerfällt ihr Gedächtnis und sie redet ständig davon, wie es früher gewesen ist.«

»Ihr Gedächtnis zerfällt?«, fragte Clara entgeistert.

»Zum Glück schreitet die Krankheit nur langsam voran, aber ich weiß, was in ein paar Jahren auf uns zukommt.

181

Irgendwann wird es sein, als wäre nichts mehr von meiner Mutter übrig.«

»Können wir dann überhaupt mit ihr sprechen?«

»Ich weiß nicht, ob Sie zu Wort kommen, aber wenn Sie hartnäckig sind und ein bisschen Glück haben, könnte es Ihnen vielleicht gelingen«, lachte Mrs McCarthy. »Meine Mutter ist noch recht klar. So ist es nicht. Sie vergisst nur, wer gerade am Telefon war und welche Schuhe man bei Regen anziehen sollte. Solche Dinge.«

Sie folgten ihr durch einen schier endlosen Korridor, entlang an Garderoben, weiß getünchten Zimmertüren und eingerahmten Landschaftsfotografien. Am Ende des Gangs befand sich eine Tür, die beidseitig von Fenstern eingefasst war. Das Licht wurde gebündelt und malte Muster auf den steinernen Boden.

»Ma, die jungen Leute sind da«, verkündete Mrs McCarthy, als sie die Tür öffnete und in gleißende Helligkeit trat.

»Was wollen die von mir?«

»Sie wollen sich ein bisschen mit dir unterhalten.«

»Sammeln sie Spenden? Die Kirche bekommt kein Geld von mir. Das kannst du ihnen gleich sagen.«

»Nein, nein. Sie kommen aus England und …«

»Engländer sind das?«

»Also, ich bin gebürtiger Ire«, meldete sich Jon zu Wort. »Nur Clara kommt bedauerlicherweise aus England, aber dafür kann sie ja nichts.«

Clara lachte hell auf und spürte im selben Moment eine warme Hand auf ihrer Schulter. Als sie sich zu Jon umwandte, zwinkerte er ihr zu.

»Ich bin jetzt eine Weile unterwegs, muss zum Orthopäden wegen meines Knies, das knirscht so«, flüsterte Mrs McCarthy mit Blick auf ihre Armbanduhr, dann deutete sie zur Tür. »Gehen Sie einfach rein.«

Vor einem bodentiefen Fenster stand ein Rollstuhl und darin saß eine winzige Frau, deren weißes Haar so lang war, dass es ihren grünen Tweedrock berührte. Sie hielt einen Kamm in den Händen, doch als sie Jon und Clara erblickte, legte sie ihn auf den Tisch. »Wie waren Ihre Namen?«, erkundigte sie sich.

»Ich bin Clara und das ist Jon. Wir wollen Sie nicht lange stören. Wir hätten nur ein paar Fragen und hoffen, dass Sie uns helfen können.«

»Hat Dolores Ihnen keinen Tee angeboten?«

»Wir brauchen nichts, vielen Dank.«

»Bitte setzen Sie sich, sonst bekomme ich noch einen steifen Nacken.« Die Frau deutete auf zwei Sessel mit geblümten Polstern. Auf den Armlehnen lagen weiße Spitzendeckchen.

»Schön haben Sie's hier«, bemerkte Jon, nachdem er Platz genommen hatte, und deutete zum Fenster, von dem aus man über graue Dächer hinweg aufs Meer blickte.

»Ich hatte großes Glück. Colm hat uns ein schönes Haus gebaut, nicht wahr?«

Róisín blickte zum Porträt eines alten Mannes, das neben ihrem Bett auf dem Nachttisch stand. Davor verwelkte ein Blumenstrauß.

»Es ist wunderschön«, stimmte Clara ihr zu, zog ihren Schal aus und legte ihn über die Lehne. »Leben Sie schon lange hier?«

»Seit Ewigkeiten, ich war fünfzehn, als ich hierhergekommen bin. Und was ist mit Ihnen beiden? Seit wann sind Sie hier?«

»Wir sind erst heute angekommen. Eigentlich lebe ich in Clonamaddy, County Galway, und Clara kommt aus London.«

»Aus England?« Róisín runzelte die Stirn und schien vergessen zu haben, dass sie bereits darüber gesprochen hatten.

»Ich bin hergekommen, um mehr über Delia Malone herauszufinden. Sie hat damals in Clonamaddy bei den Fitzgeralds gearbeitet, aber das wissen Sie ja. Oscar Fitzgerald ist ein guter

Freund von mir«, erklärte Clara mit sanfter Stimme und beobachtete, wie schmale Lippen aufeinandergepresst wurden und Blicke aus eisblauen Augen durch den Raum huschten, als würden sie an den Wänden nach einem Ankerpunkt suchen. »Delia hat ihm sehr viel bedeutet«, fuhr sie fort. »Obwohl so viel Zeit vergangen ist, denkt er noch jeden Tag an sie.«

»Sie sind wegen Delia gekommen.«

Es war keine Frage, vielmehr ein Gedanke, der ihr über die Lippen kam, weil sie ihn nicht zurückhalten konnte.

»Ihr Schicksal – wir würden so gern wissen, was damals geschehen ist. Es gibt kaum noch Menschen, die uns von ihr erzählen können, keine Spuren, die sie hinterlassen hat.«

»Versucht Oscar immer noch, sie zu finden?«

»Um ehrlich zu sein: Er weiß nicht, dass wir uns auf die Suche gemacht haben. Es ist ein Geheimprojekt«, gestand Clara nach kurzem Zögern. »Oscar hat die Ungewissheit akzeptiert, denke ich. Ihm bleibt ja nichts anderes übrig, nach so vielen Jahren. Wissen Sie, dass er nie geheiratet hat? Vielleicht hat er immer darauf gewartet, dass Delia irgendwann wieder vor ihm steht.«

»Aye, dieser Mann ist hartnäckig«, erwiderte Róisín mit einem leichten Lächeln. »Am Anfang habe ich versucht, Delia ins Gewissen zu reden. ›Schlag ihn dir aus dem Kopf‹, habe ich gesagt. Ich dachte, er würde sie fallen lassen, wenn er genug von ihr hat. Sie war ein einfaches Mädchen, naiv, wenn es um ihre Träume ging. Aber nachdem Delia verschwunden war, wurde mir schnell klar, dass ich mich wohl getäuscht habe. Er hat ständig hier angerufen und wir haben oft miteinander gesprochen, bis Colm irgendwann der Kragen geplatzt ist.«

»Erinnern Sie sich noch daran, wie Sie Delia kennengelernt haben?«, erkundigte sich Jon.

»Ist das ein Scherz?« Die alte Frau lachte hell auf. »Wir sind zusammen aufgewachsen, waren unzertrennlich. Auch als sie fortgegangen ist, damals nach Dublin, haben wir nie aufgehört, uns Briefe zu schreiben.«

Róisín stieß sich mit beiden Händen vom Tisch ab und ließ ihren Rollstuhl nach hinten rollen, dann wuchtete sie ihn herum und fuhr langsam zu der Kommode, die neben ihrem Bett stand. Aus der untersten Schublade nahm sie eine Schatulle hervor, legte sie auf ihren Schoß und fuhr damit zurück. »Das ist alles, was ich noch von Delia habe«, erklärte sie und tätschelte die schwarze Dose, deren Lack an den Ecken abgeplatzt war.

Clara warf Jon einen kurzen Blick zu. Er fing ihn mit einem Lächeln auf und beugte sich vor. »Können Sie sich noch gut an sie erinnern?«

Róisín bedachte ihn mit einem kritischen Blick. »Die schlimmsten und schönsten Momente – die behalten wir ein Leben lang. Die vergessen wir nicht.«

Sie strich so liebevoll über die Schatulle, als wäre es die Wange eines Kindes, dann klappte sie den Deckel hoch und legte eine Fotografie auf den Tisch. Darauf war eine Gruppe junger Mädchen zu sehen, alle in schwarzen Kleidern und weißen Schürzen. »Das sind wir«, sagte Róisín und deutete auf zwei Mädchen, die finster in die Kamera blickten. Hinter ihnen standen drei Nonnen in strahlend weißen Habits, die so freundlich lächelten, als könnten sie kein Wässerchen trüben.

»Sie sehen ein bisschen wütend aus, wenn ich das so sagen darf, nahezu verbissen«, bemerkte Jon.

»Wütend? Wohl kaum. Unsere Welt war damals so eng, dass man kaum atmen konnte, kaum leben. Die Angst war ein Teil von uns, wie ein Organ. Niemals hätten wir gewagt, wütend zu sein.«

»Ich habe davon gelesen, von diesen Heimen. Es muss schlimm gewesen sein«, sagte Clara und beobachtete, wie Róisín tiefer in ihren Rollstuhl sank.

Ihr Blick vergrub sich in die alte Fotografie. »Einmal haben sie Delia halb totgeprügelt. Sie lag dann die ganze Nacht auf den kalten Fliesen im Waschraum und keiner durfte zu ihr gehen, um ihr eine Decke zu bringen. Danach wurde sie sehr krank. Der Arzt musste kommen, weil das Fieber einfach nicht sinken wollte.« Sie verzog das Gesicht, als würden quälende Erinnerungen durch ihren Geist ziehen. »Mir haben sie tagelang kein Essen gegeben. Gierig haben sie mich genannt. Aber ich war nur hungrig. Ich war immer hungrig damals. Ein richtiges Klappergestell.«

»Mein Gott, Sie waren doch noch so jung«, wisperte Clara und schob den Ärmel ihres Cardigans hinauf. Jedes einzelne Haar hatte sich aufgestellt.

»Das hat uns zusammengeschweißt, Delia und mich. Wenn es schlimm war, haben wir manchmal heimlich in einem Bett geschlafen. Ich habe immer versucht, auf sie aufzupassen.« Ein Lächeln huschte über ihre Lippen. »Delia war ein Trotzkopf, richtig widerspenstig. Das haben die Schwestern ihr nicht austreiben können, obwohl sie mit ihr umgegangen sind, als wäre sie vom Teufel besessen. Delia hat Essen für uns geklaut, wann immer es ging. Sie können sich nicht vorstellen, wie sehr wir anderen Mädchen sie dafür bewundert haben.«

»Hatte sie keine Angst?«

»Natürlich hatte sie Angst, aber sie hatte auch Hunger.« Vorsichtig nahm Róisín ein Bündel mit Briefen aus der Schatulle. »Ich habe viele ihrer Briefe verloren, aber einige müsste ich noch, also ... Moment ...« Sie fing an, die Kuverts zu studieren, hielt sie sich dicht vor die Nase und legte einige davon zurück in die Schatulle. »Da war sie in Dublin, ah, aus Dublin, genau, Fishamble Street.« Einige andere Briefe wanderten gemeinsam mit ausgeblichenen Postkarten aus Galway, Dorset und Dublin auf den Tisch.

»Sie war sehr unglücklich in Dublin, oder?«

»Mädchen wie wir werden entweder Huren oder Nonnen. Das hat man uns eingebläut. Huren oder Nonnen. Können Sie sich das vorstellen? Mit etwas Gnade vom Allmächtigen könnten wir vielleicht noch Ehefrauen werden. In so einer Welt sind wir groß geworden.« Róisín schnaubte auf, nahm die Brille ab und deutete auf den Stapel mit Briefen. »Die Briefe aus Clonamaddy. Sie war so glücklich, aber dann fing diese Romanze an. Ich dachte mir schon, dass es kein gutes Ende nehmen würde.«

»Warum?«

»Weil sie jung und naiv waren. Sie haben geglaubt, es gäbe für ihre Liebe keine Grenzen. So ein Blödsinn.« Róisín nahm einen Brief und wiegte ihn in der Hand, dann öffnete sie das Kuvert. Ihre Augen überflogen die Zeilen.

»Ich kann Ihnen die Briefe nicht zeigen. Das werden Sie verstehen. Sie sind sehr persönlich, aber diesen hier … Es war der erste Brief, den sie mir aus Clonamaddy geschrieben hat.«

»Dürfen wir ihn lesen?«, fragte Clara mit heller Stimme und richtete sich auf.

»Das ist alles, was ich für Sie tun kann, Liebes.«

Clonamaddy, 12.12.1956
Meine liebste Freundin,

gerade sitze ich mit einer Tasse Tee in der Küche. Der einzige Ort im Haus, an dem es warm ist. Wir haben Kerzen angezündet und so ist es sehr behaglich hier. Mary liest in der Zeitung. Es ist ganz still, weil die Familie ausgeflogen ist.

Wie geht es Colm? Kurz vor Weihnachten hat er im Laden vermutlich alle Hände voll zu tun. Habt Ihr Euch inzwischen für einen Namen entschieden? Ich würde Deinen dicken Bauch so gern sehen, Róisín. Eigentlich kann ich mir gar nicht vorstellen, dass Du schwanger bist. Du warst ja immer dünn wie ein Weidenzweig, aber ich bin mir sicher, dass Du wunderschön aussiehst und überglücklich bist.

Auch mein Leben nimmt allmählich wieder Farbe an. Mary ist eine große Stütze und bemuttert mich, als wäre ich ein Küken, das aus dem Nest gefallen ist. Vielleicht bin ich das auch …

Wir arbeiten den ganzen Tag und versuchen dabei, unsichtbar zu sein, um niemanden zu stören. Das Haus ist wirklich schön, aber die Fitzgeralds sind befremdliche Menschen.

Der Alte sieht aus wie eine Bulldogge und schafft es kaum, sein Maul zu einem Lächeln zu verziehen. Zum Glück ist er fast den ganzen Tag unterwegs oder sitzt in seinem Arbeitszimmer, sodass ich ihn kaum zu Gesicht bekomme. Als ich ihm das erste Mal unter die Augen getreten bin, hat er mit mir gesprochen, als wäre ich eine Schwerverbrecherin. Sogar der Priester, Father Seamus, war dabei, um mir ins Gewissen zu reden und meine Anstellung abzusegnen. Ich musste schwören, nie wieder aus der Reihe zu tanzen, mich nicht auf Männer einzulassen und keine Aufmerksamkeit zu erregen. Father Seamus werde mich im Auge behalten. Na, schönen Dank auch …

Catherine Fitzgerald, die Dame des Hauses, kommt mir vor wie ein Gespenst, so bleich ist sie. Morgens trinkt sie immer einen Tee und sitzt dann im Wintergarten, um zu lesen oder Handarbeiten zu machen. Manchmal starrt sie einfach ins Leere, dann wirkt es so, als würde sie mit offenen Augen schlafen. Obwohl ich noch nicht viel mit ihr gesprochen habe, finde ich, dass sie ein ganz entzückendes Wesen ist. Ihr ganzes Herz gehört dem Garten. Deswegen ist sie eigentlich die meiste Zeit mit Maguire unterwegs – das ist der Gärtner – und weißt Du, was ich glaube? Insgeheim lieben sie sich und flüchten bei jeder Gelegenheit in ihre Blumenwelt. Manchmal beobachte ich sie heimlich. Natürlich gibt es nichts zu sehen. Sie kümmern sich um die Rosen, stutzen Hecken, rupfen Unkraut und sprechen kaum miteinander, aber ich spüre eine Spannung in der Luft, wenn sich ihre Blicke begegnen. Es ist allerdings gut möglich, dass ich mir das nur einbilde. In Clonamaddy gibt es kein Kino und so muss ich eben selbst für ein bisschen Unterhaltung sorgen.

Die Fitzgeralds haben zwei Söhne, aber man würde nicht vermuten, dass die beiden miteinander verwandt sind. Oscar ist wirklich nett, doch er ist kaum zu Hause, weil er oft tagelang mit seinem Motorrad unterwegs ist. Wenn er jedoch hier ist, bewegt er sich ebenso lautlos durchs Haus wie wir, sodass ich mich schon oft erschreckt habe, wenn er plötzlich wie aus dem Nichts vor mir gestanden ist.

Robert, der ältere, kommt ganz nach seinem Vater und hört sich unwahrscheinlich gern reden. In der ersten Zeit hat er mich auf Schritt und Tritt verfolgt, um meine Arbeit zu kontrollieren. Als wäre er das oberste Hausmädchen und verstünde etwas von Leinenvorhängen ... Mary ist fast *durchgedreht, weil er uns nur aufgehalten hat und wir mit der Arbeit nicht vorangekommen sind.*

Gestern war ich das erste Mal bei einer Chorprobe, weil Mary meinte, es sei wichtig, sich in die Gemeinde zu integrieren – besonders für jemanden wie mich. Und deswegen stand ich dann zwei Stunden mit alten Frauen in der Kirche und habe so sehr gefroren, dass ich kaum singen konnte. Es war trotzdem schön. Die Lieder erinnern mich an unsere gemeinsame Zeit in Tuam. Be Thou My Vision. *Ich habe es so geliebt, wenn Schwester Helen sich ans Klavier gesetzt hat. Das waren immer unsere Sternstunden, oder nicht?*

Vermutlich ist das nun mein Leben: Hauswirtschaft und Gesang. Das ist allemal besser, als in einem Kloster zu versauern oder sich mit betrunkenen Männern rumschlagen zu müssen. Ich lebe jetzt so tief im Landesinnern, dass ich wirklich froh darüber bin, dass es in Clonamaddy schon Elektrizität gibt. Im Wohnzimmer steht sogar ein Radio.

Auch wenn die Einsamkeit mir noch ein wenig zu schaffen macht, bin ich ganz sicher, es gut erwischt zu haben.

Nun muss ich leider aufhören und für die Herrschaften ein paar Weihnachtskekse backen. Mary scharrt schon mit den Hufen.

Ich grüße Dich aus meinem neuen Leben und vermisse Dich sehr.

Delia

PS: Ich soll Dir von Mary übrigens ausrichten, dass es eine Schande ist, Griddle Bread mit Zucker zu machen. Nur Salz, sagt sie. Und selbstverständlich viele Grüße an Kathleen und die ganze Familie. Im neuen Jahr wird Tante Mary wieder nach Beldare kommen. Ich wünschte, ich könnte sie begleiten, aber ich werde im Haus bleiben müssen. Vielleicht komme ich im Frühjahr und kann dann Dein Kind in den Armen halten. Das wäre ein Traum. Mach Dir bitte keine Gedanken, denn ich erwarte natürlich nicht, Taufpatin zu werden, nur weil ich Deine Freundin bin. Colm hat so liebe Schwestern, nicht wahr? Sie sind tausendmal besser geeignet, Dein Kind auf den rechten Pfad zu führen.

»Wow, vielen Dank für diesen persönlichen Einblick.« Jon legte den Brief zurück auf den Tisch. »Delia klang sehr zuversichtlich.«

»Das war sie auch. Das war sie wirklich.« Ein Lächeln flackerte auf, dann legte Róisín den Brief zurück auf den Stapel.

»Hat Delia irgendwelche Andeutungen gemacht? Dass es Probleme gegeben hat, Streit?«

»Sie hat mir von Oscar erzählt, von ihren Plänen, diesen wilden Träumereien, und von ihrer Arbeit im Haus. Mehr nicht. Delia wollte mich besuchen, sobald sie verheiratet wäre, aber dazu ist es nie gekommen.«

»Haben Sie nie wieder etwas von ihr gehört?«

»Niemand hat jemals wieder etwas von Delia gehört, Liebes. Wie denn? Sie ist verschwunden.«

»Was ist mit ihr geschehen? Haben Sie eine Vermutung?«

»Ich habe aufgehört, darüber nachzudenken. Es macht einen wahnsinnig. Delia ist jetzt an einem besseren Ort, davon bin ich überzeugt.«

Jon räusperte sich. »Aber Sie müssen doch irgendwelche ...«

»Ich habe damit abgeschlossen«, unterbrach Róisín ihn brüsk.

»Oscar konnte nie damit abschließen.« Clara dachte an traurige Augen in einem alten Gesicht, das ihr so vertraut war, dass allein die Vorstellung sie wärmte. »Im Grunde seines Herzens ist er immer Naoise geblieben.«

»So hat Delia ihn früher genannt.« Róisín lächelte versonnen, dann kämmte sie mit den Fingern durch ihr Haar und senkte die Stimme: »Diese Ungewissheit ... Der Geist schlüpft in alle Löcher, die nicht gestopft werden können, und dort malt er an die Wände. Erinnerungen, Fantasien. Manche Menschen bleiben dort.«

Clara nickte langsam. Es kam ihr plötzlich vor, als lägen Felsbrocken auf ihren Schultern. Róisín hatte aufgehört, Fragen zu stellen, während sich Oscar zurückgezogen hatte, um die Erinnerung an Delia lebendig zu halten.

»Könnte es sein, dass Delia noch lebt? Irgendwo?«, fragte Jon.

»Delia gibt es nicht mehr.«

»Ist sie verunglückt oder hat jemand sie umgebra...«

»Es reicht. Für Sie ist das vielleicht eine spannende Geschichte, aber für andere Menschen ist das ein Schmerz, der immer bleiben wird.«

»Entschuldigen Sie. Wir wollten nicht respektlos sein«, lenkte Clara ein und rutschte an den Rand des Polsters.

Gerade hatte Jon die Tür aufgestoßen und war ins Freie getreten, als Clara abrupt stehen blieb und über ihren Hals tastete. »Moment, ich komme gleich wieder.«

Sie stapfte zurück durch den düsteren Flur und hörte Róisín selbst durch die geschlossene Tür mit jemandem sprechen. »Und bei euch? ... Hier auch ... Du glaubst nicht, was

heute passiert ist. Ich muss es dir schnell erzählen, bevor …
Kannst du mich hören? Es rauscht so … Hallo? … Deirdre? …
Meine Güte, die Verbindung …«

Vorsichtig drückte Clara die Tür auf. Róisín blickte sie
aus großen Augen an und ließ den Telefonhörer sinken. Es
war ihr anzusehen, wie anstrengend es sein musste, in ihrem
Kurzzeitgedächtnis nach Erinnerungen zu suchen.

»Verzeihung, Róisín, ich bin Clara. Ich habe etwas bei
Ihnen vergessen.« Sie deutete auf ihren Schal, der immer noch
über der Lehne hing.

Róisín wandte sich um. Langsam wanderte ihr Blick zum
Sessel, dann zurück in Claras Gesicht. »Sie waren vorhin bei
mir.«

»Wir haben uns über Delia unterhalten.« Clara nahm den
Schal an sich und lächelte der alten Dame zu. Ehe sie sich regen
konnte, schrillte eine Frauenstimme aus dem Hörer: »Mit wem
redest du da?«

Ratlos blickte Róisín auf den Telefonhörer hinab.

16

Den Abend verbrachten sie im Pub und redeten irgendwelchen Unsinn. Es kam Clara vor, als wären sie sich schon tausendmal gegenübergesessen und hätten schon tausendmal darüber diskutiert, ob Erdnussbutter *smooth* oder *crunchy* sein müsse. Jon erzählte, dass er zwar alle Platten der Beatles besitze, aber erst kürzlich auf das Lied *Clarabella* gestoßen sei, dass er keine hart gekochten Eier essen könne und davon träume, irgendwann nach Lappland zu reisen. Er wollte durch den Sarek wandern, Polarfüchse, Rentiere und Bären beobachten.

Clara lauschte seinen Worten, konzentrierte sich aber währenddessen auf dieses wärmende Gefühl in ihrer Brust. Sie mochte sein Grübchen, die fein geschwungene Oberlippe, den Leberfleck an seinem Hals und den Klang seiner Stimme. Wenn sie ihm in London begegnet wäre, wenn sie sicher sein könnte, dass Irland ein Ort war, an dem …

»Sag mal, wie ist das mit deinem Ex-Freund?«, fragte er unvermittelt. »Seid ihr lange zusammen gewesen?«

Clara blinzelte und wusste im ersten Moment überhaupt nicht, von wem er sprach, dann wickelte sie sich eine Haarsträhne um den Zeigefinger. »Ähm.«

»Du musst natürlich nicht darüber sprechen«, ruderte er zurück.

»Nein, nein, schon gut. Es waren nur zwei Jahre«, antwortete sie schließlich. »Wir haben zusammen studiert.«

Vielleicht lag es am Alkohol, aber zum ersten Mal verspürte sie kein Verlangen und auch kein Unbehagen, als Ben vor ihrem inneren Auge auftauchte.

»Hast du ihn verlassen?«

»Ich? Nein. Ben hatte das Gefühl, dass er etwas anderes braucht. Deswegen ist er gegangen.«

»Aber es war nicht einfach, vermute ich. Nicht für dich.« Jon hatte sich zurückgelehnt und die Arme vor der Brust verschränkt, während seine Augen aufmerksam über ihr Gesicht wanderten.

»Es war schwer. Manchmal ist es immer noch schwer.« Zögerlich erzählte sie ihm von dem Nachmittag, an dem Ben mit grauem Gesicht in ihrem Zimmer gestanden hatte. Sie erinnerte sich noch an die Kälte in seiner Stimme, diese grausame Distanziertheit. *Es tut mir leid, aber ich kann so nicht weitermachen.* Die anderen Worte waren verblasst. Clara war davon ausgegangen, feinsinnig zu sein und zu spüren, wenn sich schiefe Töne in eine Melodie schlichen – in diesem Fall war es ihr nicht gelungen. »Es gab immer Phasen, in denen er mehr Zeit für sich gebraucht hat, um in Ruhe zu arbeiten. Ich habe mir überhaupt nix dabei gedacht. Ich dachte, alles wäre okay, wir wären okay, aber so war's nicht.« Sie schluckte trocken. »Er hat erst mit mir gesprochen, als es schon zu spät war.«

»Hast du nichts geahnt?«

»Ich war so beschäftigt mit meinem Abschluss. Meine ganze Aufmerksamkeit war darauf gerichtet. Vielleicht hätte ich es bemerkt, wenn es um mich herum ruhiger gewesen wäre.« Sie nagte an ihrer Unterlippe und legte ihre Finger um die kalte Bierflasche. »Er hat gesagt, dass er das Gefühl hat, stecken geblieben zu sein – im Leben. Das habe nichts mit mir zu tun. Ich sei ihm total wichtig, aber er sei gerade nicht dazu in der

Lage, eine Beziehung zu führen. Na ja, was man eben üblicherweise so sagt, wenn man jemanden verlässt.«

Clara verschwieg die nächtlichen Besuche und die Anrufe, wenn er einfach nur plaudern wollte, und sagte, dass er noch oft an sie denke. Mit keiner Silbe erwähnte sie, wie sehr ihr Herz schmerzte, wenn er wieder auflegte und sie dann wochenlang nichts mehr von ihm hörte. Oder wie sehr dieser Funke Hoffnung sie fertigmachte, auch wenn sie genau wusste, dass Ben sentimental wurde, wenn er zu viel getrunken hatte. Vielleicht konnte sie jetzt endlich damit aufhören.

»Und jetzt wartest du, bis er wieder dazu in der Lage ist?«

»Hm, nein. Ich warte nicht mehr.«

Jon stützte sich auf der Tischplatte ab und beugte sich ein wenig vor. Seine Augen leuchteten, als wollte er damit in die Ecken blicken, die sie sonst niemandem zeigte. »Hast du noch Gefühle für ihn?«

Erst runzelte sie die Stirn, doch dann breitete sich ein Grinsen auf ihrem Gesicht aus. Ihr Herz pochte. »Das sind nur Echos.«

Ihre Blicke verschränkten sich ineinander. Clara schluckte trocken. Das waren keine Echos, sondern neue Töne, die miteinander verschmolzen und zu einer Melodie wurden. Irgendwas passierte in seinem Blick. Irgendwas veränderte sich und brach auf.

»Letzte Runde!«, brüllte jemand und ließ sie aufschrecken.

* * *

Der Korridor war so schmal, dass sie hintereinandergehen mussten. Jon war nicht vor seiner Zimmertür stehen geblieben, sondern begleitete sie wie selbstverständlich bis zum Ende des Gangs.

Bei ihrem Zimmer angekommen, drehte sie sich zu ihm um. »Da wären wir.«

»Dieser Ausflug war in vielerlei Hinsicht erkenntnisreich, oder nicht?« Er zog seinen Zimmerschlüssel aus der Hosentasche.

»In vielerlei Hinsicht?«

»Du weißt schon.« Er grinste schief. »Kriminologisch, zwischenmenschlich.«

»Willst du vielleicht noch mit reinkommen?« Clara deutete auf ihre Zimmertür. Als sie jedoch seinen irritierten Gesichtsausdruck bemerkte, erhitzten sich ihre Wangen.

»Danke, aber ich bin viel zu müde«, erwiderte er und stieß sich von der Wand ab. »Ich sollte jetzt schleunigst ins Bett. Kann kaum noch klar denken. Wir sehen uns ja morgen beim Frühstück.«

»Ich dachte nur, aber klar … Gute Nacht.«

»Schlaf schön, Clarabella.«

Hektisch fummelte sie den Zimmerschlüssel aus ihrer Hosentasche und schloss auf. Das Geräusch, das ertönte, als die Tür ins Schloss fiel, ließ sie aufatmen. Ihr Kopf glühte und sie stürzte ins Badezimmer. Eiskaltes Wasser floss über ihre Hände. Sie benetzte ihr Gesicht und grinste ihrem Spiegelbild entgegen.

Jon war kein Mensch, in den sie sich auf den ersten Blick verliebt hätte – niemand war so ein Mensch –, doch wenn er Geschichten erzählte und sie zum Lachen brachte, fiel es ihr schwer, sich seinem Charme zu entziehen. Ihre Gedanken verirrten sich und ließen ihr Herz höherschlagen. Sie war mit dem Plan, das Haus zu verkaufen, nach Irland gekommen, doch nun fragte sie sich, ob sie nicht selbst darin leben wollte.

Träge schälte sie sich aus ihren Klamotten und warf sie über den Badewannenrand, dann schlüpfte sie in ihren Pyjama. Während sie in ihrer Tasche kramte, um ihr Telefon zu suchen, putzte sie sich die Zähne. Ihre Mutter hatte geschrieben und ihr ein paar Tipps zur Rosenpflege geschickt – mitsamt einigen unscharfen Fotos ihrer eigenen Rosen.

Clara hatte sich gerade eingecremt und das Licht im Badezimmer ausgeschaltet, als es zaghaft an der Tür klopfte. »Ja?«, fragte sie leise.

»Ich bin's.«

Sofort hastete sie zurück ins Badezimmer, um wenigstens ihren Cardigan überzuziehen, dann trat sie mit klopfendem Herzen zur Tür. »Hast du deine Zahnpasta vergessen?«

»Ich dachte, du hast vielleicht Lust auf *Button Moon*?« Er hielt sein Telefon empor, auf dessen Display der große Knopfmond prangte, den sie noch aus ihrer Kindheit kannte.

»Wolltest du nicht schlafen?«

»Also …« Er zuckte mit den Schultern. »Ich hab mich dann doch für Nina Teaspoon entschieden.«

»Sie heißt Tina Teaspoon«, kicherte Clara und zog die Tür auf. Bevor er eintreten konnte, flitzte Sionnach ins Zimmer.

Jon war barfuß, trug graue Sweatpants und ein schwarzes Shirt. Ohne zu zögern, steuerte er auf ihr Bett zu und ließ sich darauf nieder. Es gab zwar keine andere Sitzgelegenheit, aber als sie ihn dort sitzen sah, war sie plötzlich furchtbar nervös.

»Kühe auf *Button Moon*«, verkündete er und rutschte zur Seite, um ihr Platz zu machen. »Gott, als Kind fand ich die Figuren so faszinierend, dabei sind es einfach nur Schwämme und Löffel. Aoife hat sich immer darüber lustig gemacht.«

Jon schlug die Beine übereinander und verschränkte die Arme hinter dem Kopf. Clara tat es ihm gleich und so starrten sie auf einen winzigen Bildschirm, der zwischen ihnen an einem Kissen lehnte. Clara versuchte, sich zu entspannen, indem sie sich darauf konzentrierte, wie Mr Spoon mit seinem Raumschiff zum Mond flog, und nicht darauf, dass Jon neben ihr lag und sich ihre Arme berührten. Sie warf ihm einen verstohlenen Blick zu. Sein Atem ging ruhig und gleichmäßig. Plötzlich überkam sie eine tiefe Zuneigung für den irischen Tierarzt, der mit ihr bis ans Meer gefahren war. Im selben Moment dachte sie jedoch, dass Clonamaddy zu weit von London entfernt war, um ernsthaft daran zu glauben, dass zwischen ihnen je mehr sein könnte.

»Was ist denn?«, riss Jon sie aus ihren Gedanken und fuhr sich mit einer Hand durchs Haar.

»Was?«

»Du starrst mich an.«

»Entschuldige.« Ein unsicheres Lachen perlte über ihre Lippen. »Ich war in Gedanken.«

»Und woran hast du gedacht?«

»War nur Blödsinn.« Sie wandte den Blick von ihm ab. Etwas lag in der Luft und machte sie verlegen. Sie wagte kaum, sich zu bewegen, sondern lauschte dem dumpfen Rauschen ihres Blutes.

Irgendwann streckte Jon die Glieder, beugte sich vor und schaltete das Video aus.

»Sollen wir noch ein bisschen Musik hören?«

»Gern, könnte nur passieren, dass ich dabei einschlafe.«

»Sag mir, wenn ich abhauen soll.«

»Bleib ruhig.« Clara schielte auf ihre Armbanduhr. Es war spät und sie wunderte sich darüber, dass Jon keine Anstalten machte zu gehen. Stattdessen tippte er auf seinem Telefon herum, bis leise Musik ertönte, schüttelte das Kissen auf und machte es sich neben ihr bequem.

Sie war zu müde, um tiefschürfende Gespräche zu initiieren, um überhaupt etwas zu sagen. Vorsichtig zog sie die Decke über ihre Beine und drehte sich auf die Seite. Sionnach schnarchte leise. Eine Weile lag Clara schweigend da und betrachtete Jons Arm, der auf der taubenblauen Bettdecke ruhte. Er war sehnig und ziemlich muskulös. Ohne darüber nachzudenken, streckte sie die Hand aus und strich über ein Muttermal auf der

Innenseite seines Unterarms. Es war hellbraun und ein wenig erhaben. »Sieht aus wie ein halbes Herz.«

»Ich finde, es sieht aus wie eine Kaulquappe«, erwiderte er.

»Weil du Tierarzt bist. Aber stell dir vor, du wärst Astronaut, dann würdest du bestimmt einen Kometen sehen.«

»Mhm, wahrscheinlich.« Er drückte seinen Zeigefinger auf das Muttermal, als wollte er es festhalten.

»Hast du mal die Narben von Menschen gesehen, die vom Blitz getroffen wurden? Das sind Kunstwerke. Wild verästelte Bäume auf der Haut«, fuhr sie fort.

»Kenne ich. Hast du auch irgendwelche Narben oder Muttermale?«

»Hier«, sagte sie, drehte sich um und zog ihr Shirt so weit hoch, dass er auf Höhe der Taille ihr Muttermal sehen konnte.

Es vergingen Sekunden, in denen er schwieg und sich nicht rührte, doch dann spürte sie, wie sich die Matratze bewegte. Eine warme Hand legte sich auf ihren Rücken. »Es sieht aus wie ein Vogel.«

»Wohl eher wie ein verkümmertes Küken.« Sie lachte tonlos. »Früher habe ich mich immer verrenkt, um es im Spiegel sehen zu können. Ich fand es so wahnsinnig hässlich, dass ich im Sommer niemals Bikinis getragen habe.«

»Hässlich? Entschuldige mal. Es ist ein Kunstwerk. Ich glaube, ich habe noch nie etwas Schöneres gesehen. Ich würde es mir einrahmen und übers Bett hängen, wenn ich könnte.«

»Spinner.«

»Nein, im Ernst. Der Westen ist zerklüftet und trotzt mit seinen steilen Felsen dem Atlantik.« Es klang, als würde er aus einem Schulbuch vorlesen, während sein Zeigefinger langsam über ihren Rücken wanderte und die Ränder des Muttermals nachzeichnete. »Der Süden ist glatt, nur ein bisschen gewellt. Weißt du, wie das aussieht?«

»Nein?« Unter seinen Berührungen hatte sie eine Gänsehaut bekommen. Inzwischen fühlte sie sich so unwohl, dass sie den Impuls unterdrücken musste, die Decke bis zum Kinn hochzuziehen.

»Es ist Irland, wenn man es neunzig Grad nach rechts kippt. Oben ist die Felsenküste.«

»Du Märchenerzähler.« Sie rückte ihr Shirt zurecht und drehte sich wieder um.

»Ich schwöre, dass es exakt wie ein gekipptes Irland aussieht. Das hat etwas zu bedeuten.«

»Aha. Und was?«

»Irland ist ein Teil von dir.«

»Wie bitte?«

»Eigentlich hast du dich schon entschieden. Dein Kopf produziert jetzt ein paar Zweifel, klar, muss er ja auch. Vernunft und so. Aber im Grunde deines Herzens weißt du, dass du das Haus behalten und hier leben wirst.«

»Da muss ich dich leider enttäuschen. Ich habe ziemlich viele Schulden – du weißt ja, wie teuer ein Studium ist – und Clonamaddy ist wirklich kein Ort.«

»Entschuldige mal. Natürlich ist Clonamaddy ein Ort. Was soll es sonst sein? Es ist sogar ein sehr guter Ort.«

»Vielleicht für Tierärzte.«

»Und für Journalistinnen, die an jedem Ort der Welt schreiben können. Sogar an Orten, die gar keine Orte sind«, sagte er mit gesenkter Stimme und tastete nach seinem Telefon.

Nachdem er die Musik ausgeschaltet hatte, war es plötzlich mucksmäuschenstill im Zimmer. Die Dielen knarzten, der Wind rauschte durch die Straße. Eine Weile schwiegen sie und gähnten verhalten.

»Ach, Clara.«

»Hm?«

»Sag du es mir.«

»Was denn?«

»Keine Ahnung.« Er stöhnte auf. »Ich kann mich nicht bewegen. Willst du in mein Zimmer gehen und dort schlafen?«

»Auf keinen Fall.«

»Ich bin paralysiert. Ehrlich.«

Ihre Hand tastete vorsichtig über den Nachttisch. Kommentarlos schaltete sie die Lampe aus.

»Ich sollte gehen«, flüsterte er in die Dunkelheit, machte jedoch keine Anstalten, das Zimmer zu verlassen. Angespannt lauschte sie dem Ticken der Uhr und ihren Atemzügen.

»Clara«, flüsterte er. Trotz ihrer Zartheit rauschte seine Stimme wie ein Sturm durch ihre Ohren. Der Name blieb einige Sekunden in der Luft hängen, dann beugte sich Jon über sie. Sein Atem schlug sich warm auf ihrer Haut nieder. Ehe sie begreifen konnte, was geschah, bewegten sich samtweiche Lippen über ihre Wange, bis sie zu ihrem Mund fanden. Er verharrte, schien in die Dunkelheit zu horchen, dann küsste er sie sanft.

»Jon …« Der Name klang, wie er sich anfühlte: rund, klar, mit einer schweren Süße. Ihr Puls raste.

»Entschuldige. Ich weiß auch nicht«, stammelte er. »Das war nur ein irisches Nachtritual.«

»Was?«

»Schlaf schön, Clara.«

Am liebsten hätte sie ihn zurückgehalten, doch stattdessen lag sie mit klopfendem Herzen da und nahm wahr, wie er Sionnach auf den Arm nahm und zur Tür ging. Goldenes Licht fiel ins Zimmer.

»Sehen wir uns morgen?«

»Das hoffe ich doch«, sagte er, dann wurde es wieder dunkel. Clara ließ sich zurückfallen und berührte mit den Fingerspitzen ihre Lippen. Alles bewegte sich langsam aufeinander zu. Alles suchte seinen Platz.

Sie lauschte seinen Schritten, die sich entfernten, dem Knarzen einer Tür, die kurz darauf ins Schloss fiel, und der Stille, die daraufhin einkehrte. Clara wälzte sich herum und griff nach ihrem Telefon. Es war spät, doch vielleicht hatte sie Glück und Fiona war heute der Nachtschicht zugeteilt. Das Freizeichen ertönte und das Grinsen, das ihre Lippen verzog, wurde breiter.

»Hey! Ist wieder was passiert?«, meldete sich eine alarmierte Stimme.

»Nichts Schlimmes. Hast du kurz Zeit?«

»Ich habe die ganze Nacht Zeit, wenn nichts dazwischenkommt. Aber das weiß man ja nie. Im Moment ist auf Station alles ruhig. Was ist los bei dir?«

»Jon ist gerade gegangen.«

»Oh! Okay?« Fiona hüstelte verhalten. »Und wo bist du?«

»Ich bin immer noch in Beldare. Er ist gerade gegangen, aber davor …« Sie presste das Telefon fester an ihr Ohr. »Wir haben uns geküsst. Also, er hat mich geküsst.«

»Der Tierarzt hat dich geküsst? Ach, schau an.« Das Lachen am anderen Ende der Leitung klang erleichtert. »Wusste ich's doch. Das war nur eine Frage der Zeit, wenn du mich fragst. Wie war's?«

»Kurz.« Clara schmunzelte und schlug die Beine übereinander. »Ich glaube, das war ein Impuls. Er hat nicht vorgehabt, mich zu küssen. Es ist einfach passiert.«

»Einfach passiert. Ja, klar! Er hat dich also geküsst und danach ist er gegangen? Wolltest du nicht, dass er bleibt?«

»Ich hatte gar keine Zeit, mir darüber Gedanken zu machen. Er wollte gehen. Also, der Kuss – das sei nur ein irisches Nachtritual, hat er gesagt.«

»Wie bitte?« Fiona prustete in den Hörer. »Um keine Ausrede verlegen, dieser Mann.«

* * *

Jon saß unter einem winzigen Fenster und starrte auf sein
Handy, als sie den kleinen Frühstücksraum betrat. Es roch nach
frischem Kaffee und Eiern. Clara war nervös. Seitdem sie aufgewacht war, musste sie an das irische Nachtritual denken und
daran, was es zu bedeuten hatte.

»Einen wunderschönen guten Morgen.« Clara versuchte,
unbekümmert zu wirken, und strahlte ihn an, als sie ihm gegenüber Platz nahm.

»Oh, guten Morgen.« Er steckte das Telefon hastig in seine
Hosentasche und erwiderte ihr Lächeln. »Gut geschlafen?«

»Mhm. Die Nacht war nur ein bisschen kurz.«

Mit Entzücken stellte sie fest, dass sich seine Wangen gerötet hatten. Er hob die Tasse an die Lippen und trank einen
Schluck. »Das ist ein merkwürdiges Phänomen. Kaum bist du
da, sind die Nächte ein bisschen kürzer als sonst.«

Er schob ihr eine abgegriffene Karte zu. Zwischen unzähligen Kaffeeflecken konnte sie drei Gerichte ausmachen:
Spiegeleier, Rühreier und Scones.

»Haben wir noch Zeit, zum Meer zu gehen, oder willst du
sofort aufbrechen?«, fragte sie und ließ die Karte sinken, um ihn
anzuschauen.

»Kommt drauf an. Ich sollte nicht zu spät zurück sein.
Gavin hat sich gestern um die Tiere gekümmert, aber heute
muss ich wieder ran.«

»Kein Meer?«

»Kurz Meer, okay?«

Clara lächelte ihn an, lehnte sich zurück und ließ den Blick
schweifen, weil sie hoffte, der Bedienung winken zu können.
Ihnen gegenüber saß ein älterer Mann, der sich hinter einer
Zeitung verschanzt hatte, die er nur gelegentlich sinken ließ,

um einen Schluck Tee zu trinken. Ansonsten waren sie ganz allein im Raum.

»Was machen wir, wenn wir zu Hause sind?«, fragte sie.

»Welches Zuhause meinst du? London, Clonamaddy?«

»Wie geht die Suche weiter? Wir können mit Matt Sullivan sprechen oder nach Mary suchen. Wobei ... nein, sie muss ja längst gestorben sein. Aber was ist mit Birdy, dem Vögelchen? Erinnerst du dich? Delia wollte ihr die Flügel stutzen, sollte sie ein Wort über den Brief verlieren.«

»Es gibt in Clonamaddy zwar eine alte Frau, die so heißt, aber sie lebt in ihrer eigenen Welt.«

»Das macht nichts.« Clara richtete sich auf. »Können wir mit ihr sprechen?«

»Klar, aber ich bezweifle stark, dass uns das weiterbringt. Es sei denn, wir suchen nach einem Portal zur Anderswelt«, warf er grinsend ein. »Birdy spaziert durch die Gegend, beschwört Steine und redet mit Feen, die im Wasser oder in den Bäumen leben. Sie hört Stimmen, verstehst du? Als Kind war sie mir richtig unheimlich. Ab und zu kommt sie mit einer ihrer Katzen zu mir. Wir sollten sie lieber in Ruhe lassen.«

»Außerdem war sie damals noch so jung, dass sie sich bestimmt an nichts mehr erinnern kann.« Clara seufzte inbrünstig auf.

In diesem Moment erschien ein junges Mädchen mit fuchsrotem Haar und Sommersprossen, die ihr ganzes Gesicht bedeckten. Sie lächelte schüchtern. »Habe Sie gar nicht bemerkt. Was darf's denn sein?«

Nach dem Frühstück – sie hatten sich beide für Rührei entschieden – bezahlten sie die Zimmer und machten sich mit Sionnach auf den Weg zum Strand. Der Himmel war wolkenverhangen, doch am Horizont konnte man die Sonne sehen, die durch dunkle Wolken hervorschien. Die Strahlen funkelten auf den Wellen, die sich zum Ufer hin auftürmten und an den Felsen brachen. Sionnach düste die Stufen zum Strand hinab und schleppte einen Stock an, den das Wasser völlig entrindet hatte.

Clara schlug den Kragen ihres Mantels hoch und verschränkte die Arme vor der Brust, als sie nebeneinander durch den Sand zum Wasser stapften.

»Dort drüben ist Neufundland. Also, theoretisch«, erklärte Jon und deutete in die Ferne. »Wenn wir zweitausend Meilen weit sehen könnten.«

Während Jon mit Sionnach spielte und immer wieder den Stock in Windrichtung schleuderte, damit sie ihm kläffend hinterherjagen konnte, blickte Clara hinaus aufs Meer. Salz und Licht. Bei jedem Schritt sank sie tief in den feuchten Sand ein. Es war mühsam zu gehen. Nicht nur in diesem Moment. Was sollte mit dem Haus geschehen? Wo sollte sie sich bewerben? Wo war Delia? Warum hatte Jon sie geküsst und ihre Beziehung damit ins Wanken gebracht? In ihrem Kopf kollidierten diese Fragen und wurden zu einem Klumpen, der sie nach unten zog.

»Ich habe noch nie jemanden gesehen, der bei einem Strandspaziergang so grimmig ausgesehen hat.«

»Sorry. Ich war in Gedanken.« Clara befreite die Hände aus den Manteltaschen, um sich durchs Haar zu fahren.

»Düstere Gedanken?«

»Ach, nur ein paar Zukunftsängste.«

»Was macht dir Angst?«

Er ging so dicht neben ihr, dass sich ihre Arme berührten. In seinen Händen hielt er das Treibholz.

»Na ja, es ist diffus …« Sie räusperte sich. »Mir fehlt die Orientierung. Deswegen bewege ich mich nicht, bleibe einfach stehen. So fühlt es sich jedenfalls an.«

»Geht es um das Haus?«

»Es geht grundsätzlich um das Wohin in meinem Leben, denke ich. Beruflich gesehen, aber auch so.«

»Um das Wohin?« Jon verlangsamte seine Schritte. »Manchmal ist es gut, sich zu überlegen, aus welchem Grund man losgelaufen ist. Warum wolltest du Journalistin werden und nicht, äh, Informatikerin zum Beispiel? Was war der Grund?«

»Ich schreibe gern.«

»Puh!« Er lachte. »Auf so 'ne fundierte Antwort war ich gar nicht vorbereitet.«

»Mein Vater hat mir einen Job in seiner Redaktion versprochen. Beim *Telegraph* in London. Darauf habe ich hingearbeitet. Das war meine Vision.«

»Aber?«

»Sie haben sich für eine andere Bewerberin entschieden, weil meine Arbeitsproben nicht überzeugend waren. Er konnte nix tun. Angeblich.«

»Du glaubst ihm nicht.«

»Er geht ab und zu mit mir essen, um das Gefühl zu haben, als Vater nicht völlig versagt zu haben. Mehr nicht. Er hat mir den Job nur versprochen, weil er wusste, dass ich's mir wünsche, und er seine Ruhe wollte. Dabei hat er die ganze Zeit gewusst, dass es nichts wird. Er will mich nicht in seinem Team.« Sie sagte Team und meinte Leben.

»Vielleicht wollte er Privates und Geschäftliches trennen.«

»Ich bin nicht gut genug.«

»Das ist Blödsinn und das weißt du auch.«

Einige Schritte gingen sie schweigend nebeneinanderher. Clara dachte an die 685 Ideen, die sie inzwischen gesammelt hatte. Auf ihrem Schreibtisch lagen unmotivierte Bewerbungen mit Arbeitsproben, die sie nicht lesen konnte, ohne an ihrem Selbstwert zu zweifeln. Warum hatte sie damit angefangen? Das teure Studium und der mehrwöchige Lehrgang zum Verhalten in Kriegs- und Krisengebieten. Wozu das alles? Für die Anerkennung und Liebe ihres Vaters, um ein einziges Mal zu hören, dass er stolz auf sie war? Damit er sie mit breitem Grinsen seiner Redaktion vorstellte und sie das Gefühl hätte, ihm etwas zu bedeuten? Nichts davon würde je eintreffen.

Sie war die Tochter von Camilla Atkinson, die damals in der mickrigen Lokalredaktion von Chesterfield die Bildschirme abgestaubt hatte. Nach Redaktionsschluss stolzierte sie um die Schreibtische herum, leerte Mülleimer und kokettierte mit dem einzigen Redakteur, der ehrgeizig genug war, bis tief in die Nacht zu schreiben. Nach einem Ausrutscher im Kopierraum hielt ihm Camilla einige Wochen später ein Ultraschallbild unter die Nase und wollte heiraten. Rupert vertröstete sie, wortgewandt und charmant. Von Hochzeiten habe er noch nie viel gehalten. Seine Eltern hätten früh geheiratet, seien aber emotional trotzdem so weit auseinandergedriftet, dass sie einander nur noch schemenhaft wahrnähmen. Wer wollte schon so leben? Statt eines Ringes gab es eine leer geräumte Kommode in seiner Wohnung. Dort lebten sie. Clara lag in der Wiege, krabbelte über den Boden, ging die ersten Schritte, sprach die ersten Worte. Wenn Rupert zu Hause arbeitete, musste sie mucksmäuschenstill sein, doch manchmal durfte sie auf seinem Schoß sitzen. Fasziniert beobachtete sie dann, wie er Buchstaben aneinanderreihte, wie daraus immer längere Schlangen wurden: Wörter, Sätze. Auch wenn sie seine Artikel selten verstanden hatte, war sie tief beeindruckt von seinen Fähigkeiten. Sie war regelrecht entsetzt gewesen, als sie erfuhr, dass ihr Vater nicht alle Bücher geschrieben hatte, die in den Regalen standen. Ein enttäuschter Kinderglaube, über den sie heute schmunzelte.

Rupert hatte ihren ersten Schulauftritt – *A Christmas Carol* – beklatscht, bei dem sie einen kränklichen Jungen spielte und nur einen einzigen Satz zu sagen hatte: »Gott segne jeden von uns.« Am nächsten Tag hatte er ihnen beim Frühstück eröffnet, dass er gehen würde. Ihre Mutter hatte bitterlich geweint, während er von *seiner großen Chance* in London schwärmte. Die Cornflakes hatten sich in der Milch aufgelöst, so wie sich seine Versprechen in Luft auflösten. Er war nicht jedes Wochenende nach Hause gekommen, um sie zu besuchen. Er hatte nicht jeden Abend vor dem Zubettgehen angerufen und hatte auch nicht im Publikum gesessen, als sie die Wendy in *Peter Pan* spielen durfte.

Es dauerte nicht lange, bis Rupert in London eine neue Familie gründete. Mit Eheversprechen, Ring und Flitterwochen auf Mykonos. Seitdem waren Clara und ihre Mutter Randnotizen, lieblos hingekritzelt, denen er sich zwar verpflichtet, aber nicht sonderlich verbunden fühlte.

Mit klammen Fingern knöpfte Clara ihren Cardigan zu, schloss den Mantel und schlang die Arme um ihren Oberkörper. Sie fröstelte. Das Problem war diese bedingungslose Liebe, dachte sie, diese kindliche Liebe, die sich tausendmal enttäuschen ließ und dabei unbeeindruckt blieb. Warum? Anstatt ihm ihre Liebe zu entziehen, hatte sie aufgehört, sich selbst zu lieben. Das war der große Komplex, der ihr Leben bestimmte.

Inzwischen hatten sie die schroffe Felswand erreicht. Der Wind hatte Treibhölzer dagegengeweht. Sie waren so weiß und rund gewaschen, dass es aussah, als lägen unzählige Knochen im Sand. Jon ließ das Treibholz fallen, das er die ganze Zeit mit sich herumgetragen hatte, und vergrub die Hände in seinen Jackentaschen.

»Am Ende tun wir doch alles für Gefühle, die uns fehlen. So wie man isst, um satt zu werden«, sagte Clara ins Tosen der Wellen und des Windes. »Und manchmal vermisst man ein Gefühl so sehr, dass man sich ganz kleinmachen und alles hinnehmen würde, um es zu bekommen.«

»Was meinst du?«

»Diese irrationale Kontrollüberzeugung … Es ist unmöglich, Gefühle in einen anderen Menschen hineinzulegen. Mein

Vater liebt mich nicht und ich kann seine Liebe nicht erringen – egal, wie sehr ich mich anstrenge.« In ihrer Stimme lag kein Schmerz. Es war eine schlichte Feststellung, die ihr leicht über die Lippen ging.

»Vielleicht kann er seine Liebe nicht so ausdrücken, dass du sie verstehst«, überlegte Jon, als sie kehrtgemacht hatten, um zurück zum Hafen zu gehen.

»Oh, er kann seine Liebe ausdrücken, glaub mir. Daran liegt's nicht. Er hat Kosenamen für meine Halbgeschwister. Nicht, dass ich darauf stehen würde, aber ich wollte auch immer sein Liebling sein.« Sie lachte trocken und dachte an den immer leeren Stuhl, der in ihrem Leben für ihn bereitstand. »Dass er mich mal in den Arm nimmt, an Weihnachten vorbeikommt oder an meinen Geburtstag denkt. Er hat ihn dieses Jahr schon wieder vergessen. Wie kann das sein? Warum ist es so schwer, jemanden wie mich zu lieben?«

»Es ist nicht schwer, dich zu lieben, Clara. Auch wenn dein Vater das nicht hinbekommt, aus welchen Gründen auch immer – es liegt ganz sicher nicht an dir. Du bist nicht das Problem, bist es nie gewesen«, sagte er mit fester Stimme und blickte sie durchdringend an. »Du musst niemandem beweisen, dass du liebenswert bist. Liebe ist einfach, verstehst du? Man kann sie nicht erzwingen. Sie fliegt dir einfach zu.«

»Wahrscheinlich ist das so mit der Liebe.« Clara bückte sich und hob eine kleine Muschel auf. Sie steckte die Kuppe ihres Zeigefingers hinein, strich mit dem Daumen über die feinen Rillen und seufzte inbrünstig auf. »Eigentlich habe ich ihn mein ganzes Leben lang nicht nur geliebt, sondern regelrecht verehrt.«

»Und hat er deine Heldenverehrung verdient? Ich meine, womit füttert er dieses Feuer? Wirft er Geldscheine rein?«

»Nein, das ist es nicht.«

»Was dann?«

»Ich habe mir so sehr gewünscht, dass er irgendwann erkennt, wie sehr … also, dass ich …« Sie verstummte, weil ihre Stimme brüchig geworden war.

»Wie großartig du bist und wie verdammt glücklich er sich schätzen muss, dich in seinem Leben zu haben.«

»Mhm.«

»Weißt du – wie dein Vater dich behandelt, sagt nichts darüber aus, wer du bist. Vielleicht kann er dir nicht geben, wonach du suchst, aber andere Menschen können das.«

Clara wandte den Blick ab. Weiße Schaumkronen zerbarsten an den Felsen und ergossen sich als Tropfenregen wieder ins Meer. Seevögel gruben ihre Schnäbel in die angeschwemmten Algen, zerstießen Krebse auf den Steinen.

Sie leckte über ihre Lippen. Sie schmeckten nach Salz. Am Meer war alles ein Rauschen, doch es kristallisierten sich Bilder hervor. Oscar, der hoch konzentriert vor seinem Schachbrett saß und kommentarlos auf die Weinflasche deutete, die er für sie besorgt hatte. Das erschöpfte Gesicht ihrer Mutter, die nach einer ihrer Nachtschichten vor dem Herd stand und trotzdem ein herzliches Lächeln für sie übrig hatte, obwohl jeder einzelne Pfannkuchen angebrannt war und die Küche im Chaos versank. Fiona, die auf dem Bahnsteig wartete und mit einer selbst gebastelten Fahne wedelte, um sie zu begrüßen. Das waren Menschen, die sie wärmten, wenn es kalt wurde, und die sich in Licht verwandelten, wenn das Leben finster war.

Clara beobachtete das Wellenspiel, vernahm das Knirschen des Sandes, während Jon so dicht neben ihr ging, dass sie seinen Arm an ihrem spürte. Gern hätte sie seine Hand genommen, weil es gut gewesen wäre, sich an ihm festzuhalten. Aber die wenigen Zentimeter, die sie voneinander trennten, erschienen ihr wie Lichtjahre. »Ich glaube, ich beginne gerade, viele Dinge klarer zu sehen, andere Menschen wirklich als das zu erkennen, was sie sind«, erklärte sie mit fester Stimme. »Ich entwickle

Perspektiven und entdecke plötzlich Wege, wo vorher nur Dickicht war. Alles ordnet sich neu.«

Jon blieb stehen. Der Wind zerzauste sein Haar und ließ seinen Schal flattern. Er fing ihn ein und wickelte ihn fester um seinen Hals, ohne den Blick von ihr abzuwenden. »Das klingt echt gut, Clara, richtig gut.« Er befeuchtete seine Lippen. »Hat das etwas mit dem Haus zu tun?«

»Mhm, auch. Je länger ich hier bin, desto schwieriger wird es, mich davon zu trennen.«

Jon lächelte, als könnte er hinter ihren Worten lesen. Seine Wangen waren feuerrot, seine Ohren auch.

Auf der Heimfahrt klarte der Himmel auf. Das Gras leuchtete mit dem Stechginster um die Wette und aus dem Radio dudelten Folksongs, während Jon versuchte, ihr ein paar irische Worte beizubringen. Clara war ziemlich untalentiert, was ihn so sehr amüsierte, dass er in schallendes Gelächter ausbrach, sobald sie nur den Mund öffnete.

Nach zweieinhalb Stunden fuhren sie schließlich den Weg zum Haus hinauf. Jon stellte den Motor ab, dann drehte er sich zu ihr. Sonnenstrahlen brachen durch die Wipfel der Bäume und tanzten über sein Gesicht. »Da wären wir also.«

Er wirkte erschöpft. Seine Augen waren blutunterlaufen, seine Haut farblos. Ihretwegen hatte er Termine verschoben und war stundenlang durch die Weltgeschichte gefahren. Sie musste nicht mal darum bitten, dass er sie begleitete. Wie selbstverständlich setzte er sich ins Auto, um mit ihr auf Spurensuche zu gehen. Ihretwegen.

Der Gedanke durchflutete sie und spülte ein Lächeln auf ihre Lippen. »Da wären wir. Es war wirklich ein wunderschöner Ausflug.« Sie strich behutsam über seinen Unterarm. »Wir haben Róisín gefunden, Jon. Ich kann immer noch nicht glauben, dass du dafür nur fünf Minuten gebraucht hast. Das war echt krass.«

»Es hat sich also gelohnt, mit mir nach Beldare zu fahren.«

Sie dachte daran, wie sich seine Worte angefühlt hatten, tröstlich und kämpferisch, seine Hände auf ihrem Rücken, sein Kuss. »Danke, dass du mitgekommen bist und dir vorhin meine Geschichte angehört hast. Ich wollte gar nicht so viel erzählen. Eigentlich bin ich nicht so offenherzig, aber irgendwie … danke.«

»Nichts zu danken. Ich mag deine Geschichten, vor allem die traurigen.«

»Vor allem die traurigen? Warum ausgerechnet die?«

»Vermutlich, weil du mir dann zeigst, wer du wirklich bist. Diese verletzliche Version von dir … Das gefällt mir.«

Hellgrün, gelb. Seine Augen wirkten im Sonnenlicht wie ein Konzentrat des Frühlings. Ihr Blick glitt hinab zu seinen Lippen. Dieser Kuss … Als er lächelte, beschleunigte sich ihr Herzschlag und signalisierte ihr, dass sie gehen musste, um sich nicht in diesem Gefühl zu verlieren. »Sehen wir uns morgen?«

»Aye. Ich hole dich ab, sobald ich mit den Terminen fertig bin, und dann fahren wir zu Sullivan, okay?«

»Abgemacht.«

Clara kraulte einen warmen Hundekopf, dann legte sie die Hand auf den Griff der Autotür. Eigentlich wollte sie nicht aussteigen, nicht allein sein, nicht nach Hause gehen. Kurz überlegte sie, ob es noch etwas zu sagen gab, doch dann ließ sie die Tür aufspringen und stieg aus.

»Mach's gut, *a chuisle*.«

Clara beugte sich zurück ins Wageninnere. »Was heißt das? Ich spreche doch kein …«

»Guten Appetit«, erklärte er mit einem breiten Grinsen und startete den Motor.

»Ich kenne niemanden, der so viel Unsinn redet wie du.«

»Das hoffe ich.«

»Und ich mag dein Grübchen!«

* * *

Nachdem Clara mit ihrer Mutter telefoniert hatte – es ging um Rosen und eine Immobilienmaklerin, die zufällig die Tochter der Nachbarn war – und gerade ins Badezimmer gehen wollte, um sich in die Wanne zu legen, klingelte ihr Telefon erneut. Während das Wasser langsam auskühlte, saß sie auf der federnden Matratze und drückte sich mit klopfendem Herzen das Telefon ans Ohr.

»Clara«, blökte er ins Telefon. »Du hast schon wieder meinen Namen benutzt.«

»Was habe ich?«

»Du hast mir dein Wort gegeben, keine Anfragen mehr in meinem Namen zu stellen. Das gehört sich nicht.«

»Und du hast mir einen Job versprochen, wenn ich dich daran erinnern darf.«

»Fängt das schon wieder an?«, stöhnte er. »Ich habe dir doch schon erklärt, dass mir die Hände gebunden waren. Es tut mir leid, Clara, okay?«

»Davon kann ich keine Miete bezahlen.«

»Du weißt doch, dass ich dir unter die Arme greife, wenn's sein muss. Ein Anruf genügt«, gab er sich gönnerhaft.

»Woher weißt du, dass ich deinen Namen verwendet habe?«

»Wurde gerade angerufen. Carmen ist krank und ich mache hier den Telefondienst. Meine Ohren glühen. Dieses vermaledeite Telefon klingelt ununterbrochen.«

»Jemand hat angerufen? Ging es um …«

»Ja, genau! Ein irischer Vermisstenfall aus dem Jahr 1957. Was soll das werden?«

»Ich schreibe.«

214

»Hast du einen Job?«

»Nein, aber ich habe ein Haus in Irland«, erwiderte sie ungerührt. »Ich möchte mehr über seine Vergangenheit erfahren.«

»Was hast du?«

»Oscar hat mir sein Haus geschenkt. Lange Geschichte.«

»Ich kann dir nicht folgen. Wer ist Oscar?«

»Rupert!«, ächzte sie. Es war unfassbar, wie irrelevant die Details ihres Lebens für ihn waren. »Ich lebe seit mehr als fünf Jahren bei ihm. Der alte Mann, die Wohnung in Hampstead? Wir sind mal daran vorbeispaziert.«

»Weiß ich doch, weiß ich doch. Und er hat was?«

»Ich kümmere mich um sein Anwesen in Irland.«

»Ich dachte, du wolltest dich darauf konzentrieren, deine Karriere voranzutreiben. Was ist mit deinen Bewerbungen?«

»Nichts. Die verschiebe ich auf unbestimmte Zeit«, murmelte sie verdrossen. »Aber vielleicht kann ich ein paar Artikel verkaufen, um an Geld zu kommen.«

»Und deswegen recherchierst du?«

»Was sagst du immer? Überall verstecken sich Geschichten und alle müssen aufgeschrieben werden. Das ist, was ich mache: Ich schreibe. Womöglich ist etwas dabei, das sich verkaufen lässt.«

»Natürlich, Clara, viele Vertreter unserer Zunft haben so angefangen. Warum nicht? So machst du dir einen Namen.« Er hüstelte. »Einen eigenen Namen, wohlgemerkt.«

»Die Gardaí aus Clonamaddy hat in der Redaktion angerufen, oder? Verflucht, dabei habe ich dem Officer meine Telefonnummer gegeben, nicht eure.«

»War wohl nichts. Der gute Mann wollte sichergehen, dass Rupert Reynolds die Informationen höchstpersönlich erhält.«

»Oh, wow!«, stieß sie mit heller Stimme aus. »Dann hast du tatsächlich ein paar Infos für mich?«

»Ich habe nicht viel Zeit. Also, machen wir es kurz: Es ging um die Anfrage der Redaktion bezüglich einer Delilah Malone.«

»Delia Malone.«

»Mhm, was auch immer. Ich habe mir Notizen gemacht. Moment.« Sie hörte das Rascheln von Papier, dann ein trockenes Husten. »So, aufgepasst: Sie wurde von einer Mary McCarthy am Samstag, den 2. November 1957, als vermisst gemeldet. Es gab daraufhin ein paar Verhöre mit irgendwelchen Leuten aus dem Dorf, die allesamt vermuteten, dass die Dame abgehauen sei. Father Seamus, der Priester, beschrieb sie als geläutertes Mädchen. Dann gab es noch den Arbeitgeber, der mutmaßte, dass sie womöglich zurück nach Dublin gegangen sei, und eine Augenzeugin, die sie passenderweise an der Bushaltestelle gesehen haben will. Man hat den Fall geschlossen, nachdem es monatelang keinerlei Hinweise zu ihrem Verbleib gegeben hat. Keine Leiche, kein Mord. Wenn eine erwachsene Person beschließt zu verschwinden und es keine Hinweise auf ein Gewaltverbrechen gibt ... du weißt, wie es läuft.«

»Keine Hinweise auf ein Gewaltverbrechen?«

»Die Dame hat sich einfach aus dem Staub gemacht, weil ihr irgendwas gestunken hat. Das ist es, was ich denke.«

»Möglich«, erwiderte sie gedankenversunken und verwarf diese Option im selben Moment. »Schicken sie dir die Unterlagen zu?«

»Nein, Clara. Ich habe mich höflich bedankt und gesagt, dass wir uns in der Redaktion für ein anderes Thema entschieden haben.«

»Aber die Unterlagen sind essenziell, wenn ich ...«

»Du kannst nicht in der Weltgeschichte herumtelefonieren und behaupten, ich hätte dich damit beauftragt. Das geht nicht.«

»Keine Behörde würde mir jemals Auskunft erteilen, wenn ich ohne ...«

»Ich verbiete es.«

Clara presste die Lippen aufeinander und stierte auf ihre Füße, die in selbst gestrickten Socken steckten.

»Es tut mir leid, dass es bei uns nicht geklappt hat«, lenkte er ein. »Du findest ganz bestimmt einen anderen Job. Ich kann mich mal umhören und …«

»Schon gut.«

»Ich kenne ein paar Leute, die ich mal anhauen kann.«

In ihren Gedanken verdichteten sich all seine Versprechen zu einer säuerlichen Essenz. *Ich fahr mit dir nach Disneyland. – Ich hol dich von der Schule ab. – Die erste Karre bezahl ich. – Ich meld mich später.* Anstatt Ideen zu sammeln, hätte sie diese leeren Versprechen aufschreiben sollen, um sie ihm unter die Nase zu reiben. Was war damit? Was hielt ihn davon ab, zu seinem Wort zu stehen? Ihr Vater war ein Wortakrobat, ein Überzeugungskünstler. Es war erstaunlich, dass sie immer noch auf dieses leblose Kaninchen hereinfiel, das er aus dem Zylinder zog, um sie zu trösten.

»Alles, was ich von dir habe, sind Worte. Immer nur Worte«, brach es aus ihr heraus. Sie klang bitter, das wusste sie. Rupert mochte es nicht, wenn sie so sprach. Auch das wusste sie. »Und was mache ich? Ich schreibe und schreibe, aber dadurch ändert sich nichts. Es bleibt alles so, wie es ist. Nichts bewegt sich.«

Stille. Im Hintergrund klingelten Telefone, Türen wurden geöffnet und Schritte hallten durch den Korridor. Rupert räusperte sich.

»Ich will, dass ein Ruck durch mein Leben geht.« Clara befeuchtete ihre Lippen. »Ich will, dass sich endlich was bewegt. Du musst dich nicht für mich umhören. Ich nehme die Sache jetzt selbst in die Hand.«

»Natürlich, selbst ist die Frau, was?« Er lachte leise, konnte seine Irritation jedoch nicht vor ihr verbergen. »Sollen wir denn mal wieder ins *Seasea* gehen? Lunch am Dienstag vielleicht?

Dann können wir über alles reden.« Er atmete laut ins Telefon. »Ich habe leider gleich einen Termin und muss vorher noch mal aufs Klo, deswegen …«

»Natürlich«, murmelte sie.

»Also, was ist? *Seasea* am Dienstag, sagen wir zum Lunch?«

»Ich bin in Irland und bleibe noch eine Weile. Keine Ahnung, wann ich zurückkomme«, erklärte sie, ohne mit der Wimper zu zucken. »Aber ich melde mich bei dir, sobald ich in London bin.«

Clara nahm das Telefon vom Ohr und wollte gerade nachsehen, wie spät es war, als sie eine Nachricht von Jon bemerkte. Sie spürte ein Kribbeln in den Fingerspitzen, als sie das Bild öffnete: Unter dem Vollmond erkannte sie die Silhouette des kleinen Waldes, der zwischen ihrem Haus und seinem Hof lag.

Gute Nacht von der anderen Seite.

Er hatte die Mitteilung schon vor einer halben Stunde abgeschickt. Als sie den Blick hob, erkannte sie hinter dem Fenster nichts als schwarzsamtene Nacht. Sie schaltete die kleine Lampe aus und stand auf, um das Fenster zu öffnen. Eisiger Wind wehte ins Zimmer. Der Mond leuchtete wie eine Laterne auf die alten Bäume hinab und tauchte die Wipfel in ein silbernes Licht. Sie schickte ihm ein Foto davon, schloss das Fenster und tapste ins Badezimmer, um das kalte Wasser aus der Wanne abzulassen und ihre Zähne zu putzen. Sie hatte sich gerade die Zahnbürste in den Mund gesteckt, als ihr Telefon auf dem Waschtisch vibrierte.

Wenn du genau hinsiehst, erkennst du zwischen den Baumstämmen Licht. Das bin ich. Schlaf schön!

Clara blickte lächelnd auf ihr Telefon hinab und versuchte, in der Schwärze des Waldes etwas zu entdecken, doch sie fand keinen einzigen Pixel, der Licht genug war, um Jon zu sein. Ihre Finger zuckten schon, um eine flapsige Antwort zu tippen, doch dann hatte sie sein Gesicht vor Augen. Es hatte sich ganz natürlich angefühlt, ihm von Rupert zu erzählen. Obwohl sie immer darauf bedacht gewesen war, diese Gefühle nicht anzurühren und im Verborgenen zu verwahren. Ein kurzes Blinzeln, ein Ziehen in der Brust, ein Lächeln – schon vergessen. Aber nichts war vergessen. Der Schmerz wurde nur verdrängt. Heute hatte sie ihn hervorgekramt und wie eine Decke vor Jon ausgebreitet, damit er die vielen Risse und Flicken betrachten konnte. Sie wusste selbst nicht, woher die Worte kamen und warum sie wollte, dass er sie verstand. Sie wollte Nähe. Vielleicht war es das. Heute hatte sie zum ersten Mal das Gefühl gehabt, diesem Schmerz begegnen zu können. Sie konnte ihn aushalten, musste ihn nicht wegdrücken, um dann von ihm überwältigt zu werden, wenn sie zu schwach war.

Vielleicht war nun die Zeit gekommen, um sich von ihren kindlichen Träumen zu verabschieden. Sie konnte ihren Vater nicht in einen Menschen verwandeln, der ihre Sehnsüchte stillte, aber sie konnte sich selbst verwandeln.

Clara zog ihr Shirt hoch. Über die Schulter und auf Zehenspitzen balancierend blickte sie das Muttermal im Spiegel an. Vielleicht war es wirklich nicht hässlich, sondern Kunst. Vielleicht war es so, wie Jon gesagt hatte: ein Zeichen. Bei genauerer Betrachtung erinnerte es nämlich tatsächlich an eine Insel, auf der mehr Schafe als Menschen lebten.

17

Wintergartenkaffee. Toasts mit Lemon Curd und Quark, irisches Quasseln aus dem Radio. Wie so oft saß sie auch nun
wieder vor dem Notebook und studierte verschiedene Register.
Britische Registration Cards für Menschen, die zwischen 1918
und 1957 aus anderen Ländern nach London gekommen
waren, Civil Records und Church Records aus Irland. So konnte
sie nachvollziehen, wer geheiratet hatte, wer getauft oder be-
erdigt worden war. Allerdings hatte nicht jede Gemeinde solche Archive angelegt. Nirgendwo gab es eine Spur von Delia
Malone, einem ungewollten Kind, das die ersten Jahre seines
Lebens im Kloster verbracht hatte und dann zu einer Familie
nach Beldare geschickt worden war. Nirgendwo fand sich ein
Vermerk darüber, dass sie in Dublin in einer Fabrik gearbeitet
und danach ihren Körper verkauft hatte. Delia fing erst an, in
den Akten zu existieren, als sie nach Clonamaddy gekommen
war. Danach gab es nur noch Zeitungsartikel und heimliche
Briefe.

Es war aussichtslos. Die Datenbanken spuckten nichts aus,
womit Clara weiterkam. Sie zog die Wollsocken straff, schlug
die Beine übereinander und starrte zu dem kleinen Wäldchen,
hinter dem Jon wohnte. Manchmal stellte sie sich vor, wie es
wäre, wenn sie tatsächlich hier lebte. Die Vögel und der Wind,

der ewig über die Wiesen wehte, das Summen aus den Wäldern, Glockengeläut um Mitternacht und die Einsamkeit – das wären ihre Gefährten. Jon wäre ihr Nachbar. Es wäre ein Leben zwischen Schafen, in Gummistiefeln, mit Besuchen in einem Pub, an dessen Tresen sich Torfstecher von ihrer Arbeit erholten. Ein Leben, umgeben von grünen Wiesen und Feenhügeln. Ein Leben unter einer Wolkendecke, von der es häufig tropfte und die unerwartet aufreißen konnte, um das Land in ein gleißendes Licht zu tauchen.

»Jon«, murmelte sie gedankenverloren. Warum hatte er sie geküsst? Er hätte gehen können, ohne Gefühle aufzuwirbeln, über die ihr Herz stolperte. Vielleicht wäre es besser, wenn sie ihn nicht so oft sah. Dann könnte sie vielleicht aufhören, sich in eine Zukunft hineinzusteigern, die es nicht gäbe.

Um sich abzulenken, suchte sie fast eine Stunde lang nach vergleichbaren Häusern, die im Internet zum Verkauf angeboten wurden. Sie notierte sich Telefonnummern von Immobilienagenturen und einem Entrümplungsservice, dann fertigte sie eine achtseitige Liste mit allen Zimmern und Möbelstücken an. Spenden, wegwerfen oder verkaufen? Clara hatte keine Ahnung. Allein der Gedanke, sich um all die vielen Dinge, die sich in diesem Haus angesammelt hatten, kümmern zu müssen, erschöpfte sie so sehr, dass sie immer wieder gähnen musste und immer schläfriger wurde. Schließlich klappte sie das Notebook zu und öffnete die Tür zum Garten, um den Wind einzulassen.

* * *

Sie saß am Tisch in der Küche, lauschte dem enthusiastischen Moderator einer Radiosendung – er sprach Irisch – und kaute auf einem der schlaffen Scones herum, die sie im Sechserpack gekauft hatte, als es an der Tür klingelte. Hektisch wischte sie sich über den Mund, trank noch einen Schluck Wasser und straffte die Schultern. Das musste Jon sein.

Eine Mischung aus freudiger Erwartung und Nervosität erfüllte sie, als sie durch den Korridor schritt. Bevor sie die Tür öffnete, strich sie den Stoff ihres geblümten Kleides glatt und öffnete den Zipper der Kapuzenjacke, die sie übergezogen hatte.

»Clara, hey.« Er deutete zum Van, den er vor den Fuchsienhecken geparkt hatte. »Sollen wir gleich los oder machst du mir vorher einen Tee?«

»Du bekommst noch einen Tee.« Sie strahlte ihn an und zog die Tür auf. »Komm rein.«

Er schälte sich aus seiner Wachsjacke und warf sie über das Treppengeländer, dann folgte er ihr in die Küche.

»Übst du gerade Irisch?«, fragte er mit Blick auf das kleine Radio, das neben den Kochbüchern im Regal stand.

»Ich mag den Klang. Was auch immer sie da reden – es klingt nach einem großen Geheimnis.«

»Und Geheimnisse magst du auch.«

»Das stimmt.« Sie warf ihm über die Schulter ein flüchtiges Lächeln zu.

Jon setzte sich auf den Tisch, krempelte seine Ärmel hoch und blickte sich um, als wäre er nie zuvor in ihrer Küche gewesen. »Was ist das denn?«

»Was?« Als sie sich ihm wieder zuwandte, sah sie, dass er sich tief über ihr aufgeklapptes Notebook gebeugt hatte, das halb verdeckt von einem Geschirrtuch auf dem Küchentisch stand.

»Ich sammle Ideen für Artikel.«

»*Großes Haus, kleiner Geldbeutel*«, las er vor und kratzte sich dabei fachmännisch am Kinn. »*Warum irische Tierärzte Angst vor Schafen haben. Der Provinzprinz – Partnersuche in der Einöde. Vaterlos glücklich.*«

»Dumme Ideen«, sagte sie lachend und drehte sich weg, da sie vor Verlegenheit errötete.

»*Grüße vom Küchentisch – wo ist Delia?*« Jon räusperte sich. »Willst du über sie schreiben?«

»Ich weiß nicht, nein.«

»Warum nicht? Du könntest ihre Geschichte erzählen. Es gibt nicht mal ein Grab für sie, verstehst du? Es ist fast so, als hätte es diesen Menschen nie gegeben, aber wenn du über Delia schreibst, dann bewahrst du das Andenken an sie.«

Als der Kessel auf dem Herd stand, setzte sie sich neben ihn auf den Tisch und erzählte vom Anruf ihres Vaters, der ergebnislosen Suche im Internet, von Begräbnissen, Taufen und allen anderen Sackgassen, in die sie heute mit schwindender Zuversicht marschiert war. »Delia hat sich einfach in Luft aufgelöst. Es gibt keine Hinweise auf ein Gewaltverbrechen, keine Leiche.«

»Weil niemand danach gesucht hat. Der See ist tief und die Erde sumpfig. Darin kann viel versinken. Lass den Wind eine Weile übers Land wehen, dann sind auch die letzten Spuren verschwunden.«

»Sie wurde nirgendwo erfasst, in keinem einzigen Register. Es ist, als hätte sie nie existiert.«

»Das waren andere Zeiten, Clara. Manche Menschen sind damals einfach so durchgerutscht und wurden behördlich nie registriert. Wahrscheinlich sind viele Dokumente im Lauf der Jahre verloren gegangen.«

»Verschwenden wir unsere Zeit, Jon? Sag es ganz ehrlich.«

»Was denkst du, was wir machen? Ist es verschwendete Zeit, wenn wir zusammen sind?« Er stützte sich mit beiden Händen auf der Tischplatte ab und lehnte sich ein wenig zurück. Sein Blick glitt forschend über ihr Gesicht und zum ersten Mal wurde ihr bewusst, dass es ihr längst nicht mehr nur um die

Suche ging. Sie mochte es, mit ihm an einem Strang zu ziehen. »Ich glaube, dass es sich lohnt. So oder so.«

»So oder so, ja, so sehe ich das auch«, erwiderte er mit einem sanften Lächeln. Dann beugte er sich vor. »Steht unser Date heute Abend eigentlich noch?«

»Sind wir verabredet?«

»Na ja, du hast nicht lockergelassen, wolltest unbedingt mit mir in den Pub. Irgendwann bin ich eingeknickt. Was sollte ich tun? Ich bin ein einfacher Mann.«

»Man sollte dir für den ganzen Blödsinn, den du verzapfst, eine Medaille verleihen, weißt du das?«

»Kann schon sein, ja.« Schmunzelnd streckte er die Hand aus und zupfte an der Kordel ihres Hoodies. »Also, gehst du mit? Es ist immerhin dein letzter Abend und wer weiß, wann wir uns wiedersehen. Deswegen sollten wir die Zeit nutzen, finde ich.«

»Das finde ich auch.« Clara spürte, wie sich ihre Wangen erhitzten, als sie an das Nachtritual dachte. »Weißt du, wenn ich näher …«

In diesem Moment ertönte ein schrilles Pfeifen. Clara sprang auf den Boden und eilte zum Herd, um die Säckchen mit Earl Grey in die Tassen einzuhängen und mit heißem Wasser zu übergießen.

* * *

Eine halbe Stunde später standen sie mit tief ins Gesicht gezogenen Kapuzen vor den Stallungen, aus denen ein beständiges Schnauben zu hören war. Es roch nach Kuhdung und Regen. Sie drückten sich an der Hauswand entlang und erreichten schließlich die Scheune, neben der das reetgedeckte Wohnhaus stand. Clara kam sich vor wie eine Einbrecherin, als sie um die Ecke spähte.

»Es brennt Licht. Sie sind auf jeden Fall zu Hause«, erklärte Jon und blinzelte ein paar Regentropfen fort.

Vor der Eingangstür kauerte eine getigerte Katze, die unter dem Vordach Schutz vor dem Regen gesucht hatte. Als sich Jon und Clara näherten, sprang sie auf und huschte zur Scheune.

»Ist es nicht schon zu spät für einen Besuch? Als Landwirt isst man bestimmt sehr früh zu Abend und geht mit der Sonne schlafen.« Clara knetete ihre Hände.

»Du willst dich doch nur drücken. Ich bin um diese Uhrzeit schon oft hier gewesen. Auch schon tief in der Nacht, wenn eine Kuh gekalbt hat. Außerdem freut sich Matt, wenn hier draußen mal etwas Aufregendes passiert.«

Als sie vor der Tür standen, legte er seine Hand auf ihre Schulter, als wollte er darauf vorbereitet sein, sie einfach ins Haus zu schubsen, sobald die Tür geöffnet wurde.

Er klopfte, wartete, klopfte erneut, dann rührte sich etwas im Innern des Hauses. Eine Tür wurde aufgerissen, Licht angeschaltet, schließlich ertönten schlurfende Schritte.

Der Mann, der nun vor ihnen stand, trug schmutzige Arbeitshosen und einen tannengrünen Pullover, der an manchen Stellen fransige Löcher hatte. Etwas verwirrt blickte er Clara an, doch dann erhellte sich seine Miene. »*Dia daoibh,* Jon, und wer ist die junge Dame?«

»Clara, Clara Atkinson. Ich bin gerade zu Besuch hier.«

Als er ihre Hand schüttelte und ihr dabei freundlich zulächelte, fiel ihr ein Stein vom Herzen.

»Sie hat das Haus von den Fitzgeralds übernommen«, erklärte Jon und streichelte über die Stelle zwischen ihren Schulterblättern. Clara erschauderte und versuchte so zu tun, als wäre es völlig normal, von ihm berührt zu werden.

»Ah, ich verstehe. Unser kleines Schloss.« Matt nickte. »Wurde aber auch Zeit, dass sich mal jemand darum kümmert.

Wie lange steht es jetzt schon leer? Könnten an die zwanzig Jahre sein.«

»Gut geschätzt. Es sind fünfzehn.« Jon zog seine Hand zurück und vergrub sie in seiner Jackentasche. »Ich kann mich nur noch daran erinnern, dass Robert Fitzgerald eine Weile dort gelebt hat, aber damals war ich noch ein Kind.«

»Robert, genau, das war der letzte Fitzgerald in Clonamaddy.«

Matt wandte sich zu Clara um. »Und jetzt gehört's Ihnen? Das Haus, meine ich. Sie haben's gekauft?«

»Nein, nein. Ich habe …« Sie lachte verhalten. »Das klingt vermutlich ein wenig sonderbar, aber Oscar Fitzgerald hat es mir geschenkt, weil er nichts mehr damit zu tun haben will.«

»Ach, sag bloß?« Matt blickte sie erstaunt an. »Das ist ja ein großzügiges Geschenk. Ich wusste gar nicht, dass es noch einen anderen Fitzgerald gibt.«

»Die Fitzgeralds hatten zwei Söhne. Robert ist gestorben. Jetzt lebt nur noch Oscar«, erklärte Clara. »Aber er hatte jahrzehntelang keinen Kontakt mehr zu seiner Familie. Deswegen möchte er auch nichts mit dem Haus zu tun haben.«

»Verstehe.« Matt nahm die Mütze vom Kopf und fuhr sich über seine glänzende Glatze, dann lehnte er sich in den Türrahmen. »Ihr kommt sicher nicht, um mit einem alten Mann zu schwatzen. Kann ich etwas für euch tun?«

»Also, im Haus gibt es noch viele Habseligkeiten der Familie, Unterlagen zum Beispiel«, druckste Clara herum und warf Jon einen hilfesuchenden Blick zu. »Uns sind Verbindungen aufgefallen.«

»Dein Vater hat seit 1957 jeden Monat Geld erhalten und wir haben uns gefragt, ob du irgendetwas darüber weißt«, schaltete sich Jon ein.

»Es gab Geld von den Fitzgeralds, bis ich den Hof übernommen habe. Das ist wahr.« Matt nickte langsam.

»Wissen Sie, wofür Fitzgerald Ihren Vater bezahlt hat?«

»Puh!« Er knetete sein Kinn. »Die Leute haben ja ständig Geld, Land und Tiere herumgeschoben.«

»Es gibt einen Brief, in dem der alte Fitzgerald geschrieben hat, dein Vater habe ihm bei einer Sache geholfen.« Jon räusperte sich. »Angeblich hat er beziehungsweise deine Familie den Namen der Fitzgeralds reingewaschen.«

»Jesus, Maria und Joseph. Ich lege meine Hand dafür ins Feuer, dass mein Vater nichts Unrühmliches getan hat.«

»Das wollte ich damit nicht ausdrücken, Matt. Entschuldige. Wir sind nur darüber gestolpert, als wir die Unterlagen gesichtet haben.«

»Ich weiß nicht, was damit gemeint ist.« Matt nahm erneut seine Mütze ab, doch dieses Mal stopfte er sie in seine Hosentasche. »Wir haben die Fitzgeralds jahrelang beliefert. Früher kamen auch die Hausmädchen vorbei und haben hier eingekauft.«

»Oh, sagt Ihnen vielleicht der Name Delia Malone etwas? Sie hat bis 1957 für die Fitzgeralds gearbeitet.«

»Nie gehört. Ich wurde erst 1958 geboren, tut mir leid. Ich habe keine Ahnung, wer Lilia Malone ist.«

»Delia«, verbesserte Clara ihn. »Sie ist spurlos verschwunden, aber man hat ihre Leiche nie gefunden.«

»Mhm.« Matt runzelte die Stirn. »Kann sein, dass ich von der Geschichte mal gehört habe, im Dorf wird ja viel getratscht, aber ich kann euch bei der Sache leider nicht weiterhelfen. Das ist alles viel zu lang her.«

»Dachte ich mir schon. Wir wollten uns nur mal erkundigen. Hätte ja sein können.« Jon grinste und deutete zum Stall. »Wie geht's dem Euter? Immer noch entzündet?«

Mit halbem Ohr lauschte Clara einer Diskussion über Arnika, Antibiotika und Trockenstellung. Gedanklich driftete sie ab, ordnete Fragmente zu einem Muster, baute ein System und entdeckte darin plötzlich einen roten Faden.

»Ich komme am Dienstag mal vorbei. Morgens fahre ich sowieso zu Patrick, das liegt ja auf dem Weg.«

Als sie wieder nebeneinander im Van saßen, griff Clara mit beiden Händen nach Jons Unterarm und funkelte ihn an. »Er wurde 1958 geboren.«

»Habe ich mitbekommen.«

»Jon!« Sie beugte sich vor und suchte seinen Blick.

»Clara?« Ein Lächeln umspielte seine Lippen. Er kam ihr entgegen und war ihrem Gesicht plötzlich so nah, dass sie unweigerlich an den Kuss denken musste.

»Überleg mal.«

»Ich überlege.« Er senkte die Stimme. »Es kommt mir so vor, als wenn deine Augen immer die Farbe wechseln würden, sobald du etwas anderes fühlst.«

»Na ja, das ist …«

»Warte.«

Clara presste die Lippen aufeinander und erwiderte seinen Blick, während das Herz in ihrem Brustkorb tobte. Seine Pupillen weiteten sich und übten einen Sog auf sie aus, gegen den sie sich nicht wehren konnte. Regentropfen rannen aus seinem Haar und perlten über seine Stirn. Ein Tropfen zitterte auf seiner Nasenspitze. Sie hätte am liebsten die Hand danach ausgestreckt.

»Ich bin mir nicht sicher. Grau, Grün, Braun«, brach Jon die Stille und neigte den Kopf zur Seite. »Welche Farbe auch immer – du hast eine ziemlich schöne Regenbogenhaut. Das ist mir sofort aufgefallen. Außergewöhnlich schön.«

»Ich habe eine ziemlich schöne Regenbogenhaut?« Sie lachte. Die Art, wie sie miteinander sprachen, hatte sich verändert. Ihre Blicke, die zufälligen Berührungen und der Klang ihrer Stimmen – in allem steckte der Versuch, mehr über den anderen herauszufinden.

»Mhm, die Lichtverhältnisse sind leider zu schlecht, um eine eindeutige Diagnose zu stellen.«

»Ein andermal vielleicht, Herr Doktor.« Clara lehnte sich zurück und lockerte ihren Schal, weil sie das Gefühl hatte, keine Luft mehr zu bekommen. Aus Verlegenheit fing sie an, mit den Knöpfen ihres Mantels zu spielen, drehte sie zwischen Daumen und Zeigefinger, bis sie sich nicht mehr drehen ließen.

»Also?« Er seufzte inbrünstig auf. »Was sagst du zu Matthew, Sherlock? Irgendwelche Ideen?«

»Delia wurde 1957 von Oscar schwanger und Matthew Sullivan wurde 1958 geboren.«

»Oh!«, entfuhr es ihm. »Du meinst …«

»Es wäre möglich, oder nicht?«

Auf der Rückfahrt erzählte sie ihm von ihrer Theorie. Als sie ihre Gedanken in Worte fasste, entstanden Bilder, und zum ersten Mal hatte sie das Gefühl, in die Vergangenheit zu blicken und dabei wirklich etwas zu sehen.

Ein lächelndes Gesicht im hohen Gras, das Rauschen des Windes in den Baumkronen, summende Insekten, ein Bauch, der sich unter schwerem Leinenstoff wölbt, und eine Hand, die ihn liebevoll streichelt. *Samhradh, Samhradh.* Kälbermilch und Gänseblümchen. Die Vögel sangen von den blumigsten Tagen.

* * *

Nachdem Jon alle Gäste des Pubs mit Handschlag begrüßt hatte, setzten sie sich mit zwei Flaschen Ale in ein düsteres Eck und steckten die Köpfe zusammen. Die Musik aus den Lautsprechern war laut und scheppernd, das Bier süffig. Irgendwann konnten sie sich mithilfe der wenigen Informationen und ihren Spekulationen eine Geschichte zusammenreimen:

Es hätte nicht passieren dürfen, doch Delia war jung und bis über beide Ohren verliebt. Sie wurde von Oscar schwanger. Im Jahre 1957 war eine Schwangerschaft außerhalb der Ehe eine große Sünde. Abtreibung galt als Kapitalverbrechen. Delias Leben hing voll und ganz von Oscar ab. Wenn er sich von ihr abkehrte, würde sie – unverheiratet und schwanger – im sozialen Gefüge so tief nach unten rutschen, dass sie sich nie mehr emporkämpfen könnte. In Irland wusste jeder, was gefallenen Mädchen und ihren Kindern drohte – Delia war lange genug im Kloster eingesperrt gewesen, hatte die Kaltherzigkeit und Gewalt ertragen, irgendwie überlebt. Deswegen behielt sie das Geheimnis für sich, sagte kein Sterbenswörtchen und hoffte inständig, dass Oscar zu seinem Wort stehen und sie heiraten würde. Nur der Wind wusste, wie die Familie von der Schwangerschaft erfahren hatte. Vielleicht ein falsches Wort zu einer falschen Freundin.

Im Haus der Fitzgeralds lebten gute Iren und noch bessere Katholiken. Die Familie galt im Dorf als fromme Instanz, die beste Kontakte zur Kirche pflegte. Selbstverständlich war der jüngste Sohn der Fitzgeralds kein Mann, der sich auf eine Hure aus Dublin einlassen würde. Damit dieser Schandfleck aus der Familiengeschichte radiert werden konnte, mussten Delia und ihr Kind aus dem Weg geschafft werden.

»Und deswegen kam ihr Sohn 1958 zu den Sullivans, um von ihnen großgezogen zu werden. Wahrscheinlich hat Matthew keine Ahnung, wer seine wahren Eltern sind. Sie haben alle bis zu ihrem Tod geschwiegen«, schlussfolgerte Clara.

»Und was ist mit Delia passiert?«

»Sie wurde ermordet«, flüsterte Clara mit banger Stimme.

»Dann haben sie Delia irgendwo versteckt, bis sie ihren Sohn auf die Welt gebracht hat, um sie dann zu ermorden?«

»Wenn sie nicht tot ist, Jon, wenn sie lebt – kannst du dir wirklich vorstellen, dass sie nie mehr zu Róisín gegangen ist, nie nach Oscar gesucht hat?« Clara schüttelte den Kopf. »Oscar war ihre große Liebe. Du hast ihre Briefe gelesen. Delia wollte mit ihm fortgehen und den Rest ihres Lebens mit ihm verbringen.«

Kurze Zeit später stocherte Clara lustlos in einem Gemüseeintopf herum. Angeblich ein vegetarisches Gericht, doch offensichtlich hatte der Koch geglaubt, ein bisschen Speck könnte nicht schaden. Auf einer Serviette sammelte sie die Speckwürfel, bis Jon sich darüber hermachte.

»Und wie ist es bei dir? Wie geht es jetzt weiter mit dir und Maureen?«, fragte sie mit glühenden Wangen.

»Mit Maureen? Ich weiß nicht.« Er verzog das Gesicht. »Es ist kompliziert. Cork ist nicht so nah, dass man sich spontan treffen könnte.«

»An den Wochenenden vielleicht.«

»Ich stehe nicht so auf dieses Fernbeziehungsding. Wegen der Praxis und so. Ich brauche jemanden, der hier lebt und dieses Leben mit mir teilt.« Er lachte trocken und rieb sich über die Stirn, als wollte er auf diese Weise etwas zurechtrücken.

»Das verstehe ich. Alles andere wäre ziemlich umständlich.«

»Ja, leider.« Jon legte seine Hand um die Bierflasche und blickte Clara durchdringend an. Seine Augen reflektierten den Schein der Lampe. »In der Stadt ist es ja schon verdammt schwer, jemanden aus der Masse herauszufiltern, aber hier auf dem Land ... Ich suche nicht, also nicht wirklich. Ich glaube, es passiert einfach. Hier draußen passiert's eben sehr selten. Da braucht man ein bisschen Glück, schätze ich.«

Während sie seinen Worten lauschte und dabei sein Gesicht betrachtete, spürte sie ein Ziehen in der Brust. Seine Wangen hatten sich gerötet.

Sie rückte näher an den Tisch heran. »Weißt du, was ein kluger Mann in Beldare zu mir gesagt hat? Liebe ist einfach. Sie fliegt dir irgendwann einfach zu. Und du hast die allerbesten Voraussetzungen.«

»Weil ich ein Flughafen bin?«

»Nein!« Sie lachte auf. »Du bist jung, klug und du siehst ziemlich gut aus mit diesem Grübchen und …«

»Findest du, ja?«

»Mhm. Für irische Verhältnisse.«

»Was willst du damit sagen?« Er legte seine Hand auf ihre. Schwer und warm.

»Schafe, Steine, Torf …«

»Für englische Verhältnisse bist du übrigens auch sehr attraktiv. Cricket, der Eurotunnel, gefüllter Schafsmagen …«

»Haggis ist schottisch. Tut mir leid.« Clara grinste und zog ihre Hand unter seiner hervor. »Ich nehme zurück, dass du klug bist.«

»Ich bin nach diesem Abend auf jeden Fall schlauer als zuvor. Das steht fest.«

* * *

Obwohl der Wind durch die Gassen pfiff und es kalt geworden war, spürte Clara eine fast schon brennende Wärme in sich. Sie wusste nicht, ob sie zu tief ins Glas oder zu tief in seine Augen geblickt hatte, aber ihr war schwindelig. Noch ein einziger Schluck und sie hätte dem ganzen Pub tränenreich erklärt, wie sehr sie Irland liebte, und dabei versucht, auf den Tischen zu steppen. Das hatte auch Jon erkannt und sie deswegen mit Engelszungen dazu überredet, nach Hause zu gehen.

Nun schlenderte er neben ihr her und grinste sie an, während sie sich bei ihm untergehakt hatte und ihm aus ihrer Jugend erzählte. Von Tagebuchseiten voller Gedichte, Zigaretten auf der Mädchentoilette, selbst gestochenen Piercings, bis in die Unendlichkeit aufgeblasenen Träumen, hellblauen Lidschatten und Zahnspangen, die in der Sonne glänzten wie Kühlergrills. Clara wusste nicht, woher die Geschichten kamen. Sie plätscherten einfach aus ihr heraus und Jon tat nichts, um sie aufzuhalten.

Irgendwann blieb sie jedoch abrupt stehen und deutete auf die Leuchtreklame des chinesischen Imbisses. »Wie viele gibt es davon?«

»Nur einen.«

»Wir sind hier doch vorhin schon mal vorbeigekommen.«

»Gut beobachtet. Wir laufen ja auch die ganze Zeit im Kreis.« Er lachte und zog sie mit sich die Straße hinab.

»Was? Warum machen wir das?«

»Na, weil wir vom Pub zu dir nur fünf Minuten gebraucht hätten«, lautete seine pragmatische Erklärung.

»Deswegen gehen wir im Kreis?«

»Ja.«

»Ich sehe schon. Du findest meine Geschichten wohl ziemlich spannend.«

»Um ehrlich zu sein, finde ich dich ziemlich spannend, Clara.«

Auf einen Schlag war der Nebel verflogen, in den der Alkohol sie gehüllt hatte. Ihr Herz klopfte wie verrückt. »Du findest mich spannend?« Clara starrte auf den regennassen Asphalt, auf dem sich die Lichter der Laternen spiegelten, doch im Augenwinkel erkannte sie, dass er nickte.

»Ich bin ein einfacher Mann vom Land und kenne nur Steine und Schafe«, raunte er ihr zu. »Das musst du verstehen.«

»Das verstehe ich«, flüsterte sie. »Dann sollte ich es mir vielleicht nicht so sehr zu Herzen nehmen, meinst du?«

»Vielleicht nicht so sehr. Ich weiß nicht.«

Der Abend unbedachter Worte war vorüber und hörte auf, sich im Kreis zu drehen. Stattdessen gingen sie langsam die Straße entlang, Schulter an Schulter, und bogen dieses

Mal tatsächlich in die Gasse ein, die zur Kirche führte. Man konnte den Turm über die Hausdächer in den Nachthimmel ragen sehen. Darüber schwamm der Mond in einem Meer aus Sternen.

Ihre Gedanken waren leise. Wenn sie nur wüsste, in welche Richtung sie steuern sollte! »Ich versuche, bald wieder hier zu sein. Dann können wir vielleicht nach Tuam fahren und dieses Kloster besuchen, in dem sie aufgewachsen ist«, schlug sie vor.

»Könnten wir, klar, aber wohin soll das alles führen? Was erwartest du?«

»Ich weiß es nicht.«

»Ein kleines Abenteuer in Irland.«

»Ist das so schlimm? Du bist doch abenteuerlustig.« Clara stieß ihn sanft an, dann blieb sie stehen und suchte seinen Blick.

Ein Lächeln glomm auf. »Ich bin ein einfacher Mann vom ...«

»Bist du nicht, Jon! Du bist so, du bist ...« Die Worte blieben in ihrer Kehle stecken. Plötzlich wusste sie nicht mehr, was sie sagen wollte.

»Wer bin ich denn, Clara, hm?« In der Dunkelheit erkannte sie das Glänzen seiner Augen und einen sanften Schimmer, den der Mond auf seiner Haut hinterließ. Ihr Puls raste, während sie fieberhaft nach einer Antwort suchte, mit der sie sich weder entblößen noch verstecken würde. *Wer willst du für mich sein? Wer will ich, dass du bist?* Seit Wochen trug sie diese Fragen mit sich herum. Jon war in Clonamaddy verwurzelt und sie nirgendwo.

»Also? Wer bin ich in deinen Augen?«

»Ich soll dir sagen, wer du bist?« Ihr hohles Lachen zerschnitt die Luft. Sie baute Mauern um Gefühle, verwandelte sich selbst in eine Festung. »Ich weiß ja noch nicht mal, wer ich selbst bin, Jon.«

Je näher sie dem Haus kamen, desto nervöser wurde Clara. Heute hatten alle Worte einen Unterton besessen.

Nun wusste sie nichts mehr zu sagen, um die Spannung zwischen ihnen aufzulockern. Clara fühlte sich hilflos. Auch Jon gab sich keine Mühe, das Gespräch fortzuführen. Der Kies knirschte unter ihren Füßen. Irgendwo knatterte ein Auto, schrie ein Käuzchen.

Als sie sich vor der Haustür gegenüberstanden, fiel ihr nichts anderes ein, als ihn in die Arme zu nehmen. Sie wollte sich anlehnen und ihn besänftigen, weil sie spürte, dass er aufgebracht war. »Danke für alles«, murmelte sie.

Jon erwiderte ihre Umarmung, sagte aber kein Wort. Sie konnte seinen warmen Atem auf ihrer Kopfhaut spüren, als er das Gesicht in ihrem Haar vergrub. Sein Brustkorb bebte, vielleicht war es auch ihr eigener. Gedanken purzelten durch ihren Kopf, als er anfing, ihr behutsam über den Rücken zu streicheln. Sie spürte, wie das Blut in ihren Adern pulsierte, als sie an ihren Kuss dachte. Gerade sammelte sie den Mut, ihn zu fragen, ob er bleiben wolle, als er sich abrupt von ihr löste.

»Okay, Clara, ich muss jetzt los«, sagte er und zerrte seinen Schlüsselbund aus der Jackentasche. »Ich habe morgen beschissen viel zu tun und du musst deine Fähre bekommen.«

»Schade, dass die Tage immer so schnell vergehen.«

»Mhm, kurze Nächte, schnelle Tage, was?« Er kratzte sich am Hinterkopf. »Dann komm mal gut nach London. Du kannst dich ja mal melden, wenn ...«

»Du wirst mir fehlen, Jon«, unterbrach sie ihn. »Ich bin echt gern mit dir zusammen.« Als sie nach seiner Hand griff, hob er überrascht den Kopf und blickte sie an. Clara hielt den Atem an. Schlagartig wurde die Welt um sie herum mucksmäuschenstill und schien gespannt zu lauschen. Der Wind legte sich, jedes Geräusch erstarb: kein Zirpen, Sausen, Zischen, Tosen, Kratzen.

»Geht mir auch so. Es ist schön, wenn du hier bist«, sagte er mit belegter Stimme. »Komm bald wieder, dann sehen wir weiter, okay?« Er verstärkte den Druck seiner Hand.

»Versprochen.«

»Wann wäre das ungefähr?«

»So schnell es geht.«

»Das klingt gut.«

»Jon, was heißt eigentlich Akuschle?«

»Es wird *Ach*uschle gesprochen.« Er ließ ihre Hand los und deutete auf seine Kehle. »Also, bis bald.« Dann machte er auf dem Absatz kehrt und verschwand hinter der Gartenmauer.

Noch nicht. Clara ließ den Schlüssel wieder in die Manteltasche plumpsen. Sie wusste, dass sie dazu neigte, sich in Gefühle reinzusteigern, aber gerade war es unerträglich, ihn davongehen zu sehen. »Jon, warte. Ich habe noch eine Frage!«, rief sie, sprang die Treppe hinab und folgte ihm.

Seine Schritte verlangsamten sich, als würde er zögern, doch dann drehte er sich zu ihr um, die Hände tief in den Hosentaschen vergraben. »Was möchtest du wissen?«, fragte er mit heiserer Stimme, als sie dicht vor ihm stand. Es war so dunkel, dass sie nur das Schimmern seiner Augen erkennen konnte.

»Ich will wissen, wer du bist. Ich will's herausfinden.«

»Willst du das, ja?« Er befreite seine Hände aus den Hosentaschen. »Willst du meine ganz dunklen Geheimnisse kennenlernen?«

»Vor allem die traurigen«, erwiderte sie und griff nach seiner Hand. »Die verletzliche Version von dir interessiert mich am allermeisten.«

»Was macht dich so sicher, dass es diese Version gibt?«

»Ein Gefühl«, flüsterte sie. Clara verschränkte ihre Finger mit seinen und zog ihn mit sich in die Dunkelheit. Die Erde unter ihren Füßen war weich, fast federnd, als sie langsam die Mauer entlanggingen.

»Gibt es eine verletzliche Version?«, fragte sie, nachdem sie ein paar Meter gegangen waren.

»Jeder Mensch ist verletzlich. Natürlich gibt es diese Version.«

»Erzählst du mir von deiner?«

»Ich weiß genau, wie das ist. Für Oscar, meine ich.« Die Worte kamen erst über seine Lippen, als sie die Wiesen erreicht hatten, die im Schein des Mondes wie ein silbernes Gewässer aussahen. »Ich weiß, wie es sich anfühlt.«

»Wie es sich anfühlt?«, echote sie und blieb stehen, um ihn anzusehen.

Jon nickte in eine unbestimmte Richtung. »Lass uns gehen. Es ist leichter, darüber zu sprechen, wenn wir gehen.«

Langsam stapften sie nebeneinander über das feuchte Gras. Die Nässe drang durch ihre Stiefel, der Wind griff nach ihrem Haar, doch Clara nahm nichts davon wahr. Sie konzentrierte sich auf seine matte Stimme. Die Worte wogen schwer, drangen ungefiltert in sie ein und legten sich wie Felsbrocken in ihre Magengrube.

Während sie auf der Wiese ihre Kreise zogen, erzählte er von seiner großen Schwester. Aoife war auf einem Geburtstag eingeladen gewesen und hatte bis Mitternacht mit ihren Freundinnen gefeiert, dann war sie aufgebrochen, um nach Hause zu fahren. Es war eine kurze Strecke über die Landstraße. Sie schrieb ihrem Mann noch eine Mitteilung: *Warte nicht auf mich. Mache mich gleich auf den Weg.* Doch Aoife kam nie zu Hause an. Am nächsten Tag wurde sie als vermisst gemeldet. Jon fuhr mit seinen Eltern nach Bray und verbrachte die kommenden Wochen im Haus seiner Schwester. Hundestaffeln durchkämmten das Land, Helikopter suchten nach ihrem roten Ford, doch von Aoife fehlte jede Spur.

»Ich kenne diese Fragen, die dich fast um den Verstand bringen, und dieses Loch. Du hörst nie auf zu fallen, wenn du keine Antworten findest«, erklärte er tonlos. »Wir sind tagelang unterwegs gewesen, haben kaum geschlafen. Wir haben überall Flyer aufgehängt, im Internet gesucht, haben Krankenhäuser angerufen. Meine Mutter hat sogar im Radio gesprochen.«

»Ihr wisst nicht, wo sie ist, oder?« Ihre Stimme zitterte.

»Wir hatten Glück, na ja …« Er lachte bitter. »Aoife wurde drei Monate später gefunden. Das Auto stand in einem Wald, ungefähr zwanzig Meter von der Straße entfernt. Es war schon völlig zugewachsen. Man hat es kaum noch gesehen.«

»Was ist mit ihr passiert?«

»Erst dachten wir, dass jemand …« Er verstummte und beschleunigte seine Schritte. Nach einigen Sekunden räusperte er sich. »Die Gardaí hat nichts gefunden. Bei der Autopsie kam raus, dass Aoife ein Aneurysma hatte. Sie muss einen Schlaganfall gehabt haben und ist dann ganz allein gestorben. Ich meine, sie war erst sechsundzwanzig. Sie hatte Pläne, Träume. Keaton war noch ganz klein.«

»Sie hat einen Sohn?«

Jon atmete tief durch, dann nickte er. »Jetzt ist er vierzehn und völlig versessen darauf, Tierarzt zu werden. Wir verbringen viel Zeit miteinander, wenn er hier ist. Er ist Aoife wie aus dem Gesicht geschnitten. Sogar sein Lachen klingt wie ihres.«

Seine Hand war feucht geworden. Clara umschloss sie noch fester.

»Jon, ich weiß nicht, was ich sagen soll. Es tut mir wahnsinnig leid. Du musst durch die Hölle gegangen sein … Keaton, ihr Mann und deine armen Eltern. Meine Güte!«

»Es ist schon 'ne Weile her. Wir haben gelernt, damit zu leben, dass Aoife nicht mehr hier ist. Wir können sogar ganz glücklich sein. Manchmal jedenfalls.« Er grinste schief.

»Wann ist sie gestorben?«

»Vor fast zwölf Jahren. Deswegen musste ich das zweite Semester wiederholen. Ich konnte nicht mehr denken, nicht mehr ... nichts. Hat lange gedauert, bis ich mich wieder gefangen habe. Maureen war damals eine große Stütze.« Er hüstelte verhalten. Inzwischen waren sie wieder vor dem Gartentor angelangt. »Ich wollte wegen meiner Mutter nach Clonamaddy zurückkommen, nicht nur wegen der Praxis. Inzwischen geht es ihr wieder ganz gut, aber früher ... Es war schlimm.«

Ihr Herz quoll über. Die Grenzen lösten sich allmählich auf und Jon kam ihr immer näher. Unweigerlich fragte sie sich, wie es für ihn sein musste, immer wieder mit dem eigenen Schmerz konfrontiert zu werden.

»Und jetzt suchst du mit mir nach Delia und wirst dabei die ganze Zeit an Aoife erinnert. Ist das nicht furchtbar schwer?«

»Es ist vor allem schön. Es fühlt sich irgendwie richtig an. Sinnvoll.«

»Es hat immer so geklungen, als würde Aoife noch leben, wenn du von ihr gesprochen hast. Sie muss dir schrecklich fehlen.«

Es war so dunkel, dass es ihr leichtfiel, ihn zu berühren. Liebevoll streichelte sie über seine Wange. Sie fühlte sich rauer an, als sie im schummrigen Licht des Pubs ausgesehen hatte.

»Dieser Schwebezustand macht dich fertig. Diese verfluchte Hoffnung, die du nicht loslassen kannst, obwohl du irgendwie spürst, dass du dich damit nur tröstest, weil du insgeheim schon weißt, dass ... Wenn ich mir vorstelle, jahrelang so leben zu müssen.« Er schüttelte den Kopf. »Jeder Mensch sollte gefunden werden. Gefühle brauchen einen Ort. Wir haben Aoife gefunden. Das war wichtig.«

»Gefühle brauchen einen Ort. Das glaube ich auch.«

Jon nahm ihre Hand und presste seine Lippen in ihre Innenfläche. Dort, wo seine Hände ihre Hüften berührten, schien ihre Haut in Flammen aufzugehen. Gedanken jagten wie Blitze durch ihren Kopf. Zu schnell, um ihnen folgen zu können. Viel zu grell. Ihre Hand lag immer noch auf seiner

Wange. Mit dem Daumen strich sie über seinen Mundwinkel, dann berührte sie seine Oberlippe. Es war ein Impuls, dem sie sich nicht widersetzen wollte. Sie konnte schon seinen Atem an ihrem Mund spüren, als Jon den Kopf abwandte und sie in seine Arme zog. Clara erstarrte, schaffte es nicht mal, seine Umarmung zu erwidern. Ihr Kopf glühte.

»Gute Nacht, Clarabella.« Er küsste ihre Stirn. »Wenn du wiederkommst, okay?«

»Was ist, wenn ich wiederkomme?«, fragte sie mit kindlich verzerrter Stimme.

»Dann weißt du vielleicht, was mit dem Haus passiert, und ich weiß, ob wilde Tiere meine Zukunft sind.«

»Wie bitte?« Verständnislos schüttelte sie den Kopf.

Clara schlüpfte durch das Tor in den Garten, stürzte ins Haus und die Treppe hinauf. In ihrem Schlafzimmer angekommen, riss sie das Fenster auf. Der Mondschimmer war zu schwach, um dort draußen einen Menschen zu erkennen, der durch die Dunkelheit ging. Alles, was sie sah, waren schwarze Wipfel, die sich vom Wind wiegen ließen. Sie kramte ihr Telefon hervor, knipste ein verwackeltes Foto von dem Hain, hinter dem sein Haus stand, und schickte es ab.

Auch wenn ich nicht weiß, was gerade los war …

Es ist schön, die verletzliche Version von dir zu kennen.

Manchmal hatte Clara das Gefühl, dass alles, was sie anfasste, einfach zerbröselte, dass immer etwas von ihr selbst auf der Strecke blieb, weil sie immer etwas von sich zurückhielt. Dieses Mal wollte sie alles anders machen: Nichts sollte zerbröseln. Sie wollte alle Versionen von sich präsentieren und keine davon verstecken.

18

Küchenfensterkaffee. In den Pfützen schimmerte die Morgendämmerung wie Perlmutt. Die Stadt hatte gerade erst begonnen, ihre müden Glieder auszustrecken, und war noch seltsam leise. Oscar war erkältet, weswegen er auf die Zigarette verzichtete. Seitdem sie wieder zu Hause war, wich Keats nicht mehr von ihrer Seite. Auch jetzt hatte er sich auf ihrem Schoß eingerollt, während sie beobachtete, wie zwei Tauben auf der Regenrinne gegenüber um ein Stück Brot kämpften.

In den vergangenen Tagen hatten sie sich zwar immer wieder über Irland unterhalten, doch Clara verschwieg, was sie mit Jon teilte: Delia und Gefühle, die noch so empfindlich waren wie junge Pflanzentriebe. Stattdessen erzählte sie Oscar von einem irischen Fuchshund, den Gänsen, die im Winter aus Grönland kamen, von rubinroten Kirschen und einem schwarzen Van.

»Möchtest du noch einen Kaffee?«, fragte sie und deutete auf die leere Tasse, die neben dem Basilikum auf der Fensterbank stand.

»Ich denke immerzu an sie. Es kommt mir vor, als wäre ich durch die Zeit gereist«, murmelte Oscar und legte eine knöcherne Hand auf seine Brust. Verwundert blickte Clara auf. »Ich dachte, sie wäre allmählich aus meinem Kopf verschwunden. So wie ich vergesse, wo ich die Fernbedienung hingelegt habe oder morgens meine Tabletten zu schlucken. Aber sie hat sich nur versteckt.«

»Was meinst du?«

»Sie ist immer noch da.« Er seufzte inbrünstig auf. »Die ganzen Erinnerungen sind so leuchtend, kräftig und lebendig, als wäre kaum ein Tag vergangen. Das ist eine Eigenart des Alters, denke ich. Früher oder später verlässt man die Gegenwart.«

Clara biss sich auf die Unterlippe, weil sie nicht wusste, ob er nur laut nachdachte oder ihr tatsächlich etwas erzählen wollte.

»Wenn ich in meinem Sessel sitze und mir vorstelle, wie du das Haus auf den Kopf stellst, wie der Garten aussieht …« Er lachte leise und schüttelte den Kopf. »Verrückt, wie sehr sich Kindheitserinnerungen einbrennen. Gerüche, Geräusche. Wie es war, beim Zündeln erwischt zu werden und eine Tracht Prügel zu kassieren. Welche Lieder in der Kirche gesungen wurden. Das Gesicht meiner Mutter. Ich habe alles so klar vor mir, als wäre die Zeit stehen geblieben.«

»Möchtest du mich beim nächsten Mal begleiten?«

»Nein, auf keinen Fall. Auch wenn ich ein sentimentaler alter Narr bin, habe ich nicht das geringste Interesse daran, das Haus mit eigenen Augen zu sehen. Mir reichen meine Erinnerungen. Schöner wird's nicht mehr.« Oscar grinste, lehnte sich zurück und faltete die Hände auf dem Bauch.

»Du hast den Verlust nie überwunden«, sagte sie nach einigen Sekunden, in denen sie geschwiegen und der Stadt gelauscht hatten.

»Offene Fragen sind wie offene Wunden. Man hört nicht auf, darauf zu warten, dass sie heilen. Auch wenn man lebt, als würde kein Mensch fehlen. Man wartet.« Er blickte hinab auf seine Hände, als läge darin die Zeit, die er allein verbracht hatte – wartend, hoffend.

»Du hast jahrelang versucht, sie zu finden, nicht wahr?«

»Sicher.« Er nickte. »Ich habe in der Weltgeschichte herumtelefoniert, nicht identifizierte Frauenleichen angeschaut. Ich weiß nicht, wie oft ich damals mit dem Motorrad die Feldwege abgefahren bin.«

»Hast du irgendetwas herausgefunden?«

Oscar räusperte sich, schluckte und stand schwerfällig auf. Schweigend ging er zu dem kleinen Holzschrank, der neben der Tür an der Wand hing, und nahm eine Flasche Eierlikör heraus, den Clara zum Backen verwendet hatte. Ein Whiskeyglas wurde bis zur Hälfte gefüllt, dann setzte Oscar sich zurück auf seinen Stuhl. Clara blieb stumm und wartete, bis er den ersten Schluck genommen und tief durchgeatmet hatte.

»Sie ist spurlos verschwunden und hat nichts mitgenommen. Alle ihre Habseligkeiten waren noch da. Es sah aus, als wäre sie nur kurz vor die Tür gegangen. Die Leute haben schnell damit aufgehört, nach ihr zu suchen. Man soll die Geister ruhen lassen. Man soll ja keinen Staub aufwirbeln, besser so tun, als wäre nichts gewesen. Dabei haben sie sich natürlich alle das Maul zerrissen.«

»Bist du deswegen gegangen?«

»Nein, nein. Das hatte viele Gründe, aber dieses kleingeistige Geschwätz hat sicher seinen Teil dazu beigetragen.« Er schnaubte auf. »Keiner hat sie gekannt, wirklich gekannt, aber sie haben alle so getan, als wüssten sie genau, wer sie war.«

»Was haben sie denn gesagt?«

»Ach …« Er winkte erschöpft ab. »Dass sie nach Amerika abgehauen oder auf der Flucht vor der Polizei wäre, weil sie in England heimlich abgetrieben hätte. Solchen Blödsinn eben.«

»Sie haben die Frauen ins Gefängnis gesteckt, wenn rausgekommen ist, dass sie abgetrieben haben?«

»Selbstverständlich. Das war eine Todsünde, eine Straftat! Delia war in ihren Augen sowieso ein Niemand. Du hast ja gelesen, wo sie aufgewachsen ist und wie sie in Dublin ihr Geld verdient hat.«

»Hat dich das eigentlich nicht gestört?«

»Ich konnte selbst kaum glauben, wie egal es mir war. Es hat keine Rolle gespielt, nicht für mich. Ich habe nur das Mädchen gesehen, das singend unter der Wäscheleine im Garten gestanden und die Unterhosen meiner Mutter aufgehängt hat. Sie war für mich absolut rein.« Oscar presste seine Faust gegen die Lippen und räusperte sich. »Aber Finnegan hat immer versucht, sie mir auszureden.«

»Fi-finnegan?« Clara ließ die Tasse wieder sinken und starrte ihn an.

»Er war von Kindesbeinen an mein Freund. Wir sind zusammen aufgewachsen, haben alles geteilt. Wir haben uns verstanden, weil wir beide Sonderlinge waren, will ich meinen. Aber dann kam Delia und alles hat sich verändert.«

»Ich wusste nicht, dass du mit Finnegan befreundet warst.«

»Woher denn auch, Liebes?« Er lächelte. »Es ist lange her. Wir hatten seit 1958 keinen Kontakt mehr.«

»Aber warum? Hat das etwas mit …«

»Finnegan hat mir nicht geholfen, als ich ihn darum gebeten habe, und damit war die Freundschaft für mich beendet. Ich war damals sehr streng.«

»Wobei hätte er dir denn helfen sollen?«

»Bei der Suche. Er hat sich einfach geweigert.«

»Aber warum?«

»Weil er sie verachtet hat. Dabei kannte er sie nicht mal. Wahrscheinlich ging es auch gar nicht um Delia, sondern darum, dass ich ihn im Stich gelassen habe.«

»Du hast ihn alleingelassen?«, echote sie.

»Ach, wir hatten immer davon geträumt, zusammen nach Amerika abzuhauen. Wollten dort eine Bücherei aufmachen, in der man Bier trinken kann. *The Reading Pint.* Für mich waren das nur Spinnereien, für ihn aber nicht.«

»Er hat Delia die Schuld daran gegeben, dass du euer gemeinsames Vorhaben aufgegeben hast, oder?« Sie überlegte, ob Finnegan etwas mit Delias Verschwinden zu tun haben könnte.

»Vermutlich.« Oscar zuckte mit den Achseln. »Dabei ist er ja selbst kurz darauf fortgegangen, um zu studieren.«

»Ich kann noch gar nicht glauben, dass wir gerade wirklich über früher sprechen.« Clara beugte sich vor und legte ihre Hand auf seine. »Dass du mir von Delia erzählst ...«

»Ich träume in letzter Zeit oft vom Sterben.«

Sie öffnete den Mund, ohne etwas zu sagen.

»Mach nicht so ein Gesicht. Es sind keine Albträume, nur Träume, in denen ich sterbe.« Er zog ein zerknittertes Taschentuch aus seiner Bademanteltasche, schüttelte es aus und schnäuzte sich. »Ich denke, es ist an der Zeit, mir die Episoden meines Lebens noch mal vor Augen zu führen. Auch die schmerzhaften. Es geht vorbei, wenn man's ausspricht.«

»Hast du denn niemals mit jemandem über Delia gesprochen?«

»Ich habe vor vielen Jahren aufgehört, über sie zu reden. Ich wollte sie vergessen. Ich hab's versucht, aber es hilft nichts ... Die Vergangenheit holt mich immer wieder ein.«

Zögerlich kamen die Worte aus seinem Mund. So zögerlich, als müsste er sie mühsam zusammensuchen, als läge eine zentimeterdicke Staubschicht auf ihnen.

»Es war ein verregneter Tag. Ich saß in der Kirche, lauschte dem Chor und kämpfte gegen eine bleierne Müdigkeit. Irgendwann stieß Robert mich an und deutete auf eine junge Frau, die zwischen den anderen vor dem Altar stand. ›Unsere Neue. Hat Mary angeschleppt. Kommt wohl aus Dub und war dort, na ja … Ich wette, man verbrennt sich die Finger, wenn man sie …‹

›Scht!‹

Erst jetzt bemerkte ich sie. Ich war schlagartig hellwach und konnte meinen Blick nicht mehr von ihr abwenden. Wie sie immer wieder prüfend in ihr Gesangbuch blickte und gelegentlich mit einer Hand über ihr rotblondes Haar strich – so etwas Hinreißendes hatte ich in meinem ganzen Leben noch nicht gesehen. Sie sang das Sanctus, erhob ihre Stimme über die der anderen und richtete dabei den Blick hinauf zu den großen Buntglasfenstern. Ich beobachtete, wie sie sich bekreuzigte und wie sie es vermied, die Menschen anzusehen, die in den Kirchenbänken saßen, als sie nach der Messe durch den Mittelgang schritt.

Am Nachmittag servierte sie den Tee im Wohnzimmer und ich war so verlegen, dass ich kaum ein Wort über die Lippen brachte. Sie sah mir in die Augen, als sie meine Hand schüttelte.

›Sie können mich Delia nennen.‹

Delia. Dieser Name klang in meinen Ohren wie Weintrauben, wie die süßesten Sommertage.

Von diesem Tag an schlich ich immer öfter in die Küche und erfand irgendwelche Vorwände, um länger als nötig dortzubleiben, während sie kochte oder Geschirr spülte. Manchmal wechselten wir ein paar Worte, manchmal nur Blicke. Wenn ich ins Klavierspiel versunken war, musste ich an sie denken. Wenn ich mit dem Motorrad unterwegs war, morgens aufwachte oder abends im Pub saß und in mein Bier starrte – ich hatte immerzu ihr Gesicht vor Augen. Ich kannte sie nicht wirklich, aber ich wusste mit untrüglicher Sicherheit, dass ich sie lieben könnte.

In der ersten Mainacht begegneten wir uns am Feuer, das auf den Feldern hinter der Kirche loderte. Wie überall im Land feierten wir Beltane, den Sommeranfang, und glaubten daran, dass sich in dieser Nacht alle Grenzen auflösten – Grenzen zwischen den Menschen und die Grenze zwischen dieser und der Anderswelt. Es war eine mystische Nacht. Das ganze Dorf hatte sich versammelt. Delia trug ein helles Kleid, das seidig an ihrem Körper hinabfloss. Ich hatte es noch nie an ihr gesehen. Das Haar fiel wellig über ihre Schultern und leuchtete im Schein des Feuers, als würde es selbst brennen. Sie kam mir vor wie eine Lichtgestalt. Sie tanzte mit geschlossenen Augen und hatte die Welt um sich herum vollkommen vergessen. Nie zuvor war sie mir freier erschienen. Ich wusste, dass ich die Chance nicht verstreichen lassen durfte.

Eine Weile lungerte ich mit den anderen Männern am Rande der Tanzfläche herum und trank ein Bier nach dem anderen, dann fasste ich endlich Mut und bat sie um einen Tanz. Die Musiker spielten ein altes Lied: *Samhradh*. Ich erinnere mich noch gut daran. Delia sang voller Inbrunst mit, verstummte jedoch abrupt, als sie mich bemerkte. Ihr Gesicht war erhitzt und glänzte im Schein des Feuers.

›Tanzt du mit mir?‹

›Ich?‹, fragte sie und blickte sich suchend um.

›Ja, du. Tanzt du mit mir?‹

Sie hob die Schultern, als wüsste sie nicht, ob es erlaubt sei, mit mir zu tanzen, oder ob sie das Recht besaß, meine Bitte auszuschlagen. Immerhin war ich der Sohn ihres Arbeitgebers.

›Entschuldige, ich glaube, wir kennen uns noch nicht, deswegen sollte ich mich wohl zuerst vorstellen‹, flüsterte ich nach einem Moment der Stille. ›Ich bin Naoise. Wer bist du?‹

Zuerst runzelte sie die Stirn, kämmte mit den Fingern durch ihr Haar, doch dann strahlte sie mich an. ›Heute bin ich Deirdre‹, flüsterte sie zurück.

›Das schönste Mädchen Irlands? Das hätte ich mir ja gleich denken können. Was meinst du: Sollen wir es wagen, Deirdre?‹ Ich deutete zu den Tanzpaaren, die über das Gras wirbelten, dann streckte ich ihr meine Hand entgegen.

Nach diesem Abend schrieb ich ihr einen Brief – kitschig, aber ehrlich – und versteckte ihn in einem kleinen Vogelhaus, das weit genug vom Haus entfernt in einem Baum hing.

›Du weißt doch, wo die Feen leben, oder? Unten am See steht ein Weißdorn. Heute Morgen haben die Vögel so laut gezwitschert, dass ich davon aufgewacht bin. Ich glaube, dass die Feen etwas für dich versteckt haben.‹

›Für mich?‹

›Eine geheime Botschaft! Geh nach der Arbeit zum See und suche nach den Haselnusssträuchern. Dort in der Nähe findest du den Weißdorn.‹

Es dauerte nicht lange und sie beantwortete meinen Brief.

›Weißt du, was ich festgestellt habe, als ich heute Morgen um den See spazierte? Die Vögel haben ein Nest gebaut‹, sagte sie, als ich in der Küchentür lehnte und einen Apfel aß, während sie Kartoffeln für das Abendessen schälte. Heute noch erinnere ich mich an ihre funkelnden Augen und dieses verschwörerische Lächeln. Sie wurde meine Verbündete, meine engste Vertraute, das schönste Geheimnis meines Lebens.

Wenn wir uns begegneten, tauschten wir tiefe Blicke aus, griffen im Vorbeigehen nach unseren Händen oder zwinkerten uns zu. Niemand durfte davon wissen. Mein Vater wäre die Wände hochgegangen und Robert hat mir ja nicht mal die Butter auf dem Brot gegönnt.

Wir waren still und lernten, uns ohne Worte zu verständigen. Sobald ein Brief im Vogelhaus darauf wartete, abgeholt zu werden, pfiffen wir eine kleine Melodie. Manchmal steckte ich ihr Blumen zu und irgendwann bat ich sie, bei Anbruch der Dunkelheit zum See zu kommen …«

Oscar kehrte in die Gegenwart zurück und stellte das leere Glas auf den Fenstersims. »Du weißt, wie es weitergeht«, erklärte er.

»Das klingt wunderschön, weißt du das?« Clara seufzte ergriffen auf. »Habt ihr euch immer heimlich am See getroffen?«

»Es gab dort ein kleines Bootshaus, einen Bretterverschlag vielmehr. Wir waren oft dort, um uns zu unterhalten.«

»Und dann?«

»Was und dann?«

»Wolltest du sie wirklich heiraten?«

»Sicher wollte ich das. Das war unser Plan. Abhauen, heiraten und gemeinsam leben. Wir haben uns das so einfach vorgestellt. Vielleicht hätte es sogar geklappt.«

»Aber dann ist sie einfach verschwunden.«

»Das Ende der Geschichte«, sagte er und setzte seine Brille ab, um über seine erschöpften Augen zu reiben.

»Wie hast du davon erfahren?«

»Das war das Ende, Clara. Lass uns nicht mehr davon sprechen. Man sollte die guten Erinnerungen wie Schätze bewahren und alle anderen – weg damit!«

»Hast du deiner Familie irgendwann gestanden, dass du Delia geliebt hast?«

»Natürlich nicht. Sie hätten es nicht verstanden, außer meine Mutter vielleicht, aber die hatte ihre eigenen Sorgen.«

»Welche Sorgen?«

»Meine Güte, darf ich vielleicht noch ein paar Geheimnisse für mich behalten? Das ist ja schlimm.« Er schüttelte den Kopf, dann stand er schwerfällig auf. »Ich muss sowieso gleich zum Zahnarzt.«

»Du hast doch gar keine Zähne mehr.«

»Zum Friseur, meine ich.«

19

Auch wenn ihre Gedanken ständig zu ihm wanderten, sie manchmal minutenlang sein Foto betrachtete und ihr Herz dabei höherschlug, hielt sie sich zurück. Sie schrieb Nachrichten, die sie dann doch nicht abschickte, ohne sagen zu können, was sie hemmte.

Nach dem Gespräch mit Oscar hatte sie ihn angerufen, um ihm von Oscars Freundschaft mit Finnegan zu erzählen. Jon war gerade unterwegs zu einem Hausbesuch gewesen und hatte kaum Zeit, mit ihr zu sprechen. »Ich muss jetzt weiter. Wir hören uns, ja?« Doch seit Tagen herrschte Stille, die sich ausdehnte und mit Worten angereichert war, die sie nicht aussprechen konnten. Immer wieder dachte sie an Aoife, seine verletzliche Version, und daran, wie er sie geküsst hatte.

»Eigentlich war er ziemlich konkret, finde ich«, meinte Fiona am Telefon. »Er kann sich mehr vorstellen, aber er ist vernünftig genug, um zu wissen, dass zwischen euch nichts Festes entstehen kann, wenn du in England bleibst.«

»Ich gehe doch nicht wegen eines Mannes nach Irland.«

»Aber wegen der Liebe vielleicht schon, hm?«

»Liebe.« Clara blies die Wangen auf. »Jon ist toll. Ich mag seine Art und ich bin gern mit ihm zusammen. Er betrachtet alles mit einem Augenzwinkern, ohne dabei leichtfertig zu sein.

Diese Balance ist wirklich schön. Und sein Grübchen auch, aber … puh!«

»Aber?«

»Es ist allerhöchstens eine Schwärmerei«, behauptete sie und wandte sich vom Fenster ab, in dem sich ihr Gesicht schemenhaft gespiegelt hatte. »Wir wissen beide, wie schnell solche Gefühle verfliegen. Ich bin einfach froh, dass es dort jemanden gibt, der mir hilft.«

»Ach, Clara, ich kenne dich doch.« Fiona lachte. »Du bist hin und weg. Gib's einfach zu und versuch nicht, dich rauszureden.«

* * *

Clara arbeitete, verbrachte Abende im Pub, spazierte mit Keats auf Hampstead Heath, schrieb an ein paar Artikeln und putzte endlich die Fenster. Es war gut, beschäftigt zu sein. Es war gut, tagsüber nicht zu sehr an Jon denken zu müssen. Doch wenn sie abends in der Dunkelheit in ihrem Bett lag und einen letzten Blick auf ihr Handy warf, schmerzte es sie, dass er nicht geschrieben hatte. Sie sehnte sich nach ihm, schwelgte in Träumen von einer gemeinsamen Zukunft und redete sie sich gleichzeitig aus.

Träge wie die Themse flossen die Tage dahin.

Eines Abends, als Clara gerade angefangen hatte, in einem Gedichtband zu lesen, den Oscar ihr gegeben hatte, vibrierte ihr Telefon auf dem Nachttisch, sein Name leuchtete auf. »Jon!« Clara lachte. Ihr Herzschlag beschleunigte sich. »Schön, dass du dich meldest.«

»Hey, Clarabella. Du glaubst nicht, was heute Nachmittag passiert ist.«

»Was denn?« Sie presste sich das Telefon ans Ohr. Es rauschte, knackte und pochte.

»Heute kam eine alte, verrückte Lady mit ihrer Katze in die Praxis. Ich habe die Katze operiert – eine Niere musste raus, keine große Sache. Währenddessen wollte die Lady ums Schloss spazieren, um weißes Heidekraut zu sammeln. Na? Errätst du, wen ich meine?«

»Etwa Delia?«

»Nein, nein. Das wäre zu schön, um wahr zu sein.« Er lachte hell auf. »Es war Bridget, Birdy, das Vögelchen.«

»Was du nicht sagst! Das ist ja höchst interessant.«

»Ich dachte, dass ich die Chance nicht verstreichen lassen darf. Als Birdy ihre Katze wieder abholen wollte, habe ich sie direkt gefragt, ob sie die Fitzgeralds kannte und weiß, wer Delia war. Erst hat sie rumgedruckst und irgendwas von den alten Zeiten gefaselt, die schon so lange vorbei sind, dass sich kein Mensch mehr dran erinnert. Aber dann habe ich noch mal nachgehakt und sie ein bisschen mit ihrer Katze erpresst.«

»Wie bitte?«

»Na ja, nicht wirklich. Ich habe nur gesagt, dass mir ein paar Informationen bestimmt helfen würden, wenn ich die Rechnung für die Operation schreibe. Du weißt schon: Bei alten Leuten ist das Geld oft knapp und Haustiere sind ihnen heilig.«

»Du bist echt …«

»Genial, ich weiß«, unterbrach er sie. »Jedenfalls wurde sie dann ganz redselig und hat mir alles erzählt. Ich denke, ihre Geschichte ist wahr.« Er machte eine so lange Pause, als würde er auf Applaus warten.

»Was hat sie erzählt? Jetzt sag schon.«

»Also, hör zu: Bridget war die Tochter des Postboten und ist oft mit ihrem Vater losgezogen. Jedenfalls hat Delia ihr eines Tages einen Brief gegeben und sie darum gebeten, ihn Oscar zu bringen. Es sei ganz wichtig und streng geheim. Jetzt rate mal, was das dämliche Kind gemacht hat?«

»Sie hat ihn gelesen?«

»Ne, noch schlimmer. Sie hatte keine Ahnung, welchem der beiden Brüder sie den Brief geben sollte, und hat ihn einfach ...«

»... Robert gegeben«, vollendete Clara den Satz und sog scharf die Luft ein. Ihre Gedanken überschlugen sich.

»Genau. Sie hat den Fehler erst bemerkt, als Oscar ihnen kurz darauf entgegenkam und ihr Vater ihn gegrüßt hat.«

»Scheiße.«

»Das kannst du laut sagen.«

»Und Robert hat den Brief gelesen und ist damit natürlich sofort zu seinem Vater gerannt, um ihm alles zu erzählen. Aber halt ...« Sie runzelte die Stirn. »Wenn Robert den Brief erhalten hat, wie ist er dann bei Oscar gelandet?«

»Das ist ja wohl das geringste Problem. Vielleicht hat Robert ihn an Oscars Motorrad gesteckt oder in seine Jackentasche, keine Ahnung.«

»Was hat Bridget noch gesagt?«

»Sie konnte sich daran erinnern, dass die Gardaí jeden im Dorf befragt hat. Eine Woche ging das so und dann sind sie verschwunden und nur noch gekommen, wenn's im Pub eine Schlägerei gegeben hat.« Er schnalzte mit der Zunge. »Jedenfalls meinte sie, dass Delia den Fitzgeralds zum Verhängnis geworden sei, weil beide Brüder ...«

»Robert war auch in sie verliebt?«

»Robert war jedenfalls kein Kind von Traurigkeit und im ganzen Dorf dafür bekannt, den Mädchen nachzusteigen. Deswegen erschien es Bridget auch total logisch, dass er den Brief erhalten sollte.«

»Aha.« Clara stand auf und fing an, vor ihrem Bett auf und ab zu gehen. »Das ergibt alles Sinn! Robert war rasend vor Eifersucht und konnte es nicht ertragen, Delia an seinen Bruder zu verlieren. Deswegen hat er sie ermordet und ihre Leiche verschwinden lassen.«

»Ich bin mir da nicht so sicher, Clara.«

»Warum?«

»Weißt du noch, was der Polizist deinem Vater erzählt hat? Vieles deutete darauf hin, dass Delia damals freiwillig gegangen ist. Bridget meinte, sie hätte Jahre später eine Frau getroffen, die Delia verdammt ähnlich gesehen habe.«

»Hast du nicht gesagt, dass sie verrückt ist?«

»Sie ist merkwürdig, ja, und ich glaube, deswegen wird ihr sehr oft unrecht getan. Sie wird als unglaubwürdig abgestempelt, aber ist sie das? Könnte es nicht wirklich sein, dass Delia noch lebt? Dass sie nur untergetaucht ist?«

»Sie hätte Oscar niemals …«

»Ich weiß, dass du unbedingt daran glauben willst, dass ihre Liebe alles ausgehalten hätte, aber es gibt Situationen, in denen Liebe keine Rolle spielt. Denk doch mal nach: Delia hatte nichts. Eine beschissene Vergangenheit, keine Familie und gerade mal genug Geld, um satt zu werden und ein Dach über dem Kopf zu haben.«

»Du meinst also, sie hätte sich einfach aus dem Staub gemacht, ja?«, fragte sie angriffslustig.

»Bestimmt nicht *einfach*, nein.«

»Wie erklärst du dir, dass es keine Spuren von ihr gibt? Sie hat keinen einzigen Koffer gepackt und alle ihre Habseligkeiten zurückgelassen.«

»Ich habe keine Ahnung. Vielleicht sollte es so aussehen, als wäre sie einem Verbrechen zum Opfer gefallen.«

Clara schnaubte auf.

Eine Weile diskutierten sie noch verschiedene Theorien, die sie ohnehin schon tausendfach gewälzt hatten. Während Jon sich darauf versteifte, dass Delia noch leben könnte, war Clara davon überzeugt, dass sie Oscar niemals in dieses Loch der

Ungewissheit gestoßen hätte, in dem er seit ihrem Verschwinden festsaß. Sie kamen nicht weiter.

»Hey, Clara, bist du mir böse, wenn wir jetzt auflegen? Ich falle gleich um vor Müdigkeit«, gähnte Jon irgendwann ins Telefon.

»Nein, nein. Es ist spät und du musst bestimmt früh raus.«

»Verdammt früh«, stöhnte er gequält.

»Jon, noch ganz kurz ...«

»Hm?«

»Ich möchte unbedingt noch mal nach Clare fahren, nach Connemara und irgendwann auf die Aran Islands. Dort muss es wunderschön sein.«

»Mit mir oder allein?«

»Mit dir natürlich.«

»Natürlich.« Er lachte. »Weißt du, es wäre schön, wenn wir öfter voneinander hören würden. Sonst fühlt es sich so an, als wäre zwischen uns nie etwas gewesen.«

»Das finde ich auch.« Sie atmete durch und konzentrierte sich auf das Flattern in ihrem Bauch. »Eigentlich wollte ich mich schon viel früher bei dir melden.«

»Warum hast du's nicht gemacht?«

»Wahrscheinlich, weil ich viel zu viel drüber nachgedacht habe.«

»Verstehe. Hast du auch über meine Ideen nachgedacht?«

»Deine Ideen?«, echote sie und runzelte die Stirn.

»Na ja, ich habe dir doch ... Hast du in letzter Zeit mal deine Manteltaschen untersucht?«

Der schwarze Wollmantel landete auf dem Bett. Mit beiden Händen tastete sie über den Stoff. Tatsächlich. Neben einem Lippenpflegestift und einem zerknüllten Papiertaschentuch zog sie ein silberfarbenes Gerät hervor. *Für professionelle Journalistinnen*, stand auf einem gelben Klebezettel. Clara lachte hellauf, als sie daran dachte, wie er mit sonorer Stimme seine medizinischen Beobachtungen aufgenommen hatte, während sie umgeben von Schafen in einem Stall standen. Die Schrift war schon längst von den Tasten verschwunden, sodass sie wahllos darauf herumdrückte. Sie spulte vor, dann zurück. Schließlich knackte es aus dem kleinen Lautsprecher, dann ertönte eine Stimme, die ihr wohlvertraut war und ihr Herz rasen ließ.

»Weitere Ideen für die journalistische Arbeit: 1. Mein großes Haus in Irland, 2. Attraktive Tierärzte, 3. Macht der Gedanken: Warum ich immer an dich denken muss, obwohl du Engländerin bist, 4. Der Tag, an dem ich beschloss, meine eigene Heldin zu werden, 5. Clara in Clare: ein irisches Nachtritual.«

Stille.

Clara spulte zurück und hörte sich die Aufnahme noch mal an, spulte zurück und lauschte den Worten in maximaler Lautstärke, sodass seine Stimme schepperte, spulte zurück, spulte zurück. *Warum ich immer an dich denken muss, obwohl du Engländerin bist.* Ihr Gesicht glühte. *Ein irisches Nachtritual.* Sie musste so schnell wie möglich nach Clonamaddy fahren.

* * *

Es war ihr fremd, dass Oscar sich so verschlossen gab. Täglich informierte er sie über seinen Blutdruck, zeigte ihr seine Gewichtstabelle und ließ sie jedes Mal wissen, wenn er seine Tabletten schluckte, um sich später bei ihr zu erkundigen, ob er sie nicht etwa vergessen hatte. Ansonsten war Oscar in den letzten Tagen jedoch sehr schweigsam gewesen.

Heute klagte er über Schmerzen in den Gelenken, doch Clara glaubte, dass er damit eigentlich seine Gedanken meinte. Er war schon früh am Morgen aus dem fünften Stock hinabgestiegen, um die Zeitung zu holen und Keats an einen Laternenpfahl pinkeln zu lassen. Nun gab es Küchenfensterkaffee.

Die Briefe lagen auf dem Küchentisch. Das Foto lehnte am Basilikumtopf. Delia lächelte ihnen entgegen – warm und vertraut –, während sie Porzellantassen mit dampfendem Kaffee in den Händen hielten und miteinander sprachen.

Die Stadt schlief noch. In den kleinen Straßen Hampsteads dauerte es oft lange, bis das Leben erwachte. Vor allem an regnerischen Tagen.

»Wie war das eigentlich damals?«, fragte sie und rührte geräuschvoll in ihrem Kaffee.

»Was meinst du?«

»Clonamaddy ist so weit draußen. Wie war das Leben dort?«

»Wie das Leben war?« Oscar stellte die Zuckerdose auf den Fenstersims und lehnte sich zurück. »Meine Familie war in einer sehr privilegierten Situation. Die Company florierte, während das Land brachlag. Man kann's nicht anders ausdrücken. Wie das Leben war, weiß ich also nur aus meiner Perspektive.«

»Aber du weißt doch, wie die anderen Menschen damals gelebt haben. Im Dorf zum Beispiel.«

»Na ja, die Leute waren bettelarm, mussten den ganzen Tag schuften und haben sich am Priestergewand festgeklammert. Du kannst dir nicht vorstellen, welchen Einfluss der Klerus hatte, welche absurde Macht. Das Leben dort draußen war … eine katholische Hysterie.«

»Und wenn man eine Frau wie Delia war?«

»Was glaubst du, Clara?« Er lachte tonlos. »Sie war ein Niemand. Ich habe gesehen, wie die ganze Dorfgemeinschaft nach einem entlaufenen Schwein gesucht hat, aber als Delia verschwunden ist, blieben sie schön zu Hause. Am Sonntag haben sie Fürbitten gesprochen und dafür gebetet, dass der Allmächtige ihr alle Sünden vergibt. Das war's.«

»Hatte sie keine Freundinnen im Dorf?«

»Nicht, dass ich wüsste. Es gab nur die alte Mary«, erwiderte er und kniff die Lippen zusammen. Sein Blick verirrte sich über die Dächer hinweg in den wolkenverhangenen Himmel.

»Und dich, Oscar. Sie hat dich geliebt.«

»Mhm, und sie war der einzige Mensch, der mir jemals das sichere Gefühl gegeben hat, geliebt zu werden.« Ein Lächeln umspielte seine Lippen, dann griff er nach der alten Fotografie und betrachtete sie eine Weile. »Ich wusste nicht, dass ein Mensch so stark und zugleich so zerbrechlich sein kann, bis ich sie kennengelernt habe. Sie war alles, was ich kannte, und das Gegenteil davon.«

Clara bückte sich, um Keats auf den Schoß zu nehmen. Sein Fell war hinter den Ohren ein wenig verfilzt und sie versuchte, mit den Fingerspitzen vorsichtig die Knoten zu lösen.

»Ich habe ihr manchmal aus meinen Büchern vorgelesen. Von Gedichten konnte sie nicht genug bekommen. John Keats fand sie zwar ein bisschen pathetisch, aber eigentlich haben ihr seine Texte gefallen. Was hat sie immer gesagt?« Er kratzte sich am Hinterkopf. »Leidenschaftlich. Das Leben ist beim Schreiben aus ihm hinausgeströmt. Er ist ja jung gestorben, der arme Kerl. Finnegan hat immer gesagt, dass Keats ...«

»Finnegan war bestimmt ziemlich traurig, als du nicht mehr mit ihm nach Amerika gehen wolltest, oder?«

»Er hat's sich nicht anmerken lassen, aber vermutlich war es so. Man ist ja immer traurig, wenn man sich von etwas verabschieden muss, an dem man festgehalten hat.«

»Meinst du, er war auch wütend?«

Oscar hob den Kopf und musterte sie. Hinter den dicken Brillengläsern leuchteten seine Augen auf. »Er hatte nichts damit zu tun. Finnegan war mit seinem Vater in Dublin, als es passiert ist. Sie waren bei einem wichtigen Genossenschaftstreffen. Das weiß ich noch ganz genau, weil er ständig davon geredet hat.«

»Er hatte also nichts mit ihrem Verschwinden zu tun.«

»Finnegan war ein Mensch, der zerbrochene Schneckenhäuser reparieren wollte, weil ihm die Tiere so leidgetan haben. Jemand, der nachts alle zwei Stunden aufgestanden ist, um seine Eichhörnchen zu füttern. Niemals hätte er Delia auch nur ein Haar gekrümmt. Da bin ich mir ganz sicher.«

Clara war erleichtert, ihn das mit solcher Bestimmtheit sagen zu hören. Vor allem, weil Finnegan für Jon eine wichtige Bezugsperson gewesen war. Sie wollte nicht, dass seine Erinnerung an ihn getrübt wurde.

»Oscar, weißt du, was mir gerade einfällt? Ich habe das Buch mitgebracht, das Catherine in ihrem Nachttisch aufbewahrt hat.«

»*Sturmhöhe*?«

»Willst du es haben?«

Clara eilte durch den Korridor zu ihrem Zimmer. Die Reisetasche lag im obersten Fach des Kleiderschranks. Sie hatte vollkommen vergessen, dass sie das Buch vor ihrer Abreise kurz entschlossen in das Seitenfach gesteckt hatte. Auf Zehenspitzen angelte sie danach und klemmte es sich unter ihren Arm.

Als Clara die Küche betrat, zuckte Oscar zusammen, als wäre er eingedöst oder in Gedanken versunken gewesen. Er strich über sein schütteres Haar, dann richtete er sich auf und wandte sich ihr zu.

»Das ist es also.«

»Was meinst du? War *Sturmhöhe* ihr Lieblingsbuch?«, fragte sie lächelnd, nachdem sie ihm das Buch gereicht hatte.

»Gut möglich. Wenn ich mich an meine Mutter erinnere, sehe ich sie im Wintergarten sitzen. Eine Tasse Tee auf dem Tisch, eine Decke über den schmalen Schultern, vornübergebeugt. Sie hat sich gern fortgeträumt.«

Sein Blick wurde weich und seine Stimme hatte einen warmen Klang angenommen. Auch wenn Oscar vorgab, kein

Interesse an den Habseligkeiten seiner Familie zu haben, spürte Clara, dass es ihn berührte, dieses Buch in den Händen zu halten. Nicht, weil er bibliophil war, sondern weil es seiner Mutter gehört hatte.

Bedächtig streichelte Oscar über den Einband, roch daran, dann klappte er das Buch auf. Seine Finger flogen über die Seiten, zupften an dem roten Lesebändchen.

»Das Buch ist uralt«, murmelte er. »Die Ausgabe ist von 1884. Es hat alle Weltkriege überlebt, den Unabhängigkeitskrieg.«

»Hast du's gelesen?«, erkundigte sich Clara.

»Sicher, aber das ist schon lange her. Es spielt in einem Herrenhaus, in einer windgepeitschten und verlassenen Gegend. Du solltest es lesen.« Oscar zwinkerte ihr zu und legte das Buch in ihren Schoß.

Wahllos blätterte sie darin. Sie las den ersten Satz, dann den letzten. Sie seufzte inbrünstig auf. »Das ist wirklich wunderschön.«

»Die Worte sind Musik, aber die Musik ist finster.«

Clara wollte das Buch gerade zuschlagen, als ihr eine Verdickung auffiel. Sie presste die Lippen aufeinander und schob ihre Finger in ein Fach zwischen dem Buchdeckel und einer dünnen Pappe. »Oscar, sieh mal!« Sie räusperte sich und zog ein vergilbtes Papier hervor, das über und über mit einer gleichmäßigen, rechtsgeneigten Schrift beschrieben war. »Was ist das?«

»Hat sie da etwas versteckt?« Er nahm seine Brille ab, putzte die Gläser nachlässig mit einem Zipfel seines Bademantels und beugte sich vor.

Clara entfaltete das Papier, las die ersten Worte und ließ es langsam sinken. Ihr Herz raste. Sie öffnete den Mund, schloss ihn wieder, dann reichte sie Oscar den Brief.

Delia,

am Anfang war ich mir ganz sicher, dass Du lebst. Ich konnte es spüren, dass Du am Leben bist, aber das Gefühl wird immer schwächer. Es sind zu viele Tage vergangen, ohne dass ich eine Spur von Dir gefunden hätte. Du lässt mich mit nichts zurück. Nichts!

Ich hatte immer Angst vor der Zeit. Selbst in den glücklichsten Stunden meines Lebens bin ich mir bewusst gewesen, dass alles vergänglich ist. Wir nehmen nur Erinnerungen mit. Das ist alles, was übrig bleibt. Aber was geschieht, wenn der einzige Mensch, der sich noch erinnern kann, selbst zu einer Erinnerung wird? Wir haben zwei oder drei Generationen, dann sind wir vergessen. Es gibt vielleicht noch Fotos von uns, aber keiner kennt mehr unsere Namen. Irgendwann verschwinden selbst die Fotos. Irgendwann wird es sein, als hätte es uns nie gegeben.

Trauer ist Liebe, die keinen Ort mehr hat. Das ist wahr, denke ich. Mein Ort warst Du und ich werde mich an Dich erinnern, solange ich lebe. Ich weiß noch ganz genau, wie die Nachtluft gerochen hat, rußig und feucht, wie der Himmel ausgesehen hat, welches Lied sie gespielt haben und wie es sich angefühlt hat, als Deine Hand in meiner lag. Wenn ich gewusst hätte, dass wir nur diese Sommertage miteinander haben ... Samhradh, Samhradh.

Unser letzter Moment in der Küche. Weißt Du noch? Es roch nach Porridge und Du *hast gerade den Herd geputzt. Ich war ganz erschrocken, weil Deine Augen so glasig und blutunterlaufen waren, als hättest Du geweint. Du hast gesagt, es käme vom Geruch der Gräser, der in Deiner Nase kitzelte. Ich frage mich, was geschehen ist. Warum hast Du geweint?*

Mein Herz ist ganz löchrig. Nachts wird der Schmerz zu einem Ungeheuer und ich weiß nicht, wie ich damit leben soll. Ich kann keinen Schritt gehen, ohne an Dich denken zu müssen, und es gibt niemanden, mit dem ich sprechen kann. Ich höre nur zu, wenn sie von Dir reden und irgendwelche Geschichten erfinden. Du würdest darüber lachen, weil sie so absurd sind, aber ich bin manchmal kurz davor, dieses verfluchte Dorf abzufackeln. Mein Vater versucht jetzt, mich mehr und mehr am Geschäft zu beteiligen. Robert möchte an die Küste fahren, angeln gehen, trinken. Aber ich kann nicht. Ich kann nicht mal richtig atmen. Mir fehlt alles, was ich zum Leben brauche. Das ist verseuchtes Land. Soll ich bleiben, um hier zu sein, falls Du jemals zurückkommst? Soll ich gehen? Es drängt mich fort. Du weißt, dass ich nur wegen Dir geblieben bin, und ich würde bleiben, wenn noch Hoffnung bestünde. Wo auch immer Du jetzt bist – ich hoffe, Du denkst an den Sommer und manchmal auch an mich. Es fühlt sich so an, als wären wir am Ende angelangt.

Das ist mein letzter Brief an Dich, Delia, meine Liebe, Deirdre.

Naoise

PS: The Irish Times. Suche in der Anzeigenrubrik nach einem alten Vogelhaus. Du wirst in jeder Sonntagsausgabe meine Chiffre finden. In vielen Jahren werden wir uns begegnen und von dem Schmerz wird nichts mehr übrig sein. Lass mich daran glauben.

Oscar rauchte und starrte aus dem Fenster in den Himmel.

»Mein Gott«, sagte er mit bebender Stimme. »Wie viele Jahre, wie viel seitdem ... Danach bin ich gegangen. Ich habe den Brief geschrieben und bin gegangen.«

»Hast du deine Mutter darum gebeten, ihn Delia zu geben, falls sie irgendwann wieder ...«

»Ich habe ihn dort versteckt, wo wir unsere Briefe immer versteckt haben«, unterbrach er sie und schüttelte den Kopf.

»Das Buch lag in einer Schublade des Nachttischs deiner Mutter.«

»Aber wie ... wie kann das sein, Clara? Ich dachte, unser Vogelhaus wäre gut versteckt, aber sie muss es gefunden haben. Sie muss sich daran erinnert haben.«

»Wo hing das Vogelhaus denn?«

»In einem Weißdorn am See. Meine Mutter hat es aufgehängt, als wir noch Kinder waren. Sie hat uns erzählt, dort wohnten Feen. Es war ein Spiel, ein Märchen. Mein Gott, ich dachte, sie hätte es längst vergessen, aber anscheinend ... Das ist unglaublich.«

»Sie muss den Brief gefunden und verwahrt haben, damit sie ihn Delia geben kann. Sie wollte auf ihn aufpassen.«

»Vermutlich war das ihre Absicht.« Er zog ein Taschentuch aus seiner Hosentasche und schnäuzte sich, dann stand er so abrupt auf, dass die Lehne des Stuhls an die Wand krachte. Seine Zigarette verqualmte im Marmeladenglas. Seine Schritte verhallten im Korridor und Clara wusste nicht, ob sie ihm folgen sollte. Sie wartete darauf, dass er seine Zimmertür zuschlug, doch stattdessen hörte sie ihn leise vor sich hin murmeln.

Kurz darauf kam er mit einer Zeitung zurück, die tausendmal schief gefaltet und an den Ecken eingerissen war. »Es mag lächerlich sein – dieser Versuch, sie zu finden –, aber in jeder Sonntagsausgabe annonciere ich ein Vogelhaus aus Weißdornholz.« Er setzte sich und strich behutsam über das knisternde Papier.

»Seit zweiundsechzig Jahren?«

»Tja, ich habe wohl vergessen, die Annonce zu kündigen.«

»Das ist nicht wahr. Du gibst sie immer wieder auf. Stimmt's?«, mutmaßte Clara und zog die Augenbrauen hoch.

»Bringt zwar nichts, aber kostet auch nicht viel. Ich mache das aus nostalgischen Gründen und ich …« Oscar schluckte trocken, faltete die Hände in seinem Schoß und wandte den Blick ab. »Wie hätte Delia den Brief finden sollen, wenn meine Mutter ihn weggenommen hat? Was ist, wenn … nein, Schwachsinn, Delia ist nie zurückgekommen.«

Clara saß mit hängenden Schultern neben ihm und lauschte seinen Überlegungen.

* * *

Wenn der Tag still und dunkel wurde, fing sie an, ihn zu vermissen. Sie stellte sich vor, wie seine Augen aussahen, wenn er sie verschwörerisch anfunkelte, wie seine Stimme klang, sein Lachen. Der Abschied hatte sich in ihre Gedanken gebrannt. Inzwischen war sie davon überzeugt, herausgefunden zu haben, wer er war – für sie.

Jon übte eine so große Anziehungskraft auf sie aus, dass sie immer öfter darüber nachdachte, ihre Habseligkeiten in Kartons zu packen und damit nach Clonamaddy zu fahren. Dort wäre er nur einen Steinwurf entfernt, jetzt trennte sie ein Ozean.

Seitdem sie das Diktiergerät gefunden hatte, schrieben sie sich jeden Tag kurze Mitteilungen. Morgens, wenn Clara noch im Bett lag und Jon schon längst zu einem Termin aufgebrochen war. Abends, wenn Jon im Bett lag und Clara mit dem Notebook auf dem Schoß vor dem Fenster saß und ihre Ideen ausformulierte. Sie schrieb über Schafe, die irische Sprache und die Magdalenenheime, die bis 1996 feste Institutionen in Irland gewesen waren.

Seit Tagen spürte sie eine Leichtigkeit, eine Euphorie vielmehr, die sie schweben ließ. Selbst wenn sie im Café stand und die Siebträgermaschine reinigte, summte sie vergnügt vor sich hin, weil sie gedanklich schon die Gummistiefel angezogen hatte, um über feuchte Wiesen zu marschieren.

Manchmal telefonierten sie miteinander, dann erzählte Jon kleine Anekdoten von seiner Arbeit, von Aoife und Sionnach. Clara lernte, dass Kühe weinten, wenn sie von ihren Kälbern getrennt wurden, und dass Milch, die nachts gemolken wurde, eine beruhigende Wirkung besaß. »Besser als Valium.«

Wenn sie mutig genug war, las sie ihm ihre Artikel vor, aber die meiste Zeit sprachen sie darüber, was sie alles unternehmen wollten, wenn Clara zurück in Clonamaddy wäre.

»Wir sollten wandern gehen. In die Wicklows, nach Connemara, Donegal. Es gibt so viel, das ich dir zeigen kann.«

»Ich wäre so gern noch im Sommer mit dir nach Clare gefahren, aber so wie es aussieht, wird nichts draus.«

»Warum? Kannst du nicht früher kommen?«

»Es geht nicht. Ich habe in der letzten Zeit so oft gefehlt, dass ich jetzt viel öfter arbeiten muss, sonst setzen sie mich irgendwann noch auf die Straße«, erklärte sie.

»Wann könnte es klappen?«

»Vielleicht in sechs Wochen? Ich weiß es nicht genau.«

»Clara!« Er stöhnte gequält auf. »Sechs Wochen? Ist das dein Ernst? Das ist echt ein Problem, diese Entfernung und die lange Zeit dazwischen.«

»Ich weiß, ich weiß, aber ich kann es leider nicht ändern. Wenn ich könnte, würde ich sofort kommen«, sagte sie und bestätigte die Buchung.

20

Fünf Tage später zog Clara die Kapuze ihres Parkas tief ins Gesicht, stapfte durch den Garten und schlüpfte aus dem Tor. Während sich das Land mit Wasser vollgesaugt hatte, schmatzend und weich, war der Weg unter dem Blätterdach erstaunlich trocken geblieben. Ihre grünen Gummistiefel rieben bei jedem Schritt an ihren Waden und scheuerten die Haut auf. Sie blieb stehen und stopfte die Jeans in den Schaft, dann setzte sie ihren Weg fort und erreichte schließlich die Eiche, die vermutlich schon seit Hunderten von Jahren dort stand und über den See wachte. Auf dem umgedrehten Boot am Ufer hatte Jon gesessen, um Schwäne zu beobachten. Sie kniff die Augen zusammen und suchte den See nach den Tieren ab. Der Regen zeichnete Kreise auf die Wasseroberfläche – keine Schwäne, noch nicht mal Stockenten. Alles, was lebte, suchte Schutz vor dem Regen, aber Clara hatte ein Ziel vor Augen. Sie erinnerte sich an eine Sage, die Jon ihr erzählt hatte. In Irland war es verboten, Schwäne zu töten, weil die Kinder des Königs Lir von einer bösen Fee in Schwäne verwandelt worden waren und seither auf den dunkelsten Gewässern Irlands schwimmen mussten. Jahr um Jahr.

Dichte Haselnusssträucher grenzten das Ufer von den Wiesen ab. Kein Wunder, dass Oscar sich hier heimlich mit

Delia getroffen hatte. Clara senkte den Blick und stapfte langsam den Pfad entlang. Wie hatte es sich angefühlt, nachts aus dem Haus zu schleichen? Zu wissen, dass man sündigte und dafür verurteilt werden würde, weil nicht sein durfte, was man sich von ganzem Herzen wünschte? *Richtig*, dachte sie. Es hatte sich trotzdem richtig angefühlt und sie die Konsequenzen vergessen lassen. Der Pfad wurde schmaler, führte durch ein Brombeerdickicht hindurch, vor dessen stacheligen Zweigen sie sich mit beiden Händen schützen musste. Nun stand sie inmitten hohen Grases. Von dem Bootshaus war nichts übrig geblieben, doch sie spürte, dass sie den Ort gefunden hatte, an dem zwei junge Menschen nächtelang im Gras gelegen hatten. Zwischen den bemoosten Resten einer Kalksteinmauer stand der Weißdorn. Man erzählte sich, dass Feen darin lebten und es Glück bringe, Wünsche an die Zweige zu knüpfen. Stofffetzen flatterten im Wind. Ihre Farben waren verblasst und wirkten wie Erinnerungen an Sehnsüchte, die nie erfüllt worden waren.

Langsam schritt sie um den Baum herum und blickte hinauf in die Krone. Im Mai würde sie sich wie jedes Jahr in eine weiße Blütenwolke verwandeln. Jetzt erkannte man zwischen den Blättern zwar die roten Beeren, aber keine Blüten und auch kein Vogelhaus, nicht mal die Überreste davon. Wahrscheinlich hatten Wind und Regen das Holz zerfressen, bis nichts mehr davon übrig geblieben war. Clara seufzte, stemmte die Hände in die Hüften und ließ den Blick dorthin schweifen, wo sich das Wurzelwerk tief in den Boden grub. Sie ging zwei Schritte, dann blieb sie abrupt stehen. Ein Lächeln flammte auf.

»Was haben wir denn da?« Sie beugte sich zu dem braunschwarzen Klumpen hinab. Das Holz war durchweicht, ließ Pilze sprießen und zerfiel allmählich, aber man konnte noch erkennen, dass es früher ein Vogelhaus gewesen war. Mit spitzen Fingern griff sie nach dem Scharnier, das sich ohne Mühe aus dem Holz lösen ließ. Es war verrostet, ließ sich keinen Millimeter mehr bewegen. Sie steckte es trotzdem in ihre Manteltasche, weil sie Dinge liebte, die die Erinnerungen anderer Menschen bargen. So wie das Haus, alte Bücher, Oscar.

Clara zog einen weißen Stoffstreifen aus ihrer Hosentasche. Als sie nach einem kräftigen Zweig griff und das Band darumwickelte, konzentrierte sie sich mit aller Macht auf ihren Wunsch und musste lachen. Mythen faszinierten sie, aber es gelang ihr nicht, von ganzem Herzen daran zu glauben. Trotzdem konnte es sicher nicht schaden, ein Wunschband in den Baum zu hängen, so wie man auch Münzen in den Trevi-Brunnen warf.

Ein kurzer Blick auf die Uhr verriet ihr, dass Jon zu Hause sein musste. Erst vorhin hatte er ihr eine Mitteilung geschrieben, dass er gerade mit den Zähnen eines Hengstes fertig geworden sei und im Van sitze, um zurück nach Clonamaddy zu fahren. Gleich würde sie vor ihm stehen und seine Überraschung auskosten. Sie wollte ihm sagen, dass sie oft an ihn denken müsse … ständig, dass sie ständig an ihn denken müsse. Ihr Herzschlag beschleunigte sich und sie hatte es plötzlich eilig, nach Hause zu kommen.

Clara ließ den Blick ein letztes Mal über den See schweifen und wollte sich gerade umdrehen, als ihr Atem stockte. Sie blinzelte und trat einen Schritt zurück. Auf der anderen Seite des Sees erkannte sie eine dunkle Silhouette, die sich aus dem Dunst löste. Ein paar Herzschläge harrte sie aus, wartete, doch die Gestalt *rührte sich nicht. Clara atmete durch.* Die Gegend war so einsam und ihre Fantasie so blühend, dass ein Baumstamm gespenstisch erschien, Zweige zu Fingern wurden und der Wind zu Atem. Clara fröstelte, schlang die Arme um ihren Oberkörper und trat zwischen die Brombeerhecken. Der Morast zog an ihren Stiefeln, sodass sie nur schwer vorankam. Dabei wollte sie so schnell es ging eine warme Tasse in den Händen halten, ein Licht sehen, etwas Süßes riechen, schmecken.

Kuchen, schoss es ihr in den Kopf. Sie wollte Kuchen!

* * *

Er war noch so warm, dass er an der kalten Luft dampfte und einen herben Schokoladengeruch verströmte, als Clara zwei Stunden später aus dem Wald trat. Inzwischen hatte es aufgehört zu regnen. Schon von Weitem sah sie den Van vor der Scheune stehen. Goldenes Licht leuchtete in den Fenstern, Rauch schlängelte sich aus dem Kamin. Clara rannte über die nasse Wiese, ihr Herz galoppierte voraus. Auf diesen Moment hatte sie so lange gewartet. Sein verdutztes Gesicht, sein ungläubiges Lachen und das Funkeln seiner Augen, in denen sich alle Farben Irlands widerspiegelten.

Nachdem sie die Esel begrüßt hatte, die am Gatter standen und sich gegenseitig lose Fellbüschel ausrupften, ging sie auf das große Tor zu, hinter dem sich seine Praxis befand. Leise trat sie ein und schlich vorbei an seinem Schreibtisch zum Behandlungsraum. Dort stand er tief über den Operationstisch gebeugt. Vor ihm lag ein kleiner Körper, in dessen Mitte ein Skalpell steckte, und neben ihm stand eine Frau mit blonden Locken, die sie sich mit dem Unterarm aus dem Gesicht strich, als sie aufblickte. Die Handschuhe waren blutverschmiert.

»Keine Sprechstunde!«

»Ich wollte …«

»Clara? Was um alles in der Welt machst du denn hier?« Jon zog den Mundschutz unter sein Kinn und schüttelte ungläubig den Kopf.

»Ich, äh, bin hier«, erwiderte sie geistesabwesend. »Was macht ihr da?«

»Wir obduzieren«, erklärte die Frau und nahm ebenfalls ihren Mundschutz ab. Clara fragte sich, wie sie es geschafft hatte, dass der rot glänzende Lippenstift unter der Maske nicht verwischt war. Plötzlich fühlte sie sich plump und deplatziert – und dann hatte sie auch noch diesen Kuchen dabei.

»Oh, verstehe.« Sie hüstelte verhalten. »Ich wollte auch gar nicht stören. Also, ich wollte nur kurz Bescheid geben, dass ich jetzt wieder hier bin. Falls sich jemand wundert, warum im Haus Licht brennt.«

»Okay, das ist cool.« Er nickte mit knallrotem Kopf und wischte sich Schweiß von der Stirn. »Ich dachte, du würdest erst in ein paar Wochen wiederkommen.«

»Es hat sich spontan ergeben.«

»Wie lange …«

»Entschuldigt, aber möchtest du uns nicht miteinander bekannt machen, Jon?«, wurde er von der Frau unterbrochen. Sie wirkte selbstsicher und schien wie selbstverständlich in seiner Praxis zu stehen. Clara konnte die Situation nicht einschätzen, aber eins war klar: Sie störte.

»Natürlich, also, das ist Clara. Sie kommt aus London und hat ein Haus hier, äh, gleich gegenüber, das große. Und das ist Maureen. Sie ist zu Besuch.«

Schnalzend zog die Frau ihre Handschuhe aus und stützte sich auf dem Operationstisch ab. Ihre Augen wanderten von den Lederstiefeln über die ausgewaschenen Jeans hinauf zu dem dunkelgrünen Kaschmirpullover mit Bubikragen, den Clara erst gestern in einer Boutique gekauft hatte, dann weiter zu ihrem Gesicht. Clara trat von einem Fuß auf den andern.

»Das ist also die englische Detektivin. Ich habe schon so viel von dir gehört, Clara. Freut mich, dich kennenzulernen.«

»Ich bin Journalistin.«

»Weiß ich doch, sorry. Klingt jedenfalls echt spannend, dieser Vermisstenfall, und dieser alte Mann, der immer noch darauf wartet, dass sie zurückkommt«, erwiderte Maureen mit einem Lächeln, das im grellen Halogenlicht kalt und stechend wirkte.

»Mhm, der Fall ist ganz interessant«, murmelte sie. Es kam ihr vor, als hätte Jon ihr Geheimnis verraten und etwas preisgegeben, das nur ihnen gehören sollte, keinem sonst.

»Ist der für Jon?«

»Was? Ach so, der Kuchen?« Sie blinzelte. »Ich hatte Geburtstag und wollte den Rest vorbeibringen, weil ich wieder viel zu viel gebacken habe.«

»Das ist ja toll. Wir machen hier noch schnell fertig und dann gibt's einen Kaffee, oder?« Maureen drehte sich zu Jon um, der Clara die ganze Zeit unbewegt angestarrt hatte.

»Alles Gute nachträglich. Sorry, ich wusste nicht, dass du Geburtstag hattest«, stieß er hervor.

»Woher denn auch?« Sie versuchte, ihr Lachen heiter klingen zu lassen. »Lasst ihn euch schmecken und viel Erfolg bei eurer, äh, Operation.«

»Obduktion.«

»Genau, ja.«

Clara trat einen Schritt vor, stellte den Kuchen neben den toten Vogel auf den Operationstisch, dann drehte sie sich um und flüchtete aus dem Behandlungsraum, flog förmlich aus der Praxis. Ihr Herz wummerte und sie schwankte zwischen Empörung und Verzweiflung. Kaum war sie fort, lud er Maureen ein, um mit ihr in einem Tierkadaver herumzuwühlen? Clara verzog angeekelt das Gesicht.

Was hatte sie sich vorgestellt? Ein behaglicher Nachmittag in seiner Küche, während das Torffeuer knisterte, Sionnach auf ihrem Schoß lag und leise Musik erklang? Sie schnaubte auf. Eine Romanze, die ihr Leben verändern würde? Klar. Plötzlich kam sie sich so lächerlich vor, dass sie sich vor sich selbst schämte. Ihre Beziehungen zu Männern folgten einem System: Sie überschätzte die Qualität und fantasierte. Sie lebte in diesen Fantasien, bis die Realität den Traumstoff zerlöcherte. Clara kämpfte mit den Tränen.

Anstatt sich ins Bett zu verkriechen, schnappte sie sich ihren Mantel von der Garderobe und marschierte ins Dorf hinab. Ihre Augen brannten, als sie sich das Telefon ans Ohr drückte, dem Freizeichen lauschte und kurz darauf die Stimme ihrer Freundin vernahm. In knappen Sätzen schilderte sie Fiona, wen sie gerade getroffen hatte.

»Bin ich so bescheuert?«, fragte sie verzweifelt und blieb vor dem Gemischtwarenladen stehen, in dessen Schaufenster eine Lichterkette blinkte. »Wie kann es sein, dass ich alles missverstanden habe? Dass ich immer mehr sehe, als tatsächlich da ist?«

* * *

Unter normalen Umständen wäre sie niemals auf die Idee gekommen, allein in den Pub zu gehen, aber gerade konnte sie sich nichts Schöneres vorstellen, als neben alten Männern über einem Glas Bier zu sitzen, während im Fernseher die Sportschau lief. Das schummrige Licht passte zu ihren trübsinnigen Gedanken. Sie trank ihr zweites Ale und studierte die Homepage eines Immobilienmaklers aus Galway, als eine Mitteilung aufploppte.

Wo bist du? Ich stehe im Garten. Bitte mach auf!

Clara presste die Lippen aufeinander und überlegte fieberhaft, ob sie ihm tatsächlich antworten sollte. Eine Weile starrte sie auf das Display. Als es schwarz wurde, ließ sie es wieder aufleuchten, trank einen Schluck Ale und beschloss, sich vor weiteren Verletzungen zu schützen.

Geht leider nicht. Bin im Pub.

Zehn Minuten später flog die Tür auf und Jon trat ein. Seine Wangen waren krebsrot. Schweiß ließ seine Stirn glänzen. Auf dem Weg zu ihr musste er einige Hände schütteln, Schultern tätscheln und die ganze Zeit lächeln. Clara war froh, dass der alte George ihr gerade nuschelnd von seiner Karriere als Boxer in Boston erzählte und sie nicht so verlassen aussah, wie sie sich fühlte.

»Da bist du ja.« Er legte den Arm um sie und beugte sich vor. »Hey, George, alles klar?«

»Schlechten Menschen geht's immer gut. Ist doch so, oder? Ist doch so.«

»Da könnte was dran sein, denke ich.« Jon grinste, dann flüsterte er ihr zu: »Wollen wir uns an einen Tisch setzen?«

Nachdem sie George versprochen hatte, bald wieder in den Pub zu kommen, damit er ihr von seinem Vater erzählen konnte, der 1923 dabei gewesen war, als man die Waffen der IRA vergraben hatte, folgte sie Jon quer durch den Raum zum einzigen Tisch, der vor einem Fenster stand.

»Warum hast du mir nicht gesagt, dass du kommst?«, fragte er, nachdem sie sich gesetzt hatten.

»Ich wusste nicht, dass ich mich bei dir anmelden muss.«

»Musst du nicht. Es wäre nur schön gewesen.«

Clara nahm ihr Glas und warf einen kurzen Blick aus dem Fenster. Es nieselte aus dunklen Wolken, die sich zwischen den Schornsteinen der Häuser verfingen.

Nachdem sie sich wieder zu ihm gedreht hatte, befeuchtete er seine Lippen. »Ich weiß, wie das für dich ausgesehen haben muss. Aber Maureen kam ganz spontan vorbei.«

»Oh, tatsächlich? Sie kam spontan mit einem Papageientaucher unterm Arm bei dir vorbei?« Sie zog skeptisch die Augenbrauen hoch.

»Sie wollte den Vogel untersuchen, weil in letzter Zeit viele Tiere verendet sind, und deswegen ist sie …«

»Bist du Papageientaucherspezialist?«

»Nein, bin ich nicht.« Er lachte tonlos. »Jedenfalls haben wir das Tier untersucht und nichts gefunden. Wir glauben, dass es verhungert ist. Die Nahrung ist durch die Fischerei knapp geworden.«

»Oh, tut mir leid. Also für die Vögel. Immerhin hast du Maureen helfen können. Wie lange war sie denn bei dir?«

»Es war nur ein kurzer Besuch.«

Clara hatte keine Ahnung, was sie fühlte und wie sie sich ihm gegenüber verhalten sollte, deswegen blickte sie wieder hinaus auf die Straße. Pitschnasse Kinder rasten auf Fahrrädern über die Mulden, in denen sich genug Wasser gesammelt hatte, dass es hochspritzte. Die Musik im Pub war zu laut, um zu verstehen, was sie einander zuriefen, aber sie lachten und hatten gerötete Wangen.

»Bist du sauer?«

»Ich?« Sie schüttelte energisch den Kopf. »Nein, wieso denn? Du kannst dich doch treffen, mit wem du möchtest.«

»Falls du glaubst, ich wäre ein Typ, der immer mehrere Eisen im Feuer hat, irrst du dich.«

»Ich glaube gar nichts. Ich konzentriere mich auf die Fakten.«

Eigentlich hatte sie sich vorgestellt, dass die Tage in Irland verzaubert wären, aber nun war die Stimmung trüb und das Bier bitter. Am liebsten wäre sie gegangen. Obwohl sie eine Armlänge von ihm entfernt war, roch sie sein Parfüm, doch nun erinnerte sie die holzige Süße an etwas Vermoderndes. Ihr war übel.

»Fakt ist, dass zwischen mir und Maureen überhaupt nichts gelaufen ist«, brach er schließlich die Stille. »Ich habe sie nicht geküsst oder …«

»Jon, wir können jetzt wieder über etwas anderes sprechen. Es ist mir vollkommen egal, ob du sie geküsst hast.«

Er zog die Augenbrauen zusammen, dann kratzte er sich am Hinterkopf und nickte langsam. »Wie lange bleibst du diesmal?«

»Ich möchte mit Bridget sprechen.«

»Und dann fährst du wieder zurück?«

»Nein, nein.« Sie ließ sich zu einem Lächeln hinreißen. »Ich habe fünf Tage eingeplant. Damit ich mir das leisten kann, arbeite ich gerade immer Doppelschichten im Café.«

»Ich hätte mir freigenommen, wenn ich gewusst hätte, dass du kommst, dann hätten wir mehr Zeit gehabt.« Er erwiderte zwar ihr Lächeln, aber in seiner Stimme schwang ein leiser Vorwurf mit.

»Du musst dir wegen mir nicht freinehmen, Jon. Spar dir deinen Urlaub lieber für etwas anderes auf. Ich komme auch ohne dich zurecht.«

»Wir hätten nach Clare fahren können. Das haben wir uns doch vorgenommen. Ich wollte dir Cobh zeigen, die Regenbogenhäuser, weißt du noch? Wenn du mir ein paar Tage früher …«

»Ist sie eigentlich noch bei dir? Wartet sie auf dich?«

»Sie ist vorhin gefahren.«

»Hast du mit ihr geschlafen?«, fragte sie so unvermittelt, dass sie selbst darüber überrascht war.

»Wie bitte?« Er lachte hellauf. »Fällt dir wirklich keine andere Frage ein?«

Ihre Wangen brannten und sie hob schnell das Glas an die Lippen.

Jon krempelte die Ärmel seines Hemdes hoch und atmete tief durch. »Es ist so, wie ich's dir gesagt habe. Zwischen uns ist nichts gelaufen.« Er beugte sich noch weiter über den Tisch und fing ihren Blick ein. »Offensichtlich ist es dir doch nicht so egal.«

»Offensichtlich«, murmelte sie und senkte den Kopf. Auf dem Bierdeckel, der aufgeweicht vor ihr auf der Tischplatte klebte, stand *Guinness Draught*. Das Flattern in ihrem Magen nahm zu. 1759. Sie versuchte auszurechnen, wie lange es die Brauerei schon gab, um ihre Nerven zu beruhigen, aber es gelang ihr nicht.

Jon schob seine Hand über den Tisch und fing an, mit dem Zeigefinger über ihren Handrücken zu streicheln. Ihr Herz raste und ließ das Blut kräftig durch ihren Körper pulsieren.

»Da ist nichts mehr. Alles, was ich vor ein paar Wochen noch in ihr gesehen habe, war völlig substanzlos. Ich habe das Gefühl vermisst, mit jemandem zusammen zu sein, der etwas in mir anrührt«, erklärte er und umschloss ihre Hand mit seiner.

Er kam ihr so nah, dass sie sich konzentrieren musste, nicht auf seine Lippen zu starren.

* * *

Eine Stunde später schlenderten sie Seite an Seite die Straße entlang. Inzwischen war es dunkel geworden und die trübe Stimmung verflogen. Clara balancierte über die Mauer, die den Friedhof umschloss, während Jon ihre Hand hielt, um sie zu stützen. Er kickte Kieselsteine vor sich her, während sie unbekümmert miteinander plauderten, doch als sie schließlich den Weg zum Haus hinaufspazierten, verstummte das Gespräch. Der Abschied rückte näher. Sollte sie ihn bitten, heute Nacht dazubleiben? Clara warf ihm einen verstohlenen Blick zu. In diesem Augenblick ließ der Bewegungsmelder die Laternen aufleuchten, als wären es Bühnenlichter. Ihr Herzschlag beschleunigte sich.

»Wir müssen damit aufhören«, sagte er mit fester Stimme, als sie beim Haus angekommen waren und sich gegenüberstanden.

»Wie bitte?« Überrascht blinzelte sie ihn an.

»Diese Andeutungen. Ein Schritt vor, zwei Schritte zurück. Ich muss wissen, wo ich stehe, Clara. Du gibst mir das Gefühl, dass zwischen uns mehr ist, und dann redest du wieder, als würde das nicht viel bedeuten. Du meldest dich tagelang nicht, aber dann siehst du mich so an, als ob … Sag mir, was das ist zwischen uns.«

Das war der Moment, um das Licht anzuknipsen und sich in allen Versionen zu zeigen. Jon fing ihren Blick ein und sie meinte kurz, er würde lächeln, doch er presste nur angespannt die Lippen aufeinander.

Clara atmete tief durch. »Was das zwischen uns ist …« Ihre Kehle war staubtrocken. »Das frage ich mich die ganze Zeit – ich bin mir nicht sicher.«

»Warst du dir sicher, als du heute Morgen ins Auto gestiegen und hierhergefahren bist?«

Sein Blick war so intensiv, dass sie es kaum schaffte, ihm standzuhalten. »Mehr oder weniger.«

»Du kannst es mehr sein lassen, Clara, wirklich. Lass es mehr sein.« Er trat einen Schritt näher und obwohl sie sich nach ihm sehnte, fühlte sich seine Nähe gefährlich an. Es schien, als würde er eine Feuerwand vor sich herschieben. Als er ihre Hand bemerkte, die nach seinem Pullover griff, huschte ein Lächeln über seine Lippen.

Das Blut rauschte wie ein wilder Fluss durch ihre Adern und schwemmte alle Zweifel fort. »Ich will …«

»Was willst du?« Ohne ihre Antwort abzuwarten, beugte er sich zu ihr. Sein Gesicht schien sich ihrem in Zeitlupe zu nähern. Trotz der Finsternis, die sie umgab, funkelten seine Augen und schienen ein fernes Licht zu reflektieren. Clara spürte Hände, die sich auf ihre Hüften legten. Er küsste ihre Halsbeuge mit nachtkalten Lippen. »Ist es das?«, fragte er. Er war ihr nun so nah, dass sie seinen Atem warm an ihrem Mund spüren konnte.

Sie strich mit ihren Lippen über seine, küsste seine Unterlippe, dann schlang sie die Arme um seinen Hals und küsste ihn erneut. Jon seufzte ergeben auf, dann spürte sie seine Zunge, die sanft an ihre stieß. Erst küssten sie sich noch zaghaft, dann vertieften sie den Kuss.

Jon schmeckte nach dem Bier, das sie getrunken hatten – ein wenig süßlich, ein wenig herb –, und so küsste er auch.

Sanft drängte er sie gegen die Hauswand und presste seinen Körper an ihren.

Es war gut, sich anlehnen zu können. Sie hatte längst das Gefühl, den Boden unter den Füßen verloren zu haben. Clara erschauderte, als sich seine kalten Hände einen Weg unter ihren Pullover bahnten, um sie zu streicheln. Sie schwebte. *Samhradh, Samhradh.* Sie war genau dort, wo sie sein wollte.

Als sie irgendwann blinzelte, fing sie das Leuchten des Mondes ein, der über ihnen am Himmel stand und mit seinen Kratern tatsächlich wie der silberne Knopf einer Sternendecke aussah.

Vorsichtig löste er sich von ihr. »Ich muss jetzt leider gehen«, erklärte er heiser und leckte sich über die Lippen, als wollte er den Rest ihres Kusses einsammeln.

»Was?«

»Sehen wir uns morgen?«

»Warum bleibst du nicht?«

»Sionnach wartet zu Hause und ich glaube, wir sollten das vielleicht langsam …« Er atmete tief durch, dann musste er lachen. »Vergiss es! Das ist Schwachsinn. Ich glaube gar nichts.« Mit festem Griff umschloss er ihr Handgelenk und zog sie wieder zu sich.

In Windeseile packte sie ihre Tasche, dann schritt sie durch den Korridor und legte eine Hand auf das Geländer. Jon stand vor dem kleinen Fenster neben der Tür und spähte hinaus, doch als die Treppe unter ihrem Gewicht knarzte, drehte er sich um. Ein Grinsen verzog seine Lippen, als sein Blick auf die pralle Reisetasche fiel, aus der das Hosenbein ihres Pyjamas herausbaumelte, weil Clara den Reißverschluss nicht mehr zubekommen hatte.

»Wie lange hast du vor, bei mir zu bleiben?« Er trat auf sie zu, um ihr die Tasche abzunehmen. »Und was hast du eingepackt? Blei? Dachziegel?«

Sie spazierten durch den Garten, vorbei am ältesten und größten Kirschbaum Irlands, tauchten in den kleinen Wald ein und traten auf der anderen Seite wieder ins Mondlicht. Vorwärts oder rückwärts? Wollte sie mehr oder weniger? Gedanken schwirrten unbestimmt durch ihren Kopf, verfingen sich im Nirgendwo.

»Warum so schweigsam?«, fragte er mit Blick über die Schulter, als sie schließlich vor seiner Tür standen und er den Schlüssel hervorzog.

»Entschuldige. Mein Kopf ist langsam. Was heute passiert ist – du und ich und alles andere. Das muss ich noch verarbeiten.«

»Aber eigentlich hast du dich doch schon lange auf diesen Moment vorbereitet, oder? Immerhin hast du Kuchen gebacken.«

Clara lachte und boxte ihm sanft in die Seite, dann trat sie hinter ihm ins Haus. Es war stockfinster und gespenstisch still. Nur wenn man kurz den Atem anhielt und lauschte, konnte man aus der Küche leise Musik hören.

Jon drehte sich zu ihr um. Das fahle Mondlicht fiel durch die hinteren Fenster ins Haus und schaffte es nicht, sein Gesicht zu erhellen. Ehe sie etwas sagen konnte, nahm er ihre Hände und legte sie auf seine Schultern, dann zog er sie nah an sich heran. »Wir lassen uns Zeit«, raunte er in ihr Ohr und sie erschauderte, weil seine Stimme darin oszillierte.

Claras Blick fiel auf das Bild, das Aoife ihm geschenkt hatte, um ihn an seinen Wutanfall zu erinnern. »*Wir wollen, dass es gut wird*«, las sie vor.

Jon löste sich von ihr, nahm ihre Hand und zog sie hinter sich her in ein Zimmer, das sie noch nicht kannte. Als er das Licht anschaltete, kroch Sionnach unter dem Laken hervor, blinzelte und sprang ihnen dann schwanzwedelnd entgegen.

»Ich gehe noch kurz mit ihr raus. Du kannst es dir in der Zwischenzeit ja schon mal bequem machen.«

»Hier?« Clara blickte zum Bett, dann wieder in sein Gesicht.

»Wo sonst?«, fragte er mit einem breiten Grinsen.

»Na ja, ich …«

»Dein langsamer Kopf, ich weiß.« Jon küsste ihre Wange.

Kaum war er aus dem Zimmer verschwunden, kamen die Zweifel zurück. Sie stand vor seinem Bett. Auf dem Nachttisch lag ein aufgeschlagenes Buch, darauf eine Brille mit runden Gläsern, die sie an Jon noch nie gesehen hatte. Es gab viele Dinge, die sie noch über ihn lernen musste. Merkwürdige Eigenarten, skandalöse Geschichten aus seiner Jugend, alle seine Lieblingslieder und welche Partei er wählte. Solche Dinge.

Clara ließ den Blick langsam durch das Zimmer wandern. Nachtblaue Vorhänge aus schwerem Stoff hingen neben den beiden Fenstern. Clara konnte ihr geisterhaftes Spiegelbild in einer der Fensterscheiben sehen und vergegenwärtigte sich erneut, dass sie nun tatsächlich in seinem Schlafzimmer stand, dass sie hier übernachten und morgen aufwachen würde. Sie lachte leise und wandte sich um. Die untere Schublade der Kommode war halb geöffnet. Darin erkannte sie Wollsocken und bunte Shorts. Auf einem Stuhl neben der Tür lagen achtlos hingeworfene Jeans unter einer einzelnen Socke. Clara seufzte, löste das Zopfgummi und ließ es einige Male gegen ihr Handgelenk schnalzen, dann schnappte sie sich ihre Tasche und ging ins Badezimmer.

Nachdem sie die Tür hinter sich geschlossen hatte, kam Jon zurück. Sie hörte das Rascheln seiner Jacke, als er sie auszog und an die Garderobe hängte, hörte schwere Schritte und Geklapper aus der Küche. Sionnach schlürfte Wasser aus ihrem Napf.

Achthundert Kilometer trennten sie von ihm, wenn sie in London bliebe. Achthundert Meter, wenn sie hierherzöge.

Hastig schlüpfte sie aus ihren Klamotten, dann wusch sie ihr Gesicht und benetzte die Arme mit Wasser. Die Erfrischung tat gut, aus dem Spiegel blickte ihr eine Frau mit rosigen Wangen entgegen. Sie musste grinsen und reckte das Kinn in die Höhe. *Warum nimmst du das Leben so schwer*, hatte Delia geschrieben, *wir müssen entschlossen sein.*

Ihr Puls raste. Clara legte eine Hand flach auf ihr Dekolleté, atmete tief durch und spürte, wie sie mit jedem Atemzug ruhiger wurde. Alles war gut.

Die Zahnbürste schief in den Mund geklemmt, schlüpfte sie in die weiche Hose und zog das Top über ihren Kopf. *Nicht gerade verführerisch*, stellte sie fest, als sie sich erneut im Spiegel betrachtete. Die karierte Hose aus Flanell sah aus, als hätte sie früher einem Holzfäller gehört. Es fehlte nur noch die Axt.

Clara wühlte in ihrer Tasche und fand schließlich das kleine Fläschchen mit Lavendelöl, das Fiona für sie abgefüllt hatte. Sorgfältig verteilte sie das Öl auf ihren Armen und rieb es in kreisenden Bewegungen auf ihr Dekolleté, bis die Haut davon ganz gerötet war.

»Hallo?«, drang eine dumpfe Stimme durch die Tür. »Bist du eingeschlafen oder getürmt?«

Sie kicherte und ließ das Fläschchen zurück in ihre Tasche plumpsen, dann schloss sie die Tür auf. Sein Shirt war schwarz und lag eng an seinem Köper an, die Hose sah ihrer eigenen recht ähnlich.

»Ich muss auch noch die Zähne putzen«, erklärte er und wollte sich an ihr vorbeischieben. Doch dann blieb er dicht vor ihr stehen. »Halt! Ist das Lavendel? Das erinnert mich immer an die Mottensäckchen, die meine Großmutter in den Schrank gehängt hat.«

»Ich rieche wie die Mottensäckchen deiner Großmutter?«
Clara blickte ihn entgeistert an.

»Ja, aber ich liebe Lavendel, ich bin verrückt danach«, behauptete er einigermaßen überzeugend, zog sie an sich und küsste ihren Hals. »Und wenn ich mir vorstelle, dass ein so großes Mottensäckchen gleich bei mir im Bett liegt ...«

»Du bist ein furchtbarer Mensch, weißt du das?«
Clara kicherte und löste sich aus seinem Griff.

Ihr Herz klopfte bang, während sie unter dem kühlen Laken auf ihn wartete. Sie hörte das Knarren der Dielen, seine dumpfen Schritte, Wasser, das durch die Leitungen rauschte.

Sionnach sprang auf die Matratze und blickte sie aus großen Augen an.

»Komm«, flüsterte sie. Der kleine Fuchshund rollte sich auf ihrem Schoß zusammen. Während sie wartete, ließ sie ihre Finger durch das seidige Fell gleiten.

Die Klinke wurde hinabgedrückt und Jon erschien im Türrahmen. Dort blieb er stehen, blickte sie an und massierte seinen Nacken.

»Hey.«

»Hey«, erwiderte er mit dunkler Stimme und schaltete im selben Moment das Licht aus. Ein Schatten näherte sich dem Bett, dann sank die Matratze ein und sie spürte warmen Atem an ihrem Ohr. Pfefferminze. Mit einer Hand schob er Sionnach vom Bett, die andere strich sanft ein paar Haarsträhnen aus ihrem Gesicht. »Du siehst echt schön aus mit deinem wilden Haar.«

Jon war halb über ihr und streichelte sie zärtlich. Ein schwaches Licht flackerte auf, als sie in seine Augen blickte. Clara erschauderte.

»Ich hatte diese Idee, das hier mit uns, eigentlich schon länger im Kopf.«

»Seit wann denn?«, fragte sie mit belegter Stimme.

»Fast die ganze Zeit.«

Die Luft um sie herum verdichtete sich, wurde zu einem Flirren und Clara sank tiefer. *Zwischen den Kissen lauter Träume*, dachte sie, als sie ihn küsste.

Sie küssten sich lange. So lange, dass ihre Lippen ganz taub waren, als sie sich voneinander lösten. Jon legte den Arm um sie und zog sie an seine Brust, die sich unter tiefen Atemzügen hob und senkte.

»Begleitest du mich morgen zu Bridget?«, fragte sie.

Jon lachte leise. »Dieser Einsatz, Clara, dieses Engagement für eine Geschichte, die eigentlich nichts mit deinem Leben zu tun hat und von der du dir nichts erhoffen kannst – kein Geld, noch nicht mal eine Erkenntnis –, das ist echt bewundernswert. Wer macht das schon?«

»Jemand, der sich nicht um seine eigene Geschichte kümmern will und lieber das Leben anderer Menschen seziert als sein eigenes, vermute ich«, erwiderte sie mit dumpfer Stimme.

»Du kümmerst dich doch um deine eigene Geschichte.«

»Ich habe erst vor Kurzem wieder damit angefangen.« Sie streichelte nachdenklich über seine Brust und presste dann ihre flache Hand darauf. *Sein Herz in ihrer Hand.* Sie hob den Kopf und küsste ihn.

»Weißt du, Clara, es ist vermessen zu glauben, dass wir beide mit unseren dilettantischen Methoden auf Hinweise stoßen, die uns zu Delia führen, aber ich schließe nicht aus, dass wir ein wenig Licht ins Dunkel bringen.«

Sein Brustkorb bebte, als er sprach. Sie betrachtete seine schlanken Finger, das Adergeflecht unter seiner Haut und die Härchen, die im Mondschein silbern schimmerten.

»Ich bin echt froh, dass du bei mir eingebrochen bist, Jon. Das ist das Beste, was mir seit Langem passiert ist. Ich habe das

Gefühl, dass mein Leben wieder in Bewegung gekommen ist. Das habe ich gebraucht.«

»Liegt das an mir oder an deinem Schloss?«

»Ich bin wegen dir so gern hier, nicht wegen dem Haus.«

»Weißt du eigentlich, dass ich damals auf dem Heimweg die ganze Zeit grinsen musste, obwohl mein Bein höllisch wehgetan hat?«

»Weil du vor Schmerz völlig belämmert warst?«

»Nein, nein.« Er lachte und drückte seine Lippen auf ihre Stirn. »Weil du mit der Mistgabel und deinem Schlafanzug so absurd komisch ausgesehen hast. Dein Gesicht hat ständig die Farbe gewechselt. Knallrot, kreidebleich. Ich wusste sofort, dass ich …«

»Dass du dich Hals über Kopf in mich verlieben wirst?«

»Könnte sein, ja«, sagte er nach einem Moment der Stille.

Die Hände, die über ihren Körper wanderten, waren rau und warm, seine Berührungen zärtlich, dann wieder voller Leidenschaft. In dieser Nacht sprachen sie nicht mehr viel. Selbst ihre Gedanken schwiegen, doch immer wenn sie in sein erhitztes Gesicht blickte, weitete sich ihre Brust.

* * *

Gedankenversunken trällerte sie vor sich hin. *The Foggy Dew,* irgendwie so. Sie hatte das Lied gestern Morgen im Radio gehört und seitdem ging ihr die Melodie nicht mehr aus dem Kopf. Clara schob halb gestockte Eier von einer Seite zur anderen, drehte an der Pfeffermühle und streute großzügig Kräuter in die Pfanne. Gerade hatte sie Tomaten geschnitten, als die Tür aufschwang.

»Na? Ausgeschlafen?«

»Nicht wirklich. Meine Sinne sind noch ganz verdreht. Beim Aufwachen dachte ich, ich hätte nur davon geträumt, dass du nackt in meinem Bett liegst, bis ich dich in der Küche gehört habe.« Er fuhr mit beiden Händen durch sein wirres Haar. »Ich habe gar nicht bemerkt, dass du aufgestanden bist.«

»Ich bin aufgewacht, als Sionnach auf mir rumgeturnt ist, und dann konnte ich nicht mehr einschlafen. Aber ich habe die Zeit genutzt. Deine Hühner waren heute Nacht sehr fleißig.« Sie deutete auf den Korb, in dem sie die braunen Eier gesammelt hatte. An manchen klebten noch Federn.

Jon trat hinter sie und linste über ihre Schulter. »Mmh. Das riecht fantastisch.«

Vorsichtig strich er ihr eine Haarsträhne hinters Ohr und küsste ihre Wange, dann ihren Hals. »Guten Morgen«, wisperte er. »Schön, dass du nicht gleich wieder abgehauen bist.«

»Warum sollte ich denn abhauen?«

»Ach, weil du schwer zu fassen bist und man sich nie so ganz sicher sein kann.«

Clara drehte sich zu ihm um, legte beide Hände auf seine Wangen und küsste ihn sanft auf die Lippen. »Ich finde es richtig schön, Jon, das mit dir, also, alles mit dir. Ich will nicht abhauen.«

Er lächelte versonnen und deutete auf den Ofen. »Wenn du bleibst, sollte ich Feuer machen, oder? Es ist ein bisschen frisch hier drin.«

Clara konnte nicht aufhören, vor sich hin zu grinsen, als sie Bohnen in die Mühle füllte und an der Kurbel drehte, bis sich fein gemahlenes Kaffeepulver in der Lade angehäuft hatte. Ihr ganzer Körper glühte. Die ersten Briketts hatten Feuer gefangen und entfalteten in der Küche einen erdigen Geruch.

Während Jon duschte, saß sie in der Küche, lauschte dem Radio und dem Regen, der gegen die Fensterscheiben trommelte. Auf der Kommode neben dem Kühlschrank stapelte sich ziemlich viel Papierkram und darüber hing eine Pinnwand mit Fotos,

Kassenzetteln und Postkarten. Clara stand auf und ließ den Blick über Ibiza, Dublin, London und New York wandern, dann bemerkte sie eine Postkarte, die auf dem Telefon lag und offensichtlich heruntergefallen war. Clara wollte sie zurückhängen, als sie einen Namen entdeckte, der sie stutzig machte.

Endlich! Das ist die Chance, auf die wir gewartet haben, Jon.

Wildlife Vet Clinic. Ich kann schon das Schild über der Eingangstür sehen. Du die Füchse, ich die Vögel – wie damals.

Ruf mich sofort an, wenn du die Unterlagen gesichtet hast! Ich habe Anderson zugesagt, dass wir uns bis Ende des Monats entschieden und mit der Bank gesprochen haben.

In Liebe
Maureen

Sie hielt den Atem an und las die Zeilen erneut, während ihr Herz tobte. *In Liebe. Wildlife Vet Clinic.* Was zur Hölle hatte das zu bedeuten? Was hatte sie nicht mitbekommen?

Die Dusche rauschte noch. Mit spitzen Fingern legte sie die Karte zurück und beugte sich über die Ablage. Tatsächlich entpuppte sich der Papierkram als ein Stapel verschiedener Prospekte mit medizinischen Gerätschaften, Grundrissen, Finanzaufstellungen und kleinen Skizzen.

Sie wusste von seiner Idee, irgendwann eine Tierklinik zu eröffnen, aber in ihren Ohren hatte das immer nach Zukunftsmusik geklungen und nach so weit weg, dass es nicht gefährlich werden konnte. Das hatte sich auf einen Schlag geändert. Ihre Hände zitterten, als sie noch mal zu der Postkarte griff. Cork im Sonnenschein aus der Vogelperspektive. Ihr wurde schlecht, als sie an die blonde Frau dachte, die mit einem Skalpell neben ihm gestanden hatte, während ein ausgeweideter Papageientaucher vor ihr auf dem Operationstisch lag. Maureen war vermutlich gekommen, um ihre Zukunft zu planen. Papageientaucher. Warum hatte sie die Zeichen nicht gesehen? Von Anfang an hatte der Name Maureen wie eine düstere Wolke über ihnen geschwebt. Er hatte sie noch nicht mal verschwiegen.

Clara versuchte, gleichmäßig zu atmen. Sie durfte sich nicht reinsteigern, durfte ihren Gedanken nicht erlauben, sich zu Katastrophen aufzuplustern. Vielleicht waren die Pläne alt und hatten nichts damit zu tun, dass Maureen erst gestern noch hier gewesen war.

»Schwachsinn!«, zischte sie. Wenn nicht in diesem Moment die Tür aufgesprungen wäre, hätte sie ihre Sachen gepackt und wäre geflohen.

»Dann wollen wir mal, Clarabella. Bist du bereit?« Jon trug unter seinem grauen Cardigan ein blütenweißes Hemd und strahlte sie an.

21

Sie erschrak, als die Tür geöffnet wurde und eine kleine Frau vor ihnen stand. Das mausgraue Haar flatterte um ein Gesicht, das seltsam zerlaufen aussah. Das Kinn war fliehend und die Nase stach spitz hervor.

»Hallo, Bridget. Ich hoffe, wir stören nicht.«

»Also, ich wollte … nein, natürlich nicht.«

Offensichtlich war Bridget völlig überrumpelt und wusste nicht, wie sie auf den überraschenden Besuch reagieren sollte. Aus dem Innern des Cottages vernahm man ein leises Maunzen.

»Ich habe dir ein paar Dosen Spezialfutter mitgebracht. Für Pangur Bán. Du weißt ja, dass sie nicht alles fressen darf.«

»Sehr freundlich, Jon«, erwiderte Bridget und nickte so schnell, dass es aussah, als würde ihr Kopf zittern. »Was schulde ich dir?«

»Eine Tasse Tee wäre nicht schlecht. Es ist heute ganz schön kalt, findest du nicht? Und dieser Nordwind. Als würden wir hier am Rande des Eismeers wohnen.«

»Oh … ich habe nicht aufgeräumt, aber wenn euch das nicht stört, könnt ihr natürlich hereinkommen.«

»Das stört uns überhaupt nicht«, mischte sich Clara ein und schenkte der Frau ein herzliches Lächeln. »Nur eine Tasse Tee, um uns aufzuwärmen, und wir sind glücklich.«

Erst jetzt schienen die blauen Augen sie wahrzunehmen. Bridget runzelte die Stirn.

»Ich bin Clara«, stellte sie sich vor und streckte der Frau ihre Hand entgegen. »Gerade wohne ich im Haus der Fitzgeralds.«

»Sie sind das, aha. Ich kann mir denken, weshalb Sie hierhergekommen sind.«

»Wir möchten nur mit Ihnen sprechen.«

»Ich weiß. Kommen Sie.« Bridget verschwand vor ihnen in einem düsteren Flur. Es roch nach Kohl, feuchten Mänteln und einem Torffeuer. Clara und Jon folgten ihr und betraten schließlich das Wohnzimmer, dessen Blumentapete das spärliche Licht zu verschlucken schien, das durch ein kleines Fenster in den Raum fiel. Im Fernseher lief eine dieser Shows, die Realität vorgaukeln, aber minutiös geskriptet sind. Der Ton war ausgestellt. Aus einem kleinen Radio, das auf dem Sofatisch stand, erklang klassische Musik.

Clara fragte sich, ob Bridget so einsam war, dass die Gesellschaft der Menschen im Fernsehen ihr half, sich davon abzulenken.

»Die Katzen machen sich überall breit.« Bridget scheuchte drei Tiere vom Sofa. »Setzt euch. Ich mache Tee. Zucker, Milch?«

Schweigend saßen sie nebeneinander auf dem Sofa und beobachteten die bewegten Bilder im Fernseher, während der Wasserkocher zischte und brodelte, Schranktüren knarzten und Geschirr klapperte.

Jon legte seine Hand auf Claras Oberschenkel. »Alles okay?«

»Mhm.«

Clara vermied es, ihm ins Gesicht zu blicken. Stattdessen starrte sie auf die Katzen aus Porzellan, die sich auf dem Kaminsims aneinanderdrückten und ihren Blick aus grotesk großen Augen erwiderten.

»Früher hat sie hier mit siebzehn Tieren gelebt, aber Finnegan hat ihr ins Gewissen geredet, weil sie die Arztrechnungen nicht mehr bezahlen konnte«, flüsterte er ihr zu.

»Sie ist einsam.«

»Sie ist merkwürdig.«

»Ist sie merkwürdig geworden, weil sie einsam ist, oder andersherum?«

»Wer weiß? Sie hat eine Krankheit, ein Syndrom.« Er beugte sich vor und schielte zur Tür, um sicherzugehen, dass Bridget sie nicht hören konnte, dabei kam er ihr so nah, dass sie seinen Atem spüren konnte. »Es muss schwer sein, so auszusehen. Sie wird von den meisten gemieden. Wer sie kennt, findet sie skurril, und wer sie nicht kennt, glaubt, sie wäre geistig behindert. Jedenfalls haben die Leute ganz schön viele Vorurteile.«

»Hat sie keine Freunde im Dorf? Sie lebt doch schon seit ihrer Kindheit hier.«

Ehe Jon antworten konnte, knarrten die Dielen und Bridget kam, gefolgt von ihren Katzen, mit einem Tablett zurück ins Wohnzimmer.

»Ich habe noch ein paar Seelen gefunden«, erklärte sie mit einem leichten Lächeln. »Gebäck gehört zum Tee, oder nicht?«

»Seelenkuchen? Du bist früh dran dieses Jahr.« Jon lachte und beugte sich über einen Porzellanteller, auf dem fünf kleine Kuchen lagen, die mit einem Kreuz aus Rosinen verziert worden waren.

»Ich habe gern welche im Haus«, erklärte Bridget und goss Tee aus einer grünen Keramikkanne in die Tassen.

Clara griff nach einer Seele und roch daran. »Warum nennt man das Seelenkuchen?«, fragte sie und biss hinein. »Gibt es dazu eine Geschichte?«

»Mit jedem Seelenkuchen rettet man eine arme Seele aus dem Fegefeuer. Man kann eigentlich nicht genug davon essen«, sagte Bridget.

»Sehr lecker.« Clara lächelte. Sie brach das Gebäck in der Mitte durch und legte die andere Hälfte zurück auf den Teller. Die Seele schmeckte süß, nach Anis, Zimt und Rosinen.

»Davon bekommst du jede Menge, wenn du an Allerseelen von Tür zu Tür gehst.« Jon stieß sie sanft an. »*One for Peter, two for Paul, three for Him who made us all.*«

Schließlich saß Bridget ihnen gegenüber. Sie drohte in dem Sessel fast zu versinken. Ihre Füße berührten nicht mal den Boden. Clara nippte am Tee – wässrig, aber heiß.

»Also, wie kann ich helfen?«, erkundigte sich Bridget und ließ ihre Augen von Jon zu Clara wandern.

»Na ja, es ist so: Ich kenne Oscar Fitzgerald aus London. Vor einigen Wochen hat er mir das Haus anvertraut. Jetzt putze ich die Zimmer und räume auf, weil es ja jahrelang unbewohnt war.«

»Und dabei sind wir auf Delia Malone gestoßen«, brachte Jon ihr Anliegen auf den Punkt. »Das habe ich dir ja schon erzählt.«

Es kam ihr vor, als würde Bridget noch etwas tiefer in die Polster sinken. Sie nickte. »Ihr wollt wissen, was ich über sie weiß, nicht wahr?«

»Oscar hat sie nie vergessen und sich immer gefragt, was damals wohl geschehen ist. Vielleicht fällt Ihnen noch etwas von damals ein? Ganz egal, was es ist.«

»Sie hat immer gesungen, daran erinnere ich mich, und sie war freundlich zu mir, hat Späße gemacht«, murmelte Bridget. »Manchmal hat sie mir Kekse zugesteckt oder Fleisch für die Katzen. Es gab damals kleine Kätzchen im Gartenhaus. So winzig klein, dass man sie in einer Hand tragen konnte.«

»Waren Sie oft dort?«

»Mhm. Ich habe kleine Botengänge für sie gemacht. Manchmal durfte ich mit ihr im Wintergarten Tee trinken. Aus vornehmen Tassen mit Goldrand. Ich hatte immer Angst, dass ich sie kaputt mache, so fein war das Porzellan.«

»Sie haben Botengänge für Delia gemacht?«

»Für Catherine Fitzgerald. Ich bin ins Dorf gelaufen, um ihr Garn oder Stecknadeln zu kaufen. Manchmal kamen auch Bücher für sie im Postamt an, die habe ich ihr gebracht. Und dann gab es noch diese Briefe, auf die sie jede Menge Parfüm gesprüht hat.« Bridget stellte ihre Tasse auf den Tisch.

»Was waren das für Briefe?«

»Sie hat mir erzählt, dass sie den Feen kleine Botschaften schreibt. Ich musste sie zwischen den Wurzeln des Weißdorns am See verstecken. Es ist immer gut, an das kleine Volk zu denken, nicht wahr? Man darf es nicht vergessen. Die Feen lassen weißes Heidekraut wachsen, wenn sie besänftigt sind. Das ist ein gutes Zeichen.«

Sofort dachte Clara an die Geschichte, die Oscar ihr vor gar nicht allzu langer Zeit über seine Mutter erzählt hatte. Damals hatte Catherine Fitzgerald das Vogelhaus in den Weißdorn gehängt und ihren Söhnen erzählt, darin wohnten Feen.

»Manche sagen auch, es wäre ein Zeichen für großes Unheil«, warf Jon ein.

»Vergangenes. Weißes Heidekraut erinnert an vergangenes Unheil. Es ist vorbei ...«

»Oh, das gefällt mir. Als Kind haben Sie bestimmt wirklich daran geglaubt, oder? An Feen und diese Märchen.« Clara strahlte, doch Bridget runzelte nur die Stirn und konzentrierte sich darauf, mit dem Zeigefinger Krümel über den Tisch zu schieben.

»Irgendwann habe ich angefangen, die Briefe heimlich zu lesen, bevor ich sie versteckt habe. Sie waren für Maguire, nicht für die Feen. Sie hat ihm Liebesbriefe geschrieben, richtig glühende. Dass sie sich den Silver Wraith des Alten schnappen könnten, um nach Frankreich durchzubrennen. Solche Sachen.«

»Sie hat dem Gärtner Liebesbriefe geschrieben?«

»Sie war eine unglückliche Frau. Viel zu zart für diesen Mann, viel zu zart für das Leben an sich.« Für einen Moment wanderte ihr Blick zum Fenster, dann seufzte sie inbrünstig auf. »Ich weiß nicht, ob Maguire von ihren Gefühlen wusste oder ob sie nur so getan hat, als gäbe es diese Romanze. Einmal habe ich nämlich beobachtet, wie sie ihren eigenen Brief wieder eingesammelt hat.«

»Sie muss wirklich unglücklich gewesen sein.« Jon seufzte.

»Jeder war auf seine Art unglücklich, der in diesem Haus gelebt hat, denke ich.«

»Und Delia?«, wollte Clara wissen. »Glauben Sie, dass sie unglücklich gewesen ist?«

Bridget beugte sich vor, nahm eine Seele, betrachtete sie eine Weile und legte sie dann auf ihre Untertasse. »Ich war abends bei den Kätzchen und habe völlig die Zeit vergessen, obwohl es klirrend kalt war und meine Finger schon ganz steif gefroren waren. Ich musste mich beeilen, um keine Tracht Prügel zu kassieren, aber dann habe ich sie gesehen.«

»Wen hast du gesehen?«

Bridget rutschte auf dem Sessel hin und her, als fände sie keine bequeme Position mehr. Schließlich schlug sie die Beine übereinander und räusperte sich. »Er hat sie an die Wand gedrückt und gekeucht wie ein Schwein. Sie hat nur in den Himmel geglotzt. So starr, dass ich dachte, sie wäre tot. Es war furchtbar. Ihre Arme hingen schlaff runter, als wäre kein Funken Leben mehr in ihr. Ich habe mich hinter dem Brennholz versteckt und kaum gewagt zu blinzeln. Ich hätte einen Eimer umtreten sollen, denke ich mir jetzt, dann hätte er vielleicht aufgehört.«

»Wo war das?«, fragte Jon tonlos.

»Hinterm Haus, gleich neben der Küchentür.«

Clara hatte aufgehört zu atmen und musste sich daran erinnern, Luft zu holen. Ihr Herz raste, ihre Gedanken überschlugen sich. »Was ist dann passiert?«

»Er hat seine Hose hochgezogen, ihren Kopf getätschelt und ist gegangen. Delia hat sich minutenlang nicht gerührt, wollte wahrscheinlich abwarten, ob er zurückkommt, doch irgendwann hat sie ihren Korb genommen, um Brennholz zu holen. Da hat sie mich entdeckt. Sie hat einfach so getan, als wäre ich Luft.«

Stocksteif saß Clara in dem düsteren Wohnzimmer und versuchte einzuordnen, was Bridget ihnen gerade erzählt hatte. Ihr Verstand sträubte sich dagegen, suchte nach Erklärungen und nach einem Ausweg.

»Wer ...« Jon hüstelte. »Wer war es?«

»Robert.«

Clara atmete auf, als sie den Namen vernahm. Zu erfahren, dass Oscar zu so einer Gewalt fähig wäre, hätte sie bis ins Mark erschüttert.

»Haben Sie mit jemandem darüber gesprochen? Mit Ihren Eltern vielleicht?«, fragte sie mit dünner Stimme.

»Ich habe es den Feen gesagt, sonst niemandem.«

»Den Feen?« Clara wartete auf ein Lachen, aber Bridget erwiderte ihren Blick mit ernster Miene.

»Ich habe geglaubt, dass es so vielleicht aussieht, wenn Männer und Frauen zusammen sind. Ich war jung und ich wusste nichts von solchen Dingen. Delia hat sich ja nicht gewehrt, nicht geweint. Ich dachte, sie hätte es gewollt.«

Fassungslos starrte Clara in das zerlaufene Gesicht und beobachtete, wie Bridget sich bedächtig eine mausgraue Strähne hinter die Ohren strich. Clara öffnete den Mund, ohne etwas zu sagen.

»Sie war ihm ausgeliefert. Sie konnte sich nicht wehren. Das hätte alles nur noch schlimmer gemacht«, knurrte Jon. »Hast du deswegen auch geglaubt, der Brief wäre für Robert?«

»Ich habe die Namen der Brüder sowieso immer verwechselt, und als Robert schließlich vor mir stand, war ich überzeugt, dass ich ihm den Brief geben sollte.« Bridget presste die Lippen so fest aufeinander, dass sie zu einer bleichen Linie in ihrem Gesicht wurden. »Delia war damals sehr krank und hat mich angefleht, einen kleinen Botengang für sie zu machen. Dafür habe ich ihren Fotoapparat bekommen. Wenn ich gewusst hätte, was danach geschah …«

»Glauben Sie, dass Delia deswegen verschwunden ist?«

»Ich rede mir ein, dass es nichts miteinander zu tun hat, aber wer weiß? Frauen wie Delia wurden im Dorf nicht gern gesehen. Damals noch weniger als heute.« Ein affektiertes Lachen kam über ihre Lippen, dann rutschte sie auf dem Sessel so weit nach vorn, dass ihre Füße den Boden berührten, und stand auf. »Wenn ihr mich einen Augenblick entschuldigt?« Es klang wie das Knurren eines Ungeheuers aus dem Innern des Hauses, als Bridget die knarzende Treppe hochstieg.

Clara massierte ihre Schläfe. Ihr Kopf dröhnte, als würde sich ihr Gehirn bei jedem Atemzug ausdehnen und dabei an den Schädel drücken.

»Puh, was für ein Albtraum! Er war es, oder? Er muss es gewesen sein.« Jon legte den Arm um sie und rückte noch näher an sie heran.

»Vielleicht.«

»Es liegt doch auf der Hand. Das ist die Lösung des Rätsels. Danach haben wir gesucht.«

»Ich weiß es nicht, Jon«, erwiderte Clara kraftlos.

In diesem Moment kam Bridget zurück und stellte einen zerfledderten Karton vor sie auf den Sofatisch. »Nachdem ich den Fotoapparat bekommen habe, bin ich jeden Tag losgezogen und habe alles Mögliche fotografiert. Das mache ich heute noch. Hier drin müsste ich eigentlich ...« Sie fing an, in einem Berg aus bunten Fotografien herumzuwühlen. Es mussten mehrere Hundert Stück sein. Weite Hügellandschaften, lachende Gesichter, grotesk verzerrte Bäume, das Meer und Grabsteine.

»Aha! Da haben wir's doch.« Bridget hob ein Foto empor und reichte es ihr. »Das Haus der Fitzgeralds im Nebel. Sieht aus wie ein Geisterschloss, was? So richtig unheimlich. Und hier der Alte vor seinem Auto. Darauf lacht er sogar. Man glaubt es kaum. Irgendwo müsste doch noch ... Ich weiß es ganz genau.«

Mit flinken Bewegungen kramte Bridget weiter in dem Karton und zog nach wenigen Sekunden zwei Fotografien hervor. »Delia!«, stieß sie triumphierend aus.

Eine in sich versunkene Gestalt kauerte auf der Treppenstufe vor der Küchentür. Die verschränkten Arme ruhten auf ihren angewinkelten Beinen. Den Kopf hatte sie darauf abgelegt, sodass man ihr Gesicht nicht erkennen konnte.

»Wie ein Häufchen Elend«, sagte Clara leise.

»Das war zwei Tage, bevor sie verschwunden ist. Ich habe aus dem Gartenhaus beobachtet, wie sie zu ihr gekommen sind.«

»Wer?« Clara blickte auf und griff nach einer anderen Fotografie, die Bridget ihr entgegenstreckte. Darauf erkannte man zwei Männer in dunklen Mänteln, die vor Delia standen und zu ihr hinabblickten.

»Father Seamus und Robert. Ich habe nicht verstanden, was sie gesprochen haben, aber Delia hat geweint und Father Seamus hat immer wieder ihre Schulter getätschelt, um sie zu beruhigen. Irgendwann sind sie zusammen ins Haus gegangen. Das war das letzte Mal, dass ich sie gesehen habe.«

»Was haben sie nur mit ihr gemacht?«

»Ich weiß es nicht.«

»Was glauben Sie? Wurde sie umgebracht?«

»Man hat's vielleicht versucht, aber Delia war zäh. Sie hat bestimmt überlebt«, sagte Bridget mit fester Stimme.

»Sie ist spurlos verschwunden und nie wieder aufgetaucht. Wie erklärst du dir das?«, fragte Jon, während er mit einer Hand die getigerte Katze abzuwehren versuchte, die sich an seinem Hosenbein festgekrallt hatte.

»Ich war ein einsames Kind und bin den lieben langen Tag allein um die Häuser geschlichen. Ich habe die Leute beobachtet, ihnen gelauscht.« Die anfängliche Unsicherheit war inzwischen verflogen. Bridget thronte in ihrem Sessel, flankiert von zwei Katzen, und schien es zu genießen, über Wissen zu verfügen, das Jon und Clara an ihren Lippen hängen ließ.

»Was weißt du?«

»Ich weiß, dass Oliver Sullivan mit seinem blauen Ford Anglia weggefahren ist. Und zwar genau an dem Tag, an dem Delia verschwunden ist. Er war wochenlang fort und hat seiner Frau Briefe aus England geschrieben.« Bridget betrachtete sie mit hochgezogenen Augenbrauen, als wollte sie sicherstellen, dass ihr keine noch so kleine Regung entging.

»Woher wissen Sie das?«, fragte Clara.

»Ich war die Tochter des einzigen Postbeamten im Dorf. Was glauben Sie? Alle Briefe sind zuerst bei uns gelandet, bevor wir sie zugestellt haben. Angeblich hat Sullivan seine Schwester besucht.«

»Das ist ja höchst interessant.« Jon stützte die Ellbogen auf seinen Knien ab und beugte sich vor. »Wie lange war er fort?«

»Ich weiß es nicht genau. Ein paar Wochen dürften es gewesen sein. Wir waren in der Zeit oft auf dem Hof, mein Vater und ich.«

»Er hat etwas mit ihrem Verschwinden zu tun«, stellte Clara fest.

»Die Fitzgeralds hätten sich die Finger jedenfalls nicht selbst schmutzig gemacht. Das steht fest«, meinte Bridget.

»Entweder hat er ihre Leiche weggeschafft oder er hat Delia irgendwo untergebracht. In England vielleicht. Das sind die einzigen beiden Optionen – oder übersehe ich etwas?« Seine Stimme klang düster und so blickte er auch drein. Jon war bleich geworden.

»Es gibt keine Leiche«, erklärte Bridget. »Sie war quicklebendig, als ich sie gesehen habe.«

»Wann soll das gewesen sein?«, fragte Jon.

»Vor ein paar Jahren. Sie ist mir entgegengekommen, als ich gerade zum See wollte. Es hat in Strömen geregnet und sie hatte eine Kapuze auf, aber als wir aneinander vorbeigegangen sind – der Weg war sehr schmal –, habe ich ganz kurz in ihr Gesicht gesehen. Ich wusste sofort: Das ist sie.« Bridget seufzte. »Aber ehe ich etwas sagen konnte, ist sie in ein Auto gestiegen. Englisches Kennzeichen. So ein grüner Mini Cooper.«

»Sie haben Delia das letzte Mal gesehen, als sie gerade mal zwanzig Jahre alt war. Das ist ewig her. Inzwischen muss sie steinalt sein.«

»Sie ist sehr alt, natürlich, aber ich studiere Gesichter wie Landkarten, präge mir alles ein. Die Breite der Nase, den Schwung der Augenbrauen, die Form der Lippen. Ich würde sie jederzeit wiedererkennen.«

Clara presste ihre Handflächen auf das samtene Polster. Die Seelen lagen wie Steine in ihrem Magen. »Wenn sie lebt – warum hat sie Oscar nie die Ungewissheit genommen? Ganz im Ernst, ein kleiner Hinweis hätte gereicht. Er hat gewartet, jahrelang gewartet. Warum hat sie ihm das angetan?«

»Weil er ihr nicht wichtig genug war, ganz einfach, weil sie Männer zum Überleben brauchte, nicht zum Glücklichsein«, antwortete Bridget und beugte sich hinab, um eine rot getigerte Katze auf ihren Schoß zu heben. Das Tier drückte seinen Kopf in ihre Hand und schnurrte, als wäre es motorbetrieben.

* * *

»Was ist los?«, erkundigte sich Jon, als sie wieder nebeneinander im Van saßen und für Bridget, die winkend in der Tür stand, ein Lächeln aufgesetzt hatten.

»Wenn ich nur an die Geschichte denke, zieht sich mein Magen zusammen. Es ist furchtbar. Die arme Delia. Sie tut mir so leid. Mir ist ganz schlecht.«

»Geht mir ähnlich. Aber Bridget war damals noch ein Kind. Wer weiß, vielleicht hat sie die Situation falsch aufgefasst?«, überlegte Jon, während er das Auto über eine holprige Landstraße lenkte. Die Scheibenwischer jagten mit einem hysterischen Quietschen über die Windschutzscheibe. Regen trommelte auf das Wagendach.

»Hat sie nicht.«

Er befeuchtete seine Lippen. »Vielleicht ist das Kind gar nicht von Oscar, sondern von seinem …«

»Wir wissen nicht, ob sie tatsächlich schwanger war«, unterbrach Clara ihn. »Alles, was wir mit Sicherheit wissen, ist, dass sie in diesem Haus gelitten hat und dass sie seit dem 1. November 1957 spurlos verschwunden ist. Der Rest ist reine Spekulation. Entweder ist sie gestorben oder sie lebt, ist quietschfidel und hat Oscar dazu verdammt, sein ganzes Leben damit zu verbringen, diese Ungewissheit zu ertragen.«

»Eigenartig, dass sie ausgerechnet an Samhain verschwunden ist, oder?«

»Was?«

»So wie man hier den Sommer begrüßt, begrüßt man auch die dunkle Jahreszeit. Samhain wird in der Nacht zum ersten November gefeiert.«

»Und du glaubst, das hätte etwas mit Delias Verschwinden zu tun?«

»Man sagt, dass die Tore zur Anderswelt in dieser Nacht geöffnet werden. Die Toten kommen und vereinigen sich mit den Lebenden. Samhain bedeutet Vereinigung.« Jon warf ihr einen flüchtigen Blick zu. »Vielleicht war Delia ...«

»Wir sollten damit aufhören, Jon«, unterbrach sie ihn mit matter Stimme und blickte aus dem Fenster. Die Regentropfen ließen die Landschaft vor ihren Augen verschwimmen. »Feen, Seelenkuchen, Anderswelt ... Ich denke, es reicht.«

»Wir sind kurz davor, herauszufinden, was mit ihr passiert ist. Alles verdichtet sich. Siehst du das nicht?«

»Vielleicht will sie nicht gefunden werden und es ist ihr scheißegal, was aus Oscar geworden ist. Daran schon gedacht? Wenn sie noch lebt, hat sie offensichtlich kein Interesse an ihm und genauso wenig Interesse an Róisín.«

»Und das heißt?«

»Ich habe keine Lust mehr, Detektivin zu spielen. Ich brauche meine Kraft für andere Dinge. Dieses Rätselraten verschlingt nur Zeit, die ich nicht habe. Ich muss mich auf das Haus konzentrieren und du solltest dich um deine Karriere kümmern.«

»Äh.« Er räusperte sich. »Das sind ja ganz neue Töne.«

»Ich muss das Haus endlich loswerden. Es zieht mich richtig runter, dieser Klotz.«

»Wie bitte?«

»Du hast schon richtig gehört. Ich stecke keine Arbeit mehr rein. Ich verkaufe es so, wie es ist.«

Einige Sekunden schwiegen sie. Clara gab sich keine Mühe, die Stimmung aufzuhellen oder das Gespräch fortzuführen. Sie war verletzt und musste sich um ihre Wunden kümmern.

»Und was ist mit dem, was Bridget erzählt hat? Sullivan war wochenlang in England und wir wissen, dass Geld geflossen ist.«

»Bridget läuft durch die Gegend und nagelt kleine Türen an Bäume, weil sie glaubt, dort würden Feen leben. Ich weiß nicht, wie vertrauenswürdig so jemand ist.«

»Das hat doch überhaupt nichts miteinander zu tun. Sag mal, streiten wir gerade oder was ist das hier?«

»Was?« Verblüfft sah sie ihn an.

»Du bist aggressiv.«

»Ich bin ganz normal.«

»Das ist normal? Dann ist ja gut«, brummte er. »Ich habe jetzt einen Friseurtermin.«

»Weiß ich.« Sie lehnte sich zurück und ließ Zeige- und Mittelfinger aufeinanderschnappen.

»Jetzt. Also, jetzt sofort. Ich schaffe es zeitlich nicht, dich vorher nach Hause zu bringen, aber du könntest so lange einkaufen gehen. Das wolltest du doch sowieso.«

»Von mir aus.«

»Okay.« Er warf ihr einen prüfenden Blick zu. »Oder nicht?«

»Doch, okay.«

Kurz darauf spürte sie seine Hand in ihrem Nacken. Am liebsten hätte sie sich darunter weggeduckt, aber sie strengte sich an, seine Berührung auszuhalten.

Zehn Minuten später parkte Jon den Wagen vor einem Backsteinhaus, auf dessen Schaufenster neongelbe Foliensticker klebten und den Blick auf eingestaubte Trockenblumen halb verdeckten.

»Kommst du wieder hierher, wenn du fertig bist? Ich bin da schnell wieder draußen.« Er deutete auf den Friseurladen.

»Gut.« Sie öffnete die Tür und wollte gerade aussteigen, als seine Hand vorschnellte und sie zurückhielt.

»Warte.« Sein Blick suchte nach ihrem, dann beugte er sich vor und küsste sie zärtlich auf die Wange. »Bis gleich.«

Clara sprang auf die Straße. Ihr Herz raste und sie war den Tränen nah. Delia und Robert, Oscar und die Einsamkeit, Maureen und Jon. Es fühlte sich an, als würde ihr Kopf jeden

Moment platzen, als sie die Straße entlangmarschierte. Alles war düster, selbst die Sonne.

Sie pfefferte irgendwelche Lebensmittel in den Einkaufswagen, bezahlte mit der Karte und stand kurz darauf wieder auf der Straße. Gedanken sprangen wie Funken durch ihren Kopf – glommen auf, erloschen gleich darauf wieder. Clara schulterte ihren Jutebeutel und lehnte sich an das Häuschen, in dem die Einkaufswagen standen. Einatmen und ausatmen. Es war ganz einfach. Einatmen und ausatmen. Sie würde das Haus verkaufen, nach London zurückkehren und ihre Schulden auf einen Schlag begleichen. Alle ihre Sinne protestierten, aber sie konnte nichts gegen den Groll tun, der sich in ihr zusammengebraut hatte.

Weil sie nicht vor dem Salon auf ihn warten wollte, blieb sie noch eine Weile vor dem Supermarkt stehen, beobachtete Menschen, die mit leeren Einkaufswagen in den Laden eilten und mit voll beladenen Wagen zurück auf den Parkplatz traten. Kinder hatten sich um das Kiddy Ride geschart, das vor dem Eingang stand. Nacheinander warfen sie Münzen in den Slot und ritten zu dudelnder Musik auf dem rosafarbenen Pferd. Gejohle und Gelächter. Clara tippte eine knappe Mitteilung an Fiona, brachte es aber nicht übers Herz, ihr von der Postkarte aus Cork zu erzählen. Erst musste sie ihre Gedanken sortieren.

Sie sah ihn schon von Weitem vor seinem Van stehen – die Haare so kurz wie die eines Preisboxers. Man sah sogar die Kopfhaut durchschimmern.

»So kurz?«, fragte sie entgeistert, als sie so nah war, dass sie die Härchen erkennen konnte, die nach der Rasur auf seiner Stirn kleben geblieben waren.

»Wächst ja wieder.« Jon grinste schief und fuhr sich mit einer Hand übers Haar. »Hast du alles bekommen?«

»Alles, was ich brauche«, antwortete sie und klopfte auf ihren Beutel, ohne wirklich sagen zu können, was sie überhaupt eingekauft hatte.

»Kommst du noch mit zu mir? Dann können wir mit Sionnach eine Runde drehen und über alles sprechen«, schlug er vor, als sie nebeneinander im Van saßen.

»Über was denn?«

»Über Bridget und Delia, dich und mich.«

»Geht nicht. Ich muss heute dieses vollgestopfte Zimmer aufräumen. Davor habe ich mich lange genug gedrückt.«

»Das ist vermutlich keine schlechte Idee«, erwiderte er zögerlich. »Ich wollte heute Abend noch kurz in den Pub. Manchester United gegen Paris Saint-Germain. Das wird ein großes Match. Ich könnte nach dem Spiel zu dir kommen oder du …«

»Ich habe mir eigentlich vorgenommen, heute ganz früh schlafen zu gehen«, unterbrach sie ihn. »Ich muss ein bisschen Schlaf nachholen.«

Jon schwieg, startete den Motor und lenkte den Wagen über enge Straßen. Als sie den Ort hinter sich gelassen hatten, trat er heftig aufs Gaspedal. Seine Stirn lag in Falten und seine Lippen hatten jegliche Farbe verloren, weil er sie so fest aufeinanderpresste. Die Stimmung war abgekühlt.

Clara blickte aus dem Fenster und sah Jon in einem weißen Kittel durch einen langen Gang schlendern. Das monotone Piepsen irgendwelcher Gerätschaften begleitete seine Schritte. Desinfektionsmittel für klinische Sauberkeit, Papageientaucher, grelles Licht und Maureen, deren Lippen selbst unter einer OP-Maske makellos geschminkt waren.

»Was ist los mit dir? Warum bist du so seltsam?«, fragte er, nachdem er den Wagen vor dem Brunnenmädchen geparkt und den Motor abgestellt hatte.

»Was meinst du?«

»Du redest kein vernünftiges Wort mit mir.«

»Alles gut«, erwiderte sie. Es fühlte sich an, als würde sie das Gesicht zu einer Fratze verziehen, als sie lächelte.

»Bereust du, dass du gestern mitgekommen bist?« Er beugte sich zu ihr und taxierte sie. »War's ein Fehler? Willst du mir jetzt erzählen, dass du das gar nicht gewollt hast?«

»Nein, ich … Wahrscheinlich bin ich einfach nur müde.«

»Müde? Ich kenne dich, wenn du *einfach nur müde* bist. Du bist nicht müde. Was ist los, Clara?«

»Ich brauche nur ein bisschen Zeit für mich. Das ist alles.« Sie warf ihm einen flüchtigen Blick zu. »Mein langsamer Kopf …«

Einige Sekunden verstrichen, in denen nur das Rauschen des Windes ins Wageninnere drang. In der Ferne kläffte ein Hund.

»Okay, da kann man wohl nichts machen. Melde dich einfach, wenn dein Kopf hinterhergekommen ist.«

Seine Stimme klang hart und Clara beschlich das Gefühl, sich ihm gegenüber unfair zu verhalten. Trotzdem stieg sie aus, ohne ihn zu besänftigen.

Die Reifen drehten durch, als er den Motor startete und über den Kiesweg davonfuhr.

22

Leise vor sich hin fluchend untersuchte sie den ersten Quadratmeter des Zimmers. Warum hatte man den ganzen Krempel nicht einfach verschenkt oder weggeschmissen? Wie konnte man diesen Raum so verwahrlosen lassen? Clara stellte alles, was noch ansatzweise brauchbar war, auf den Flur und füllte die erste Mülltüte.

Obwohl sie versuchte, ihre Gedanken zu kontrollieren und auf das Gespräch mit Bridget zu lenken, glitt sie ständig in Denkspiralen ab. Warum gelang es ihr nicht, wie eine erwachsene Person mit ihm zu sprechen und ihn zu fragen, was es mit den Plänen auf sich hatte? Jon war kein flatterhafter Typ, der sich nicht festlegen konnte oder leere Versprechen machte, um etwas zu bekommen, das er wollte, ohne dafür Verantwortung zu übernehmen. Das Problem war ihre kindliche Verletztheit. Sie erinnerte sich an die unzähligen Momente, in denen sie sich zurückgestoßen, abgelehnt und ungeliebt gefühlt hatte. Als sie die Postkarte mitsamt den Dokumenten in seiner Küche gefunden hatte, waren diese Gefühle wieder in ihr hochgekommen. *Das innere Kind.* Sie lachte leise. Sie kannten sich gut, waren sich schon oft begegnet. Meist in der Dunkelheit. Wann würde dieses Kind endlich daran glauben können, dass es sich nicht verstecken musste? Wann würde es aufhören, immer mit der Enttäuschung zu kalkulieren, und Vertrauen fassen?

Clara zerknüllte Zeitschriften, zerrte so lange am Band einer Videokassette, das unter der Chaiselongue eingeklemmt war, bis es zerriss, und stopfte Kuscheltiere in die Mülltüte. Ihr war zum Heulen zumute, aber die Tränen versiegten irgendwo zwischen Wut und Hoffnung.

Gerade war Clara in die Abstellkammer gepoltert, um den Staubsauger zu holen, als es an der Haustür klingelte. Sofort fing ihr Herz an, heftig zu schlagen. Nachdem sie ihr Haar hektisch zu einem Dutt geknotet und einen kurzen Blick in den Spiegel geworfen hatte, eilte sie die Treppe hinab.

»Was machst du denn hier?«, fragte sie, als würde sie sein Anblick überraschen.

»Ich wollte noch kurz vorbeikommen, um mit dir zu sprechen«, erklärte er mit eisiger Stimme. »Bekomm ich 'nen Tee?«

Seine Jeansjacke war mit Lammfell gefüttert, darunter trug er eine Trainingsjacke, dazu eine nachtgrüne Wollmütze. Es war eine laue Septembernacht, doch Jon sah nach tiefstem Winter aus. Er berührte sie nicht, als er an ihr vorbei ins Haus trat. Schweigend stapfte er in die Küche, zog seine Jacke aus und schmiss sie über die Stuhllehne, dann setzte er sich auf den Tisch und musterte sie mit eindringlichem Blick. »Und? Bist du dir sicher, dass du das Haus verkaufen willst?«

Clara öffnete den Schrank, um zwei Tassen und das silberne Sieb herauszunehmen. »Ich denke schon«, sagte sie zögerlich, öffnete die Teedose und schnupperte an der süßen Mischung. »Du weißt ja, wie viele Schulden ich habe. Ich muss eine vernünftige Entscheidung für meine Zukunft treffen.«

»Dann gehst du zurück nach London, nehme ich an, suchst dir dort einen Job.«

»Kommt drauf an, wie es beruflich weitergeht.« Clara hob die Schultern und zwang sich zu einem Lächeln, das ziemlich windschief ausfiel. »Mein Vater war im Irak, in Afghanistan und hat von dort berichtet. Das ist eine wichtige Arbeit, eine sinnvolle Aufgabe. Vielleicht brauche ich so etwas.« Sie ließ Wasser in den Kessel plätschern, drehte das Gas auf und zündete ein Streichholz an, dann stellte sie den Kessel auf den Herd.

»Verstehe, ganz wie dein Vater also. Ich hatte wohl einen völlig falschen Eindruck.«

»Welchen Eindruck hattest du denn?«

»Na ja.« Er seufzte und rieb die Handflächen aneinander, als wollte er sie wärmen. »Dass du dich hier ganz wohlfühlst mit mir und wir vielleicht die Chance hätten, uns zusammen etwas aufzubauen.«

»Uns zusammen?«, echote sie mit heller Stimme und hielt in ihrer Bewegung inne. »Du und ich?«

»Das klingt idiotisch, ich weiß. So lange kennen wir uns ja noch gar nicht.« Er schloss den Reißverschluss seiner Trainingsjacke bis zum Kinn und verschränkte die Arme vor der Brust.

»Nein.« Sie schüttelte den Kopf. Ihr Herz schlug so heftig, als wollte es jeden Moment zerspringen. »Nein, das klingt überhaupt nicht idiotisch. Ich dachte nur, dass …« Gerade wollte sie einen Schritt auf ihn zugehen, als im Flur ihr Telefon schrillte. »Ich gehe kurz.« Mit einem entschuldigenden Lächeln verschwand sie aus der Küche und hastete zu ihrer Jacke. Kaum hatte sie einen Blick auf das Display geworfen, sackte ihr das Herz in die Hose. Es war gebrandmarkt und würde vermutlich immer so reagieren, wenn es aus dem Nichts überwältigt wurde.

»Hey«, meldete sie sich leise. »Was gibt's?«

»Sag mal, was machst du denn in Irland, Clara?« Ein heiseres Lachen ertönte. »Ich bin in London und wollte dich besuchen, aber Oscar …«

»Du wolltest mich besuchen?«

»Ich dachte, es wäre schön, wenn wir mal wieder ein bisschen quatschen könnten. Jetzt sag schon: Was verschlägt dich nach Irland?«

Clara schwankte zwischen dem Haus, einer spurlos verschwundenen Delia und einem Tierarzt. »So etwas wie Liebe«, antwortete sie und fasste damit alles zusammen, was sie mit Irland verband.

»Wie bitte?« Er räusperte sich. »Die Liebe verschlägt dich nach Irland? Welche Liebe?«

»Es ist viel passiert. Mein ganzes Leben ist auf den Kopf gestellt und das ist wahrscheinlich genau das, was ich gebraucht habe.«

»Dann geht es dir gut?«

Seine Stimme drang zwar in ihr Ohr, erreichte aber keine tieferen Schichten. Sie sah sein Gesicht vor sich, aber es löste keine warmen Gefühle mehr in ihr aus.

Jon saß auf dem Küchentisch und wartete darauf, dass sie zurückkäme. In der Küche pfiff der Teekessel, tönten Schritte und knarzende Schranktüren. »Ich bin eigentlich ganz glücklich.«

»Das klingt gut, aber geht es vielleicht ein bisschen konkreter? Ich komme nicht mit. Du warst doch gerade dabei, dich zu bewerben, und jetzt bist du plötzlich in Irland?«

Offensichtlich war er über die Entwicklung ihres Lebens, aber vor allem über ihre emotionale Entwicklung ziemlich irritiert. Clara glaubte sogar, dass er ein wenig enttäuscht klang.

»Ich habe jetzt keine Zeit, dir alles zu erzählen, Ben. Das ist eine lange Geschichte und ich habe gerade Besuch.«

»Oh, ich verstehe«, sagte er nach kurzem Zögern. »Eigentlich wollte ich dir nur sagen, dass ich zurück nach London komme. Ich arbeite ab Oktober beim *Royal Public* und brauche nur noch eine Wohnung.«

Ihre Knie wurden weich, aber nicht so weich, wie sie es früher geworden wären. »Das ist ja schön, Ben. Deine Eltern freuen sich bestimmt total darüber, dass du wieder nach Hause kommst.«

»Mhm, ich wohne gerade bei ihnen«, brummte er. »Sehen wir uns, wenn du irgendwann aus Irland zurückkommst?«

»Vielleicht.«

»Vielleicht, okay«, brummte er. »Dann wünsche ich dir noch einen schönen Abend, Clara. Ich ... du sollst nur wissen, dass ich in letzter Zeit wieder öfter an dich denken muss.«

Eigentlich hätte sie ihm gern gesagt, dass sie in letzter Zeit immer weniger an ihn denken musste, dass Tage vergingen, an denen sie ihn völlig vergaß. Stattdessen sagte sie nur: »Danke, Ben.« Clara atmete tief durch, dann schaltete sie ihr Telefon aus und stopfte es zurück in die Jackentasche. Erst jetzt bemerkte sie den Schweißfilm auf ihrer Stirn.

Jon saß mit einer Tasse Tee auf dem Küchentisch und blickte ihr entgegen, als sie mit erhitztem Gesicht zurück in die Küche trat.

»Sorry, das war nur ...« Sie räusperte sich, als wären die Worte in ihrer Kehle stecken geblieben. »Ein Anruf.«

»Habe ich mitbekommen.«

Sie wartete darauf, dass er nachhakte, aber er deutete nur auf eine dampfende Tasse. »Der Tee ist fertig.«

Clara lehnte sich mit dem Rücken an den Küchenschrank und pustete vorsichtig in das heiße Getränk. »Du gehst gleich weiter in den Pub, oder?«

»Mhm, aber vorher wollte ich wissen, was eigentlich los ist. Ich bin nicht auf den Kopf gefallen, Clara. Du küsst mich, wir verbringen die Nacht zusammen und du bist auch noch am nächsten Morgen da. Es lief echt gut zwischen uns, perfekt eigentlich, aber plötzlich bist du wie ausgewechselt.« Er befeuchtete seine Lippen. »Da gibt es etwas, über das wir sprechen müssen.«

Clara rührte in ihrem Tee und beobachtete, wie die Kristalle des Kandiszuckers darin zirkulierten. »Cork.«

»Cork?« Jon runzelte die Stirn, schüttelte den Kopf. »Hä?«

»Willst du nach Cork?«

»Was soll ich denn dort?«

»Eine Tierklinik eröffnen.«

»Was?« Er starrte sie aus zusammengekniffenen Augen an, doch dann erhellte sich sein Gesicht. »Daher weht also der Wind. Ich habe die Unterlagen in der Küche vergessen und du hast sie gefunden, richtig?«

»Ihr wollt zusammen …«

»Das ist ein ziemlich verlockendes Angebot, mhm.« Er richtete sich auf und straffte die Schultern. »Maureen wollte die Sache eigentlich mit ihrem Chirurgen durchziehen, aber jetzt haben sie sich getrennt und deswegen sucht sie einen neuen Partner.«

»Gratuliere, Jon. Das ist doch genau das, was du wolltest.«

»Tja.« Er lächelte schwach. »Ich wollte zumindest mal darüber nachdenken und mit meinen Eltern sprechen, aber dann habe ich ziemlich schnell festgestellt, dass ich jetzt etwas ganz anderes will.«

»Ach so?«

»Gestern …« Er trank einen Schluck Tee und stellte die Tasse dann neben sich auf den Tisch. »Ich habe gerade echt intensiv an dich gedacht und mir vorgestellt, was du wohl machst, ob du arbeitest oder mit Oscar in der Küche sitzt, und plötzlich stehst du vor mir in der Praxis. Da wusste ich ganz genau, was ich will. Zweifelsfrei.«

»Du hast an mich gedacht, während du einen Vogel aufgeschnitten hast?«, fragte sie lachend und rieb sich mit dem Handrücken über die Augen.

»Mann, Clara, du weißt doch, was ich meine. Seitdem ich dich kenne, denke ich ständig an dich. Da war sofort dieser Funke, dieses Gefühl, aber ich war mir nie sicher, wie ich das einordnen soll, was zwischen uns passiert. Ich hatte Zweifel, weil ich nicht wusste, woran ich bin, ob du hierbleibst oder bald wieder abhaust, aber gestern war für mich einfach alles klar.«

»Es tut mir leid, Jon.« Clara blickte hinab in die rötliche Flüssigkeit, die in ihrer Tasse schwamm. »Ich war unmöglich zu dir. Ich habe mir nur Sorgen gemacht, dass du ... dass ich zu viel reininterpretiert habe in das mit uns, dass ich mich getäuscht habe.«

Es kam ihr vor, als könnte sie die Wärme seines Lächelns auf ihrer Haut spüren. »Hast du nicht, Clara. Ich will 'ne Chance.«

Ihr Körper entkrampfte sich augenblicklich, nur um im nächsten Moment zu beben, weil ihr Herz so heftig gegen ihren Brustkorb donnerte. Jon neigte den Kopf zur Seite und streckte die Hand nach ihr aus. Clara trat so nah an ihn heran, dass sie die Kante des Tisches an ihrer Hüfte spüren konnte. Zärtlich streichelte sie über seine Wangen, dann schob sie die Mütze von seinem Kopf und fuhr ihm über das Haar. Es fühlte sich ganz samtig an. »Das klingt vielversprechend«, flüsterte sie und verschränkte ihre Finger mit seinen.

»Versuchst du's mit mir, ja?«

»Mhm. Obwohl du mit dieser Frisur ziemlich gefährlich aussiehst.«

»Ach, ist das so?«

»Aber nur, wenn du ein grimmiges Gesicht machst. Dein Grübchen ist nämlich sehr süß.« Sie legte den Zeigefinger auf seine rechte Wange.

Jon zog die Augenbrauen zusammen, sodass sich dazwischen eine tiefe Furche bildete, dann vergrub er das Gesicht an ihrem Hals. Sie spürte seinen Atem, dann seine Lippen. »Mein Puls.« Er legte seine Finger auf die Innenseite ihres Handgelenks. »A *chuisle*. Ich weiß, du stehst nicht auf Kosenamen – ich auch nicht –, aber das sagt man hier zu Menschen, die man wirklich sehr mag.«

»Ich mag dich wirklich sehr.«

»Auch wenn dich Männer anrufen, mit denen du dann heimlich im Flur flüsterst?«

»Völlig bedeutungslos.«

»Und was ist mit deiner Karriere als Kriegsjournalistin?«

»Schon wieder vergessen.«

»Dann kann ich ja hierbleiben, oder?«

»Was ist mit dem Spiel? Ich dachte, das wäre ein ganz wichtiges Match heute Abend?«

»Doch nicht so wichtig. Völlig unwichtig eigentlich.«

Seine Hände waren warm, seine Lippen so weich, wie sie aussahen. Jon half ihr, den Pullover auszuziehen, küsste ihre Schultern, ihren Hals und löste dann ihr Haar. Obwohl sie immer noch eine Bluse trug und es in der Küche mollig warm war, bekam sie eine Gänsehaut.

Mit beiden Händen fuhr er ihr durchs Haar und betrachtete sie, während sie den Reißverschluss seiner Trainingsjacke öffnete. »Weißt du eigentlich, dass du das Beste bist, das England jemals hervorgebracht hat?«

»Was ist mit Stonehenge?«, fragte sie nah an seinem Mund und küsste ihn.

»Ich bin Ire. Steine können mich nicht beeindrucken. Glaub mir, Stonehenge ist nichts gegen dich.«

Sie ging wie auf Moos durch den Korridor und zog ihn hinter sich her. Vor der Bibliothek hielt er sie zurück – heißer Atem in ihrem Nacken – und küsste sie.

Es bedurfte keiner Worte mehr. Alles, was Clara wollte, war eine Nähe, die keine Lücken kannte, und das Gefühl zu fallen, bis es sich nach Fliegen anfühlte.

Jon stieß die Tür hinter sich zu und griff nach ihr, ehe sie sich von ihm fortbewegen konnte. »Wer hätte gedacht, dass die Engländerin mich jemals in ihr Schlafzimmer einladen würde?«, sagte er mit einem kehligen Lachen, während seine Arme sie fest umschlossen.

»Wer hätte gedacht, dass Jon so einfach mitkommen würde? Jon, immer wenn ich an dich denke …«

»Was passiert dann?«

Sie legte sich beide Hände auf ihr Dekolleté und seufzte theatralisch auf. »Ich schmelze dahin.«

»Verstehe. Das darf man nicht auf die leichte Schulter nehmen«, erklärte er mit ernster Miene und bugsierte sie zum Bett. »Darum sollte sich ein Arzt kümmern.«

»Ein Tierarzt?«

»Mhm, hier draußen musst du nehmen, was du kriegen kannst! Es wäre gut, wenn du dich hinlegen könntest, Clara.«

Kichernd schob sie die Decke beiseite und ließ sich auf der Matratze nieder. Mit angehaltenem Atem beobachtete sie, wie Jon seine Stiefel auszog, die dunkelgrüne Trainingsjacke – Nummer 9, Farrell – in hohem Bogen auf den Sessel warf und dann über sie krabbelte.

»Wie lange hast du die Beschwerden schon?« Er vergrub seine Finger in ihrem Haar.

»Schon eine Weile, Herr Doktor. Er kam nachts in mein Schloss und seitdem spukt er durch mein Leben.«

»Das klingt unheimlich.«

»Ist es auch. Seine Augen sind so grün, dass man nicht weiß, ob sie ein Wald, Moos oder Smaragde sind«, flüsterte sie verschwörerisch.

»Dein Zustand scheint sehr ernst zu sein.« Warme Hände glitten unter ihre Bluse und fingen an, sie zu streicheln. »So etwas ist mir noch nie untergekommen. Ich bin zwar erfahren, aber ... puh! So wie ich das sehe, ist nicht nur das Herz, sondern auch dein Gehirn betroffen.«

»Oh nein!« Clara unterdrückte ein Lachen. »Kannst du mir helfen?«

Er schüttelte den Kopf und grinste zu ihr hinab. »Mann, Clara! Du glaubst doch nicht im Ernst, dass ich dich heilen will. Du bist verloren. Zumindest hoffe ich das.«

Lächelnd streichelte sie über seine Schultern, ließ ihre Hände seine Arme hinabwandern und griff nach dem Saum seines Shirts. »Du irrst dich. Ich bin nicht verloren«, flüsterte sie und half ihm, sein Shirt loszuwerden.

Sein Körper lag schwer auf ihrem, drückte sie tief in die Matratze. Obwohl die Luft kühl war, war die Haut seines Rückens feucht. Als sie darüberstrich, bekam er eine Gänsehaut.

»Frierst du?«, fragte sie und wollte nach der Decke greifen, als er sich mit ihr herumwälzte. Clara ließ ihren Blick langsam über sein Gesicht wandern. In ihrer Brust breitete sich ein warmes Gefühl aus und strahlte in alle Richtungen.

»Ich friere nicht.« Seine Wangen waren gerötet und ein sanftes Lächeln lag auf seinen Lippen.

Das ist ein neues Kapitel meines Lebens, dachte sie und erschauderte. So wie ihr nun dieses Haus gehörte, war auch Jon in ihr Leben getreten und hatte sich damit verbunden.

Sie spürte das Beben seines Brustkorbs und registrierte, wie sich seine Muskeln anspannten, als sie zärtlich über seinen Bauch streichelte, die Haarlinie bis zu seinem Hosenbund nachzeichnete und ihre Fingerspitzen über seine Brust gleiten ließ. Clara beugte sich vor und küsste seine Kehle, dann richtete sie sich auf und ordnete ihr Haar.

»Bleibst du hier?«, wollte er wissen.

Einen Augenblick herrschte Stille. Diese Frage konnte alles bedeuten. Clara nickte und meinte alles. Sie wollte hierbleiben – in diesem Moment, im Bett, bei ihm, in Irland.

Jon blickte sie unverwandt an, als sie mit zitternden Fingern ihre Bluse aufknöpfte. Ein Blinzeln, ein Lächeln, das die Fältchen um seine Augen herum vertiefte. Das Herz schlug ihr bis zum Hals.

Sein Blick wanderte über ihren Köper. Ein leises Ächzen entwich ihm, als sie den Leinenstoff von ihren Schultern streifte und den Verschluss des BHs öffnete. Jon setzte sich auf und raunte ihr etwas ins Ohr, das sie nicht verstand. Zärtlich erkundete er mit den Händen ihren Körper, dann mit den Lippen. Seine Bartstoppeln kitzelten sie. Sie spürte seine Erektion zwischen ihren Beinen. Ein wohliger Schauer erfasste sie und ließ sie aufseufzen.

»Hast du was da?«, fragte er mit rauer Stimme und deutete auf den Nachttisch. »Nur falls das hier ...«

Clara schüttelte den Kopf.

»In meiner Jacke.«

Etwas widerwillig schälte sie sich aus seiner Umarmung, kletterte vom Bett und ging zum Sessel. Als sie sich wieder umdrehte, hatte er die Arme hinter dem Kopf verschränkt und blickte ihr herausfordernd entgegen.

Die Nacht war delphiniumblau. Alles war Geflüster und sternenklar. Die Gefühle kamen wie Wellen. Mal waren sie tosend und schäumend, mal zogen sie sich zurück und ließen sie ganz ruhig werden, damit sie Atem schöpfen konnten.

Gelegentlich tappten sie hinunter in die Küche, um Tee zu kochen. Sionnach huschte hinaus in den Garten, verschwand hinter den Hecken, während sie am Fenster standen und darauf warteten, dass der Kessel pfiff. Danach stiegen sie wieder die Treppe hinauf, zogen sich aus und krochen zurück ins Bett.

»Denkst du an Irland, wenn du dir überlegst, wie es für dich weitergeht?«

»Oft.«

»Denkst du auch an mich?«

»Noch viel öfter.«

Er lächelte, nahm ihr die Tasse aus der Hand und stellte sie auf den Nachttisch, dann wandte er sich wieder zu ihr um. Seine Augen wanderten über ihr Gesicht. »Ich weiß, es ist noch zu früh, um das Thema anzusprechen, aber ich will ganz offen sein. So eine Fernbeziehung – London, Clonamaddy –, ich glaube, das packe ich nicht auf Dauer. Selbst wenn ich mich anstrenge.« Er griff nach ihrem Handgelenk, strich mit dem Daumen über die Innenseite. Im Grunde hatte sie immer gewusst, was es bedeutete, sich auf ihn einzulassen und darin mehr zu sehen als ein Abenteuer.

»Ich brauche einen Platz.«

»Hier ist doch Platz.« Er hob den Arm und wartete, bis sie sich an ihn geschmiegt hatte, dann deckte er sie zu und stützte sein Kinn auf ihren Kopf.

Sie konnte seinen Herzschlag an ihrer Wange spüren und lächelte versonnen, weil ihr plötzlich alles so einfach vorkam. *Samhradh, Samhradh.* Sie verstand, was Delia damit gemeint hatte. Samhradh war nicht nur der Sommer. Es war ein Gefühl, leicht, fast durchsichtig, süß wie Kirschen und warm wie Steine, die sich mit Sonne vollgesaugt hatten. Es war die Gewissheit, genau am richtigen Ort zu sein. »Wünschst du dir, dass ich hierbleibe?«

Er lachte leise und drückte seine Lippen auf ihre Stirn. »Ich weiß, dass es gut wird, Clara, das mit uns. Ich weiß, dass es legendär wird.«

»Legendär? Müssen wir dann auch einen Heldentod sterben?«

»Ist nicht vorgesehen. Wir leben ein ganz normales und zufriedenes Leben. Manchmal sind wir traurig, manchmal glücklich und bei schönem Wetter frühstücken wir draußen. Das war's auch schon.«

»Ich kann mir eigentlich nichts Schöneres vorstellen.«

* * *

Clara war an diesem Morgen schon früh auf den Beinen, obwohl sie kaum zwei Stunden geschlafen hatte. Lautlos hantierte sie in der Küche und schlich dann hinauf in die Bibliothek, von deren Fenstern aus man zur Straße blicken konnte. Plötzlich drückte sich ein Körper an ihren Rücken und ein dunkelroter Frotteestoff wurde um sie gelegt. Er musste geduscht haben – sie spürte die feuchte Wärme selbst durch den Baumwollstoff ihres Shirts.

»Bademantelkaffee«, sagte sie lächelnd, hob die Tasse an ihre Lippen und trank einen Schluck.

»Was machst du da?« Er küsste ihren Hals.

»Da draußen passiert nicht viel. Alles ist still, aber manchmal sieht man dort hinten Scheinwerfer aufleuchten. Sie blitzen ganz kurz auf.« Sie deutete auf ein paar Hecken, hinter denen die Straße eine Kurve machte, um zum Dorf abzuzweigen. »Der Nebel ist so dicht.«

»Vielleicht bleibt er den ganzen Tag. Manchmal ist das so.«

Er drückte sie noch fester an sich und stützte das Kinn auf ihrer Schulter ab. So standen sie eine Weile vor dem Fenster und blickten hinaus in einen Nebel, der den Wald verbarg und alle Geräusche verschluckte.

Clara streichelte mit den Fingerspitzen über seinen Unterarm und dachte währenddessen an den letzten Ausflug, den sie mit Oscar unternommen hatte. Es war noch früh am Morgen gewesen und sie fuhren entlang des Avons, um Warwick Castle zu besuchen. Der Asphalt glänzte wie schwarzes Wasser, der Nebel wirkte undurchdringlich. »So ist das. Irgendwann bleiben nur noch die Rücklichter«, murmelte Oscar ins Brummen des Motors. »Nichts kommt dir mehr entgegen und irgendwann kannst du nicht mal mehr die Rücklichter sehen. Alles um dich herum ist Nebel und du wartest, bis der Tag gekommen ist, an dem du endlich aussteigen kannst.« Er hatte diese Worte ohne Sentimentalität gesagt. Das Ende war nah – das wusste Oscar, das wusste sie. Es würde keinen Frühling mehr geben.

Clara schluckte trocken, blinzelte.

»Vielleicht sage ich alle Termine für heute ab. Dann können wir hierbleiben und es uns gemütlich machen«, flüsterte Jon ganz nah an ihrem Ohr. »Bei so einem Nebel sollte man nicht draußen unterwegs sein.«

»Wir sind doch daran gewöhnt, im Nebel herumzustochern.« Clara lehnte sich an seine Brust. »Wir müssen Sullivan besuchen und ihn nach seiner Tante fragen.«

»Das können wir doch morgen erledigen.«

»Ich möchte damit nicht warten. Wer weiß, wie viel Zeit uns noch bleibt.«

»Du bist besessen, Clarabella, weißt du das?«

»Ich weiß, ich weiß.« Sie grinste schief. »Aber stell dir mal vor, wie es wäre, irgendwann nur noch Rücklichter zu sehen. Sie entfernen sich immer weiter von dir und plötzlich bleibst du ganz allein zurück.«

»Was meinst du?«

»Wir dürfen keine Zeit verlieren.«

* * *

Der Teig war klebrig und sie hatte Mühe, ihn vom Tisch abzukratzen, aber schließlich lagen sechs wohlgeformte Scones vor ihr. Mit den Fingern strich sie Milch darauf und schob das Blech schließlich in den Ofen. Oscar liebte Scones und sie hatte schon unzählige Variationen ausprobiert. Das simpelste Rezept war jedoch mit Abstand das beste. Ein paar Mandeln, ein bisschen Zimt, eine Prise Meersalz. Jon saß im Wintergarten und telefonierte mit einigen Mastbetrieben, um Termine zur Fleischbeschau auszumachen. Es war ihr neu, dass Tierärzte auch solche Aufgaben übernehmen mussten, aber anscheinend gehörte die Kontrolle von Fleisch, das als Lebensmittel in den Handel kommen sollte, zu seinen täglichen Aufgaben. Wieder was gelernt. Wieder eine Idee für ihre Liste. Sie schwebte durch die Küche und hielt immer wieder inne, um seiner Stimme zu lauschen, die dumpf aus dem Wintergarten tönte. Sionnach strich um ihre Beine.

Nun waren Leben und Liebe in das Haus zurückgekehrt. Clara lächelte still vor sich hin, als sie an Delia dachte, die vor vielen Jahren genau hier gewerkelt hatte. In Töpfen rühren, Besteck polieren, Teig ausrollen, Pasteten füllen und gelegentlich ein seliges Seufzen, wenn sie an Oscar dachte – wohl wissend, dass sie sich treffen würden, wenn die Sonne untergegangen war. Doch dann verblassten die Bilder und sie erinnerte sich daran, was Bridget erzählt hatte: das Ungeheuer, das vor der Tür lauerte, um dem Sommer seine Süße zu nehmen.

Wie oft war es geschehen?

Clara löffelte Clotted Cream in ein Glasschälchen und starrte eine Weile unbewegt auf die weiße Masse hinab. Delia hatte sich niemandem anvertraut. Keiner ahnte, dass jedes Knarren der Dielen sie zusammenzucken ließ. Delia war sich darüber bewusst, mit welcher Verachtung man auf sie herabschaute und dass ihr jedes Wort im Mund herumgedreht werden würde. Wie konnte sie sicher sein, dass Oscar aus anderem Holz geschnitzt war? Selbst wenn ihr jemand geglaubt hätte – sie trug die Schuld, weil es im sozialen Gefüge dieser Welt gar nicht anders sein konnte. Frauen wie sie durften in jenen Tagen allenfalls auf Gnade, aber nicht auf Mitgefühl hoffen.

Der Himmel klarte auf und veränderte das Licht in der Küche. Was hatte Oscar gesagt? *Man sollte die guten Erinnerungen wie Schätze bewahren und alle anderen – weg damit!* Clara hob den

Blick und ließ ihn durch den Garten schweifen. Überwucherte Beete, in denen früher Kräuter und Gemüse gewachsen waren, Rosenbüsche, moosbewachsene Mauern, Heidekraut und dazwischen der älteste und größte Kirschbaum Irlands, von dessen Ast eine Schaukel baumelte. Vielleicht war Delia nicht für immer verschwunden. Eines Tages würde sie womöglich vor ihr stehen und es wäre, als blickte sie in ihre eigenen Erinnerungen.

»Träumerin«, flüsterte sie.

»Führst du Selbstgespräche?«

Als sie herumwirbelte, sah sie Jon im Türrahmen lehnen. Das Hemd unordentlich in die Jeans gesteckt, barfuß, lächelnd.

»Ich? Was habe ich denn gesagt?«

Er kam auf sie zu und legte seine Arme um ihre Taille, dann küsste er ihre Stirn. »Du hast zwar genuschelt, aber ich glaube, du hast gesagt, dass du dich sofort ausziehen willst, um wieder ins Bett zu gehen, mit mir und den Scones, und dass du absolut keine Lust hast, heute noch das Haus zu verlassen.«

23

Es war spät, als sie sich schließlich dazu aufraffen konnten, in ihre Mäntel zu schlüpfen. Der Elf krächzte und holperte über die Schlaglöcher, die in der Landstraße klafften. Jon war zu groß für den kleinen Wagen und stieß sich immer wieder den Kopf an, was dazu führte, dass seine Stimmung den Tiefpunkt erreicht hatte, als sie auf dem Hof der Sullivans angekommen waren.

Jon fuhr sich mit der Hand über den Kopf und nickte in Richtung Scheune. Aus dem halb geöffneten Tor fiel Licht.

»Guten Abend«, grüßte Clara und blickte hinab auf den Mann, der in dreckigen Latzhosen vor einem Traktor kniete.

»Wie?« Matt riss den Kopf herum und rieb sich kurz darauf mit verzerrter Miene den Nacken. »Was gibt's denn?«

»Sorry, dass wir dich schon wieder überfallen, aber wir haben noch eine Frage an dich. Dein Vater hatte doch eine Schwester in England, richtig?«

»Mhm, Auntie Bren, aber sie ist bestimmt schon seit zwanzig Jahren tot«, erwiderte Matt und stand schwerfällig auf. Für einen Moment presste er die Hand auf sein Knie. »Arthritis. Wird nicht besser bei dem Mistwetter. War ein heftiger Nebel heute Morgen. Hab mein Vieh kaum gefunden.«

»Ich wäre auch am liebsten zu Hause geblieben«, brummte Jon und warf Clara einen vorwurfsvollen Blick zu. »War dein Vater oft bei seiner Schwester? Weißt du etwas darüber?«

»Kam selten vor. Zu Geburtstagen allerhöchstens. Wenn überhaupt. Warum wollt ihr das wissen?«

»Kurz nachdem Delia Malone verschwunden ist, war dein Vater wochenlang in England, und wir fragen …«

»Er hat nichts damit zu tun.« Matt straffte die Schultern.

»Wie kannst du dir sicher sein? Die Fitzgeralds haben euch jahrelang Geld gegeben, und zwar genau ab dem Zeitpunkt, an dem Delia verschwunden ist. Findest du das nicht eigenartig?«

»Mein Vater war ein guter Mann. Er hätte sich nicht in kriminelle Machenschaften verwickeln lassen. Garantiert nicht.«

»Wir suchen nicht nach Schuldigen. Alles, was uns interessiert, ist das Schicksal von Delia«, erklärte Clara mit sanfter Stimme und trat einen Schritt vor. »Sie hatte eine heimliche Liebesbeziehung mit Oscar Fitzgerald. Sie wollten sogar heiraten, aber kurz bevor sie wirklich zusammen sein konnten, ist Delia verschwunden.«

»Das ist tragisch, aber ich wüsste nicht, was mein Vater damit zu schaffen haben sollte«, erwiderte Matt. »Ich kann euch nicht helfen und habe keine Zeit für dieses Detektivspiel. Wenn ihr mich entschuldigt? Ich muss den Motor wieder zum Laufen bringen.«

»Dein letztes Wort?«

»Wünsche euch noch einen schönen Abend.«

Matt bückte sich hinab zu seinem Werkzeugkoffer und nahm eine Zange heraus, dann kehrte er ihnen den Rücken zu.

Schweigend und frustriert stapften sie zurück zum Auto. Alle Spuren verliefen im Sand. Delia war nichts als eine verblasste Erinnerung, die bald schon vergessen wäre. Clara seufzte inbrünstig auf und zog den Schlüssel aus ihrer Manteltasche, als Jon stehen blieb.

»Ich kenne die tückischen Stellen.«

»Wie bitte?«

Jon versuchte, sie davon zu überzeugen, dass er dieses Mal fahren sollte. Allerdings fehlten ihm die Unterweisung und Absegnung durch Oscar, weshalb sie zögerte.

»Der Elf ist ihm heilig. Er sitzt immer am Fenster und bewacht ihn, wenn ich vor dem Haus geparkt habe. Eigentlich hat Oscar eine Garage angemietet, aber die ist am anderen Ende der Straße, weswegen ich manchmal ...«

»Wartet.«

Sie wirbelten herum. Matt kam mit großen Schritten auf sie zu und blieb schließlich atemlos vor ihnen stehen.

»Mir ist noch etwas eingefallen. Bei Auntie Brenda lebte eine Frau. Sie hatte das Zimmer im Erdgeschoss. Ich erinnere mich, dass sie einen irischen Akzent hatte. Sie nannte uns Kinder immer *Grà.*«

»Graw?« Clara runzelte die Stirn.

»Liebe. Das bedeutet Liebe«, erklärte Jon beiläufig und verschränkte die Arme vor der Brust. »Es gab viele Menschen, die damals nach England gegangen sind, weil es in der Republik kaum Arbeit gab.«

»Meine Eltern kannten sie. Ich bin mir ganz sicher, dass sie sich über Clonamaddy und den Chor unterhalten haben. Meine Mutter hat ihn ja bis zu ihrem Tod geleitet.«

Der Wind umfing Clara mit kalten Armen. »Was?«, fragte sie ungläubig.

»Das Foto.« Jon stieß sie an. »Zeig ihm das Foto!«

Hektisch fingerte sie das Telefon aus der Gesäßtasche ihrer Jeans und scrollte durch ihre Galerie. Schafe, salbeigrüne Hügel, Mond, Jon, Haus, Sionnach, Selfies aus verschiedenen Perspektiven, Oscar, Jon, verschwommene Rosenbilder.

Schließlich hielt sie Matt das leuchtende Display unter die Nase. Delia strahlte ihnen entgegen. »Könnte sie das sein?«

»Ich weiß nicht, ja, gut möglich, aber ...« Er hielt inne und runzelte die Stirn. »Sie hieß nicht Delia.«

»Wie dann?«, fragte Jon.

»Ich kann mich nicht erinnern. Sie ist irgendwann fortgegangen, weil sie Arbeit gefunden hat. Ich habe damals darüber nachgedacht, ihre Wohnung zu übernehmen. Da war ich neunzehn und habe mir eingebildet, ich müsste in die Welt hinausziehen, aber dann wurde mein Vater krank und na ja – hier bin ich.«

»Gibt es jemanden, der sich an ihren Namen erinnern könnte?«

»Meine Cousine«, erwiderte er nach kurzem Zögern. »Sie lebt immer noch drüben in Dorset und hat sich bestimmt gemerkt, wer die Frau gewesen ist.«

»Dorset!« Clara griff nach Jons Hand und drückte sie, so fest sie konnte. Er ächzte. »Die Postkarten. Das war Delia. Ich bin mir ganz sicher. Sie muss sie geschickt haben.«

»P-Po-Postkarten?« Jon blickte sie verwirrt an.

* * *

Aus dem Radio brabbelte eine Meteorologin die Wettervorhersage für kommende Woche. Jon kniete vor dem kleinen Ofen auf den Dielen und schichtete Torf auf. Mit aufeinandergepressten Lippen stand Clara vor dem Küchenfenster und starrte zu den alten Bäumen, hinter denen die Dächer ihres Hauses aufragten. In der einen Hand hielt sie ihr Telefon, in der anderen den Zettel, auf dem Matt die Telefonnummer seiner Cousine notiert hatte. Sie waren kurz davor zu erfahren, was aus Delia geworden war. Ihre Fingerspitzen kribbelten und sie legte sich gedanklich Worte zurecht.

»Traust du dich nicht?«

»Vielleicht können wir Oscar zu ihr bringen.«

»Zuerst müssen wir sie finden.« Er küsste ihre Wange. »Überlegst du dir schon eine Headline? Alte Liebe rostet nicht oder so?«

»Wie abgedroschen.« Sie grinste, doch dann schüttelte sie den Kopf. »Darüber werde ich kein einziges Wort schreiben. Die Geschichte gehört Oscar und Delia, keinem sonst.«

»Und wenn sie einverstanden wären?«

»Zuerst müssen wir sie finden«, wiederholte sie seine Worte und hob das Telefon empor. »Du musst still sein, während ich telefoniere, okay?«

Während sie wartete, dass sich die Verbindung aufbaute, saß Jon vor ihr, knetete seine Hände und blickte sie gebannt an. Zärtlich streichelte sie über seinen Kopf. Er lächelte, schlang die Arme um ihre Hüften und zog sie an sich.

»Hallo?«, fragte eine dünne Frauenstimme und versetzte Clara in Aufruhr. Hastig löste sie sich aus seinem Griff und drehte sich zum Fenster um.

»Hier spricht Clara Atkinson, ich rufe aus Irland an.«

»Oh, aus Clonamaddy, richtig? Matt hat gesagt, dass Sie anrufen würden. Was kann ich für Sie tun?«

»Wir suchen eine Frau, die eine Weile in Clonamaddy gelebt hat und 1957 nach England gegangen ist.«

»Na, bei uns unten im Haus hat damals eine Irin gelebt.«

»Wie hieß sie denn?«, fragte Clara, wandte sich zu Jon um und presste das Telefon an ihr Ohr.

»Na, das war Deirdre Maloney.«

Sein Gesicht verschwamm vor ihren Augen.

»Deirdre Maloney«, wiederholte sie und hatte Mühe, ihre Gefühle zu kontrollieren. Deirdre Maloney. Das war also der Name, unter dem Delia gelebt hatte, während Oscar vor Schmerz fast umgekommen wäre.

»Ist sie das, diese Frau, nach der Sie suchen?«

»Ich glaube schon«, sagte Clara mit belegter Stimme.

»Wissen Sie, wohin sie gegangen ist?«

Jon griff nach ihrem Handgelenk und zog sie auf seinen Schoß. Zärtlich streichelte er über ihren Rücken, während er dem Gespräch lauschte.

»Na, nicht weit.« Ein heiseres Lachen ertönte. »Ans andere Ende der Stadt ist sie gezogen.«

»Delia ist in Dorset?«

»Deirdre. Hat geheiratet und heißt jetzt Deirdre Edwards.«

»Verzeihung. Ich bin ganz durcheinander. Wir haben so lange nach ihr gesucht und fast schon aufgegeben.« Clara zupfte unsichtbare Fussel von seinem Pullover. »Lebt sie? Lebt Deirdre noch?«

»Ist umgezogen, als ihr Mann gestorben ist. Hier in Darbury gibt es ein Heim, *Harbour Home* heißt das. So ein schickes Ding für die Wohlbetuchten unter uns. Schöner sterben, sage ich immer.«

»Lebt sie noch?«, fragte Clara erneut.

»Na, beim Stadtfest letzten Monat habe ich sie noch gesehen. Nur kurz, weil ich mit meinen Enkeln dort war. Ich nehme mir ständig vor, sie mal wieder zu besuchen, aber dann kommt ständig etwas dazwischen und ich vergesse es. Anrufen könnte ich ja mal …«

Clara hörte schon gar nicht mehr richtig hin, sondern starrte ungläubig in ein Augenpaar, das in allen Grüntönen funkelte. Seine Lippen bebten, als müssten sie etwas zurückhalten, das aus ihm herausplatzen wollte.

»Ich kann Ihnen gar nicht sagen, wie viel mir das bedeutet.«

»Dabei kennen Sie einander gar nicht.«

»Aber ich kenne Menschen, die sie seit sehr vielen Jahren vermissen und die …« Sie verstummte. Tränen sammelten sich in ihren Augen, als sie an Oscar dachte. Seit 1957 lebte er ein unvollständiges Leben, dabei war der Mensch, der ihm fehlte, so nah. Drei Stunden auf der M3 von London nach Darbury und er hätte nie trauern müssen. Clara schaffte es gerade noch, sich mit fester Stimme zu verabschieden, dann sank sie weinend in Jons Arme.

»Clara, meine Güte. Weißt du, was gerade passiert ist?« Jon nahm ihr Gesicht in seine Hände und strahlte sie an. »Wir haben sie gefunden. Nach so vielen Jahren. Das ist unglaublich. Wir müssen mit ihr sprechen. Und Oscar …«

»Delia lebt«, sagte sie lachend, weinend, völlig aufgelöst. Die letzte Seite war umgeblättert, der letzte Stein umgedreht. Was jetzt zu tun blieb, war die schwerste Aufgabe von allen.

24

Der Herbst war mit einem schneidenden Westwind über den Atlantik gekommen. Die Bäume wurden allmählich kahler, die Sonne schwächer. Goldenes Laub zitterte an den Ästen, als Clara mit dem Elf über den Motorway tuckerte. Sie hatte Fotos dabei und einen Brief, den Delia nie erhalten hatte. Er war viele Jahre in einem Buch von Catherine Fitzgerald versteckt gewesen. Dieses Mal war Clara allein unterwegs. Jon musste ein paar Mastbetriebe im Umland besuchen und konnte die Termine keinesfalls verschieben. Es fühlte sich falsch an, ohne ihn zu fahren, aber sie wollte keine Zeit verlieren.

Harbour Home war ein viergeschossiger Wohnkomplex unweit des Hafens von Darbury. Clara parkte den Elf auf dem Besucherparkplatz und kramte ihr Telefon aus der Tasche. Jon hatte geschrieben und sie sehnte sich nach seiner Stimme. Kurz spielte sie mit dem Gedanken, ihn anzurufen, doch dann steckte sie das Handy zurück in ihre Hosentasche. Sie würden später telefonieren. Danach. Ihr Herzschlag beschleunigte sich.

In ihrer Tasche steckten die Abzüge der Fotos, die sie Delia geben wollte. Oscar in einem taubenblauen Anzug mit Blümchen am Revers, Oscar vor seinem heiß geliebten Elf, Oscar vor einem Teich in Hampstead Heath. Delia würde in seinem Gesicht immer noch den jungen Naoise erkennen, den sie damals verlassen hatte.

Es blieb keine Zeit mehr, im Auto zu sitzen und sich mental auf das Treffen vorzubereiten. Clara straffte die Schultern und atmete tief durch. Ihre Nerven flatterten. Was war nur los mit ihr? Es wäre weitaus unangenehmer, ein Fernsehinterview mit einem Staatsoberhaupt zu führen, doch was sie nun so nervös machte, waren die überwältigenden Emotionen, die sie erwarteten.

»Clara Atkinson? Der Name sagt mir nichts. Um was geht's denn?«, hatte Delia wissen wollen, als Clara sich vorgestern endlich dazu aufgerafft hatte, ihre Nummer zu wählen. Schon bei dieser unverfänglichen Frage war ihr das Herz in die Hose gesackt, doch es war ihr gelungen, in ruhigem Ton zu erklären, dass sie ihr Anliegen gern persönlich vortragen würde.

»Kann ich nicht bei Ihnen vorbeikommen? Das ist einfacher. Es dauert auch nicht lang.«

Der Wind wehte vom Meer her und verwirbelte ihr Haar, blies sie förmlich in Richtung der gläsernen Front. Dahinter erkannte sie Palmengewächse und Menschen mit silbernen Haaren. Hierher kamen sie, um nicht allein zu sein und den Rest ihres Lebens zu bewältigen.

»Kommen Sie in den Park«, hatte Delia gesagt. »Ich bin gern dort, wenn es das Wetter zulässt. Da weht der Wind nicht so stark.«

Die gläsernen Türen schoben sich auf. Die Frau, die ihr an einem Rollator entgegenkam, lächelte sie an, grüßte aber nicht. Clara schulterte ihre Tasche und betrat das helle Foyer.

»Vor dem Brunnen steht eine Bank. Ich werde dort auf Sie warten.«

An der Wand gegenüber hingen Poster, die für längst vergangene Veranstaltungen warben. Es roch nach einer Mischung aus Fleisch, Kräutertee und Desinfektionsmittel. Nach den vielen Stationen ihres Lebens war Delia nun hier gelandet, wohl wissend, dass es ihr letzter Halt wäre.

»Ich freue mich, wenn mich jemand besucht. Das ist eine schöne Abwechslung. Zumindest hoffe ich das. Sie wollen mir wirklich nicht verraten, weswegen Sie mich aufsuchen?« Ihre Stimme hatte wie ein Lächeln geklungen und Clara rief sich diesen Klang in Erinnerung, während sie den Gang entlangschritt. Menschen saßen in Sitzgruppen beieinander, saßen vor den Fenstern und blickten hinaus zum Hafen, saßen und starrten auf die im Schoß gefalteten Hände. Clara nickte einem Mann zu, der sie neugierig beäugte.

Der Park wurde von zwei Flügeln eingefasst. Buchsbäume säumten die Wege, in den Blumenbeeten blühten nur noch ein paar Rosen. Clara verlangsamte ihre Schritte und strich mit beiden Händen über ihr Haar, atmete tief durch, tastete über ihren Scheitel, befeuchtete die Lippen.

Die Frau trug einen weißen Cardigan aus dicker Wolle und hatte sich einen karierten Schal um die Schultern gelegt. In ihren Händen hielt sie ein Buch.

»Entschuldigung, äh, Delia?«, fragte Clara und verfluchte sich im selben Moment. Sie hätte den Namen noch nicht aussprechen dürfen.

»Also ist es wahr«, flüsterte die Frau und ließ das Buch sinken. »Róisín hat mir erzählt, dass Sie auf der Suche nach Delia sind.« Mit zitternden Fingern legte sie ein Lesezeichen zwischen die Seiten, dann klappte sie das Buch zu. Ein paar Strähnen hatten sich aus ihrem Zopf gelöst und wurden vom Wind in ihr Gesicht geweht.

»Dann wissen Sie, warum ich hier bin?« Clara trat einen Schritt auf die Bank zu.

»Ich kann's mir denken.«

»Sind Sie es? Sind Sie Delia?«

»Ich war's mal. Den Namen habe ich abgelegt.« Die Frau hob die Schultern. Ein trauriges Lächeln umspielte ihre Lippen. »Aber vermutlich bin ich's immer geblieben.«

Dort saß die Frau, mit der Oscar in der ersten Mainacht 1957 getanzt hatte. Delia hätte seine Zukunft sein sollen, doch er musste ohne sie alt werden. Clara schluckte trocken. Das Gesicht war ihr so seltsam vertraut, als wäre es eine tief vergrabene Erinnerung aus ihrer eigenen Vergangenheit.

»Und Sie sind also Clara. Das ist ein sehr schöner Name.« Delia klopfte neben sich auf die Bank. »Setzen Sie sich doch.«

Ihre Stimme klang warm, ihr Lächeln war einladend. Umständlich nahm Clara neben ihr Platz, strich den Stoff ihres Mantels glatt und umklammerte den Henkel ihrer Tasche.

»Wie kommen Sie zu mir?« Delia blickte sie aufmerksam an. Die Haut war fahl und faltig, doch ihre Augen schillerten in dunklem Grün.

»Ich bin eine Freundin von Oscar. Er hat mir von Ihnen erzählt«, sagte sie mit bebender Stimme. »Dass Sie nun vor mir sitzen … Wenn Oscar wüsste, dass ich Sie gefunden habe. Seit 1957 fehlt von Ihnen jede Spur, seit so vielen Jahren. Aber jetzt …«

»Hier bin ich.« Ein tonloses Lachen ertönte. »Ich dachte nicht, dass ich jemals wieder darüber sprechen würde. Sie müssen verstehen, wie aufwühlend das für mich ist. Es ist wirklich sehr schwer, diese Erinnerungen hervorzukramen.«

»Bitte, Oscar hat eine Erklärung verdient, oder nicht? Er muss erfahren, weshalb Sie damals spurlos verschwunden sind.«

»Jetzt ist also der Moment gekommen.« Delia wartete, bis ein adrett gekleideter Herr an ihnen vorbeispaziert war. »Als Róisín mir von Ihrem Besuch erzählt hat, wusste ich, dass Sie früher oder später bei mir auftauchen würden. Ich habe versucht, mich darauf einzustellen. Seit Wochen schlafe ich nicht mehr richtig. Ich schrecke nachts auf, habe Albträume.«

»Oscar braucht Antworten, damit er endlich abschließen kann. Meinen Sie nicht, dass es auch für Sie heilsam wäre, wenn Sie ihm die Wahrheit sagen?«

»Das hat Róisín auch immer gepredigt.« Delia knetete ihre Hände. »Ich hab's nicht übers Herz gebracht.«

»Róisín wusste, dass Sie leben, aber sie hat immer dichtgehalten, nicht wahr? In den ganzen Monaten, in denen Oscar nach Ihnen gesucht hat, in den vielen Jahre danach. Sie hat immer geschwiegen.«

»Das hat sie. Róisín hätte mich niemals verraten. Sie können sich nicht vorstellen, wie tief wir miteinander verbunden sind, Róisín und ich. Es ist ein Ziehen in der Brust, wenn's der anderen nicht gut geht. Wissen Sie, wie man das in Irland nennt? *Anam Cara.* Seelenfreundin. Zwei Seelen fließen ineinander, werden zu einer Seele.« Mit dem Handrücken wischte sich Delia über die Wangen. »Weiß Oscar, dass es mich noch gibt?«

»Nein, er hat keine Ahnung. Er reagiert auf dieses Thema sehr empfindlich, deswegen habe ich ihm nicht mal gesagt, dass ich nach Ihnen suche.«

»Verstehe. Wenn ich Ihnen die Geschichte erzähle – was fangen Sie damit an?« Forschende Augen wanderten über ihr Gesicht.

»Ich?« Clara blinzelte. »Sie sollten nicht mit mir, sondern mit Oscar sprechen.«

»Vielleicht wäre es gut, wenn ich zunächst Ihnen davon erzähle, wenn das für Sie in Ordnung ist. Ich weiß nicht, ob ich die Kraft aufbringe, ihm unter die Augen zu treten.«

»Hatten Sie denn nie das Bedürfnis, ihn zu sehen und ihm alles anzuvertrauen? Sie haben ihn doch geliebt, oder nicht?«

»Natürlich, aber ich bin fest davon ausgegangen, dass er mich früher oder später vergessen würde. Dass ich nur noch eine blasse Erinnerung wäre. Wir waren blutjung. Das Leben lag noch vor uns.« Delia trommelte mit den Fingern über den Buchrücken.

»Sie haben ihm Postkarten aus Dorset geschickt. Warum haben Sie das getan, wenn Sie nicht gefunden werden wollten?«

»Puh! Gute Frage.« Delia hob die Schultern. »Damit habe ich erst angefangen, als schon Gras über die Sache gewachsen war. Pünktlich zu Beltane, der Mainacht. Ich wollte das Gefühl nicht verlieren, mit ihm verbunden zu sein, denke ich, und vielleicht ... ich habe vielleicht gehofft, dass er es irgendwie schaffen würde, mich damit in Zusammenhang zu bringen.«

»Aber wie denn?«, fragte Clara verständnislos. »Er dachte, Sie wären tot. Er ist fortgegangen und hat keine einzige dieser Postkarten je erhalten.«

»Ich habe sie wahrscheinlich für mich selbst geschrieben. Ich konnte mich nicht verabschieden und es tut mir sehr leid, wissen Sie? Sehr leid.« Ihre Augen füllten sich mit Tränen, schimmerten im Licht des müde gewordenen Tages auf, dann sackte sie in sich zusammen und wandte den Blick ab.

»Was ist damals bloß geschehen?«

Einige Sekunden verstrichen, ehe Delia sie wieder ansah. Tränen benetzten ihre Wangen.

»Warum sollte man in die Vergangenheit blicken, wenn die Zeit immer weiter vorwärtsläuft? Warum sollte man das tun? Sie müssen bedenken, dass die Menschen ihren Frieden damit gemacht haben, dass es mich nicht mehr gibt, Clara.«

»Oscar hat keinen Frieden gefunden.« Sie öffnete ihre Handtasche und zog eine zerknitterte Sonntagsausgabe der *Irish Times* hervor, die sie an einem Kiosk in Hampstead gekauft hatte. Flink blätterte sie durch die Seiten und schlug schließlich die Anzeigenrubrik auf, dann ließ sie ihren Zeigefinger über die Inserate wandern.

»*Biete altes Vogelhaus, Weißdornholz, Preis nach Absprache. Chiffre: LD 165 931*«, las sie vor, dann blickte sie auf. »Oscar behauptet zwar gern, er hätte nur vergessen, die Annonce zu kündigen, aber in Wahrheit hat er's nicht übers Herz gebracht, weil das bedeuten würde, dass er die Hoffnung aufgegeben hat.«

»Er verkauft ein Vogelhaus?« Delia runzelte die Stirn und strich sich eine Haarsträhne aus dem Gesicht.

»Sie haben Ihre Briefe damals in einem Vogelhaus versteckt. Erinnern Sie sich?«

»Oh, natürlich. Das Vogelhaus im Weißdorn. Wir haben immer eine kleine Melodie gepfiffen, wenn wir dort einen Brief versteckt hatten, den der andere finden sollte. Das war unser geheimes Signal.« Ihr Gesicht erhellte sich für einen Moment, doch dann stach der Schmerz aus ihren Augen.

»Vielleicht können Sie das nicht nachvollziehen, aber Oscar hat sich nie wieder fest an einen anderen Menschen gebunden. Er hat den Stuhl immer für Sie frei gehalten. Heute noch, obwohl er so alt ist, kann er nicht damit aufhören zu warten.«

»Er hat so lange gewartet?« Delia strich mit den Fingerspitzen über ihre Lippen, als läge dort eine Erinnerung, dann blinzelte sie, sodass sich eine Träne aus ihren Wimpern löste. »Dieser Dummkopf. Warum hat er mich nicht einfach vergessen und sein Leben gelebt?«

»Er hat sein Leben gelebt, aber Sie haben eine große Lücke darin hinterlassen, verstehen Sie? Diese Lücke konnte er mit nichts füllen.« Clara atmete tief durch.

»Warum wundert mich das eigentlich? So war er schon damals: treu und beharrlich. Ich hätte es mir denken können, aber ich hatte immer gehofft, dass er mit einer anderen Frau glücklich wird«, flüsterte Delia und ließ ihre Hand in die Tasche des Cardigans gleiten.

»Das hat er nicht geschafft. Er hat sich Ihnen verschworen.«

»Seitdem ich weiß, dass Sie nach mir suchen, trage ich ihn immer bei mir. Er passt mir nicht mehr, ist viel zu groß geworden.« Als sie die Hand öffnete, lag darin ein silberner Ring. Zwei Hände umfassten ein Herz mit einer Krone. Das Metall war angelaufen und matt.

»Was ist das?« Clara beugte sich vor. »Ihr Verlobungsring?«

»Aus Claddagh, ja. Er hat ihn von einer Reise mitgebracht. Ich weiß noch, dass es ein warmer Tag war, hell und freundlich. Wir hatten uns am See verabredet und ich war sehr aufgeregt. Das war ich immer, wenn wir uns getroffen haben.« Delia bewegte den Ring zwischen Daumen und Zeigefinger. »Ich habe gespürt, dass Oscar mir etwas sagen will, aber er ist nicht mit der Sprache rausgerückt. Es war spät und ich wollte mich gerade auf den Heimweg machen, als er plötzlich meine Hand genommen hat. Was soll ich sagen? Ich hätte alles getan, um mit ihm zusammen zu sein. Ich wäre überall mit ihm hingegangen. Andalusien, Alaska, ganz egal.«

»Sie wollten heimlich heiraten. Es war Ihnen absolut ernst miteinander.«

»Wir wollten raus aus Clonamaddy, weg von diesen einfältigen Menschen. Ich war so verliebt und dachte, dass nichts auf der Welt uns trennen könnte.« Mit einem Seufzen hob sie den Kopf und lächelte Clara traurig an. »Nicht mal ich selbst.«

»Warum sind Sie gegangen?«, fragte sie mit bewegter Stimme.

* * *

Die Gipfelbesteigung des Scafell Pikes war nichts gegen die steile Treppe in den vierten Stock. Es dämmerte bereits, als Clara die Tasche auf den Schreibtisch pfefferte, den Mantel über die Stuhllehne schmiss und sich atemlos auf die Matratze fallen ließ. Sie war vollkommen erschöpft. Straßenlärm drang durch das gekippte Fenster ins Innere des Zimmers. Zigarettenrauch lag in der Luft. Sie hatte das Bedürfnis, eine zu rauchen, aber weder Kippen noch die Energie, sich welche zu besorgen.

Ächzend hob sie die Hüfte an und zog ihr Telefon aus der Gesäßtasche. »Jon«, murmelte sie. »Bist du zu Hause?«

»Seit einer halben Stunde. Bist du im Hotel?«

»Bin gerade zur Tür reingekommen. Wir saßen fast drei Stunden zusammen und haben geredet. Mein Kopf platzt fast und gleichzeitig fühle ich mich so leer, dass ich gar nicht mehr weiß, was ich sagen soll. Ich bin ganz aufgewühlt.«

Sie hörte, wie er den Kühlschrank öffnete und wieder schloss, dann das Zischen einer Bierflasche, Glas, das an Zähne stieß. »Deine Nachrichten waren ziemlich kryptisch, muss ich sagen.« Er hüstelte. »Wie war das Treffen?«

»Schön und traurig, vor allem traurig. Wir haben beide geweint. Ihr Glück war zum Greifen nah gewesen, verstehst du? Aber im letzten Moment ... Sie haben ihr ein ganzes Leben weggenommen. Und Oscar auch.«

»Dann hat Delia dir alles erzählt?«

»Es ist so, wie wir es uns gedacht haben, Jon. Genauso widerlich und ungerecht.«

»Erzähl mir die ganze Geschichte, Clara.«

Stöhnend wälzte sie sich auf den Bauch und vergrub das Gesicht im Kissen. »Ich kann nicht mehr reden«, nuschelte sie in den steif gebügelten Baumwollstoff. »Eigentlich will ich nur, dass du mich in den Arm nimmst.«

»Ich nehme dich in den Arm, wenn du wieder hier bist«, versprach er mit weicher Stimme. »Aber bis dahin musst du dich noch ein bisschen anstrengen, Clarabella. Was ist damals passiert? Warum ist sie abgehauen?«

»Okay.« Sie tätschelte sich die Wangen und stand auf, um ans Fenster zu treten. Es wäre schön gewesen, auf den Hafen blicken zu können, aber auch teuer. Alles, was sie sehen konnte, war ein trauriger Hinterhof, in dem ein Mensch vor einer geöffneten Küchentür stand und rauchte. Der Himmel war ganz grau geworden.

»Es hat schon an ihrem ersten Tag angefangen. Robert hat sie die ganze Zeit schikaniert. Du weißt schon: heimliche Tritte unterm Tisch, anzügliche Bemerkungen. Einmal hat er sein Glas umgestoßen, sodass sie es aufheben musste und dann … Er hat ihr Geld angeboten.«

25

Küchenfensterkaffee. Clara hielt ein Bündel mit Postkarten und beschriebenem Papier in ihrem Schoß und schloss für einen Moment die Augen. Oscar schlurfte durch den Flur. Keats tänzelte neben ihm her. Seine Krallen machten klackernde Geräusche auf den Holzdielen, klangen wie ungeduldiges Fingertippen.

Sie hatte das Gespräch gedanklich schon tausendmal durchexerziert, doch sie war sich unsicher. Sollte sie mit der Tür ins Haus fallen oder ihn behutsam darauf vorbereiten? *Bloß keinen Herzinfarkt riskieren*, hatte Jon gesagt.

»Keats hat irgendwas gefressen«, riss Oscar sie aus ihren Gedanken. »Es hat furchtbar gestunken. Ich fürchte, es war etwas Verwestes, ein Vogel vielleicht.«

»Das klingt widerlich.«

Ächzend ließ er sich neben ihr auf einem Stuhl nieder, atmete tief durch und griff dann nach der Porzellantasse. »Ganz schönes Mistwetter. Soll die ganze Woche nicht besser werden. Ich merk's in den Gelenken.«

»Oscar, ich muss mit dir reden.«

»Ach?« Er hob die Augenbrauen. »Ziehst du nach Irland?«

»Nein, das ist es nicht.«

»Was dann?«

»Das ist eine lange Geschichte.« Sie suchte seinen Blick. »Eine sehr lange Geschichte, um genau zu sein, und sie hat jede Menge mit dir zu tun.«

»Jetzt bin ich aber gespannt.« Oscar stellte die Tasse, ohne einen Schluck getrunken zu haben, auf den Fenstersims und lehnte sich zurück. Seine Augen wanderten forschend über ihr Gesicht.

»In der letzten Zeit ist so viel passiert. Ich weiß gar nicht, wo ich anfangen soll.«

»*Es war einmal* hat sich bewährt.« Er zwinkerte ihr zu. Sie lächelte, obwohl sie spürte, wie sich in ihren Augen Tränen sammelten. Noch wusste er nicht, dass sich seine Welt schlagartig verändern würde. Sogar seine Vergangenheit würde nach diesem Gespräch eine andere sein.

»Oscar, ich kann dir gar nicht genug danken. Nicht nur für das Haus, sondern vor allem für dieses Leben hier, für unser Zuhause«, formulierte sie die ersten Worte. »Deine Geschichte mit Delia – das hat mich einfach nicht mehr losgelassen. Ich wollte unbedingt wissen, was damals geschehen ist.«

»Oh.« Das Lächeln verschwand aus seinem Gesicht.

»Ihre Briefe und die Tatsache, dass du immer noch …«

»Sag es einfach!«, forderte er.

»Ich habe mit vielen Menschen gesprochen. In Clonamaddy, aber auch in Beldare. Ich war bei Róisín, bei Matt Sullivan und Birdy. Du erinnerst dich vielleicht an die Tochter des Postboten.«

Oscar hatte die Arme vor der Brust verschränkt und starrte sie unbewegt an. Es gab plötzlich keine hübsche Geschichte mehr, die sie ihm präsentieren konnte. Clara konnte schreiben, seitenweise erzählen, aber nun, da es darauf ankam, schaffte sie es kaum, die richtigen Worte zu finden.

»Delia lebt.« Sie zwang sich dazu, ihm ins Gesicht zu blicken, als Gefühle darin kollidierten.

Seine Lippen zitterten. »Nein.«

»Ich habe sie …«

»Nein«, wiederholte er. Diesmal vehementer.

»Sie lebt.«

»Sie lebt?«, echote er. Seine Gesichtsmuskulatur erschlaffte, seine Mundwinkel senkten sich, seine Lider flatterten.

»Delia lebt!«

Sekunden verstrichen, ohne dass er sich regte, doch dann krallte er sich am Fenstersims fest und richtete sich auf. Der Atem kam stoßweise. Oscar rang um Fassung. »Wenn sie lebt, spielt es keine Rolle mehr.« Er wollte aufstehen, doch die Kraft seiner Beine versagte, sodass er zurück auf den Stuhl sank. Seine Augen irrten umher, suchten Halt in der Ferne, fanden ihn aber nicht. Clara griff nach seinen Händen, hielt sie fest umschlossen. Schließlich blickte er sie an. Seine Augen waren zu Eis erstarrt, doch aus dem ersten Riss floss eine Träne. Sie wurde von seiner Brille aufgefangen.

»Delia musste gehen. Das Leben war sehr hart zu ihr und da war niemand, der ihr helfen konnte, nicht mal du. Sie hatte keine andere Wahl.«

»Man hat immer eine Wahl«, zischte er.

»Nicht damals, nicht auf dem Land, nicht als Frau, nicht in ihrer Position, Oscar. Du weißt, wie es damals zugegangen ist.«

»Ha-hast du sie gesehen?«

»Erst vor zwei Tagen. Delia lebt jetzt in Darbury. Ich habe sie dort besucht«, erklärte Clara und streichelte dabei über die kühle Haut seiner Hand. »Als ich ihr von dir erzählt habe – wie du lebst, mit Keats und mir, dass du so gern in die Kirche gehst, wenn der Chor singt, und dass du ein verdammt schlechter Verlierer bist, wenn es um Schach geht – Delia konnte gar nicht mehr aufhören zu weinen. Es tut ihr so leid, Oscar.«

»Wie kann das sein?«, fragte er hilflos. »Wie konnte sie nur? Ich hätte doch alles getan, alles …«

Die Wut war verpufft, was zurückblieb, war eine tiefe Traurigkeit.

Darbury, 2. Oktober 2019

Lieber Oscar,

heute habe ich Clara kennengelernt. Wie liebevoll sie von Dir spricht, rührt und beeindruckt mich zugleich. Es ist tröstlich zu wissen, dass es einen Menschen gibt, dem Du so sehr am Herzen liegst. Was für ein großes Geschenk, nicht wahr? Morgen wird Clara noch mal zu mir kommen, damit ich ihr diesen Brief überreichen kann.

In der Hoffnung, dass wir endlich Frieden finden können, schreibe ich Dir. Ich bin aufgewühlt, traurig und sentimental, doch gleichzeitig bin ich sehr erleichtert. Es ist noch Zeit, wir sind noch am Leben.

Clara hat mir von Dir erzählt. Wenn ich gewusst hätte, dass Du Vogelhäuser aus Weißdornholz verkaufst, wäre ich überglücklich gewesen, meinen Garten damit zu schmücken. Früher sagte man den Kindern, dass Feen darin wohnen. Weißt Du noch? Ich vermisse diesen Zauber. Ich vermisse diesen Sommer.

Seit Clara mich angerufen hat, falle ich durch alle Jahre meines Lebens zurück in diesen Sommer. Es ist mir gelungen, alt zu werden, aber es ist mir nie mehr gelungen, so glücklich zu sein wie damals.

Mit unseren hellen Erinnerungen kommen jedoch auch die Schrecken zurück, von denen Du nichts weißt. Ich dachte, ich würde sterben, ohne jemals wieder darüber zu sprechen, doch es gibt einen Menschen, der mehr als jeder andere die Wahrheit verdient. Oscar, ich bin Dir eine Erklärung schuldig. Ich muss Dich um Verzeihung bitten und hoffe aus tiefstem Herzen, dass Du mir die Möglichkeit gibst, mich zu erklären. Fast alle Menschen, mit denen ich dieses Geheimnis teile, sind mittlerweile gestorben. Nur Róisín, die natürlich davon weiß, lebt noch. Sie wollte Dich damals nicht belügen, doch ich habe sie inständig darum gebeten. Róisín konnte nicht anders.

Du wusstest, welches Leben ich geführt habe, bevor ich nach Clonamaddy kam. Dass Dein Vater mir eine Anstellung gab, war also ein Wunder, und ich war sehr dankbar für diese Chance. Als Du mir Deine Gefühle gestanden hast, konnte ich mein Glück kaum fassen. Du warst der klügste und charmanteste Mann, der mir jemals untergekommen ist. Ich habe Dich sehr geliebt, Oscar, und ich war so beseelt von dieser Liebe, dass ich vollkommen vergessen habe, wie düster das Leben in diesem Haus war. Robert hat mich daran erinnert. Es schmerzt mich, zu tief in diese Erinnerungen zu blicken, doch sie müssen erzählt werden, ich weiß.

Wenn Mary nach Hause gegangen war, kam er oft zu mir, wollte reden, trinken. Doch eines Abends hat ihm das nicht mehr gereicht. Robert lauerte mir auf, als ich in den hinteren Teil des Gartens ging, um Essensreste zu entsorgen. Es war schon dunkel, aber ich habe ihn sofort an dem penetranten Geruch seines Rasierwassers erkannt. Ich war wie erstarrt, als er mich an die Mauer drückte, konnte nichts tun, nichts sagen. Noch *heute überfallen mich die Erinnerungen, selten zwar, aber dann ist es, als wäre seither kaum ein Tag vergangen.*

Ich bewahrte Stillschweigen, weil ich nicht damit rechnete, dass jemand mir glauben oder gar helfen würde. Es kann keine größere Einsamkeit geben. Alles, was mir blieb, waren die Nächte mit Dir und die Hoffnung, dass aus diesen Nächten ein ganzes Leben werden würde. Ich habe gebetet, dass Du mich mitnimmst, wenn Du gehst. Es war der schönste Moment meines Lebens, als Du um meine Hand angehalten hast. Den Ring habe ich heute noch. Ich konnte alles ertragen, weil Du mir Dein Versprechen gegeben hattest. Hoffnung. Das konnte Robert mir nicht nehmen! Keiner konnte das.

Doch als ich vergebens auf meine Monatsblutung wartete, wusste ich, dass es vorbei war. Wem hätte ich mich anvertrauen sollen? In meiner Verzweiflung dachte ich sogar darüber nach, Dir weiszumachen, Du wärst der Vater, aber Du hättest niemals an eine unbefleckte Empfängnis geglaubt. So dogmatisch warst Du nicht. Also ging ich zu Father Seamus, weil ich dachte, mich auf seine Verschwiegenheit verlassen zu können. Ich dachte, als Priester stünde er auf der Seite der Menschen, denen ein Unrecht angetan wurde. Was habe ich mir nur eingebildet?

Eines Abends kamen sie zu mir. Sie baten um ein Gespräch im Arbeitszimmer Deines Vaters. Mir war klar, dass ich Euer Haus verlassen musste, als sie Deinen Namen erwähnten. Robert sprach von meinen Verführungskünsten und von Deiner charakterlichen Schwäche. Es war grausam. Ich konnte es kaum ertragen, weil sie so getan haben, als würde unsere Liebe nichts bedeuten. Ich, eine Hure. Du, ein Schwachkopf. Als ich ihnen sagte, dass Du mich heiraten wolltest, haben sie nur gelacht. »Wenn er jede Frau geheiratet hätte, der er unter den Rock gucken wollte ...«

Ich sagte ihnen, dass ich schwanger sei. Dabei habe ich seinen Namen nicht ein einziges Mal in den Mund genommen, doch Robert wurde fuchsteufelswild. Er sagte, das Kind könne ja wohl von jedem sein. Die Familie habe mich aus der Gosse gezogen. Ob das meine Art sei, mich dankbar zu erweisen? Father Seamus hielt mich zurück, als ich auf ihn losgehen wollte. Dann ist alles aus mir herausgeplatzt. Ich war so verzweifelt, dass ich erzählt habe, was Robert mir angetan hat. Er lachte nur. Ich hätte die Sünde genossen. Ich hätte es genossen! Noch heute bekomme ich Gänsehaut, wenn ich daran denke, wie er mich gedemütigt hat.

Plötzlich stand Dein Vater auf und trat vor seinen Schreibtisch. Ich dachte, dass er mir helfen würde. Ich dachte es wirklich, aber stattdessen deutete er auf meinen Bauch und sagte: »Es ist mir völlig egal, wie es da reingekommen ist, aber es muss weg.«

Die Nacht musste ich im Pfarrhaus verbringen und auf mein Urteil warten. Ich lag auf einer Pritsche und ließ den Wind ins Zimmer wehen. Es war so kalt, dass ich am ganzen Leib zitterte, aber ich schaffte es nicht *mehr, aufzustehen und das Fenster zu schließen oder mich wenigstens anzukleiden. Ich war so tief verzweifelt, Oscar. Alle Kraft war aus meinem Körper verschwunden. Seit meiner Kindheit kannte ich Momente, in denen mich ein heftiger Todeswunsch überfiel, doch nie war er intensiver gewesen als in jener Nacht. Ich stellte mir Dein Gesicht vor, summte unser Lied und versuchte, mir Deine Worte in Erinnerung zu rufen. Es gab keinen Trost.*

Sehr früh am nächsten Morgen wurde die Tür aufgerissen und Father Seamus befahl mir, aufzustehen. Oliver Sullivan wartete in der Pfarrküche mit einer Botschaft. Man habe eine Lösung gefunden, hieß es. Ich hätte Glück, dass die Fitzgeralds so gute Christen seien und die Catholic Protection and Rescue Society hinter ihnen stehe.

Ich war ganz stumm, als ich auf der Rückbank saß und wir durch die Dämmerung fuhren. Alles war ganz stumm. Als ich irgendwann den Fährhafen erblickte, wurde mir jedoch angst und bang. Ich dachte, Sullivan würde mich in eine dieser Kliniken bringen, damit man mir das Leben aus dem Leib schneidet. Die Vermutung lag nahe. So viele irische Frauen wurden dazu gezwungen, nach England zu fahren, um dort ihre Kinder abtreiben zu lassen. Ich habe fest damit gerechnet, doch Sullivan brachte mich in keine Klinik, sondern zu seiner Schwester Brenda Penwood nach Dorset. Ihr Mann war nur wenige Wochen zuvor gestorben und sie brauchte dringend Hilfe im Haushalt und mit den Kindern.

Da war ich nun. Sie verlangten von mir, dass ich meinen Namen ablege und meine Lebensgeschichte zu einem Märchen umdichte. Ich nannte mich Deirdre Maloney und versprach, nie wieder nach Clonamaddy zurückzukehren. Dafür blieb mir das Magdalenenheim erspart und mein Kind durfte leben. Sieben Monate später brachte ich tatsächlich einen gesunden Jungen zur Welt. Ich gab ihm den Namen Matthew, aber heimlich nannte ich ihn immer Naoise. Er blieb bei mir, bis er nicht mehr gestillt werden musste, dann kamen die Sullivans zurück nach Darbury. Sie waren sehr freundlich und versprachen mir, für das Kind zu sorgen, als wäre es ihr eigenes. Ich wusste immer, dass es so kommen würde. Es war besser, Matthew den Sullivans anzuvertrauen, als ihn allein großzuziehen oder bei Nonnen zurückzulassen. Noch heute bin ich der Überzeugung, die richtige Entscheidung getroffen zu haben. Manche Lügen müssen bewahrt werden, weil sie einen guten Zweck erfüllen. Matthew hat den Hof geerbt und führt in Clonamaddy ein gutes Leben, nicht wahr? Er hat sich nie für seine Herkunft schämen müssen.

Wenn ich das hier schreibe, klingt es, als wäre es mir leichtgefallen, mich von meinem Sohn zu trennen. So ist es nicht. Ich habe allerdings verstanden, dass es nicht um mich, sondern um die Zukunft meines Kindes geht. Man kann mit den tiefsten Wunden leben.

Jedes Jahr in der ersten Mainacht durchzuckt mich ein Schmerz und es dauert fast ein ganzes Jahr, bis er abgeklungen ist. Samhradh, Samhradh. *Ich habe Dich nie vergessen, Oscar Fitzgerald. Wir sind, wer wir waren. In meinen Träumen werden wir das immer sein.*

Bitte vergib mir.

Deine Delia

DELIA

Ich hatte Angst, in der Nacht an einem Herzinfarkt zu sterben oder einfach nicht mehr aufzuwachen, und so versuchte ich mit aller Kraft, am Leben zu bleiben. Gleichzeitig überkamen mich Fluchtgedanken. Ich schlief vielleicht drei Stunden – unruhig und mit dem Gefühl, heftig zu fiebern. Sein Gesicht brannte hinter meinen Lidern. Ich wusste, dass ich ihn treffen musste, um ihm zu sagen, wie schwer die Schuld wog, wie sehr ich ihn vermisst hatte und wie dieses Gefühl mich immer noch überfiel, wenn ich mich in Erinnerungen verlor. Auch wenn ich in meiner Familie aufgegangen war und mein Leben genossen habe, klaffte in mir dieses Loch, in dem alle meine Träume verschwunden waren. Sommertage, Sommernächte, sein Lächeln, seine Küsse.

Gerade hatte ich das Frühstück beendet, als es zaghaft an meine Tür klopfte. Mit zitternden Händen wischte ich Krümel von meinem Schoß und richtete den Blick auf die Klinke, die bereits ein wenig hinabgedrückt wurde.

»Ja, bitte?«

Clara streckte ihren Kopf herein. Sie hatte rosige Wangen und funkelnde Augen.

»Guten Tag«, grüßte sie, dann schloss sie die Tür hinter sich und trat näher. Mit schlanken Fingern kämmte sie durch ihr Haar, lächelte nervös. »Wir sind gerade angekommen.«

Ich legte eine Hand um die Tasse, die vor mir auf dem Tisch stand. Das Porzellan war eiskalt. »Ich habe heute Nacht kein Auge zugebracht. Ich muss furchtbar aussehen.«

»Nein, das ist nicht wahr. Sie sehen wunderschön aus.«

»Den Umständen entsprechend«, erwiderte ich mit einem Lächeln. Ich rutschte an den Rand des Stuhles, um mich am Tisch abstützen zu können, und stand auf.

Ich spürte ihre Hand, die sich sanft auf meine Schulter legte, und blickte zu ihr auf. Ihre Stirn glänzte, das Haar war zerzaust und hätte durchaus einen Schnitt vertragen können, aber sie strahlte. Das war mir schon bei unserer ersten Begegnung aufgefallen und hatte mich an Oscar erinnert. Sie ähnelte ihm, als wäre sie sein eigen Fleisch und Blut. Clara war keine klassische Schönheit, aber sie vermochte, etwas in einem Menschen auszulösen. Ein Vertrauen, das voraussetzungslos war, weil sie es sich nicht durch Taten verdient hatte, sondern allein mit der Art und Weise, wie sie einem Menschen gegenübertrat. Aufrichtig, interessiert, warmherzig. Man zog alle Schubladen auf, um sie einen Blick ins Innere werfen zu lassen. Man konnte gar nicht anders.

»Wären Sie so weit, Delia?«, fragte sie und schlüpfte aus ihrem Mantel. Clara trug ein senfgelbes Kleid mit langen Puffärmeln. Es sah hübsch aus, so herbstlich und warm.

»Geben Sie mir noch zwei Minuten. Ich muss noch kurz ins Badezimmer.«

Gerade hatte ich die Türklinke hinabgedrückt, als ich mich noch mal zu ihr umdrehte. »Ist er wirklich gekommen?«

»Er sitzt mit meinem Freund Jon unten und wartet auf Sie.«

Mein Herz stolperte und ich nickte mit aufeinandergepressten Lippen.

Als ich schließlich im Badezimmer stand, streifte ich den goldenen Ehering ab und legte ihn zu meinem Schmuck in das Etui. Es kam mir falsch vor, ihm zu begegnen und das Zeichen einer anderen Liebe zu tragen. Plötzlich kam es mir sogar falsch vor, jemals ohne ihn glücklich gewesen zu sein. Clara hatte mir erzählt, dass er nie geheiratet hatte. Es hatte vielleicht kleine Romanzen gegeben – ich hoffte, dass es so war –, aber niemals hatte er sich fest gebunden. War das meine Schuld?

Ich blickte meinem Spiegelbild entgegen und versuchte darin die junge Frau zu erkennen, die ich damals gewesen war. Vorsichtig strich ich über die Narbe über meiner linken Augenbraue. Robert hatte mich so heftig geschlagen, dass ich gegen einen Tisch gestürzt war. Das war eine schmerzhafte Erinnerung, doch mit den Jahren hatte ich gelernt, die Geister der Vergangenheit ruhen zu lassen und sie nicht ein ums andere Mal zu beschwören.

»Naoise«, flüsterte ich. Mein Mund war ganz trocken. Ein wenig Rouge auf eingefallenen Wangen und eine glänzende Lippenpflege waren alle Verschönerungen, die ich mir erlaubte. Meine Hände wollten nicht aufhören zu zittern, als ich mein Haar kämmte. Schneeweiße Locken. Wie war es möglich, so alt zu werden und immer noch diese Gefühle in der Brust zu tragen? Ich erinnerte mich, wie ich auf meinem Bett gesessen und mich vor einem kleinen Spiegel zurechtgemacht hatte, bevor ich ihn traf. Duftwässerchen, silberne Haarspangen. Vielleicht wäre es besser gewesen zu sterben, als ihm noch mal unter die Augen treten zu müssen. Vielleicht wäre es besser, wenn er nie wieder aufgetaucht wäre. Tränen sammelten sich in meinen Augen.

Plötzlich wurden meine Knie weich und ich stützte mich am Waschbecken ab, schloss die Augen und versuchte, mich zu sammeln. In mir flammte eine altbekannte Sehnsucht auf. Ich wollte zurück in diesen Traum kriechen, den ich mit ihm geträumt hatte, als wir nebeneinander im hohen Gras gelegen hatten und der Wind durch unser Haar gestrichen war. Alles schien so verheißungsvoll in jenen Tagen.

»Delia? Sind Sie in Ordnung?«, vernahm ich eine dumpfe Stimme.

»Moment noch.«

Ich atmete tief durch und zupfte am Kragen meiner Bluse, dann fasste ich mich und trat aus dem Badezimmer. Nichts war mehr in Ordnung, weil die Vergangenheit in die Gegenwart drängte wie eine Sturmflut.

»Mir kommen die Tränen, wenn ich nur daran denke, dass Oscar Sie jeden Moment wieder in die Arme schließen kann. Sind Sie sehr aufgeregt?« Clara blinzelte mich aus großen Augen an.

»Ich sterbe tausend Tode.«

»Das kann ich gut verstehen.« Sie legte ihre Hand auf meine Schulter. »Wissen Sie, er hat auf der Fahrt hierher immer wieder geweint. Ich habe es im Rückspiegel beobachtet. Nichts hat er sich im Leben mehr gewünscht, als Sie noch mal wiederzusehen.«

»Meinen Sie wirklich?«, fragte ich und glaubte, diese Gefühle kaum ertragen zu können, die mich nun durchfluteten.

Ich nahm alles wie durch einen Schleier wahr, als ich an ihrer Seite durch den Flur schritt. Leises Gemurmel, das Klappern von Geschirr. Man roch, dass für das Mittagessen gekocht wurde. Mir war schlecht. »Ich weiß nicht«, brachen Worte über meine Lippen. »Ich weiß nicht, ob ich das schaffe.«

»Keine Sorge. Oscar war sich auch nicht sicher, ob er diesen Moment überlebt«, flüsterte sie mir zu. »Er wartet auf Sie, Delia, und ich bin mir sicher, dass es nur einen Augenblick dauert, bis Sie sich wieder ganz vertraut sein werden. So etwas verschwindet nicht.«

Wir gingen langsam auf den hellen Aufenthaltsraum zu, dessen Fenster hinaus auf die Parkanlage blickten. Heute war ein regnerischer Tag. Niemand würde über die Wege spazieren.

Clara huschte einige Schritte voraus und legte ihre Hand auf die Türklinke. Ihre Augen glitzerten und ich fragte mich, ob es vielleicht Tränen waren. Es war mir nicht möglich, den Blick umherschweifen zu lassen. Ich starrte auf meine Füße, dann auf meine Hände. Diese furchtbar dünnen Zweige mit der faltigen Haut. Die Tür öffnete sich, ein junger Mann trat aus dem Zimmer und beugte sich zu Clara. Ein Geflüster, ein Lächeln, dann ein Kuss.

»Mrs Delia«, wandte er sich an mich und verneigte sich leicht. »Ich bin Jon. Oscar wartet neben dem Klavier auf Sie. Wir haben Tee und Gebäck bestellt.«

»Oh, das ist sehr freundlich.«

Meine Augen suchten nach Halt. Ich fand ihn bei Clara, die vor mich trat und nach meinen Händen griff. »Machen Sie sich keine Sorgen. Alles wird gut. Wir lassen Sie jetzt miteinander allein und gehen ein bisschen spazieren«, wisperte sie. »Das ist Ihr großer Moment. Oscar freut sich so sehr.«

»Ich weiß nicht, wie ich … Mehr als ein halbes Jahrhundert. Wie soll das nur werden?«

»Es wird wunderschön.« Sie lachte leise, dann ließ sie meine Hände los.

Ich ging über einen wankenden Boden. Mir war schwindelig. Regentropfen hämmerten gegen die Fensterscheiben. Niemand saß in dem Zimmer. Noch nicht mal die eisernen Jungs, die hier sonst stundenlang Canasta spielten.

Als ich zurückblickte, sah ich Clara, die winkte und sich um ein Lächeln bemühte, obwohl Tränen über ihre Wangen liefen. Jon stand hinter ihr und hatte seine Arme um sie geschlungen.

Meine Füße waren tonnenschwer, aber mein Herz flatterte. Ich entdeckte seinen Schopf hinter einem samtenen Sesselpolster. Was sollte ich nur tun? Was sollte ich sagen?

»Oscar«, flüsterte ich. »Oscar, ich bin's.« Tränen stiegen mir in die Augen.

Ich beobachtete, wie eine dürre Hand über weißes Haar strich. Hektisch und zitternd, dann stand er auf und drehte sich zu mir um. Sein Gesicht. Ich blinzelte. Er war ein anderer und war es doch. Ich schluchzte auf.

»Delia, bist du …«

»Dass ich dich jemals wiedersehen würde.« Ich versuchte zu lächeln, aber meine Lippen zitterten so sehr, dass ich es nicht schaffte. Langsam ging ich auf ihn zu. Mein Oscar, mein Naoise. Nach so vielen Jahren stand er in einem taubenblauen Anzug vor mir und versuchte, die Fassung zu wahren. Das Gesicht verwittert und schmerzverzerrt.

Tränen strömten über meine Wangen, als ich nach seiner Hand griff und sie fest umschloss. In diesem Augenblick verwandelte sich alles, was mir gerade noch fremd erschienen war, und ich spürte ein so intensives Gefühl der Vertrautheit, dass ich ihn am liebsten geküsst hätte. Wir fielen durch Jahrzehnte zurück und steckten wieder in unseren alten Tanzschuhen.

»Naoise.«

»Ich …« Er schüttelte den Kopf.

Unsere Blicke verschränkten sich. Nichts war mir so vertraut wie seine Augen. Dieses glänzende Himmelblau war immer noch meine Heimat.

»Es tut mir so leid.«

Er trat noch einen Schritt auf mich zu, hob die Hand und tastete vorsichtig über meine Wangen. »Sie sind tatsächlich verschwunden.«

»Meine Sommersprossen? Irgendwann waren keine mehr übrig.«

»So viele Jahre, so eine unendlich lange Zeit, aber du siehst noch genauso aus wie damals.«

»Du flunkerst, Oscar Fitzgerald.«

»Delia.« Er atmete tief durch. »Von diesem Moment habe ich so lange geträumt. Ich hatte mir Worte überlegt – ich hätte sie aufschreiben müssen. Ich habe mir genau vorgestellt, wie es sein würde, wenn ich dich endlich wiedersehe, aber …«

»Du musst nichts sagen.« Ich umschloss seine Hand noch fester. »Ich habe immer an dich gedacht. Vor allem im Sommer. Ich habe mich gefragt, wo du bist, was aus der Musik geworden ist, welches Buch du gerade liest. Ich habe mir vorgestellt, wie deine Frau wohl aussieht, wie du lebst …«

»Oh, ich habe gelebt.« Er lachte leise. »Bescheiden zwar und ein wenig einsam, muss ich sagen, aber ich habe gelebt. Nur diese Ungewissheit … Kennst du ein Gefühl, das dich gleichzeitig ausfüllen und aushöhlen kann? So war das. Hätte man mir gesagt, dass du gestorben bist, dass es eine Leiche gibt, hätte ich es vielleicht besser verkraftet, aber diese Ungewissheit … Am Anfang dachte ich, dass ich nicht damit leben könnte.«

»Es tut mir leid«, flüsterte ich und legte meine Hände auf seine Wangen. Sie waren so heiß, als würde er fiebern. »Es tut mir sehr leid, dass ich so lange … Es ist so spät geworden, Oscar. Wir sind andere Menschen.«

»Nein.« Er schüttelte den Kopf. »Ich bin, wer ich war, bin's immer geblieben.«

Plötzlich griff er nach meinem Handgelenk und legte seinen Daumen auf die pulsierende Stelle. Das hatte er früher oft getan. Ich erinnerte mich.

»Deirdre und Naoise«, flüsterte ich.

Er nickte und die Wolken verschwanden aus seinem Blick. Alles war strahlend klar. *Wir sind, wer wir waren.*

Epilog

Wintergartenkaffee. Zimt. Auf dem Tisch stand ihr aufgeklapptes Notebook, doch für heute waren alle Worte geschrieben worden. Ihr blieben noch zehn Tage, bis sie das Manuskript bei ihrer Lektorin abgeben musste.

Jon war heute Morgen nach Dunmore rausgefahren, um ein paar Lämmer zu untersuchen. Eigentlich wollte er schon längst zurück sein, doch wenn man auf irischen Landstraßen unterwegs war, musste man immer mit Verzögerungen rechnen. Schafe, Traktoren, Schlaglöcher.

Clara hing gedanklich der Geschichte nach, lauschte den Vögeln und beobachtete, wie der Wind am Gartentor rüttelte. Es sah aus, als stünde dahinter ein Besucher. *Samhradh, Samhradh.* Unweigerlich dachte sie an Oscar.

Das Gras bog sich im Wind, als würden unsichtbare Finger darüberstreichen. Raschelnde Schritte. Flirrende Luft. Gerade hatte sie die Tasse an die Lippen gehoben, als sie ein Geräusch vernahm. Hecheln, Hundekrallen, die über Stein wetzten. Die Tür krachte ins Schloss und ließ die Schornsteine wackeln. Wie immer, wenn er nach Hause kam.

»Bin wieder da«, ertönte seine Stimme aus dem Flur. Schranktüren wurden aufgezogen, zugestoßen. »Wo bist du?«

»Im Glashaus.«

Kurz darauf erschien er im Türrahmen. Das Haar windgepeitscht, Strohhalme klebten an seinem Pullover.

Clara ging lächelnd auf ihn zu und küsste seine Wange. Auch wenn ihr sein Anblick längst vertraut geworden war, beschleunigte sich ihr Herzschlag, sobald sein Blick auf ihr ruhte. So auch jetzt. »Alles gut?«

»Ich habe dir etwas mitgebracht.« Jon hielt ihr zwei Blumen unter die Nase. »Johanniskraut und Fingerhut. Hat mir die Kleine von Donahue geschenkt.«

»Und du schenkst sie mir? Gehört sich das?« Sie zog belustigt die Augenbrauen hoch, dann roch sie an den Blumen.

»Das ist streng verboten, aber ich verlasse mich auf deine Verschwiegenheit.« Er hob die Hand und streichelte zärtlich über ihre Wange. »Wie war dein Tag?«

»Ruhig, und deiner?«

»Nicht so ruhig. Ich muss mal kurz die Füße hochlegen.« Er küsste sie, dann nahm er ihr die Tasse aus der Hand, trank einen Schluck und wollte gerade wieder zurück ins Haus gehen, als sie nach seinem Handgelenk griff.

»Du hast es vergessen.«

»Hm?« Jon blickte sie aus großen Augen an.

»Wir wollten doch zum Friedhof.« Sie deutete auf das weiße Heidekraut, das sie samt den Wurzeln ausgegraben hatte und das nun auf dem Pflanzentisch lag.

»Oh, ich hatte es nicht mehr im Kopf, Clara. Heute ist ja sein Tag.«

»Verrückt, wie schnell ein Jahr vergeht. Einerseits fühlt es sich so an, als wäre er gerade aus der Tür gegangen, um die Zeitung zu holen, andererseits kommt es mir wie eine Ewigkeit vor. London und unser Leben dort.« Clara zupfte ein paar Strohhalme von seinen Schultern.

»Es ist viel passiert«, erwiderte er mit weicher Stimme. »Bist du sehr traurig?«

»Es ist okay. Wir waren ja darauf gefasst und konnten alles in die Wege leiten. Außerdem hatte er noch einen ganzen Sommer mit Delia. Es ist gut zu wissen, dass er nach diesem Sommer eingeschlafen ist, oder nicht?«

Jon legte eine Hand in ihren Nacken, zog sie nah zu sich heran und drückte seine Lippen auf ihre. »Am Ende war er ein glücklicher Mann, nicht nur, weil er hierher zurückgekommen ist und sich mit Delia aussprechen konnte, sondern weil du seine Familie warst. Er hatte alles.«

»Ja, vielleicht«, murmelte sie und dachte an einen weit entfernten Sommerabend, dessen Farben heute wieder zu leuchten begonnen hatten. Die Kirschen hatten die Süße des Sommers in sich aufgenommen, hatten schwer und dunkel von den Ästen gehangen, als Oscar den Ort erkundete, an dem er aufgewachsen war. Er hatte sich wie ein junger Hirsch durch den Garten bewegt, in den Büchern geblättert und so lange Klavier gespielt, bis die Sonne hinter den Bäumen versunken war. Nach dem Essen hatten sie bis spät in die Nacht im Wintergarten gesessen und nur in die schönsten Erinnerungen geblickt.

»Nun zu dir, Kind«, hatte er irgendwann gesagt und das Weinglas zurück auf den Tisch gestellt. »Was hast du jetzt vor?«

Die Worte waren aus ihr herausgesprudelt, als sie von ihren Plänen erzählte, auf die beschlagenen Fensterscheiben malte, Wege zeichnete. Dabei hatte sie bemerkt, dass seine Augen nicht nur von innen heraus leuchteten, sondern in allen Farben schillerten. Sein liebevolles Lächeln, als er über den Tisch nach ihrer Hand tastete, hatte sich in ihre Erinnerungen gebrannt. »Klingt so, als hättest du hier nicht nur eine Geschichte gefunden, die du erzählen kannst, was?«

»Ein ganzes Leben, nein, mehrere«, hatte sie erwidert und sich zur Tür umgedreht, durch die man Jon sehen konnte, der auf dem Sofa lag, Sionnach kraulte und in einem Buch schmökerte. Das Haus der Fitzgeralds bewahrte in seinen Winkeln zwar dunkle Erinnerungen, aber es blieb genug Raum, der mit Licht ausgefüllt werden konnte.

Seit der Begegnung mit Delia war von Oscar eine balsamische Ruhe ausgegangen. *Wandering Aengus* hatte den Traum gefunden, war angekommen, musste nichts mehr erreichen. Als Clara ihn dann an einem ungewöhnlich sonnigen Oktobermorgen gefunden hatte, hatte er ganz friedlich ausgesehen. Er hatte mit geschlossenen Augen in seinem Bett gelegen – tanzende Sonnenstrahlen auf dem Gesicht – und die Hände auf dem Bauch gefaltet. Auf seinem Nachttisch stand das Bild einer jungen Frau.

»Er hat sich verabschieden können«, sagte Clara mit einem Lächeln. »Es gab keine offenen Fragen mehr. Ich glaube, deswegen war es leicht für ihn zu sterben.«

»Und er wusste, dass du einen Ort gefunden hast, an dem du bleiben kannst, Clara, dass du deinen Weg gehst. Er konnte also ganz unbesorgt sein.«

»Bist du eigentlich auch ein glücklicher Mann?«, fragte sie und streichelte über seine Brust.

»Wenn ich daran denke, welches Geheimnis du hier hütest …« Vorsichtig legte er seine Hand auf ihren Bauch, der sich kaum merklich unter dem Wollpullover hervorwölbte. Moosgrüne Augen wanderten über ihr Gesicht. Sein Blick wurde weicher. Er blinzelte. »Es ist im Sommer entstanden. Also denke ich, dass jetzt immer Sommer sein wird, selbst im Winter. Ich kann mir kein besseres Leben vorstellen.«

Clara streckte sich und küsste ihn fest auf die Lippen. »Ich bin fast fertig«, erklärte sie, als sie sich von ihm gelöst hatte.

Jon beugte sich über das Notebook und kratzte sich am Kinn, während er die ersten Zeilen studierte. »Wie Pfützen verschütteter Milch?« Grinsend drehte er sich wieder um und griff nach ihrer Hand. »Es passt zu dir, dass dein Buch mit einem kleinen Missgeschick anfängt.«

»Es gibt auch ein paar Wolken, die sich wie dicke Schafe auf den Dächern breitmachen. Das passt zu Irland.«

»Tut mir leid, dass Oscar deine Geschichte nicht mehr lesen kann, Clarabella. Ich hätte mir gewünscht, dass er sie liest und sich darin wiederfindet.« Jon drückte seinen Daumen auf die Innenseite ihres Handgelenks, als wollte er spüren, wie sich ihr Puls beschleunigte.

Clara lächelte. »Er kennt die Geschichte. Er wollte, dass ich sie erzähle, damit er darin weiterleben kann«, erwiderte sie mit weicher Stimme. »Er wollte, dass sie gut ausgeht.«

ZITATQUELLEN

Traditionelles Irisches Volkslied »Thugamar Féin a' Samhradh Linn«, Verfasser unbekannt

Yeats, W. B.: The Wind Among the Reeds. New York: J. Lane, The Bodley Head, 1899

Zeitfracht Medien GmbH
Ferdinand-Jühlke-Straße 7
99095 Erfurt, Deutschland
produktsicherheit@kolibri360.de

Druck:
CPI Druckdienstleistungen GmbH
im Auftrag der
Zeitfracht Medien GmbH
Ein Unternehmen der Zeitfracht - Gruppe
Ferdinand-Jühlke-Str. 7
99095 Erfurt